LiLo Seidl

ROYAL FLUSH

Ein neuer Fall für Kathi Starck

Bibliografische Information der Deutschen Nationalbibliothek: Die Deutsche Nationalbibliothek verzeichnet diese Publikation in der Deutschen Nationalbibliografie; detaillierte bibliografische Daten sind im Internet über dnb.dnb.de abrufbar.

Cover-/Umschlaggestaltung: Buchgewand | www.buch-gewand.de
Verwendete Grafiken/Fotos: © leolintang - depositphotos.com
© iCreative3D / shutterstock, © caesart / shutterstock
© kzww / shutterstock, © Sputanski / shutterstock.

© 2018
Herstellung und Verlag: BoD – Books on Demand, Norderstedt

ISBN: 9 783746 082684

Dieser Titel ist auch als E-Book erschienen

Man kann alle Leute einige Zeit und einige
Leute die ganze Zeit zum Narren halten.
Aber man kann nicht alle Leute
die ganze Zeit zum Narren halten.

Abraham Lincoln (1809 – 1865)

Inhalt

EISZEIT

Freitag, 3. Januar

»Sieht das nicht zauberhaft aus!«, freute sich Paulina Söhnlein geradezu kindlich. Die Fremdenführerin erntete Zustimmung ihrer neunköpfigen, eingemummten Gruppe. Das erste Ziel ihrer Führung, der Ehekarussell-Brunnen am Weißen Turm, lag unter einer zentimeterdicken Schneeschicht und ließ ihn wie eine Märchenlandschaft in Disneyland wirken. Der großflächige Architekturbrunnen zeigte die Stationen der Ehe in sechs überlebensgroßen Figurengruppen von der ersten, leidenschaftlichen Liebe über den Ehestreit bis zum Tod – angelehnt an das Hans Sachs-Gedicht ›Das bittersüße ehlich Leben‹. Die grotesken, zum Teil vulgären Frauen- und Männerskulpturen, wirkten wie in Zuckerwatte gepackt und gaukelten vor, die Ehe wäre eine himmlische Schlittenfahrt.

Dabei wollte Paulina ihre Neun-Uhr-Tour wegen des Kälteeinbruchs schon absagen. In der vergangenen Nacht waren die Temperaturen binnen weniger Stunden von plus acht auf minus acht Grad gesunken und etwa zehn Zentimeter Schnee gefallen. Die Besucher aus Hamburg hatten sich nach einer kurzen Beratung im Hotel entschlossen, dem Wetter zu trotzen.

»Wir sind aus dem Norden und sturmerprobt, uns haut doch so ein bisschen Schnee nicht um.«

Mittlerweile zeigte sich die Sonne über den Dächern. Das Ehekarussel lag allerdings noch im Schatten des Weißen

Turms. Nur an dessen Außenmauer, neben dem Eingang zu den Rolltreppen, befand sich als einzige Lichtquelle das unübersehbare blau-weiße U-Bahnsymbol.

Die Hamburger warteten geduldig, bis der Mitarbeiter der Straßenreinigung die weiße Pracht um die Brunnenanlage großzügig weggeräumt hatte und traten zu Paulina an die Westseite. Sie ging vor dem steinernen Herz in die Knie und befreite es mit ihren, in dicken Fäustlingen steckenden, Händen von der Schneeschicht. Der Blick auf die Inschrift, Hans Sachs' Gedicht vom Eheleben, lag frei, leider war es nicht gut lesbar.

Germanistikstudentin Paulina kannte es auswendig und zitierte einige Zeilen daraus: »Gott sei gelobet und geehrt, der mir ein frumb Weib hat beschert. Mit der ich zwei und zweinzig Jahr gehaust hab, Gott gab länger gar. Sie ist mein Engel auserkoren, ist oft mein Fegeteufel woren. Sie ist mein Wünschelrut und Segen, ist oft mein Schauer und Platzregen. Mein Frau ist mein getreuer Freund, oft worden auch mein größter Feind. Mein Frau oft mietsam ist und gütig, sie ist auch zornig oft und wütig.«

Paulinas Schützlinge nickten und tuschelten. Sie grinste, weil die Worte aus dem 16. Jahrhundert immer wieder dieselben Reaktionen auslösten.

Die Rolltreppe im Weißen Turm spuckte, in den Intervallen der eintreffenden U-Bahnen, immer mehr Menschen aus. Sie strömten zu den Geschäften in der Fußgängerzone, zu ihren Arbeitsstätten in Praxen, Büros oder zum Frühstücken ins Café Beck. Sie machten einen Bogen um die Gruppe, man wollte Paulinas Vortrag nicht stören. Nur ein älterer Mann sah sein Wegerecht verletzt und ging auf Kollisionskurs mit einem fotografierenden Paar.

»Mensch, naa!«, grantelte er und drängelte sich an ihnen vorbei. »Schon in aller Früh schdengers middn im Weech!«

»Keine Angst, wir Nürnberger sind eigentlich höflich«, beruhigte Paulina die brüskiert dreinblickenden Hanseaten mit einem entwaffnenden Lächeln.

»Vielleicht war es ein Fürther«, meinte einer der Männer und hatte die Lacher auf seiner Seite. Die unaufhörliche Kabbelei zwischen Nürnberg und Fürth wurde schließlich in jedem Reiseführer erwähnt.

»Oder er hatte Streit mit seiner Frau«, sagte Paulina und trug die letzten Zeilen des Gedichts vor. »Sie ist mein Tugend und mein Laster, sie ist mein Wund und auch mein Pflaster. Sie ist meines Herzens Aufenthalt und machet mich doch grau und alt.«

Einige in der Gruppe zeigten sich nachdenklich, andere schmunzelten. Paulina führte sie weiter um den Brunnen und erläuterte die Figurengruppen, vom Erbauer Professor Jürgen Weber auf sechs Karussellwagen komprimiert, daher der Name Ehekarussell. Nach dem Vortrag strömte man auseinander und fotografierte mit Kameras, Handys und Tablets was das Zeug hielt. Ein jüngeres Paar nahm es ganz genau und verglich seine Bilder mit denen des digitalen Reiseführers auf dem Tablet. Die Aufnahmen dort stammten vom Sommer, wenn das Wasser im Brunnen munter sprudelt.

Das Tuscheln der beiden machte Paulina neugierig. »Haben Sie noch Fragen, Herr Beerendonk?«

Stumm zeigte er zum Ehefelsen, mit dem verendeten Bock als Symbol für den Mann und einem Menschenschädel als Überrest der Frau. Paulina staunte nicht schlecht: die Skulptur hatte Zuwachs bekommen. Unterhalb des Sockels mit der Inschrift ›Bis der Tod euch scheidet‹ lag eine schneebedeckte Gestalt. Das Tragische daran, sie war nicht aus Bronze oder Marmor, sondern aus Fleisch und Blut und tot.

»Allmächd!«, rief Paulina entsetzt. Zwei Frauen, die neugierig nähergekommen waren, kreischten laut und mussten von ihren Ehemännern beruhigt werden. Das erregte die Aufmerksamkeit der anderen, die ebenfalls sehen wollten, was vonstattenging.

»Vielleicht ein Stadtstreicher, der erfroren ist«, mutmaßte einer.

»Kein Wunner bei de Fröst«, kam es plattdeutsch von einer Frau, die hinter ihm stand.

»Vielleicht lebt er ja noch!«, rief Beerendonk und stieg über die niedrige Einfassung. Er beugte sich über den regungslosen, auf dem Rücken liegenden Körper und stupste ihn vorsichtig an. Keine Reaktion.

»Tommi, nicht anfassen!« rief seine Frau. »Komm wieder raus!«

»Ich trage doch Handschuhe, Schatz.« Er zeigte seine Hände in rotem Fleece und wischte den Schnee vom Gesicht des Toten. Bläulich-weiß gefroren starrte es ihn an. Kopfschüttelnd und sichtlich enttäuscht kam Beerendonk wieder aus der Anlage. »Nichts mehr zu machen.«

»Gott, nein!«, jammerte Frau Beerendonk.

»Bitte, meine Damen und Herren, treten Sie ein Stück zurück«, forderte Paulina alle auf. »Ich rufe jetzt die Polizei, die müssten gleich da sein. Das Präsidium ist um die Ecke.«

Die Gruppe ging auf Abstand, begann zu tuscheln und Mutmaßungen anzustellen.

»Was suchte der Mann im Brunnen?«

»Amenn war de beswiemelt.«

»Oder er ist bei der Glätte ausgerutscht und gefallen.«

»Und hett sich de Kopp düchtig angehaun.«

»Hast du Blut gesehen, Tommi?«, fragte Frau Beerendonk.

»Nein, da war keins.«

Wenige Minuten nach ihrem Anruf entdeckte Paulina zwei näherkommende Streifenbeamte in Winteruniformen und Uschankas mit Polizeistern. Wären sie nicht dunkelblau gekleidet könnte man meinen, sie kämen geradewegs vom Roten Platz in Moskau.

»Hallo, hierher bitte!«, rief Paulina winkend.

»Grüß Gott«, sagte Polizeiobermeister Kral, ein großer Mann Ende dreißig.

Der etwas jüngere Polizeimeister Seibert lächelte Paulina an: »Hallo, Pauli.«

Sie kannten sich, ihre Wege hatten sich während der Adventszeit auf dem Christkindlesmarkt, in der Altstadt und auf der Burg schon oft gekreuzt.

»Hallo, Lucas«, erwiderte Paulina ebenfalls lächelnd.

»Sie haben den Toten gefunden, Frau ...?«, fragte Kral.

»Söhnlein, Paulina. – Nein, ein Mann aus meiner Gruppe.«

Das hörte Tommi Beerendonk und trat zu ihnen. »Ich habe ihn beim Fotografieren entdeckt.«

»Wie ist Ihr Name?«

»Thomas Beerendonk. Ich habe nachgesehen ob er noch lebt. Dazu musste ich den Schnee aus seinem Gesicht wegmachen, aber ich trug Handschuhe. Die Schuhabdrücke im Schnee stammen von mir.«

»Okay, dann schaun wir mal«, meinte Kral gelassen.

Seibert bat die Reisegruppe mit einer eindeutigen Geste zurückzutreten. Kral stieg allein in den Brunnen und achtete genau darauf, in Beerendonks Fußspuren zu bleiben. Er öffnete die beiden obersten Knöpfe der Winterjacke des Toten. Trotz seiner dicken Handschuhe gelang es ihm, die Geldbörse aus der Brusttasche herauszuziehen.

»Wer ist es?«, fragte Seibert neugierig.

»Verdammte Scheiße!«, fluchte Kral und zeigte ihm den Dienstausweis des Toten.

HERZ-BUBE UND -DAME

Das erste Mal in ihrem Berufsleben gingen Kathi Starck und Andi Steppendorff zu Fuß zu einem Einsatz. Ob das Ehekarussell Schauplatz eines bedauerlichen, tödlichen Unfalls oder ein Tatort war, wussten die Kriminalkommissare noch nicht. Es gab eine weitere Premiere, eine traurige: Beim Toten handelte es sich um ihren Kollegen Peter Rollner, bei allen Pit genannt. Der 44-Jährige Hauptkommissar aus dem Dezernat für Wirtschaftskriminalität hatte seit Oktober die Ermittlungen im Industriespionagefall bei MECH@TRON geleitet. Er und sein Team suchten noch immer nach den zwei Millionen Euro Bestechungsgeld.

»Ich hab ein ganz komisches Gefühl«, sagte Kathi.

»Und welches?«

»Dass BATC ihre Finger da drin hat.«

»Ach komm, des wär jetzt schon a saudummer Zufall. Wir wissen doch gar ned, wie er g'schdorben is.«

»Ich sag nur was ich denke.«

»Die Kaddi mit ihren Vorahnungen! Am End hammers wieder mit am Profikiller z'tun? Bidde ned gleich im neuen Jahr!«

»Warum stirbt Pit plötzlich, komischer Zufall, oder?« Kathi kam ins Grübeln.

Seit Aufdeckung des MECH@TRON-Falles im Oktober letzten Jahres hatte Rollners Team nur kleine Erfolge verzeichnen können, unter anderem die Sicherstellung von Tüyücs Fingerabdrücken auf dem Speicherstick, der Beweis für den versuchten Datenklau. Der PC im Büro des verräterischen und mordenden Mitarbeiters, der private und sein Handy waren sauber gewesen. Gemäß Anruflisten gab es keine Verbindungen zum Kontaktmann, dem Profikiller Hoek, auch umgekehrt nicht. Zweit-Handys fand man keine, dafür Dr. Panzers Gage, 50.000 Euro im Safe seines Wohnhauses. Ob der Anästhesist, der Tüyüc mit einer Überdosis Narkosemittel ins Koma befördert hatte, sich mit diesem Betrag für sein Schweigen hatte abspeisen lassen, war fraglich. Nach Kathis Meinung handelte es sich dabei ebenfalls um eine Anzahlung. Der Rest sollte wohl an dem Montag übergeben werden, an dem Hoek im Auftrag von BATC Tüyüc und Panzer mit Pfeilgift ermordet hatte.

Zwei Millionen Euro sind Motiv genug. Kathi lief es eiskalt den Rücken hinunter, wenn sie daran dachte. Hoeks Worte ›Die holen sie sich zurück‹ klangen in ihren Ohren, als wäre es gerade erst passiert.

»BATC könnte Pit und sein Team beobachtet und Telefonate abgehört haben«, sagte sie. »Vielleicht hatte er eine heiße Spur oder sogar das Geld gefunden und musste sterben?«

Das Gebiet um das Ehekarussell war mittlerweile weiträumig mit rot-weißen Kunststoff- und Scherengittern abgeriegelt worden. Zum Schutz vor Schaulustigen und erneutem Schneefall stand über dem Bereich, in dem der Tote lag, ein großes, weißes Zelt mit Seitenwänden. Man erreichte es über eine Gasse aus hohen Paravents als zusätzlichen Sichtschutz. Die

Verkehrsbetriebe hatten den Zugang zur U-Bahn-Station gesperrt, die Rolltreppe stand still. Kral, Seibert und zwei zur Verstärkung gerufene Kollegen wiesen alle Gaffer bestimmend, aber höflich zurück.

In unmittelbarer Nähe der abgeschirmten Zone parkte der dunkelblaue Bus der Spurensicherung. Kathi und Andi bedienten sich mit Schutzoveralls, Mundschutz und Latexhandschuhen und gesellten sich zu Sabine und Thomas unters Zelt. Die Szenerie konnte skurriler nicht sein: die schneebedeckten Figuren, die Kriminaltechniker, die in ihren weißen Overalls wie Michelin-Männchen wirkten, und eine halb vom Schnee bedeckte Leiche. Thomas schoss Fotos, darauf bedacht, in dem beengten Umfeld innerhalb der Brunnenumrandung nicht auf Sabines Füße zu treten.

Kathi und Andi blieben sicherheitshalber davor stehen und begrüßten die beiden Spurensucher mit einem leisen »Guten Morgen«.

»Guten Morgen«, erwiderten sie beklommen. Pits Tod nahm auch sie mit.

»Brrrrr, ist das kalt.« Kathi rieb sich die Hände an den Ärmeln ihres Daunenanoraks und zog ihre Fleece-Mütze über die Ohren.

»Zwei Grad unter null«, sagte Sabine.

»Nicht weniger? Es fühlt sich wie minus zehn an.«

Durch die milden Winter in den letzten Jahren war kaum ein Mensch in der Stadt so eisiges Wetter gewohnt. Von den Folgen für den Straßenverkehr ganz zu schweigen. Am Morgen, auf der Fahrt von Nikolais Wohnung zum Präsidium, waren Kathi zu Australiern mutierte Autofahrer begegnet. Schon ihre Oma nannte so die Kriecher, denen Schnee scheinbar fremd war und den Verkehr aufhielten.

Sabine zeigte auf den Toten. »Er ist kälter, exakt minus drei Komma acht Grad.«

»Das heißt, er liegt schon länger hier.«

»So wie es aussieht seit letzter Nacht, bevor es zu schneien begonnen hat. Der Boden unter ihm ist blitzblank und er ist nicht festgefroren.«

»Weiß jemand von euch, wann das war?« Kathi erntete Kopfschütteln. »Ich bin mit Niko gegen halb neun vom Essen heimgekommen, da wars noch trocken und überhaupt nicht kalt.«

»Ich fraach bei die Wetterfrösch am Flughafen nach«, sagte Andi. »Nürnberg, Airport, Wetterdienst«, diktierte er ins Pad-fone. Nur Sekunden später wurde die Verbindung hergestellt. »Grüß Gott, hier Oberkommissar Steppendorff, Kripo Nürnberg. Ich müsst bidde wissen wanns gestern Abend zum Schneien ang'fangen hat ... Ja, ich wart.« Es dauerte etwas. »Ja, ich bin noch dran ... Zirka zehne, gehts bitte ein bisserl genauer? ... Nein, okay. Danke trotzdem. Wiederhören.«

»Zirka zehn Uhr«, meinte Sabine. »Ist schon mal ein Anhaltspunkt.«

»Nach der genauen Todeszeit zu fragen, kann ich mir sparen, oder?«, fragte Kathi.

»Nicht bei der Kälte.«

»Und wie ist er gestorben?«

»Wir vermuten, dass er ausgerutscht und gestürzt ist«, sagte Thomas. »Hier gibts genug Stellen, an denen man sich das Genick brechen kann. Das ist massive Bronze und Marmor.«

»Sind irgendwo Blutspuren?«

»Bisher haben wir keine entdeckt.«

Kathi kam ins Grübeln. »Sabine, du hast gesagt, der Boden unter ihm ist blitzblank und er ist nicht festgefroren, dann ist es vor dem Schneefall passiert. Wie soll er da ausgerutscht sein?«

»Vielleicht eine Wasserpfütze, das reicht bei dem glatten Marmor. Gestern Mittag hat es kurz geregnet.«

»Hm.« Kathi kratzte sich am Kinn. »Aber so wie er dort liegt, muss er *im* Brunnen gestanden haben, als er fiel. Schaut euch mal die Entfernung an, das sind eineinhalb Meter.«

»Im Brunnen g'standen?«, wunderte sich Andi. »Des fällt doch auf!«

»Das meine ich ja. Vielleicht war Alkohol im Spiel.«

»Riechen tut man nichts«, sagte Sabine. »Wir prüfen das im Labor, auch wegen Drogen und Medikamenten.«

»Von selber kann er jedenfalls nicht zum Felsen gekrochen sein, oder?«

»Stimmt«, sagte Thomas. »Auch wenn er nicht durch den Genickbruch gestorben ist, er wäre bewusstlos gewesen.«

»Und ist erfroren«, sagte Kathi.

»Ein Genickbruch ned tödlich?«, fragte Andi erstaunt.

»Ja, das gibt es. Wenn die Bänder nicht gerissen sind oder das Rückenmark nicht durchtrennt oder abgequetscht wurde. Nur wenn das Mark durchtrennt ist, kommt es zu einer Zer-störung des Kreislauf- und Atemzentrums. Das führt sofort zum Tod, das ist vergleichbar mit einer Enthauptung.«

Andi nickte beeindruckt.

»Respekt, Kathi«, sagte Thomas. »Wie aus dem Lehrbuch.«

»Das Sternchen hat mir das mal erklärt.« Sie ließ ihren Blick über das Figuren-Ensemble schweifen und trat einen Schritt zurück, um die Entfernung zwischen dem Toten und der Brunneneinfassung besser abschätzen zu können. »Irgendjemand muss Pit zum Ehefelsen geschoben haben, den Rest hat der Schnee besorgt.« Sie überlegte, was sich abgespielt haben könnte. »Vielleicht hat Pit sich mit einem Informanten getroffen. Es kam zum Streit, dabei hat er ihn gestoßen. Pit stand direkt am Rand, fiel ins Becken und brach sich das Genick. Dieser Informant stellt fest, dass er tot ist und kriegt es mit der Angst zu tun.«

»Bis jetzt gibts keine Anzeichen von Fremdeinwirkung«, sagte Thomas.

»Hatte Pit noch etwas bei sich, außer seiner Geldbörse?«

»Auto- und Wohnungsschlüssel.«

»Kein Handy?«

»Nein.«

»Könnt ihm geklaut worden sein«, meinte Andi.

»Und der Dieb lässt das Geld in der Börse?« Kathi schüttelte den Kopf. »Was war eigentlich genau drin?«

»Knapp hundert Euro Bargeld, EC- und Kreditkarte, Perso und Dienstausweis«, sagte Sabine.

»Vielleicht ist der Dieb unterbrochen worden«, meinte Andi. »Oder der Informant wollte grad seine Nummer vom Handy löschen, fühlt sich beobachtet und nimmts mit.«

»Möglich, aber das hätte er sich sparen können. Seine Nummer kriegen wir über die Anruflisten von Pits Anbieter raus. Und den Inhalt des Chats auch, falls sie sich geschrieben haben.«

»An welchem Fall arbeitete Pit aktuell?«, fragte Thomas.

»Die Industriespionage bei MECH@TRON.«

Damit hatte Kathi die uneingeschränkte Aufmerksamkeit beider Kriminaltechniker.

»Glaubst du, da gibts eine Verbindung?«, fragte Thomas.

»Ich hoffe nicht. Habt ihr Pit schon näher untersucht?«

»Nur das Wichtigste, hier kann man nicht richtig arbeiten. Wir nehmen ihn mit wie er ist, samt Schnee. Auch wenn der taut, die Spuren bleiben im Sack.«

»Ich schau ihn mir mal an.« Kathi zog den Mundschutz über die Nase und stieg über die Einfassung.

»Pass auf, dass du dir den Kopf nicht anhaust.« Thomas rieb sich seinen. »Ist mir vorhin bei dem blöden Bock passiert.«

»Oh! Tuts noch weh?«

»Ich hab einen harten Schädel.«

»Dann kann mir auch nicht viel passieren.« Kathi beugte sich über den Toten. Vorsichtig schlug sie den Kragen seiner Winterjacke um und legte den Hals frei. »Er hat nur ein Hemd an und ist frisch rasiert. Davon könnte die Rötung stammen.«

»Wonach suchst du?«, fragte Sabine.

»Nach einer Einstichstelle.«

»Einstichstelle?« Thomas beendete das Kauen auf seiner Unterlippe. »Du glaubst, ihn hat ein Giftpfeil ... wie Panzer ... letztes Jahr?«

»Ich will nur sichergehen.«

»Wir haben weder Pfeil noch Einstichstelle gefunden.«

Kathi kam in gebückter Haltung wieder aus dem Brunnen und nahm den Mundschutz ab. »Es könnte ihn woanders erwischt haben, durch die Kleidung hindurch. Und der Täter hat den Pfeil wieder entfernt, wie Hoek. Sagt bitte dem Sternchen, dass er drauf achten soll.«

»Das wäre ein seltsamer Zufall, aber okay.«

»Wir müssen Uli Sauer fragen, woran genau Pit zuletzt genau gearbeitet hat.« Kathi schob ihren linken Ärmel zurück und diktierte einige Stichpunkte auf ihre Smartwatch: »Freitag, 3.1.2025, Fall Peter Rollner: Stand der Ermittlungen bei MECH@TRON, Uli Sauer befragen, Dr. Stern Einstichstelle, Pfeilgift, Parallelen Hoek.«

Sabine und Thomas zogen Rollner ein Stück vor und legten ihn in den bereitliegenden, schwarzen Leichensack neben der Einfassung. Kathi staunte, über welche Kraft die nur 1,56 große Sabine verfügte. Pit war etwa 1,85 und wog immerhin zwischen achtzig und fünfundachtzig Kilo. Während Sabine den Reißverschluss des Sacks zuzog, schoss Thomas noch ein paar Fotos von der Stelle, an der Rollner gelegen hatte. Inmitten der verwischten Umrisse im Schnee lag eine Spielkarte, ein Herz-Bube.

»Die muss unter Pit gelegen haben«, sagte Kathi.

»Kann gut sein«, meinte Sabine. »Der Wind weht alles Mögliche in den Brunnen. Wir haben Pappbecher mit Kaffee- und Kakaoresten, Coladosen, Kippen, Papiertüten vom Bäcker und Kaugummis gefunden.«

Igitt, dachte Kathi angewidert. *Diese Schweine im Weltall spucken die Dinger aus wo sie stehen und gehen.* »Checkt ihr die Kaugummis wegen der DNA?«

»Logisch.« Thomas stellte die Nummerntafel mit der einundzwanzig neben die Spielkarte und fotografierte sie. Anschließend nahm Sabine die Karte mit einer Pinzette auf und steckte sie in eine, mit einem iQR-Code versehene, Plastiktüte. Das Schild aus dem Minidrucker enthielt Informationen zum Fundort, Datum, Uhrzeit und die Identifikationsnummer.

»Darf ich bitte mal sehen?«, fragte Kathi.

Sabine reichte ihr die Tüte. »Poker-Blatt, Plastik von ASS.«

Kathi betrachtete den Herz-Buben von allen Seiten und gab ihn wieder zurück. »Die kann wirklich zufällig dort gelegen haben. Checkt sie trotzdem auf Fingerabdrücke et cetera.«

»Ich schau mal wo die mit der Bahre bleiben.« Thomas legte die Kamera in den Koffer.

Just im selben Moment erschienen zwei kräftige Männer in Schwarz mit einer Rollbahre.

»Servus«, grüßten sie knapp und hievten den Leichensack darauf.

»Er hat oberste Prio«, sagte Andi. »Dr. Stern weiß schon Bescheid.«

Die beiden nickten und lenkten die Bahre an ihm vorbei zum Ausgang.

»Macht ihr den Schnee im Brunnen weg?«, fragte Kathi.

»Müssen wir«, sagte Thomas. »Wir sammeln alles ein, was nicht in den Brunnen gehört. Danach suchen wir außerhalb nach brauchbaren Spuren.«

»Braucht ihr Hilfe?«

»Ist schon angefordert.«

»Okay, dann wollen wir nicht länger im Weg rumstehen.«

Als Kathi und Andi vor dem Zelt ihre Schutzkleidung in eine der bereitgestellten Mülltüten steckten, begegneten ihnen zwei weitere Kollegen der Spurensicherung, ebenfalls im Michelin-Männchen-Look mit Brille und Mundschutz und mit Besen, Schaufeln und verschließbaren Plastikeimern bewaffnet. Sie grüßten mit einem »Hallo« und verschwanden hinter der Abschirmung.

»Die sind heut ned zu beneiden«, meinte Andi.

»Wenigstens schneit es nicht mehr«, sagte Kathi beim Blick in den klaren, blauen Himmel. »Allmächd! Warum hab ich nicht gleich dran gedacht!«

»An was denn?«

»Wir wissen genau, wann es gestern zu schneien begonnen hat.« Sie zeigte zu den Überwachungskameras der Modehäuser Wöhrl und C&A, rechts und links vom Weißen Turm gelegen. Vielleicht sehen wir, was sich am Brunnen abgespielt hat.«

»Ich ruf gleich unsere Big-Brother-Kollegen an.«

»Das soll die Angie machen und wenn die Bilder da sind, sich mit dem Stolli dransetzen. Ich brauche dich und den Clausi für die Befragung der Reiseleiterin und ihrer Gruppe.«

»Okay, und wo sind die jetzt?«

»Kral und Seibert haben sie beim Beck einquartiert, damit sie nicht in der Kälte warten müssen.«

»Dort kömmers aber ned in Ruhe befragen.«

»Bring sie bitte ins Präsidium, ein Besprechungsraum wird schon frei sein.«

DING-DING-DING! meldete sich Kathis Smartwatch. »Aha, der Chef!«, sagte sie nach einem Blick aufs Display. »Er wartet am Bus der Spusi.«

»Okay«, sagte Andi. »Ich geh derweil vor, bis schbääder.«

Zu ihrer Überraschung traf Kathi am Bus nicht nur auf ihren Chef Kriminalrat Grünbaum, sondern auch auf Roman Ott, dem Leiter des Dezernats für Wirtschaftskriminalität, außerdem Pits Kollegen Uli Sauer, der die beiden mit seinen 1,90 um einen halben Kopf überragte. Sie blickte in betretene Gesichter, die Stimmung war so eisig wie die Temperaturen. Die Begrüßung fiel entsprechend knapp aus.

»Pit wurde schon weggebracht«, sagte Kathi.

»Wissen wir«, erwiderte Grünbaum. »Wir kamen gerade an, als die Bahre verladen wurde.«

»Was sagt die Spurensicherung?«, fragte Ott.

Kathi erstattete Bericht und nannte ihren Verdacht bezüglich BATC. Die Reaktion der Männer: Schockstarre.

»Wie gesagt, das sind meine Vermutungen. So, wie Kollege Rollner im Brunnen lag, muss jemand nachgeholfen haben. Außerdem hatte er Schlüssel und Geldbörse noch bei sich, nur das Handy fehlt.«

»Das ist wirklich seltsam«, meinte Uli, im Beisein der Chefs wie immer um Hochdeutsch bemüht. Sein fränkischer Zungenschlag klang trotzdem durch.

»Könnte er es im Büro liegen lassen haben?«, fragte Kathi.

»Sein Handy?« Uli schüttelte vehement den Kopf. »Nein, das glaub ich ned. Der Pit ist nie ohne sein Handy raus.«

»Weißt du, wann er gestern gegangen ist?«

»Nein, ich bin um halber Viere schon heim, ich hab Kopfweh g'habt. Da war er noch im Büro. Er hat gestern länger Mittagspause g'macht, vielleicht wollte er die Zeit wieder reinholen.«

»Weißt du, wo er da war?«

»Er hat g'sachd, er müsste was erledigen.«

»Okay, die Kommen- und Gehen-Zeiten kriegen wir über die Zeiterfassung raus. Abends war er jedenfalls hier am Brunnen, bevor es zu schneien begonnen hat. Was wollte Pit, einen Informanten treffen?«

»Keine Ahnung.«

»Wie ist eigentlich der Stand im Fall Tüyüc?«

»Wie gehabt, Frau Starck.« Ott seufzte. »Keine Spur vom Geld, aber wir stehen seit Anfang Dezember mit den österreichischen Kollegen in Verbindung. In einer Elektronikfirma in der Nähe von Wien hat BATC letzten Sommer versucht, einen Ingenieur zu bestechen.«

Kathi spitzte die Ohren. »Was stellen die her?«

»Fernsteuerungen aller Art«, sagte Uli.

»Auch für Drohnen?«

»Ja, die auch. Die Österreicher suchen eine Spur zum Kontaktmann, der dem Ingenieur das Geld angeboten hat.«

»Bargeld?«

»Das wissen wir noch ned. Aber es ist durchaus möglich, dass sie Bitcoins oder eine andere Internet-Kriminellen-Kohle verwendet haben.«

Kathi spitzte die Ohren. »Bitcoins? – Hm, ist ja interessant, auch im Hinblick auf Tüyücs zwei Millionen.«

»Hat Hofbauer letztes Jahr nicht ausgesagt, Tüyüc hätte Bargeld verlangt?«, meinte Grünbaum.

»Nur Bares ist Wahres, seine Worte. Keiner weiß, ob das wirklich stimmt.« Kathi blies sich die Fingerspitzen warm. *Ich hätte doch meine Handschuhe anziehen sollen.* Jetzt rächte es sich. Ihre lagen im Auto auf dem Fahrersitz, noch feucht vom Morgen, als sie es vom Schnee befreien musste. »Bitcoins, hm ... vielleicht habt ihr das Geld deshalb noch nicht gefunden. In Scheinen dürfte das eine ganze Menge sein, auch in der Zweihunderter-Stückelung, oder?«

»Lass mich mal überlegen.« Uli überschlug die Menge. »Die passen in einen mittelgroßen Trolley und wiegen zirka elf Kilo.«

»Nehmen wir mal an«, begann Kathi, »Pit hatte in Sachen Tüyüc und BATC etwas Brisantes entdeckt, war sich aber nicht ganz sicher. Darum hat er dir nichts erzählt, Uli. Er trifft sich mit einem Informanten und es kommt zum Streit mit Handgreiflichkeiten, der tödlich endet. Der Informant gerät in Panik, nimmt Pits Handy und haut ab. Oder es war eine Falle, das Treffen nur ein Vorwand und der Informant der Killer.«

Dafür erntete Kathi einen ungläubigen Blick von Grünbaum. »Ein geplanter Mord?«

Uli pfiff leise, aber dennoch hörbar durch die Zähne. »Und das Motiv?«

»Die zwei Millionen«, sagte Kathi. »Was sonst! Hoek hat letztes Jahr angedroht, BATC würde sich ihr Geld zurückholen.«

»Scheiße!« Zu diesem Fäkalausdruck ließ sich Grünbaum höchst selten hinreißen.

»Warten wir die Obduktion ab und die Auswertung der Aufnahmen der Überwachungskameras«, schlug Kathi vor. »Wir brauchen auch die Daten von Rollners Handy, das sollte relativ schnell gehen.«

»Das *muss* schnell gehen!«, betonte Grünbaum. »Ich will hier alles abgesucht haben, jede Ecke, jede Ritze, jeden Abfalleimer und die Gullis!«

»Dann brauchen wir noch mehr Leute«, sagte Thomas, der gerade einen Alukoffer in den Bus stellte.

»Die kriegen sie, ich fordere sie gleich an.« Grünbaum hängte sich ans Telefon.

»Ich schau wegen dem Handy im Büro nach«, sagte Uli.

»Kommst du an seinen Rechner?«, fragte Kathi.

»Ich lass das Passwort z'rücksetzen, ist ja ein Notfall.«

»Wo hat Pit sein Auto normalerweise stehen?«

»In unserem Parkhaus.«

»Okay, da ist es sicher. Aber es muss durchsucht werden.«

Thomas nickte. »Wenn wir hier fertig sind.«

»Verstärkung ist unterwegs, Herr Schneider«, sagte Grünbaum nach dem Telefonat. »Drei Leute melden sich gleich bei Ihnen.«

»Super, Danke.« Thomas schnappte sich einen Besen und eine Rolle Plastiktüten und verschwand wieder in Richtung Zelt.

»Wo hat Pit gewohnt?«, fragte Kathi.

»Am Norikus«, sagte Uli.

»Im Hochhaus?«

»Ja, mit seiner Lebensgefährtin, Jessica Kleine heißt sie.«

Kathi nickte. »Wer sagt es ihr?«

»Soweit ich weiß, hat der Kollege Lechner heute Dienst«, meinte Grünbaum.

»Ich könnts auch machen«, bot Uli an. »Ich mein, wenns recht ist.«

»Ausnahmsweise«, sagte Grünbaum.

Ott pflichtete ihm stumm nickend bei.

Ein feiner Zug von Uli, dachte Kathi. Angehörigen und Partnern eine Todesnachricht zu überbringen, erforderte ein besonderes Feingefühl und speziell geschulte Kollegen wie Lechner. Ein guter Freund wie Uli war in diesem Fall natürlich die bessere Alternative.

»Pit hatte keine Kinder, oder Uli?«, fragte Kathi.

»Nein.«

»Andere Angehörige?«

»Hier wohnen keine. Seine Ex-Frau lebt in Südafrika und seine Stiefschwester in den Staaten, aber zu der hat er auch kaum Kontakt g'habt.«

»Okay, die werden sich schon ausfindig machen lassen. Ich muss mich jetzt verabschieden, die Hamburger warten.«

»Dann packen wirs auch, oder?«, sagte Grünbaum. »Mir wirds langsam zu kalt hier.« Im Weggehen drehte er sich noch einmal um. »Noch was, Leute: Solange nichts anderes bewiesen ist, gehen wir von einen bedauerlichen Unfall aus.«

Auf dem Weg ins Präsidium erreichte Kathi Andis Anruf. Er informierte sie, dass er mit den Hamburgern in B-103 wartete. Vor der Befragung machte sie noch einen Abstecher in die Damentoilette, um sich ihre kalten Hände mit warmem Wasser zu waschen. *Noch schlimmer als kalte Hände sind kalte Füße*, dachte sie. Zum Glück hatte sie heute Morgen ihre Winter-Bikerboots angezogen. Profilsohle, dickes Leder, warmes Innenfutter plus Sportsocken hielten die Füße warm. Sie beschloss, sich später bei C&A neue Fleece-Handschuhe zu kaufen. Am besten gleich zwei Paar, extra warm und nicht zu teuer. Doppelt genäht hält besser, wie Andi immer sagte. Im Handschuhe verlieren war Kathi ebenso Meisterin wie bei den Regenschirmen. Von denen lag mindestens ein halbes Dutzend in der Stadt verteilt, in Geschäften, Bussen und U-Bahnen.

Das warme Wasser zeigte seine wohltuende Wirkung und das Kribbeln in den Fingerspitzen ließ allmählich nach. Kathi fragte sich, was Nikolai gerade machte und sah auf die Uhr. *Viertel vor elf, vielleicht eine kurze Pause oder er sitzt in einem Meeting.* Seit dem 2. Dezember, dem Tag nach seinem 39. Geburtstag, durfte er sich offiziell der Leiter der Entwicklungsabteilung bei MECH@TRON nennen, mit einem Dutzend Mitarbeiter unter sich. *Vielleicht arbeitet er gerade seinen Stellvertreter ein.* Matthias Graef, Maschinenbau-Ingenieur, erfahren in Mikrosystem- und Mikroverfahrenstechnik und bisher in der Konstruktionsabteilung beschäftigt, hatte gestern seinen Dienst angetreten. Dann gab es noch dieses strenggeheime Projekt, über das Nikolai sich in Schweigen hüllte. *Ist bestimmt wieder was fürs Militär.*

Kathi bohrte nie nach, was seinen Job betraf, außer er erzählte von selbst, umgekehrt dasselbe. Agreement Nummer eins in ihrer jungen Beziehung. Viele mutieren anfangs zu Kontrollfreaks und neigen dazu, alles zu hinterfragen und unablässig zu telefonieren, nicht Kathi und Nikolai. Agreement Nummer zwei lautete: Keine Anrufe während der Arbeit, außer es ging um etwas wirklich Wichtiges. Dasselbe galt für den Messenger. Sonst wurde über alles geredet.

Nur einmal war es Kathi schwer gefallen, am Samstag vor Weihnachten. Auf ihrer Terrasse beim Brunch, bei herrlichem

30

Sonnenschein und sechzehn Grad plus, hatte sie Nikolai von ihrem Münchner Trauma von 2016 erzählt. Er sollte endlich alles von ihrem ersten tödlichen Schuss aus Notwehr wissen. Sie erzählte auch die Vorgeschichte, wie sie Rainer kennen- und lieben lernte und den eiskalten Mörder in ihm nicht erkannte. Nach dieser ›Beichte‹, wie sie es nannte, war Nikolai aufgestanden, hatte sie in den Arm genommen und »Schwamm drüber« gesagt und sie fühlte sich geborgen wie lange nicht mehr.

Tough im Job, privat mal schwach sein dürfen, das kannte Kathi bisher nicht. Noch nie funktionierte es in einer Beziehung in so kurzer Zeit so gut, wie mit Nikolai. Seit Oktober spürte sie eine große Veränderung an sich, sie wurde gelassener. Noch nie hatte sich ein Mann so große Mühe für sie gegeben, nicht nur weil er für sie kochte. Es war ja sein Hobby, bei dem er vom Job entspannte. Mit Nikolai gewannen wieder Kleinigkeiten eine große Bedeutung: Blumen, einfach so zwischendurch oder ihre Lieblingsschokolade, die er vom Einkaufen im Bioladen mitbrachte. Wertschätzung, Vertrauen, den anderen unterstützen und bestärken, Zeit miteinander verbringen ohne einzuengen, einander bereichern, das ist die Basis für eine gute und lange Beziehung.

Was ist lange, was ist gut? Plötzlich drehte sich das Ehekarussell vor Kathis innerem Auge: Bilder von Frau und Mann in jungen Jahren, vom ersten Verliebtsein, vom Eheglück bis zur Ehehölle, in der sich ausgemergelte Körper mit Totenschädeln und in Flammen stehend gegenseitig an der Kette hielten. Am Ende prangte die Inschrift ›Bis der Tod euch scheidet‹, zu deren Füßen Peter Rollner gelegen hatte. Kathi erschrak, nicht nur wegen des Schreckensszenarios, sondern wegen der Zeit. Ihre Smartwatch sagte, dass nur fünf Minuten vergangen waren. *Glück gehabt! Zur Vernehmung von Zeugen kommt man nicht zu spät.*

Nach etwa einer Stunde klopfte es an der Tür von B-103. Kathi, in unmittelbarer Nähe sitzend, öffnete.

»Sorry, für die Störung«, sagte Uli.

»Schon okay.«

»Das private Handy von Pit ist ned im Büro, ich hab alles abg'sucht. Die Infos auf seinem Padfone sind von gestern früh, da hammer die Synchro laufen lassen. Danach hat er nix mehr Neues notiert.«

»Und sein persönliches Verzeichnis auf dem Rechner und der E-Mail-Account?«

»Da war auch nix.«

»Hatte er für gestern Termine im Kalender stehen?«

»Nein, keine.«

»Vielleicht hatte er nicht alle eingetragen.«

»Du meinst, er hätte Geheimnisse vor mir g'habt?«

»Keine Ahnung, du kennst ihn besser als ich.«

Uli seufzte schwer. Es schien ihn zu belasten, dass sein Kollege und Freund ihn hintergangen haben könnte.

»Die IT-Leute sollen seinen Rechner auf Herz und Nieren prüfen«, sagte Kathi. »Vielleicht finden wir Pits Handy doch irgendwo unterm Schnee. Ruf den Thomas an und sag ihm Bescheid, dass es nicht im Büro ist.«

»Okay. – Übrigens, ich hab versucht, die Jessi zu erreichen. Am Handy war nur die Mailbox dran und übers Festnetz der Anrufbeantworter. Wahrscheinlich hat sie Nachtschicht g'habt, danach haut sie sich normalerweise aufs Ohr.«

»Was arbeitet sie?«

»Sie ist Krankenschwester in der Erler. Ich probiers später nochmal bei ihr.«

Nach der Befragung dankte Kathi den Hamburgern und Paulina für ihre Zeit und fragte sicherheitshalber, ob jemand psychologische Betreuung bräuchte. Sie lehnten ab. Einige wollten ins Hotel, die anderen Mittagessen gehen. Scheinbar hatte nicht jedem der Anblick der Leiche auf den Magen geschlagen. Kathi musste sich mit einem Müsliriegel und Milchkaffee im Büro begnügen. Nebenbei prüfte sie noch einmal die Fotos der Touristen. So, wie Rollner im Brunnen lag, war er im Dunkeln sehr schlecht zu sehen, auch vor dem Schneefall. Keinem Menschen, der hier vorbeikam, konnte man einen Vorwurf machen. Kathi markierte die Fotos und schob sie mit einem Fingerwisch auf die große Digi-Pinnwand.

»Ey, du bist ja schon fertig mit den Bildern«, sagte Andi beim Hereinkommen.

»Ich hab auch der Spusi schon Kopien geschickt.«

»Die Angie und der Stolli fassen grad die Gespräche zamm und schiebens rüber.«

Während Andi die Fotos betrachtete, spitzte Rüdiger Clausen zur Tür herein. »Darf ich?«

»Immer.« Kathi winkte den fast zwei Meter großen, schlanken, 32-jährigen Jungkommissar ins Büro.

»Es gibt gute und schlechte Nachrichten«, berichtete er mit ausdrucksloser Miene.

»Bitte zuerst die guten.«

»Wir sind mit den Aufnahmen der Ü-Kameras durch. Viertel nach zehn hat es zu schneien begonnen, zuerst nur leicht, dann volle Kanne.«

»Okay, das schränkt den Todeszeitpunkt ein. Bitte Thomas und Dr. Stern anrufen.«

»Schon erledigt.«

»Gut, und die schlechte Nachricht?«

»Die Aufnahmen zeigen die Stelle nicht, an der Rollner lag. Sie ist im toten Winkel, auf allen Einstellungen.«

»Neiiiiin!«, jammerte Kathi. »Das darf nicht wahr sein!«

»Wir haben die Filme mehrmals laufen lassen, rangezoomt, vergrößert, nichts bei rausgekommen.«

»Wozu brauchen wir Kameras, wenn die bloß die Hälfte aufnehmen!«, maulte Andi. »Big Brother light oder was?«

Clausen schmunzelte über diesen Vergleich. »Angie hat die relevanten Bilder zusammengeschnitten, schaut selbst.«

Die vorselektierten Zeitrafferaufnahmen zeigten den Platz vor dem Weißen Turm am Donnerstagabend ab halb acht.

»Mich wundert, dass so wenig Leute unterwegs waren«, kommentierte Clausen die Bilder. »Donnerstagabend ist eigentlich der typische Ausgehtag und Ferien sind auch.«

Insgesamt strömten etwa drei Dutzend Passanten in Richtung U-Bahn und Wöhrl-Saturn-Parkhaus. Um 19:38 Uhr, näherte sich aus westlicher Richtung ein Mann dem Ehekarussell, um gleich wieder in dem von der Kamera nicht abgedeckten Bereich zu verschwinden: Peter Rollner.

»Mist!«, schimpfte Kathi. »Und weg ist er! Aber die Zeit passt, gemäß Zeiterfassung und Kamera am Haupteingang hat Pit das Präsidium kurz zuvor verlassen.«

»Ihm ist keiner gefolgt«, Clausen spulte vor, »und er kommt wieder zurück.«

Rollner tauchte um 19:54 Uhr wieder auf und verschwand kurz vor dem Ehekarussel wieder aus dem Bild. Ein junges Paar kam Arm in Arm angeschlendert und fuhr mit der Rolltreppe nach unten, in die U-Bahn. Danach wirkte der Platz wie ausgestorben.

»Das bedeutet, Pit starb nach 19:54 Uhr«, sagte Kathi. »Wenn es jemand auf ihn abgesehen hatte, musste er an einer Stelle gewartet haben, die die Kameras nicht abdecken. Mit Sicherheit hatte er den Platz vorher ausspioniert.«

Andi kratzte sich am kahlen Haupt. »Des Liebespärla könnten die letzten g'wesen sein, die ihn lebend g'sehn ham.«

Kathi nickte. »Versucht rauszukriegen wer die beiden sind und wo Pit in dieser Viertelstunde war. Schaut euch bitte auch die Tage davor an, achtet auf das gesamte Umfeld und auf verdächtige Personen.«

»Wie weit sollen wir zurückgehen?«, fragte Clausen.

»Gute Frage. – Sagen wir mal eine Woche.«

»Okay.« Er räusperte sich. »Es gibt noch eine schlechte Nachricht.«

Kathi stöhnte. »Was denn noch?«

Er startete den Schnellvorlauf, bei der Zeitmarke 22:12:01 Uhr schaltete er wieder auf normale Geschwindigkeit. Es schneite kleine, feine Flocken, plötzlich wurden sie groß wie Pflaumen und immer mehr. Eine fiese Frau Holle schüttelte nicht nur ihre Kissen aus, sondern schien den kompletten Inhalt ihrer Betten über der Stadt zu leeren. Durch das dichte Schneetreiben konnte man fast nichts mehr sehen, dann beschlugen die Kameralinsen.

»So eine Kacke!«, fluchte Kathi leise.

»Es kommt noch schlimmer.« Clausen spulte vor, bis kurz nach Mitternacht. Eiskristalle bildeten sich und zauberten wunderschöne Blumen auf die Optik. »Die Aufnahmen danach sind unbrauchbar.«

»Diese Scheißkälte!«, schimpfte Andi.

»Erst heute, ab halb neun, wurde es wieder wärmer.« Clausen sprang zu dieser Zeitmarke. Die Eisblumen waren verschwunden, aber die Linsen noch immer beschlagen.

Kathi blies Luft aus. »Zum Glück haben wir die Bilder vor dem Schneefall und können den Todeszeitpunkt einschränken, es passierte zwischen 19:55 und 22:00 Uhr. – Clausi, ihr wisst, was zu tun ist. Neue Infos a.s.a.p. an Andi und mich.«

»Alles klar.« Beim Hinausgehen gab Clausen sich mit Uli die Klinke in die Hand.

»Ich krieg die Jessi ned ans Telefon«, sagte er. »Weder am Handy noch übers Festnetz. Jetzt ist es schon dreiviertel zwei. Normalerweise ruft sie gegen Mittag den Pit immer an.«

»Jeden Tag?«

»Ja, ich hab ihr jetzt mal auf die Box gesprochen.«

»Vielleicht ist sie einkaufen. Hat sie ein Auto?«

»Ja, einen Golf.«

»Wo parkt sie den normalerweise?«

»In der Tiefgarage.«

»Hm.« Kathi kratzte sich am Kopf. »Wisst ihr was, ich fahr jetzt zum Norikus.«

»Darf ich mitkommen?«, fragte Uli. »Ich mein, weil ich sie gut kenn und ...«

»Und um ihr das von Pit schonend beizubringen.«

»Ja.«

»Okay, dann hältst du hier die Stellung, Andi.«

»Mach ich. Ich such derweil des Kennzeichen von ihrem Auto raus und stell den Antrag fürs Bewegungsprofil bei den Mautfuzzies.«

Kathi bog in die Norikerstraße ein und lenkte ihren BMW im Schritttempo an den, dem Wohnkomplex vorgelagerten, Geschäften vorbei. Fitness-Studio, Pizzeria und Frisörsalon existierten schon seit Jahrzehnten und erfreuten sich, trotz wechselnder Namen und Pächter, nach wie vor großer Beliebtheit. Nach Fertigstellung der Wasserwelt am Wöhrder See mit der Norikusbucht und der neuen Stadtoase im Jahr 2018, hatten sie einen Boom erlebt und waren modernisiert worden. Kathi und Nikolai joggten regelmäßig am See und nahmen gern eine der leckeren Holzofenpizzen mit nach Hause.

Kathi sah hinüber zu den Parkplätzen. »Alles voll.«

Scheinbar waren ferienbedingt viele Bewohner zu Hause, die über keinen Tiefgaragen-Stellplatz verfügten. Aber auch Spaziergänger, die bei mittlerweile sonnigem Wetter hier flanierten, parkten dort. Das Landschaftsschutzgebiet hatte auch im Winter seinen Reiz und bot Naherholung für jeden Geschmack. Kathi kannte ein paar Geheimtipps in Sachen

Parken in den Seitenstraßen, aber jetzt war sie im Einsatz, keine Zeit, lange zu suchen. Sie stellte sich kurzerhand neben die Tiefgarageneinfahrt.

»Brrrrrr, es ist ja immer noch so kalt«, beklagte sie sich, während sie ausstiegen. Die Sonne, die die vom Schnee überzuckerte Winterlandschaft so traumhaft glitzern ließ, täuschte. Es herrschten eisige Temperaturen. Kathi zog den Reißverschluss ihres Anoraks bis nach oben und die Handschuhe an.

»Eigentlich jachd mer bei so ner Kält keinen Hund naus.« Uli stellte den Kragen seiner Lammfelljacke hoch.

Kathi schulterte ihre Umhängetasche und verriegelte den Wagen. Gemeinsam mit Uli warf sie einen Blick zum Wöhrder See. Still und friedlich lag er da. Bis jetzt waren nur die Uferbereiche und die vom vierhundert Meter langen Leitdamm begrenzte Norikus-Bucht zugefroren. Zwischen den bunten Bootshäuschen und dem Bootssteg spielte ein gutes Dutzend lärmende, dick eingepackte Kinder. Ihre Mütter sorgten mit wachsamen Augen dafür, dass sie das dünne Eis des Wasserspielplatzes nicht betraten.

Ein sonores Geräusch näherte sich. Der rote Mini-Elektro-Schneepflug kam direkt neben Kathi und Uli zum Stehen. Ein stämmiger, breitschultriger Mann Ende fünfzig, in einen dicken, khakigrünen Daunenparka eingemummt, sprang aus dem verglasten Cockpit und begann sogleich zu wettern.

»Herrschaften, da könnts fei ned schdeehbleibn, sonst werds abg'schleppt! Hier gilt die StVO.« Das *S* zischte er wie eine Schlange und gar nicht fränkisch-soft wie er sonst redete.

»Wissen wir.« Kathi stellte sich und Uli vor. »Starck, Kripo Nürnberg, das ist mein Kollege Sauer.«

Sie zeigten ihre Dienstausweise, die sehr genau beäugt wurden. »Grüß Gott, Frau Kriminalhauptkommissarin, Herr Kriminaloberkommissar.«

Kathi nickte. *Na, der nimmts aber genau.* »Grüß Gott. Und Sie sind?«

»'Tschuldigung, Krappmann, Hans. Bin der Hausmasta.«

»Herr Krappmann, wir ermitteln hier und müssten bitte in die Tiefgarage«, sagte Kathi freundlich.

»Kein Brobleem, soll ich sie hinbringen?«

»Ich kenn mich hier aus«, sagte Uli.

»Aber ohne meine Chipcard kommens ned durchs Gitter«, sagte Krappmann. »Gehns schon mal vor, ich fahr schnell des Gerät da weg.«

Die Höhe der Ein- und Ausfahrtszone, durch neonrot und weiß gestreifte Betonpfeiler getrennt, betrug laut Gebotsschild 3,60 Meter. Hoch genug für die Trucks der Müllabfuhr, um die rechts nach der Einfahrt in Reih und Glied stehenden Restmüll-, Bio- und Papierrollcontainer zu leeren. Kathi folgte Uli in den düsteren Betontunnel, der sich nach hinten in Breite und Höhe verjüngte. Ihre dumpf hallenden Schritte muteten an, als betraten sie einen Bergwerksstollen. Ihr Weg endete an einem massiven Stahlgitter, das die gesamte Durchfahrt versperrte. Ein Schild warnte: ›Nur für Hausbewohner mit Owner-Cards und Fahrzeuge max. 2 m Höhe‹. Darüber prangte unübersehbar in Großbuchstaben SCHRITTTEMPO UND LICHT EIN!

Ein lautes Wummern ließ sie und Uli gleichermaßen zusammenfahren. Wie durch Geisterhand und mit einem kreischenden, metallischen Schleifgeräusch öffnete sich das Gitter wie ein riesiges Maul.

Krappmann trat zu ihnen und ließ den Sensor-Key grinsend in der Seitentasche seines Parkas verschwinden. »Ich hoff, Sie sin ned erschroggn.«

»Nein, nein«, schwindelte Kathi. »Danke fürs Öffnen.«

»Soll ich mit neikommen, mir ham hier 600 Schdellplätz.«

»Ich kenn den Weg«, sagte Uli. »Wir müssen zu A 78.«

»Aha, des Audo von der Frau Kleine!«

Kathi staunte Bauklötze. »Das wissen Sie auswendig?«

Der Hausmeister grinste. »Ich kenn fast alle. Des is a Hobby von mir, a bissla Gedächtnistraining.«

Kathi nickte anerkennend. »Kann sein, dass wir noch Fragen an Sie haben, Herr Krappmann. Wo finden wir Sie?«

»Gleich links um die Ecke ist unser Leitstand, da sitzt entweder der Kollege Mayer oder ich. Wenn ich ned da bin, ruft er mich an.«

Im ersten Parkdeck roch es unangenehm nach Abgasen, trotz der modernen Abluftanlage mit überdimensionierten Jet-Ventilatoren. Dank der LED-Beleuchtung, war es hier um Einiges heller als in der Einfahrt, nirgendwo gab es dunkle Ecken. Ein silbergrauer Golf älteren Baujahres, mit dem amtlichen Kennzeichen N-JK 342, stand auf Platz A 78.

»Das ist ihr Auto«, sagte Kathi, als sie es mit den von Andi geschickten Daten verglich.

»Daneben parkt normalerweise der Pit«, erklärte Uli den freien Platz linkerhand.

»Alles knochentrocken, da stand seit gestern keiner.«

Karosserie und Scheiben von Jessicas Golf wiesen einen feinen Schmutzfilm auf. Mit Ausnahme der Stellen an Front und Heck, an denen die Wischer ihr Werk verrichtet hatten. Unter den Reifen standen kleine Wasserpfützen vom getauten Schnee, vermischt mit Streusalz und Rollsplitt. Kathi und Uli sahen ins Innere des verschlossenen Autos. Auf der Rückbank lagen eine Fleecedecke und ein Regenschirm, im Fußraum auf der Beifahrerseite Eiskratzer, Besen und Enteisungs-Spray.

Das nenne ich vorgesorgt, dachte Kathi. *Ich muss den Kram auch noch aus dem Keller holen.*

Auf dem Weg zum Fahrstuhl sah sie sich weiter um, die Decke interessierte sie besonders. »Kameras, sehr gut.«

Ohne Unterbrechung ging es in die neunzehnte Etage, Pits Wohnung lag im höchsten Gebäude mit zweiundzwanzig. Kathi fragte sich schon immer, wie man freiwillig in so einen Betonbunker ziehen konnte. Sie empfand den Norikus-Komplex als störende Bausünde in einem Naturschutzgebiet. Sie erinnerte sich an Anja, eine Freundin aus der sechsten Klasse, die mit Eltern und Bruder auf knapp achtzig Quadratmeter im halb so hohen Nachbargebäude wohnte. Nicht gerade üppig im Vergleich zu Kathis fünfundzwanzig Quadratmeter großem Zimmer in ihrem Elternhaus in der Ebenseestraße in Mögeldorf, einer renovierten Villa aus der Gründerzeit. Ein eigenes Bad und eine kleine Terrasse auf dem Garagendach hatten auch dazugehört.

Fürs Wohnen im Norikus sprachen die reizvolle Lage am Wöhrder See und die guten Nahverkehrsanbindungen. Mit Bus, S- und Straßenbahn erreichte man in wenigen Minuten den Hauptbahnhof und die Innenstadt. Trotz der freundlichen Innenanstriche lag noch immer der Charme der 1970er Jahre in den Gebäuden mit den nicht zu enden scheinenden Gang-Fluchten und dem kalten Kunstlicht. Wenigstens gab es in jeder Wohnung einen Balkon, in den obersten Etagen sogar Dachterrassen. Man kannte vielleicht seine direkten Nachbarn, sonst herrschte Anonymität, kein Wunder bei knapp zweitausend Bewohnern. Hier lebten Menschen jeder Couleur: Familien, kinderlose Paare, Singles und Rentner. In manchen Appartements gingen Callgirls ihrem Gewerbe nach, natürlich nicht offiziell. Dazu kamen Vierbeiner aller Größen und Rassen.

»Die Wohnung liegt rechts, ganz hinten«, erklärte Uli beim Verlassen des Fahrstuhls und ging vor. »Nummer acht, das ist die größte hier oben. Früher warens mal zwei mit je 60 Quadratmetern.«

Kathi nickte. »Und jetzt 120, nicht übel.«

»Der Pit und die Jessi ham die echt schön umgebaut. Von der Dachterrasse hat man einen Superausblick. Du hättest das Feuerwerk an Silvester sehen sollen.«

»Da warst du hier?«

»Ja, auf der Party, wie jedes Jahr, mit den Nachbarn und ein paar Freunden.«

»Wie lange kennt ihr euch schon?«

»Elf Jahre. Früher war ich immer mit der Chris da und seit mir nimmer zamm sind, halt allein. An Nikolaus hammer Plätzl gebacken. Schee wars.«

Wenigstens spricht er wieder normal über sie, dachte Kathi.

Als Christine vor zwei Jahren mit ihrem Kurschatten durchbrannte, spuckte Uli ihren Namen lange Zeit regelrecht aus, Christine mit doppelt-scharfem ›S‹ und extra hartem ›T‹. Seit letztem Sommer war er geschieden und schien das Ganze einigermaßen verdaut zu haben. Eine Freundin hatte der 42-Jährige nach Kathis Wissen keine. *Er sieht ja nicht schlecht aus, ist aber ein wenig langweilig und konservativ. Vielleicht ist er einfach noch nicht bereit für eine neue Beziehung.*

Scraaatsch! Auf dem glatten Fliesenboden des langen Flures knirschte der Rollsplitt unter ihren Füßen, jeder Schritt pulverisierte die Steinchen. Sie stammten nicht nur von Kathis und Ulis Stiefeln, bis zur Wohnungstür mit der Acht zog sich bereits eine hässliche Schmutzspur.

»Dieses blöde Dreckszeug!« Kathi trat zur Seite. »Schau, es ist auch auf dem Abstreifer und nass ist er auch. Das bedeutet, heute war schon jemand hier.«

»Stimmt, ich läute jetzt mal.« Uli drückte zweimal auf den Klingelknopf. Alles blieb ruhig. Er probierte es noch einmal und klopfte zusätzlich. Wieder nichts. Er legte ein Ohr an die Tür und lauschte. »Nix zu hören.«

»Vielleicht schläft sie nur fest oder mit Ohropax.«

Uli läutete, klopfte und rief Jessicas Namen. Auch nach mehrmaligem Wiederholen öffnete niemand. Es blieb still.

»Vielleicht ist sie doch einkaufen gefahren«, sagte Kathi.

»Aber ihr Auto ist doch da.«

»Ich meine mit der Straßenbahn, wegen des Wetters. Die Haltestelle liegt ja fast vor der Haustür.«

»Da könntest Recht ham.«

»Ich frag mal die Nachbarn.« Kathi läutete bei der Sechs und der Sieben, vergeblich. »Keiner da.«

»Und jetzt?«

»Aufmachen lassen, was sonst. Ich hol mir gleich die Genehmigung, ruf den Schlüsseldienst, besorge mir nen Durchsuchungsbefehl und lass eine Streife kommen. Hab ich was vergessen? – Nein.«

»Dann fahr ich inzwischen runter zum Krappmann und frag nach den Aufnahmen der Kameras in der Tiefgarage.«

Nach einer Viertelstunde kam Uli zurück. Kathi schoss gerade ein paar Fotos von den Schuhabdrücken im Flur.

»Naja, viel erkennt man nicht, aber besser als gar nichts.«

»Der Kollege vom Krappmann macht eine Kopie und schickts dir«, sagte Uli. »Dauert ned lang. Ich hab mirs schon kurz ang'schaut. Die Jessica ist mit ihrem Golf kurz nach halb sieben in die Tiefgarage gefahren, hat ihn abgestellt, ist seelenruhig zum Fahrstuhl und allein eingestiegen. Ihr ist keiner gefolgt.«

»Okay, die Zeit passt. Wie lange dauert der Nachtdienst normalerweise, weißt du das?«

»Ich glaub bis halb sechs.«

»Wie lange braucht man von der Erler bis hierher?«

»So früh, knappe fünfzehn Minuten.«

»Aber nicht bei diesem Wetter. Es hat immer wieder geschneit und es war nicht überall geräumt und gestreut. Ich schätze mal zehn Minuten länger.«

»Soll ich dort anrufen und fragen wann sie weg ist?«

»Nein, warten wir erst ab, bis das Bewegungsprofil ihres Autos da ist. – Übrigens, ich hab noch ein paar Mal geläutet und geklopft, nichts.«

PLING-PLING! machte sich Kathis Padfone in der Tasche bemerkbar. Mit gezieltem Griff holte sie es heraus. »Ah, der Film aus der Tiefgarage! Das ging wirklich schnell.«

Die Aufnahmen zeigten, wie Jessica Kleine ihren Golf um 6:34 Uhr abschloss und danach in den Fahrstuhl einstieg. Zehn Minuten tat sich nichts. Kathi ließ es schneller laufen. Um 6:45 Uhr parkte ein großer Audi in der Reihe vor Jessicas Auto. Eine ältere, weißhaarige Dame im Pelzmantel stieg aus und ging in Richtung Treppenhaus.

»Das ist die Frau von Steinsdorff, hat der Krappmann gesagt. Sie wohnt im Erdgeschoss. Nach ihr ist eine halbe Stunde niemand gekommen, dann Krappmanns Kollege mit dem Schneepflug.«

»Den Rest sollen sich die Youngster anschauen«, sagte Kathi und leitete die Aufzeichnung ins Büro weiter.

Aus Richtung der Fahrstühle näherten sich ein Mann im schwarzen Arbeitsoverall, eine Streifenbeamtin und ein männlicher Kollege.

Kathi steckte das Padfone in die Seitentasche ihres Anoraks. »Hallo, zusammen, KHK Starck.«

»KOK Sauer«, sagte Uli.

»Grüß Gott«, sagte die Polizeihauptmeisterin. »Färber.«

»Grüß Gott, Winter«, stellte sich der Polizeimeister vor, »aber für den Schnee und die Kälte kann ich nichts.«

Alle schmunzelten.

»Schwarz, Pronto Schlüsseldienst«, sagte der Mann im Overall. »Aber ned Schwarzsehen, ich krieg alle Düürn auf.« Noch einer, der zum Scherzen aufgelegt war.

Färber reichte Kathi eine braune Papiertüte. »Da drin ist alles, worum Sie gebeten haben, Frau Starck.«

»Super, Danke.«

»Was ist das?«, fragte Uli neugierig.

»Momentchen«, bremste Kathi ihn. »Eine Info zur Sache, Leute. Das ist die Wohnung eines gestern verstorbenen Kollegen. Die genaue Todesursache ist noch nicht bekannt. Seine Lebensgefährtin wohnt auch hier. Sie kam gegen halb sieben von der Arbeit, ihr PKW steht in der Tiefgarage. Aber sie macht nicht auf. Deshalb müssen wir rein.«

»Vielleicht schläft sie mit Ohrstöpsel?«, räumte Winter ein.

»War auch mein erster Gedanke. Wir haben geläutet, angeklopft, gerufen, nichts.« Kathi zog Latexhandschuhe an, von denen immer ein Päckchen in ihrer Umhängetasche steckte, und holte den mobilen Fingerprint-Scanner aus Fischers Tüte. »Wir können nicht auf die Spusi warten.« Sie nahm den Bereich um den Türknauf auf, prüfte das Ergebnis und nickte zufrieden. »Hm, sind einige drauf.« Dann trat sie zur Seite. »Herr Schwarz, Sie können loslegen.«

Er legte eine Schutzmatte auf den Boden und positionierte den Akku-Bohrer am Schließzylinder. Das schrille Geräusch erzeugte gequälte Mienen bei allen Anwesenden.

»Wenn jemand in der Wohnung ist, kriegt er spätestens jetzt mit, dass einer rein will.« Kathi drückte Uli eines der weißen Päckchen aus der Tüte in die Hand. »Bitte anziehen, Größe XL müsste dir passen.«

»Ein Schutzoverall?« Er runzelte die Stirn. »Ist das ned ein bisserl übertrieben?«

»Nein, in der Tüte sind auch Handschuhe für dich.«

»Okay, wenn du meinst.«

Kathi und Uli tauschten ihre Jacken, die sie auf den Boden neben die Wohnungstür legten, mit den Overalls und zogen Vlies-Füßlinge über die Stiefel.

Schwarz beendete das Bohren. Er schraubte den Ziehfix auf den Zylinder, dann knackte es. »So, die Düür is offen!«

»Danke, Herr Schwarz«, sagte Kathi.

»Sie wolln schbäder bschdimmd wieder abschberrn, oder?«

»Ja.«

»Dann brauchens a neues Schloss.«

»Schon klar, wir schauen jetzt erst mal rein. Könnten Sie bitte noch solange warten?«

»Mach ich.«

»Aber nicht hier, falls ... Sie wissen schon.«

»Alles klar, Frau Kommissarin. Ich wart vorn am Aufzug.« Schwarz packte sein Werkzeug in den Koffer und entfernte sich.

»Ich gehe zuerst«, sagte Kathi leise und entsicherte ihre Waffe. »Ihr gebt mir Deckung.«

Uli, Färber und Winter nickten und gingen in Stellung.

Kathi schob die Tür vorsichtig auf und lauschte. Totenstille. Dann versetzte sie ihr einen Stoß, bis zum Anschlag. Mit einem erleichterten Schnaufer stellte sie fest, dass niemand dahinter lauerte. Sie wagte den nächsten Schritt.

»O Gott!« Trotz des spärlichen Lichts, das vom Hausflur in die Wohnung drang, konnte Kathi in der fensterlosen Diele einen leblosen Frauenkörper auf dem hellen Parkettfußboden erkennen. »Hier liegt eine Frau.«

»Allmächd!«, rief Uli und kam näher.

»Stopp!« Kathi hielt ihn zurück. Mit gezückter Waffe und alle Richtungen prüfend, näherte sie sich der Frau. Sie ging in die Hocke, fühlte Puls und Herzschlag. »Tot.« Sie seufzte. »Uli, du kannst das Licht anmachen.«

Ohne hinzusehen, tastete er mit einer Hand die Wand neben sich ab und fand nach einigen Versuchen den Schalter. Die eingebauten LED-Deckenspots gingen an. »Allmächd, die Jessi!«, rief er sichtlich geschockt.

Kathi erhob sich wieder.

»Komisch, sie hat keine Schuhe an«, sagte Uli.

»Das finde ich nicht ungewöhnlich, daheim laufe ich auch oft in Strümpfen herum. Lass uns erst die anderen Zimmer checken, bevor ich sie mir genauer ansehe.«

Uli nickte. »Rechts gehts in die Küche, ins Wohnzimmer und auf die Dachterrasse. Ich übernehme das Bad, Arbeits- und Schlafzimmer.«

Färber und Winter postierten sich ohne weitere Order zu beiden Seiten der Wohnungstür, Standardprozedur.

Kathi ging zur Küche, lauschte zunächst an der halb offenstehenden Tür und stieß sie bis zum Anschlag auf. *Sauber!*, dachte sie und warf einen Blick hinter die Esstheke der modernen Einbauküche. Sie nickte zufrieden. Die nächste Herausforderung stellte der Türbogen zum Wohnzimmer dar. *Okay, same procedure.* Sie spähte in den etwa dreißig Quadratmeter großen Raum. Die helle, moderne Einrichtung mit der großzügigen

Polsterlandschaft, farblich aufeinander abgestimmten Kissen, Bildern und Deko-Objekten wirkte etwas overstyled. *Gut, keiner hier.* Sie konnte auch keine Einbruchsspuren erkennen, sicherte ihre Waffe und steckte sie ins Holster unter dem Overall.

An den Panoramafenstern, so breit wie der Raum, gab es keine Vorhänge. Kathi öffnete eine der Schiebetüren, zog die Füßlinge aus, damit sie nicht nass wurden und trat ins Freie, in den jungfräulichen Schnee. Der eindeutige Beweis, dass seit gestern Abend nach dem Schneefall kein Mensch hier gewesen war. Die etwa zwei Meter fünfzig breite und sechs Meter lange Dachterrasse bot eine gigantische Aussicht. Im Vordergrund wachten zwei Bürohochhäuser, graue, verschachtelte Monolithen, über den Wöhrder Talübergang. In der Ferne grenzte sich die Silhouette der Altstadt mit den Türmen der Lorenzkirche wie ein Scherenschnitt-Motiv vom Himmel ab.

Trotz des eisigen Windes, wagte Kathi einen Blick über die Brüstung. Unten wuselten winzige Menschen ameisengleich durch den Schnee, die Autos wirkten wie Spielzeuge. Kulleraugen und Münder glotzten zu ihr herauf. Ein Spaßvogel hatte die Windschutzscheiben und Motorhauben einiger, schneebedeckter PKW mit Gesichtern verziert. Deren Grinsen steckte Kathi an, dann mahnte sie ihr Gewissen. *Schlechtes Timing, du hast eine Leiche im Flur liegen!* Länger würde sie es draußen ohnehin nicht mehr aushalten. Die Kälte kroch durch den dünnen Overall langsam in ihre Glieder. Auf dem Rückweg blieb sie sicherheitshalber in ihrer Spur. Sie schloss die Tür und zog die Füßlinge wieder an.

»Alles sauber«, berichtete sie, zurück im Flur. Färber und Winter nickten und steckten die Waffen weg. »Wo ist der Kollege Sauer?«

»Im Bad, ich komm gleich!«, hörte sie ihn rufen. Nur wenige Augenblicke später tauchte er auf. »Alles in Ordnung, kein Mensch da. Im Schlafzimmer ist das Bett g'macht und in den anderen Zimmern ist auch aufg'räumt. Es gibt nix was auf einen Einbruch hindeutet.«

»Dasselbe in Küche und Wohnzimmer«, sagte Kathi. »Auf der Terrasse war ich die Einzige, seit es geschneit hat. – Frau Fischer, rufen Sie bitte die Spusi an, die sollen hier anrücken.«

»Geht in Ordnung.«

»Brauchen wir den Herrn Schwarz noch?«

»Nein, er kann fahren, wegen des neuen Schließzylinders melden wir uns. Das wird etwas dauern.«

»Ich sag ihm Bescheid.« Winter machte sich auf den Weg.

Kathi holte ihr Padfone und schoss einige Fotos von Jessica aus mehreren Blickwinkeln. »3.1.2025, 14:23 Uhr«, diktierte sie ins Gerät. »Norikus, Bau eins, neunzehntes OG, Appartement acht, weibliche Tote, Name Jessica Kleine, eindeutig identifiziert durch KOK Uli Sauer. Weitere Daten folgen. – Hältst du mal bitte.« Kathi drückte Uli das Pad in die Hand und kniete sich neben Jessica, um die erste Totenschau vorzunehmen. Behutsam und darauf bedacht, keine Spuren zu verwischen, hob sie ihren Kopf an, untersuchte sie auf mögliche Würgemale, tastete Körper und Gliedmaßen ab und suchte nach Blutspuren. Kopfschüttelnd stand Kathi auf und ließ sich von Uli das Pad wieder geben. »Ergänzung Auffindungssituation Jessica Kleine: keine äußerliche Gewalteinwirkung erkennbar, Körper weist weder Schuss- noch Stichverletzungen auf. Nach der Leichenstarre zu urteilen, ist sie heute am frühen Morgen verstorben. Todesursache noch unbekannt.«

»Sie liegt da, als wär sie einfach umkippt.«

»War sie krank, was mit dem Herzen oder so?«

»Nein, die Jessi war pumperlgsund. – Vielleicht ein Schlag auf den Kopf?«

»Hm, vielleicht von hinten.« Kathi entfernte sich einige Schritte von der Toten, um sich ein besseres Bild machen zu können. »Wenn sie keines natürlichen Todes gestorben ist, wie könnte es passiert sein?« Kathi versuchte den Morgen zu rekonstruieren. »Jessica kommt von der Arbeit, zieht Jacke und Schuhe aus, dann läutet es an der Tür, sie geht hin und öffnet.«

Uli sah Kathi skeptisch an. »Einfach so?«

»Sie wird schon durch den Türspion gesehen haben. Entweder sie kannte den Besucher oder die Besucherin und hat ihn oder sie reingelassen oder es war ein Fremder, der sie mit einem Vorwand dazu brachte, die Tür zu öffnen. Diese Person könnte sie mit Gewalt in die Wohnung zurückgedrängt oder gestoßen haben.«

»Wie kommst da drauf?«

»Sie liegt weit weg von der Tür.«

»Vielleicht ist sie bewegt worden, wie Pit.«

»Hm, möglicherweise post mortem. Damit der Täter die Tür ohne Probleme schließen konnte.«

»Bei einem Schlag von hinten, müsste die Jessie da ned anders daliegen?«

Kathi schüttelte den Kopf. »Nicht, wenn der Täter bereits in der Wohnung war und aus einem der Zimmer kam.«

»Dann hätte er einen Schlüssel gebraucht. Der Pit hat seine alle bei sich g'habt.«

»Aber wir wissen nicht, ob einer gefehlt hat. Der Täter könnte die ganze Nacht hier gewartet haben.«

»Das ist doch riskant wegen der Spuren, Fasern, Haaren, Hautschuppen und so.«

»Schau dich um, Uli, nirgendwo liegt Splitt. Sichtbare Schuhabdrücke gibts auch keine in der Wohnung und Jessicas Stiefel stehen in einer Abtropfschale.« Kathi ging hinüber zur Garderobe und nahm das Paar hoch. »Tropfwasser und Splittreste. Sie hat die Stiefel draußen ausgezogen und ist in Strümpfen in die Wohnung gegangen. Ich glaube, der Täter oder die Täterin war hier, bevor es zu schneien begann.«

»O Mann, Kaddi! Dein berühmter Riecher!«

»Verschrei's nicht. Mir lässt das keine Ruhe, solange die Todesursache von Pit nicht genau feststeht. Sollte er ermordet worden sein, gäbs ein Motiv. Aber Jessica, warum sie?«

»Glaubst, die zwei Sachen hängen zamm?«

»Ich habe jedenfalls ein Scheißgefühl.«

»Frau Starck«, rief Färber ihr im Türrahmen stehend zu. »Die Spusi ist unterwegs. Können wir noch was helfen?«

»Danke. – Ja, das wäre nett. Bitte befragen Sie alle Nachbarn hier auf der Etage, ob ihnen gestern Abend oder heute Morgen etwas aufgefallen ist, Leute, Geräusche, et cetera. Bei der Sechs und der Sieben war ich schon, die sind nicht da.«

»Geht in Ordnung. – Komm Winter, auf gehts.«

Kathi warf einen Blick in Jessicas Handtasche und nahm die Geldbörse heraus. »Perso, Führerschein, achtzig Euro in Scheinen.« Sie kramte weiter und fand den Mitarbeiterausweis der Erler-Klinik. Anschließend durchsuchte sie die Jacke an der Garderobe. »Hm, kein Handy, wie bei Pit.«

»Vielleicht liegts woanders, im Auto. Es könnte in der Halterung stecken.«

»Ich hab vorhin keins gesehen.« *Das Geld ist da, das Handy weg, wie bei Pit.* Kathi kaute auf ihrer Unterlippe. *Zu viele Parallelen.* »Halte nochmal bitte.« Sie drückte Uli das Padfone in die Hand und begann, Jessica genauer zu durchsuchen. Zuerst die Taschen der Jeans, dann hob sie ihren Körper vorsichtig an und sah darunter nach.

»Was suchst du?«, fragte Uli.

»Nur so ne Idee.« Kathi schob den Stoff von Jessicas Bluse zur Seite. Im rechten Körbchen des weißen BHs steckte eine Spielkarte. »Bingo!«

Uli kam neugierig näher.

»Eine Herz-Dame von ASS«, sagte Kathi. »Kunststoff blau, wie bei Pit. Das ist jetzt kein Zufall mehr!«

»Allmächd, sie ist umgebracht worden!«

»Und mit Sicherheit vom selben Täter wie Pit. Fragt sich nur, wie. Bei ihm hat er die Karte vielleicht nur obendrauf gelegt und sie ist runtergefallen, als er ihn in den Brunnen gezogen hat. Aber warum die Spielkarten? Die müssen eine Bedeutung haben. Haben Pit und Jessi Poker gespielt?«

Uli überlegte. »Ähm, soweit ich weiß, ned.«

»Es könnte ein Wink mit dem Zaunpfahl sein, eine Warnung posthum: Ihr habt zu hoch gepokert.«

Plötzlich begann Uli zu hyperventilieren und am ganzen Körper zu zittern. Kathi konnte ihm gerade noch das Pad wegnehmen, bevor es herunterfiel. Mit der anderen Hand stützte sie ihn, damit er nicht umkippte.

»Setz dich lieber hin.« Kathi legte das Pad auf die kleine Kommode neben der Garderobe und half Uli, sich auf dem Fußboden niederzulassen. »Besser?«

Er nickte hastig und versuchte, seine Atmung wieder unter Kontrolle zu bekommen. »Ich weiß schon, warum ich ned bei eurem Haufen arbeite.«

»Einem, dem beim Anblick einer Leiche übel wird, hat da auch nichts verloren. Du wolltest mitkommen.«

»Ja, aber ich hab ja ned wissen können, dass sie ...« Er schluckte.

»Ich auch nicht.«

»Mir geht des so nach, zuerst der Pit und dann die Jessi, furchtbar!«

»Jetzt bleib mal sitzen, das wird schon wieder.«

PLING-PLING! meldete sich Kathis Padfone. Sie stand wieder auf, holte es und kontrollierte den Posteingang: zwei Fotos, Absender Dr. Richard Stern, Pathologie Erlangen. Beide zeigten eine Detailansicht von Rollners Hals, direkt unter dem linken Ohr. Während Kathi die Bilder betrachtete, kam der Anruf.

»Hallo, Sternchen ... ja, hab sie grad bekommen. Was ist das? Kommt das vom Rasieren?«

»Ich komme gleich dazu«, sagte der Rechtsmediziner. »Der Genickbruch ist eindeutig, er muss an einer harten Kante aufgeschlagen sein.«

»Naja, im Ehekarussel gibts eine ganze Menge davon.«

»Aber daran ist er nicht gestorben, das Rückenmark war weder getrennt noch gequetscht.«

»Woran dann?«

»Er war schon tot, als er fiel. Darum hab ich dir die Bilder gleich geschickt. Die gerötete Stelle am Hals stammt von einem Einstich.«

»Also doch!« Kathi seufzte. »Manchmal hasse ich es, wenn ich Recht habe! – Sieht gar nicht aus wie ein Stich.«

»Ich dachte zuerst auch, das käme vom Rasieren oder vom Kragen, der gescheuert hat. Aber die Rötung hat mich an die Fälle vom letzten Jahr erinnert. Dann kamen die Blutwerte und der toxikologische Bericht. Kein Alkohol, keine Drogen, keine Medikamente, aber Spuren eines Gifts: Antiaris toxicaria.«

Kathi riss die Augen auf. »Das Gift des Upasbaums!«, flüsterte sie, als wären es verbotene Worte. Ihr lief es eiskalt den Rücken hinunter.

»Das Gift ist einfach nachzuweisen, wenn man weiß wonach man suchen muss. Es ist dasselbe Zeug wie bei Tüyüc und Panzer. Ich habe mich letztes Jahr ein wenig genauer damit beschäftigt. Es führt binnen Sekunden zu Lähmungen und schließlich zu Herzstillstand. Es wird für die Jagd verwendet, im südostasiatischen Raum, in Südafrika und Südamerika. Man verwendet Druckluftpistolen, aber auch die Blasrohrjagd ist gerade ziemlich in. Bei uns ist das verboten, aber alle, die diesem Sport frönen, werden es nicht an die große Glocke hängen. Pistolen, Pfeile und Blasrohre gibt es im Waffenhandel oder im Internet.«

»Aber das Gift doch nicht.«

»Nein, nur in Insider-Kreisen. Ich mach mich mal schlau. Ich kenn da jemand im Tropeninstitut in Hamburg.«

»Halte mich auf dem Laufenden.«

»Du erfährst es als Erste«, sagte Stern. »Gut, dass ihr die Kameraaufnahmen habt, bei der Kälte würden wir mit der Todeszeit zirka sechs Stunden daneben liegen. Blöd, dass man nicht sieht wie's passiert ist.«

»Nichts, nada, niente!«, brummte Kathi. »Dieser Bereich des Brunnens liegt im toten Winkel. Aber ich gehe davon aus, dass der Täter den Giftpfeil mit ner Pistole abgeschossen hat. Ein Blasrohr wäre zu auffällig gewesen. Obwohl, da steht ein Baum in der Nähe, keine zehn Meter entfernt. Dahinter hätte er sich verstecken können und mit einem teleskopartigen ....«

»Aber in der Dunkelheit aus dieser Entfernung, da muss einer geübt sein.«

»Du hast Recht«, sagte Kathi.

»Den vollständigen Bericht schicke ich dir später.«

»Danke, Sternchen. – Warte bitte, ich leg dich mal kurz weg, bin gleich wieder da.« Kathi kniete sich neben Jessica und suchte mit beiden Händen den Hals der Toten ab. Sie entdeckte tatsächlich eine winzige Rötung unter dem Kehlkopf, wie nach einem Mückenstich. »Mist! Hab ich vorhin übersehen!«

»Was ist?«, fragte Uli, der sich wieder gefangen hatte.

Kathi antwortete nicht, sie fotografierte die gerötete Stelle und schickte die Bilder an Stern. »Bist du noch dran?«

»Ja, bin ich.«

»Ich hab dir grad Fotos geschickt.«

»Moment.«

Es dauerte eine Weile. Uli ersparte sich weitere Fragen. Er kannte Kathi, wenn sie so angespannt dreinblickte, hieß es ›bin grad nicht auf Empfang‹.

»Verdammt!«, fluchte Stern aus dem Padfone.

»Gesehen?«

»Ja, könnte dasselbe sein. Wer ist das?«

»Rollners Lebensgefährtin.«

»Ach du Scheiße! – Sorry.«

»Wir haben sie gerade in der gemeinsamen Wohnung gefunden. Du kriegst sie heute noch auf den Tisch.«

Stern seufzte schwer. »Okay, dann leg ich heute noch ne Extraschicht ein. Tschüss, Kathi.«

»Tschüss, Sternchen. Die blüht uns auch.« *Und das am Freitag, toller Start ins Wochenende!* Ihr Blick wurde zu Uli gelenkt, der gerade aufstand. »Und, gehts wieder?«

»Ja, bassd scho.« Er seufzte. »Also doch Gift beim Pit.«

PLING! PLING!

»Wer ist das jetzt?« Kathi prüfte den Neuzugang auf ihrem Pad. »Das Bewegungsprofil von Pits Auto.« Sie überflog die Liste. »Am Donnerstag ist er von der Wohnung direkt ins Präsidium gefahren, seitdem steht es dort. – Uli, du hast doch gesagt, Pit wäre mittags länger außer Haus gewesen.«

»Richtig.«

»Mit seinem Auto ist er nicht gefahren.«

»Dann zu Fuß oder mit den Öffentlichen.«

Kathi nickte, zog die Latexhandschuhe aus und wischte sich die feuchten Hände am Overall ab. Sie hasste die Dinger, weil man darin so leicht schwitzte, aber Vorschrift ist Vorschrift.

»Vielleicht ist er auf den Aufnahmen der Überwachungskameras am Präsidium zu sehen. – Ich ruf schnell den Andi an, wegen des Profils von Jessicas Auto. Außerdem soll er später ein Meeting mit den Chefs ansetzen.«

Kurz nach drei trafen Sabine, Thomas und zwei weitere Kollegen der Spurensicherung ein. Kathi reichte Sabine den Fingerprint-Scanner. »Ich hab alles um den Türknauf abgenommen, bevor das Schloss rausgebohrt wurde.«

»Super, danke.«

»Wie läufts am Weißen Turm?«

»Der Tobi und sein Team sind zu Dreiviertel fertig.«

»Gut. – Übrigens, bei Frau Kleine steckt eine Herz-Dame im Dekolleté. Das Sternchen hat auch schon angerufen. Pit starb durch einen Giftpfeil, Antiaris toxicaria.«

Thomas sah sie entgeistert an. »Shit, die Rötung!«

»Frau Kleine hat auch eine, ich hab Stern bereits ein Foto zugeschickt.«

»Okay.«

Kathi und Uli zogen die Overalls vor der Wohnung wieder aus und steckten sie zusammengeknüllt in die Tüte.

Hauptwachtmeisterin Färber kehrte mit Winter zurück. »Wir haben alle Nachbarn angetroffen«, berichtete sie. »Auch die von der Nummer sechs. Keiner hat zur fraglichen Zeit etwas gehört, Fremde sind auch keinem aufgefallen. In Appartement sieben macht noch immer keiner auf.«

»Die Lohmanns sind im Urlaub«, sagte Krappmann, der ebenfalls des Weges kam. Er wollte endlich wissen, was im neunzehnten Stock vor sich ging. »Seit gestern früh, die kommen erschd nächste Woche wieder. Ich weiß des, weil ich den Schlüssel von ihrem Briefkasten hab.«

»Okay, danke«, sagte Kathi und hielt den Hausmeister mit der Hand auf, weil er Anstalten machte, durch die offenstehende Tür in Rollers Wohnung zu spähen.

»Allmächd! Ist des die Schbusi? – Was issn bassiert?«

»Frau Kleine ist tot«, sagte Kathi knapp.

»Allmächd! Wie des?«

»Das wissen wir noch nicht.«

»Ach desweeng ham Sie die Aufnahmen braucht.«

Kathi nickte. »Bitte behalten Sie das für sich.«

»Ich kann schweigen.«

»Sind Ihnen zwischen gestern Abend halb neun und heute früh halb neun fremde Personen aufgefallen?«

»Heut früh hab ich seit halber sechse Schnee g'räumt und Splitt g'streut. Ich frag mal den Kollegen.«

»Und gestern Abend?«

Er schüttelte den Kopf. »Auch ned, ich bin um sieme in meine Wohnung, hab mit meiner Frau Aamdbrot gegessen, dann hammer Fernsehen g'schaut.«

»Wo ist Ihre Wohnung?«

»Im ersten Stock, Nummer vier. – Hams die Nachbarn hier oben schon befragt?«

»Ja, die haben nichts Verdächtiges bemerkt.«

»Dann hats sonst auch kanner, es ist hier alles zu groß und anonym.«

Wem sagst du das, dachte Kathi. »Falls Sie irgendetwas hören sollten, bitte anrufen.« Sie gab ihm ihre Visitenkarte.

»Mach ich.«

»Wenn die Kollegen fertig sind, wird ein neues Schloss eingebaut und die Wohnung versiegelt.«

»Ist recht.«

»Danke nochmal für die Aufnahmen aus der Tiefgarage.«

»Gern g'schehn.«

»Im Aufzug hab ich keine Kameras gesehen. Was ist mit dem Treppenhaus?«

Krappmann schüttelte den Kopf. »Da gibts kanne.«

»Und draußen?«

»Am Wehrhäusle an der Bucht und an der Kreuzung, nüber zum Tullnaupark.«

Uli zog Kathi ein Stück zur Seite. »Wenn der Täter über Nacht in der Wohnung war, wie du glaubst, könnte man ihn auf den Aufnahmen aus der Tiefgarage von gestern sehen. Durch den Vordereingang wird er ned reinkommen sein.«

Kathi nickte. »Ich will wissen, welche Autos hier in der Gegend geparkt haben. – Notiz«, diktierte sie ins Pad. »Alle Fahrzeuge am Norikus prüfen, 2.1. ab 20:15 Uhr bis 3.1. 8:30 Uhr, Umkreis fünfhundert Meter.«

»Vielleicht ist er gar ned mit dem eigenen Auto g'fahrn. Das ist ein Risiko, mit dem Taxi dasselbe.«

»Vielleicht hat er ein Auto geklaut.«

»Oder die Straßenbahn g'nommen.«

»Straßenbahn?«, Kathi überlegte kurz. »Hm, Hoek fuhr letzten Oktober auch mit dem Bus vom Südklinikum ab. Notiz zwei: Videos der VAG, Linie fünf, Tullnaupark.«

Krappmann räusperte sich. »Ähm, ich geh dann wieder.«

Kathi und Uli wandten sich zu ihm.

»Entschuldigung«, sagte sie. »Wir wollten Sie nicht warten lassen. Wie gesagt, wenn wir Fragen haben, melden wir uns. Ihre Telefonnummer hab ich notiert, Wiederschaun.«

»Wiederschaun.« Krappmann entfernte sich behäbig, ohne sich noch einmal umzudrehen.

Kathi sah auf ihre Uhr. »Jetzt ist es gleich dreiviertel vier. Jessicas Kolleginnen müssen wir auch noch befragen. Aber die werden jetzt noch nicht anzutreffen sein.«

»Soweit ich weiß, ham die drei Tage Nachtdienst«, sagte Uli. »Dann einen Tag frei und dann Tagschicht.«

»Ich ruf in der Erler an und erkundige mich.«

Im Telefonat mit der Oberschwester regelte Kathi, dass sie die drei Kolleginnen aus Jessicas Schicht heute vor Dienstbeginn, um viertel vor sieben, befragen konnte. Nachdem sie und Uli sich von den Spurensuchern verabschiedet hatten, fuhren sie hinunter ins Erdgeschoss.

Fischers und Winters Streifenwagen parkte hinter Kathis BMW vor der Tiefgarageneinfahrt. Dieser hatte mittlerweile ein Dutzend Neugierige angelockt, die mit zusammengesteckten Köpfen tuschelten. Aus der Gruppe stach ein Hüne in einem quietschgelben, voluminösen Daunenanorak mit dem Logo des Fitness-Studios heraus. Der Mittdreißiger trug graue Jogginghosen, durch die sich seine massigen Oberschenkel und Waden deutlich abzeichneten, dazu weiße, wie Schiffe wirkende Turnschuhe. Kathi schätzte sie auf Größe zwölf, mindestens.

»Hallo, schöne Frau«, sagte der Kanarienvogel grinsend.

»Hallo.«

»Weißt du warum die Bullen da sind?«

Dir werd ich gleich den Bullen geben! Außerdem, was soll das, mich einfach duzen! Ich könnte ihm jetzt meine Marke unter die Nase halten, aber ... was solls! »Keine Ahnung«, log sie und entriegelte ihren Wagen.

Uli schwieg.

»Naja, wahrscheinlich hat wieder einer den Abflug von oben gemacht«, hörten sie den Kanarienvogel sagen, als sie einstiegen.

Kathi wunderte diese vorgefertigte Meinung nicht. Schon mehrmals hatte die Polizei wegen Selbstmorden hier anrücken müssen. Verzweifelte Menschen waren vom Dach oder von der Verbindungsbrücke zwischen den beiden höchsten Gebäudeteilen in den Tod gesprungen. Sie trug insgeheim den Namen Selbstmörderbrücke. Manche Leute behaupteten, beim Bau soll ein Arbeiter mit in den Beton eingegossen, die Leiche aber nie herausgeholt worden sein. Ob Wahrheit oder Legende, das wusste keiner. Den Norikus-Suizid-Fluch kannte fast jeder Nürnberger. Zu den, im Verhältnis dazu, wenigen Morden, deren genaue Zahl Kathi nicht auswendig wusste, war heute ein weiterer dazugekommen.

Am Wöhrder Talübergang musste Kathi an der roten Ampel halten. Sie sah noch einmal hinüber zum Norikus. Die Frage nach der Wahl des Tatorts ließ sich hier leicht beantworten: Die Anonymität der Wohnanlage. *Wenn es derselbe Täter war, warum hat er Pit in der Öffentlichkeit ermordet?* Plötzlich stach ihr etwas ins Auge. Gleißend, in allen Rot- und Goldtönen, spiegelte sich die tiefstehende Sonne in der Glashülle des etwa einen Kilometer, in östlicher Richtung, entfernten Business-Towers. Wie ein erhobener Zeigefinger gen Himmel ragend, erinnerte er sie an etwas Wichtiges. *Ich muss Niko noch Bescheid sagen. Nee, das mache ich im Büro.* Im Beisein von Uli wollte sie nicht anrufen. Sie beobachtete ihn aus dem Augenwinkel, er wirkte angespannt und war sehr still. *Wahrscheinlich muss er den Schock noch verdauen.*

Zurück im Büro passte es mit ihrem Telefonat, Andi war gerade nicht da.

»Hi, Niko.«

»Hi, Süße. Gutes Timing, bin vor ein paar Minuten erst aus dem Labor zurückgekommen.«

»Was machen die Positronen?«

»Wuseln wie immer.« Nikolais Grinsen machte sich in seiner Stimme deutlich bemerkbar. »Wie immer, wenn ich deine Stimme höre, wuseln meine Teilchen auch.«

Kathi lachte. »Du sprichst mir aus der Seele.«

»Dann wirds höchste Zeit, Feierabend zu machen.«

»Deswegen rufe ich an«, meinte sie zerknirscht. »Bei mir wirds heute leider später, ich hab zwei neue Mordfälle an der Backe.«

»Was, gleich zwei?«

»Einer davon ist ein Kollege.«

Nikolais Stimme sackte förmlich ab. »Oh – my – god!«

»Mehr darf ich nicht sagen.«

»Mehr will ich gar nicht wissen. Und wie lange musst du arbeiten?«

»Ich weiß es nicht. Wir haben noch ein Meeting und eine Zeugenbefragung. Es kann acht oder halb neun werden, warte also mit dem Essen nicht auf mich.«

»Nein, ich will mit dir essen. Ich mache ein Chili, das schmeckt aufgewärmt noch besser.«

»Das ist ein Wort. Wenn ich losfahre, ruf ich an.«

»Ich freue mich.«

»Ich muss weitermachen. Sorry, dass ich dich so abwürge.«

»Bassd scho«, sagte Nikolai perfekt fränkisch.

Das zauberte Kathi ein Lächeln aufs Gesicht. »Bis später, Bussi.«

»Bussi.«

Kathi legte auf. *Was hab ich für ein Glück, er kocht für uns, das ist so süß. Und Verständnis für meine Überstunden hat er auch.*

Andi kam herein. »Ach, du bist schon z'rück. Meeting ist hier bei uns, um fünfe.«

Kathi schaltete wieder aufs Tagesgeschäft. »Habs schon gelesen.«

»So ein Scheiß, oder?«, brummte Andi kopfschüttelnd. »Das Jahr ist noch keine drei Daach alt und mit ham zwaa Morde hintereinander.«

Das Jahr fängt richtig gut an!, dachte Kathi zynisch, verwöhnt von den letzten Monaten. Seit den Morden an König, Tüyüc und Panzer war es im Dezernat ziemlich entspannt gelaufen. Ein Mord, ein Mordversuch, zweimal Totschlag und einige Fälle von schwerer Körperverletzung – alles aufgeklärt. Es hätte schlimmer kommen können. Und jetzt zwei Morde an einem Tag, einer an einem Kollegen.

»Dein komisches G'fühl von heut früh war berechtigt. Vielleicht hat doch BATC die Finger mit drin und ein zweiter Hoek, der mit Gift schießt, rennt rum.«

»Hör bloß auf!« Kathi sah sich eine kurze Zeitreise zurück zum 23. Oktober machen. Sie stand im Matsch, der Profikiller drückte ihr seine Pistole an die Schläfe und drohte, sie zu erschießen. Nikolai ging entschlossen auf ihn zu und lenkte ihn für Alex ab, der Hoek dann mit zwei Pfeilen zur Strecke brachte. Der Leichnam wurde später eingeäschert, weil man keine Angehörigen ausfindig machen konnte. Hoek war nirgends gemeldet und das Auto, mit dem er zuletzt fuhr, gestohlen.

»Hoek ist tot, tot, tot, mausetot!«, flüsterte Kathi wie eine Beschwörungsformel. »Man könnte fast glauben, dass sein Geist sein Unwesen treibt. Wenn ich dran denke, dass eine zweite Ausgabe von dem draußen rumläuft, krieg ich ne Gänsehaut.«

PLONG!

»Des is meins.« Andi checkte sein Padfone. »Das Bewegungsprofil von Jessicas Auto ist da.«

Er öffnete die Datei und ließ Kathi mit hineinsehen.

6:08 Uhr Abfahrt Erler-Klinik, Deutschherrnstraße

6:32 Uhr Ankunft Norikerstraße

»Das passt, um 6:34 Uhr fuhr sie in die Tiefgarage.«

Es klopfte.

»Ja, bitte«, sagte Kathi.

Clausen, Angelika ›Angie‹ Knecht und Philipp Stoll kamen im Gänsemarsch hereinspaziert.

»Wir wären soweit«, sagte Angie.

»Gut, setzt euch.« Kathi schaltete die Pinnwand ein.

Bevor Angie loslegte, fuhr sie mit beiden Händen durch ihre rote Lockenpracht und bändigte sie, mangels Klammer oder Gummi geschickt mit dem Stift, der eigentlich zu ihrem Tablet gehörte. Zum Bestücken des Screens mit den neuesten Daten benutzte sie ihre Zeigefinger. Die 28-jährige Kommissar-Anwärterin beherrschte das noch perfekter als Clausen, dem zweiten Computer-Genie im Team. Beide brillierten als Zahlenmenschen und nüchterne Analytiker, die in Rekordzeit Statistiken herbeizaubern konnten. Philipp Stoll, 32 Jahre jung und frisch gekürter Kommissar, war der Praktiker. Er konnte richtig zupacken, wenn es sein musste. Das sah man ihm auch äußerlich an, breites Kreuz, Bizeps und Hände wie Schaufeln. Die drei ergänzten sich perfekt.

Jetzt kreuzten auch Grünbaum und Ott auf und nahmen auf den bereitgestellten Stühlen Platz. Die beiden lauerten sichtlich auf die neuesten Infos.

»Dr. Stern hat zweifelsfrei festgestellt, dass Peter Rollner mit Gift ermordet wurde«, begann Kathi ohne Umschweife. »Es ist dasselbe wie in den Fällen Tüyüc und Panzer. Als Tatwaffe tippen wir auf eine Luftdruckpistole. Bei Frau Kleine sieht auch alles danach aus.«

»Gift, wie bei dieser MECH@TRON-Sache?«, fragte Ott.

»Ja, der Täter könnte ein alter Bekannter sein, wenn dieser nicht am 23. Oktober über den Jordan gegangen wäre.«

»Haben wir hier einen zweiten Hoek?«, fragte Grünbaum. »Mit BATC als Auftraggeber?«

Ott tauschte Blicke mit ihm. »Sie glauben, die hatten wegen Tüyücs Millionen einen Killer auf Rollner angesetzt?«

»Ich glaube, die sind zu allem fähig«, sagte Kathi. »Hier gibts ein neues Topic, die Spielkarten.«

Ott nahm seine rahmenlose Brille ab, blies einen Fussel vom Glas und setzte sie wieder auf. »Tritt da einer in Hoeks Fußstapfen und legt sein Markenzeichen dazu?«

»Für mich sieht es nach Profi aus«, sagte Kathi.

»Wir haben die Datenbank nach Giftmorden abgefragt.« Angie zeigte mit dem Pointer auf den Digi-Screen. »Tabletten, Pflanzenschutzmittel, Arsen und so weiter, entweder im Essen oder in Getränken oder durch eine Spritze verabreicht. Hoek war seit Jahren weltweit der einzige bekannte Giftpfeilmörder. Wir sind fünfundzwanzig Jahre zurückgegangen, registrierte Fälle Gift plus Spielkarte haben wir keine gefunden, auf der ganzen Welt nicht.«

Ott seufzte. »Konnte man schon rekonstruieren, von wo aus Rollners Mörder geschossen hat?«

»Auf den Aufnahmen ist nichts zu sehen«, erklärte Clausen. »Er muss entweder neben dem Brezenhäuschen oder beim Baum am Eckhaus gestanden haben oder er saß auf der Bank. Dort konnte er warten, ohne aufzufallen. Der Täter wusste garantiert, welchen Bereich die Kameras nicht filmen.«

»Mist!«, fluchte Grünbaum. »Und mittlerweile sind dort alle Spuren zertrampelt.«

»Wenn überhaupt welche zu finden gewesen wären«, sagte Kathi. »Wenn einer nicht gesehen werden will, dann wird er nicht gesehen. Trotzdem sollten wir einen Zeugenaufruf in den Medien starten. Vielleicht hat jemand etwas beobachtet. Durch das Licht der Schaufenster in den umliegenden Geschäften war es hell genug.«

»Wird gemacht«, sagte Clausen.

»Fordert bitte auch die Filme vom Zwischengeschoss im Weißen Turm und vom Bahnsteig von der VAG an.«

»Scho erledichd«, sagte Stoll oberfränkisch angehaucht. »Die sind vorhin gekommen.« Der gebürtige Forchheimer bemühte sich, im Büro Hochdeutsch zu sprechen, doch sein Akzent drang durch, wie bei Uli. »Einen Teil hammer uns schon ang'schaut, wenn wir hier fertig sind, gehts weiter.«

»Ihr seid Spitze«, lobte Kathi.

Das Trio nickte zufrieden.

»Glauben Sie, ein Mörder fährt mit der U-Bahn?«, wandte Ott ein. »Da wird jeder gefilmt, auf dem Bahnsteig und in den Zügen. Der hat darauf geachtet, unsichtbar zu bleiben, wie wir eben gesehen haben.«

»Ich will alles geprüft haben«, betonte Kathi. »So sind wir auf der sicheren Seite. Ist eigentlich das Video von der fünfer Straßenbahn schon da?«

»Ja, ist da«, sagte Angie.

Das fand Grünbaum fragwürdig. »Straßenbahn?«

Auch Ott runzelte die Stirn.

»Die Linie fünf in Richtung Tiergarten, Haltestelle Tullnaupark«, erklärte Kathi. »Der Tipp kam vom Kollegen Sauer und das ist gar nicht so abwegig. Mit dem eigenen PKW riskierte der Täter, erfasst zu werden, mit dem Taxi dasselbe. Aufgrund der Spurenlage in der Wohnung ist es möglich, dass er in der Nacht von Donnerstag auf Freitag auf Frau Kleine gewartet hatte.«

»Warten wir die Bewegungsprofile ab«, sagte Grünbaum.

»Die kommen morgen früh«, sagte Andi. »Steht in der Mail von der Mautbehörde.«

»Alle Fahrzeuge?«, hakte Grünbaum nach. »PKW, LKW, Busse, Motorräder, Taxis?«

»Alle vom 2. Januar ab 20 Uhr bis 3. Januar 13 Uhr.«

»Dann brauchen Sie noch ein paar Leute, um die Datenflut zu selektieren.«

Der Chef ist heute ganz schön auf Zack!, dachte Kathi. »Vielleicht haben wir Glück und wegen des schlechten Wetters waren nicht so viele unterwegs.«

Es klopfte. »Ja, bitte«, sagte Kathi laut.

Sabine öffnete und spitzte herein. »Darf ich kurz?«

»Sicher, komm rein.«

Grünbaum sprang sofort auf und bot der Kriminaltechnikerin ihren Stuhl an.

»Danke, ich stehe lieber.«

Grünbaum setzte sich wieder.

Sabine stellte sich vor die Pinnwand. »Das Handy vom Kollegen Rollner wurde bisher nicht gefunden. Unsere Leute haben das Gebiet ums Ehekarussell und den Weißen Turm in einem großen Radius abgesucht.«

»Mist!«, knurrte Kathi. »Entweder hat es der Täter oder ein anderer geklaut. Vielleicht bringt die Ortung etwas.«

Sabine nickte. »Zum Norikus: Die Leiche von Frau Kleine ist unterwegs zur Obduktion. Dr. Stern will die Analyse der Blutwerte heute noch zu schicken.«

»Dann werden wir wissen, ob es auch dieses Scheiß-Gift war«, grummelte Ott vor sich hin und bemerkte, dass er laut gedacht hatte. »Pardon, bitte fahren Sie fort, Frau Hoch.«

»Danke. Thomas und unsere zwei Assis arbeiten noch fleißig im Norikus. Wir haben bisher mehrere, verschiedene Fingerabdrücke sichergestellt, die nicht von den Mordopfern stammen. Im Fahndungscomputer sind sie jedenfalls nicht.«

»Die könnten von den Gästen der Silvesterparty stammen, die Uli erwähnt hat«, sagte Kathi.

»Das lässt sich nachprüfen. So, und jetzt kommts, deswegen bin ich persönlich hier: Im Schlafzimmer haben wir einige sehr interessante Objekte entdeckt. Zwei Schubladen der Kommode waren voll mit Sex-Spielzeug für Sie und Ihn, fein säuberlich geordnet, ein breitgefächertes Sortiment Handschellen, Peitschen, Leder-Dessous, Masken, Dildos, Analplugs und andere Fetische, alles vom Feinsten, außerdem zwei Sorten Gleitgel, ein normales, eins mit Prickel-Effekt.«

Alle Augen wanderten zu Sabine, nur Ott wusste nicht wohin, er entschied sich schließlich für den Fußboden.

»Boah, alles für den totalen Sex-Overkill!«, kam es Stoll über die Lippen.

»Jedem Tierchen sein Pläsierchen«, meinte Kathi lapidar.

Sabine nickte großzügig. »Was uns überrascht hat, war die Großpackung Kondome.«

»Kondome?«, wiederholte Grünbaum.

»Ja, alle Formen, Farben und Geschmäcker, mindestens zwei Dutzend.«

»Kondome bei einem Paar, das seit Jahren zusammenlebt?«

Kathi zuckte mit den Schultern. »Vielleicht hat sie die Pille oder andere Verhüterli nicht vertragen.«

»Oder einer von beiden hatte nen Pilz oder Clamydien oder Gonorrhoe oder was Ernstes wie Hepatitis oder HIV.« Sabine zählte die Krankheiten so nüchtern auf, als handelte es sich um eine Einkaufsliste für den Supermarkt.

Ott verzog angewidert das Gesicht.

»Ich habe Dr. Stern schon informiert, dass er die beiden Toten auch diesbezüglich untersuchen soll«, sagte Sabine.

»Okay«, sagte Kathi.

»Das ist noch nicht alles.«

»Du machst es ja spannend. Was denn noch?«

»Alle Kondome im Schlafzimmer hatten Normalgröße.«

»Naja«, Kathi räusperte sich, »ich glaube neunzig Prozent der deutschen Männer haben Normalgröße.«

»Das mag stimmen, in Rollners Jackentasche haben wir eine Zehnerpackung XXL gefunden.«

Kathi spitzte die Ohren. »Wie bitte?«

»Gekauft im DM-Drogeriemarkt in der Breiten Gasse. Das beweist der Kassenzettel vom Donnerstag, 2.1., 19:47 Uhr.«

Bei Kathi läuteten die Glocken. »Allmächd, ja! Jetzt wissen wir, wohin er nach Feierabend gegangen ist! Die Zeit passt.«

»Und auf dem Rückweg hat ihm der Mörder aufgelauert«, sagte Grünbaum.

»Warum kauft ein Mann XXL-Kondome, wenn er eine Großpackung mit normalen daheim hat?«, fragte Kathi.

»Vielleicht hat er einen Lover g'habt?«

Das ging Ott etwas zu weit. »Herr Stoll, der Kollege Rollner war doch nicht schwul!«

»Dann eben bi.«

O Gott! Jetzt müssen wir uns auch noch mit den sexuellen Vorlieben eines toten Arbeitskollegen beschäftigen. Kathi graute davor.

»Vielleicht sind er und seine Partnerin auf flotte Dreier mit einem gut bestückten Kerl g'standen«, setzte Stoll noch drauf.

Ott rollte mit den Augen, alle anderen sahen über die flapsige Ausdrucksweise des Jungkommissars hinweg. Sie kannten ihn, er nahm selten ein Blatt vor den Mund.

Mit 32 war ich auch so drauf. Kathi kam ins Schmunzeln. *Zehn Jahre ist das jetzt her ... da wurde ich geschieden, am 20. Januar. Wie die Zeit vergeht!*

»Flotter Dreier.« Sabine schürzte die Lippen. »Hm, das Bett ist eine Kingsize-Spielwiese mit vibrierender Matratze.«

»So eine hatte meine Oma auch, wegen ihres Rückens«, wandte Kathi ein. »Die Matratze meine ich. Aber ein eifersüchtiger Lover als Mörder?« Sie wollte es eigentlich nicht ausdiskutieren, traf damit aber voll ins Schwarze der Kriminaler-Gehirne ihrer Kollegen.

»Eifersucht würd zum Ehekarussell passen«, sagte Andi.

»Du meinst die Inschrift ›Bis der Tod euch scheidet‹?«

Er nickte. »Vielleicht hat der Täter den Brunnen absichtlich als Tatort g'wählt.«

»Yesss!«, rief Stoll, der in seiner Flotter-Dreier-Theorie aufblühte. »Vielleicht hat Rollner ein Date g'habt, die beiden verabreden sich am Ehekarussel, kriegen Streit und der Lover erschießt ihn. Und später lässt Frau Kleine ihn in die Wohnung, man kennt sich ja, sie ahnt nix und dann erwischt es sie. Peng!«

»Ein Lover, der mit Pfeilgift killt?«, meinte Kathi. »Sehr ungewöhnlich.«

»Hm, stimmt. Des bassd ned.«

»Wir müssen rausfinden für wen die XXL-Lümmeltüten bestimmt waren«, sagte Kathi.

»Dr. Stern fragen, welche Größe Rollner in voller Pracht gebraucht hat, dann wissen wirs«, sagte Stoll unbedarft und erntete erneut konsternierte Blicke von Ott. Alle anderen grinsten nur.

Jetzt gehts auch noch um Schwanzlängen! Kathi rollte mit den Augen. »Wenn er nur Normalgröße hatte, gibts definitiv einen Lover. Entweder der von Pit oder der von beiden in Stollis flottem Dreier. – Das heißt aber noch lange nicht, dass der auch der Mörder ist. Sabine, ihr müsst bitte Spielzeug und Bettzeug in der Wohnung auf DNA prüfen.«

»Schon in Arbeit.«

»Vielleicht war der XXL-Mann ein Stricher«, setzte Stoll noch darauf.

Ott schüttelte sich. Das ›Uuuaaahhh!‹ musste er nicht ausrufen, das Ekelgefühl sah man ihm deutlich an.

Ja, dir bleibt heute wirklich nichts erspart!, dachte Sabine und verkniff sich ein Grinsen. »Ich packs dann wieder.«

»Eine Frage noch«, sagte Kathi. »Die Spielkarten sind doch vom selben Hersteller, oder?«

»Ja, von ASS, Herz-Bube und -Dame, Kunststoff blau.«

»Auch aus dem gleichen Spiel?«

»Das wissen wir noch nicht, ich gebe euch Bescheid.«

»Okay, danke.«

Sabine ging, Uli kam.

»Hallo, mit'nander.«

»Herz-Bube und -Dame, ASS, Kunststoff blau«, sinnierte Grünbaum. »Das ist definitiv kein Zufall mehr.«

»Damit ist der Zusammenhang der beiden Fälle bewiesen«, meinte Ott. »Es muss derselbe Täter sein.«

»Bis jetzt sind es nur Indizien«, sagte Kathi. »Warten wir ab, was Dr. Stern bei Gift, DNA und Fingerabdrücken herausfindet.«

»Welchen Namen wollen wir für die SOKO nehmen?«, fragte Angie.

»Pokerkarte«, sagte Grünbaum. »Oder Frau Starck?«

Namen sind Schall und Rauch, du bist der Boss. »Von mir aus.«

Angie tippte den Namen ein, der augenblicklich auf der Pinnwand erschien.

»Wie weit seid Ihr, Uli?«, fragte Kathi.

»Ich hab dir den Bericht grad geschickt, der von den österreichischen Kollegen ist auch mit dabei. Wie g'sachd, der letzte Stand ist von Mitte Dezember.«

»Danke, ich lese ihn mir später durch.« Kathi sah zur Pinnwand, studierte die Schlagwörter und die Bilder in den Spalten bei Rollner und Kleine und konzentrierte sich auf die dritte mit den Gemeinsamkeiten der beiden Fälle: Spielkarte und Pfeilgift. »Einträge ergänzen«, diktierte sie. »Was bedeuten die Spielkarten? Sind sie nur ein Markenzeichen des Killers? Mögliche Bedeutung: Zu hoch gepokert oder wer falsch spielt, hat verloren?« Kathi wartete bis das System die Fragen einblendete und fuhr fort. »Gibt es einen Zusammenhang mit BATC oder eine Spur zu den Tüyüc-Millionen?« Kathis Blick schweifte zum Foto des Ehefelsens. »Tatort Ehekarussell, Symbolik Schädel, jüngstes Gericht, Zweideutigkeit ›Bis der Tod euch scheidet‹.«

Mit wenigen Fingerwischern sortierte Angie die neuen Einträge blitzschnell und themenbezogen. Die Spalten füllten sich.

PLING-PLING! meldete sich Kathis, auf dem Schreibtisch liegendes, Padfone. Sie angelte nach ihm, ein kurzer Blick auf das Display erhellte ihr Gesicht. »Ah, Dr. Stern! – Hallo, Richard. Ich stelle dich laut. Das ganze Team, Uli Sauer, Dr. Grünbaum und Herr Ott sitzen bei mir.«

Alle im Raum Anwesenden spitzten die Ohren.

»Okay«, sagte Stern. »Es geht ganz schnell. Es ist definitiv dasselbe Gift und stammt aus derselben Quelle. Die beiden Opfer dürften kaum gelitten haben, die Lähmung hat ihnen praktisch die Luft abgeschnürt. Der vollständige Bericht kommt morgen Vormittag.«

»Danke, du bist Spitze!«, sagte Kathi.

»Danke, für dich immer. Schönen Abend noch.«

»Dir auch, Tschüssi.« Kathi legte auf.

Angie fügte der mittleren Spalte auf der Pinnwand ›Gift identisch, stammt aus derselben Quelle‹ hinzu.

»Dann schau mer mal, was uns die Spusi morgen noch alles liefert«, sagte Andi und kratzte sich am kahlen Haupt. »Aber ich kann noch immer kein Motiv erkennen? Vielleicht hast du doch Recht mit BATC, Kaddi.«

Ott schüttelte den Kopf. »Also ich weiß nicht, das ist mir zu weit hergeholt.«

Und ich hab schon Pferde kotzen sehen. Kathi erinnerte sich an den Spruch ihrer Oma und sah auf ihre Uhr. »Gleich halb sieben, wir müssen noch zur Erler, Andi.«

»Okay.«

»Ich ruf nochmal bei mobilO an«, sagte Clausen.

»Sind die Listen noch nicht da?«

»Nein, Kathi, weder von der Festnetznummer noch von den Handys. Ich dachte es ging schneller, weil Rollner und Kleine alles dort haben, auch Internet und TV.«

»Diese Schlafmützen, macht denen bitte mal Dampf! Die haben einen 24-Stundenservice, der hat gefälligst auch für uns zu gelten!«

»Wer von Ihnen ist morgen alles hier«, fragte Grünbaum.

»Angie, Rüdiger, der Andi und ich«, antwortete Kathi.

»Ich halte am Montag die Stellung«, sagte Stoll.

»Richtig, da ist ja Dreikönig. Dann wünsche ich Ihnen ein schönes Wochenende. Die anderen sehe ich morgen. Bei mir ist heute Einiges liegengeblieben.«

Da schau her, der Chef kommt am Samstag rein, dachte Kathi erstaunt. *Das wird ihm bestimmt nicht schaden.*

Die Befragung von Jessica Kleines Schwesternkolleginnen in der Erler-Klinik dauerte keine halbe Stunde. Die drei sagten aus, sie wäre zu Beginn der Schicht ein wenig nervös gewesen. Nachdem sie in der ersten Pause, gegen halb elf, ihr Handy auf Nachrichten gecheckt hatte, schien sie erleichtert.

»Vielleicht hat der Pit ihr nach Feierabend eine nette Nachricht g'schickt.«

»Andi, das werden wir genau wissen, sobald die Listen da sind. Und jetzt ruf ich Niko an, dass ich losfahre.«

Nikolai begrüßte Kathi wie immer mit einem langen Kuss und half ihr aus der Jacke. »Hast du schon Hunger?«

»Ich falle gleich Menschen an.« Sie ließ sich in die Küche führen.

Auf dem kleinen Flachbildschirm auf der Anrichte lief gerade Werbung. Nikolai sah gern fern beim Kochen. Das Essen stand fertig auf dem Herd, der Tisch war gedeckt, der Rotwein durfte bereits atmen.

Kathi spitzte in den Topf. »Mmmhhh, riecht das Chili gut.«

Nikolai grinste, legte einen Arm von hinten um ihre Taille und seinen Kopf auf ihre Schulter. »Ganz frisches Rinderhack vom Ebl und einige Geheimzutaten.«

»Geheimzutaten?«

»Liebe und einige streng geheime. Setz dich, ich mache es gleich heiß.«

»Kam schon was über die Morde?«

»Vorhin, um halb sieben, aber nur kurz.«

»Okay, ich wasche mir nur schnell die Hände im Bad.«

Als sie zurückkam, hatte Nikolai bereits den Wein eingegossen, das Weißbrot geschnitten, im Topf brodelte es leicht vor sich hin und auf dem Fernseher begannen gerade die 20-Uhr-Nachrichten.

»Einen Schluck Wein?«, fragte Nikolai.

»Gern.«

Er reichte ihr das Glas und sie stießen an.

»Zweifacher Mord in Nürnberg«, hörten sie den Sprecher sagen und fuhren gleichzeitig herum.

Während der Überblendung zu den Bildern von Norikus und Ehekarussel lief am unteren Bildrand ein Ticker: +++ Paar getötet +++ mit Pokerkarten markiert +++ Rachemord im Spielermilieu? +++

Spielermilieu!, dachte Kathi entsetzt. *Was reimen die sich denn da wieder zusammen? Die Pressestelle hat das garantiert nicht so rausgegeben!*

»Im Zusammenhang mit zwei ähnlichen liegenden Mordfällen bittet die Kriminalpolizei um Mithilfe«, begann der Sprecher. »Im Fall des toten Mannes im Ehekarussell-Brunnen werden Zeugen gesucht, die am Donnerstag, 2. Januar zwischen 19:00 und 22:30 Uhr am Brunnen und in der Umgebung des Weißen Turms verdächtige Personen oder ungewöhnliche Dinge beobachtet haben.« Hinter ihm wurden die Aufnahmen des Liebespaares am Turm samt Uhrzeit eingeblendet. »Diese beiden Personen«, fuhr er fort, »könnten das Opfer zuletzt gesehen haben, kurz vor 20:00 Uhr. Bitte melden Sie sich bei der Polizei. Im Fall der getöteten Frau im Norikus-Hochhaus handelt es sich um die Zeit von Donnerstag 20:30 bis Freitag 8:30. Wir bitten jeden sich zu melden, der im oder vor dem Gebäude, auf dem Parkplatz und der Straßenbahn-Haltestelle Tullnaupark verdächtige Personen bemerkt hat. Sachdienliche Hinweise bitte an die kostenlose Hotline 0800 5553434, den Kriminaldauerdienst 0911 21120 oder an die eingeblendete E-Mail-Adresse info@soko-pokerkarte.de.«

»Fernseher aus!«, sagte Kathi. »Mir reichts für heute. Morgen muss ich arbeiten, ätzend!«

»Einfach nicht drandenken.« Nikolai küsste sie. Er rührte das Chili noch einmal um, kostete und schaltete den Herd aus. »Jetzt essen wir und dann wird gechillt.«

Samstag, 4. Januar

Angie und Clausen waren zu Kathi und Andi ins Büro gekommen. Sie besprachen das Protokoll der Befragung von Jessicas Kolleginnen und die ersten Spurenauswertungen. Angie bestückte die Pinnwand mit den aufbereiteten Daten. Die offenen, rot markierten machten die Hälfte aus. Zweiundvierzig Prozent standen auf Gelb, das stand für ›in Arbeit‹, der Rest, auf Grün, also erledigt.

Nur magere acht Prozent. Kathi seufzte. »Hat man die Angehörigen schon ausfindig machen können, die sich um Beerdigung und Nachlass kümmern?«

»Ich habe gestern versucht, Rollners Stiefschwester in den Staaten zu erreichen«, sagte Clausen. »Sie lebt in der Nähe von Chicago. Ich probiere es heute Nachmittag noch einmal. Ich weiß nicht ob es Sinn macht, die Ex-Frau zu kontaktieren.«

»Hm, schwierig. Und bei Jessica?«

»Wir haben eine Anfrage zum Einwohnermeldeamt in Halle an der Saale geschickt, von dort stammt sie.«

Kathis Telefon läutete, ein Blick auf das Display zeigte ihr die Nummer der Kriminaltechnik. Sie nahm ab. »Hi, Sabine, ich schalte dich mal auf Lautsprecher. Andi, Angie und Clausi sitzen bei mir.«

»Hallo, ihr drei.«

»Hallo, Sabine«, riefen sie im Chor.

»Die Spielkarten stammen aus demselben Spiel und wir haben die ersten Ergebnisse aus der Norikus-Wohnung. Es gibt Fingerabdrücke, Hautschuppen und Haare von Rollner, Kleine und acht weitere, weibliche und männliche. Der DNA-

Abgleich mit unseren Datenbanken hat keine Übereinstimmungen ergeben, bis auf eine.«

»Aha!«

Sabine räusperte sich. »In Küche, Bad und Wohnzimmer waren welche von Uli Sauer.«

»Von Uli?«

»Ja, wir müssen alle Spuren mit der Mitarbeiter-Datenbank abgleichen.«

»Ach so, ja! Das ist okay, Uli war an Silvester dort, auf der Party. Er war mit Pit und Jessica gut befreundet. Als Gast könnte er sich überall aufgehalten haben, Küche, Bad und Wohnzimmer. Gestern hatte er Schutzkleidung an.«

»Dann ist es nachvollziehbar, wir können ihn ausschließen. Wir sollten trotzdem von den anderen männlichen Partygästen Speichelproben nehmen.«

»Warum das, Sabine?«

»Wir haben noch eine weitere DNA sichergestellt, auf dem Sexspielzeug im Schlafzimmer, eindeutig eine männliche.«

»Das ist die des Lovers, hundert pro!«, sagte Kathi. »Du willst ausschließen, dass sie zu einem der Gäste gehört.«

»Genau, seine Fingerabdrücke, Haare und Hautschuppen fanden sich in Wohnzimmer, Schlafzimmer und Bad. Aber von ihm ist ebenfalls nichts in der Datenbank.«

»Wir kümmern uns um die Gäste und ihre Alibis«, sagte Kathi. »Ich frag Uli, wer noch auf dieser Party war, außer den Nachbarn.«

»Dr. Stern hat auch angerufen«, ergänzte Sabine. »Rollner hatte Normalgröße.«

Kathi vermied es, sich ein Bild vom Vermessen im Kopf zu machen. »Okay, dann waren die XXL-Tütchen ganz sicher für den Lover. Der Stolli hat womöglich Recht mit seinem flotten Dreier. Fragt sich nur, wen er bediente, nur ihn oder Jessi oder beide.«

Sabine kicherte am anderen Ende der Leitung. »Das wars vorerst.«

»Okay, danke dir.«

»Euch noch frohes Schaffen, Tschüssi.«

»Dito, Tschüssi.« Kathi legte auf. »Ich ruf jetzt Uli an.«

»Ist der heut da?«, fragte Andi.

»Nein, ich versuchs bei ihm daheim«, sagte sie und diktierte »Uli Sauer, privat«, in Richtung Telefon.

Nach zweimal Läuten nahm er ab. »Uli Sauer, hallo.«

»Hallo, Uli, ich bins, die Kathi.«

»Grüß dich, was gibts?«

»Nur eine Info, die Spusi hat deine Fingerabdrücke und DNA in Pits Wohnung gefunden und hat sie in der Mitarbeiter-Datenbank gecheckt, du kennst ja die Vorschriften.«

»Freilich, ich war ja vor Weihnachten dort zu Besuch und an Silvester auf der Party. Außer im Schlafzimmer war ich überall und gestern hab ich Overall und Handschuh ang'habt, wie du.«

»Ich wollte dir nur Bescheid sagen.«

»Bassd scho.«

»Wer war eigentlich noch alles auf dieser Party?«

»Außer mir, die Lohmanns von nebendran, hab ich ja schon erwähnt, Jonas und Martina Gebauer aus Eibach und der Olaf und die Sandra Bernhard aus Johannis.«

Während Uli die Namen aufzählte, notierte Kathi sie auf einem Zettel. »Also mit dir insgesamt neun Leute.«

Angie schaltete schnell und ließ sich den Zettel geben.

»Genau«, sagte Uli. »Warum fragst du?«

»Ich dachte, der Mörder könnte dort gewesen sein.«

»Nein, die Leut kenn ich alle, von denen war des kanner.«

»Trotzdem, wir müssen sichergehen. Noch was, ist dir an Silvester irgendwas bei Pit und Jessica aufgefallen?«

»Nix, wir ham g'feiert, gut gegessen, was getrunken und uns gut unterhalten.«

»Okay, hast du die Adressen der Bernhards und Gebauers.«

»Nein, leider ned.«

»Okay, die kriegen wir raus. Danke Uli, und sorry für die Störung am Samstag.«

»Kein Problem, Schönes Wochenende euch, trotz Arbeit.«

»Danke, dir auch ein schönes Wochenende.«

»Die Einzigen mit Alibi sind die Lohmanns«, sagte Kathi nach dem Auflegen. »Die sind seit dem 2.1. in Urlaub. Wir brauchen die Adressen der anderen Paare.«

»Blöd, dass wir die Handys ned ham«, meinte Andi.

»Pits Tablet haben die IT-Leute noch in der Mangel.«

»Ich hab die Adressen!«, meldete Angie. »Und die Telefonnummern! Ich stelle gleich die Anträge für die Speichelproben. Das müsste heute noch klappen, es ist erst halb eins.«

»Die Lohmanns nicht vergessen.«

»Klar.«

Kathi überflog die Daten auf der Pinnwand, die Clausen gerade vervollständigte. Einen wichtigen Punkt konnte er auf Grün setzen: Es gab diesen Liebhaber.

»Vielleicht war doch der Ex-Lover der Mörder. Es könnte Streit gegeben haben, Eifersucht, Rache, eben die üblichen Motive. Aber eine Beziehungstat mit Pfeilgift, woher hat er das Zeug? Das kann man nicht an jeder Ecke kaufen.«

»Genau, des passt irgendwie ned, so einer nimmt a Knarre.«

»Oder es steckt doch BATC dahinter und es gibt gar keinen Ex-Lover oder der Ex-Lover ist ein von BATC beauftragter Killer. Er spioniert Pit aus und macht sich zum Schein an ihn heran, als er von dessen sexuellen Vorlieben erfährt.« Kathi raufte sich die Haare. »Oh Mann, ist das alles konfus!«

Für die Selektion der Daten der Bewegungsprofile aller Autos am Norikus hatte Grünbaum vier Leute aus anderen Teams abgezogen. Sie benötigten knapp drei Stunden. Die Auswertung brachte keine neuen, verwertbaren Erkenntnisse. In der fraglichen Zeit waren nur unbescholtene Bürger unterwegs, keine Raser, überwiegend Anwohner, Mitarbeiter der Firmen im Tullnaupark und Lieferfahrzeuge. Nach dem Schneefall in der Nacht konnte man sie an zwei Händen abzählen. Am Freitagmorgen, als die Straßen geräumt und gestreut waren, herrschte normaler Berufsverkehr.

BEICHTEN

Montag, 6. Januar
Mittags räumten Kathi und Nikolai das Geschirr vom Brunch in die Spülmaschine. Das späte Frühstücken an Wochenenden und Feiertagen war zu einer lieben Gewohnheit geworden, entweder bei Kathi oder bei Nikolai, wie heute. Einmal mit, einmal ohne Julian, Nikolais Mitbewohner auf Zeit. Dr. Julian Kleber, sein bester Freund aus Studienzeiten, lebte eigentlich in der Nähe von Boston, wo er am MIT lehrte. Seit Ende September gab er als Gastdozent Vorlesungen in Sachen Teilchenphysik an der Uni in Nürnberg und wohnte im Gästezimmer. Auf den knapp 140 Quadratmetern in Nikolais Eigentumswohnung trat man sich nicht auf die Füße.

Julian weilte seit Weihnachten mit Frau und Kindern in Bonn, bei seinen Eltern und sehr milden Temperaturen, wie man hörte. Das Frankenland steckte seit vier Tagen fest im Griff von Schnee und Eiseskälte, bis minus fünfzehn Grad in den Nächten. Am Sonntag, mit Dauerschneefall, waren sie zu Hause geblieben und hatten in Nikolais privater Muckibude eine Stunde trainiert, danach bei einem herrlich langen Schaumbad entspannt und am Abend zu Glühwein die letzten Lebkuchen von Weihnachten verspeist. Kuschelwetter.

Heute schien die Sonne, trotz der sechs Grad unter Null, das passende Wetter für einen Spaziergang zum Dutzendteich. Anoraks, Stiefel, Schals und Handschuhe lagen bereit.

»Wann wollen wir los?«, fragte Nikolai.

Kathi kam nicht zum Antworten, weil just in diesem Moment ihr Handy schrill läutete, der Klingelton für Anrufe des Kriminaldauerdienstes. Ihr schwante nichts Gutes. *Bitte, bitte nicht heute,* flehte sie. »Starck«, meldete sie sich forsch. »Hallo, Stolli, was gibts?« Sie hörte ihm aufmerksam zu, dabei versteinerte sich ihre Miene zusehends. »Okay, bis dann.« Sie legte auf.

Nikolai schwankte zwischen Neugier und Anspannung. »Ein Einsatz?«

»Ja, ich muss zur Frauenkirche. Ein Zeuge hat sich gemeldet, es geht um die Morde.«

»Oh!«

»Tut mir leid.«

»Ist doch okay.«

»Vielleicht dauerts nicht so lange.«

Nikolai half Kathi in den Anorak und band ihr den Schal um den Hals, bevor er sie zum Abschied küsste.

Kathi musste hinter dem Gotteshaus parken, die direkte Zufahrt, vom Obstmarkt her, blockierte ein anthrazitfarbener BMW mit Blaulicht, Stollis Dienstwagen. Bevor sie ausstieg, schulterte sie ihre Umhängetasche und schlüpfte in die neuen, extrawarmen, roten Fleece-Handschuhe, gekauft am Freitag nach Feierabend.

Draußen pfiff ihr ein eisiger Wind um die Ohren und auf dem spärlich geräumten und teilweise vereisten Weg zum Hauptportal musste sie trotz Splitt höllisch aufpassen, nicht auszugleiten. Zum Schutz zog sie die Kapuze über den Kopf.

Viel wärmer würde es heute mit Sicherheit nicht werden, die tief stehende Januarsonne schickte nur wenige Strahlen über den leergefegten Hauptmarkt.

Vor zwei Wochen hatten sich hier, zwischen den rot-weiß bedachten Buden des Christkindlesmarktes, noch Bratwurst-semmel mampfende und Glühwein schlürfende Menschen-massen gedrängelt. Mittlerweile war alles abgebaut und ein-gelagert worden. Heute begegnete Kathi gerade mal ein Dut-zend Leute, ebenso dick eingepackt wie sie. In aller Eile foto-grafierten sie den verwaisten Balkon über dem Hauptportal der Frauenkirche, von dem das Christkind den Prolog zur Eröffnung des Marktes sprach. Ebenso schnell wie sie ge-kommen waren, verschwanden sie in Richtung Schöner Brun-nen, um am Glücksring zu drehen – Pflichtprogramm für alle Besucher. *Im Sauseschritt durch Nürnbergs Wohnzimmer.*

Kathi betrat das Gotteshaus durch das große Hauptportal, das mit Ächzen wieder ins Schloss fiel. Schnellen Schrittes durchquerte sie den Vorraum, in dem es fast genauso kalt war wie draußen – deutlich zu sehen am eisigen Atemhauch. Stoll empfing sie an der gläsernen Doppel-Schwingtür.

»Hi, Kaddi, komm rein, hier ist es wärmer.«

»Hi, Stolli.« Etwas wärmer stimmte, zumindest in der Nähe der vorsintflutlichen Heizstrahler.

Kathi zog die Handschuhe aus und lockerte den Schal.

»Ich hätt dich ned angerufen, wenns ned wichtig wär«, sagte Stoll. »Tut mir echt leid, dass ich dir den Feiertag versaut hab.«

»Du doch nicht.«

»Er will nur mit *dir* reden.«

Sie seufzte. »Wenn es uns weiterbringt.«

»Ich hab die Personalien schon aufgenommen. Er heißt Fritz Bodensteiner und ist der Mesner hier. Der Pfarrer, Johann Schauer, wartet mit ihm in der Sakristei.«

Beim Durchqueren des Kirchenschiffes zerschnitt das hallende Geräusch ihrer Schritte die andächtige Stille. Die Profilsohlen der Stiefel hinterließen feucht-schmutzige Fußabdrücke auf dem hellen Steinboden, Schmutzfangmatten lagen ausschließlich am Haupteingang. Kathi ließ ihren Blick durch die Kirche schweifen. Als Atheistin besuchte sie Gotteshäuser sehr selten, das letzte Mal an Weihnachten vor einem Jahr auf Mallorca, ihren Eltern zuliebe. Die Stimmung hier hatte etwas Mystisches, obwohl nur wenige Kerzen brannten. Die wenigen Sonnenstrahlen, die durch die großen Glasmosaikfenster schienen, zauberten bunte Muster auf Wände und Boden des Sakralbaus. Sie ließen die, für eine katholische Kirche nüchterne Einrichtung, geradezu verspielt wirken. Die weihrauchgeschwängerte Luft tat ihr Übriges. Rechts vom Altar ging eine sehr niedrige Tür ab, weniger als 1,70 Meter hoch. Stoll, mit 1,91, musste sich richtig tief bücken. Auch Kathi musste aufpassen, sich den Kopf nicht anzuschlagen. *Büßerhaltung, hab ich eigentlich nicht nötig.*

In der schlicht eingerichteten Sakristei war es etwas wärmer als im Kirchenschiff, Kathi vernahm den Duft von Kerzenwachs. Zwei Männer, beide etwa Ende 50, jeder mit einem schwarzen Wintermantel bekleidet, saßen auf einer ausrangierten, gepolsterten Kirchenbank – neben einem alten Holztisch und einem Kleiderschrank das einzige Mobiliar hier. Das Kollar am Kragen des etwas kräftigeren Mannes wies ihn eindeutig als Pfarrer aus. Er spendete dem Mesner, nur noch ein Häuflein Elend, Trost. Eine Pieta der besonderen Art.

»Grüß Gott, Herr Pfarrer, Herr Bodensteiner, mein Name ist Starck, Kripo Nürnberg.«

Der Pfarrer erhob sich augenblicklich und schüttelte Kathis Hand fest und herzlich. »Grüß Gott.«

»Grüß Gott«, sagte Bodensteiner, der sichtlich Mühe hatte, hochzukommen. Sein Händedruck ähnelte mehr einem schlaffen Durchziehen.

»Bleiben Sie lieber sitzen«, sagte Kathi. »Sie sind ein bisserl bleich um die Nase.«

Bodensteiner befolgte ihren Rat.

»Gehts wieder?«, fragte sie.

»Ja, danke. Des is mein hoher Blutdruck.«

»Herr Pfarrer, Sie haben bei uns angerufen, weil Sie mir etwas erzählen wollen«, sagte Kathi.

»Ich bin nur zur moralischen Unterstützung hier.« Schauer sah den Mesner streng an. »Mein Herr Bodensteiner hat mir heute schon alles gebeichtet, jetzt will er es Ihnen erzählen.«

Der Mesner seufzte schwer und sackte in sich zusammen. »Ich hab was ang'stellt«, sagte er wie ein Schuljunge, der vor dem Rektor seine Missetaten gesteht.

Kathi zeigte ihm das Padfone und setzte sich neben ihn. »Ich nehme das Gespräch damit auf.«

»Ist recht.«

»6. Januar 2025, Frauenkirche, Nürnberg«, diktierte Kathi, »Befragung Fritz Bodensteiner, Mesner. – Sie dürfen.«

Er räusperte sich einige Male, schluckte und leckte sich die Lippen, als wolle er sein Mundwerk schmieren. »Mir ham hier keinen Beichtstuhl, nur ein Beichtzimmer im Anbau.« Er zeigte auf den schweren, weinroten Vorhang neben dem Kleiderschrank. »Dort drüben.«

»Nur ein Vorhang?«, wunderte Kathi sich.

»Dahinter ist eine gedämmte Tür«, erklärte Schauer.

»Dürfen wir uns das anschauen?«, fragte Kathi.

»K-kömmer des erschd fertigmachen«, sagte Bodensteiner. »So-sonst werd ich noch nervöser.«

»Ich zeigs Ihnen danach«, sagte Schauer.

Kathi nickte.

»A-also ich-ich hab-ab den B-Beichten auch z-zug'hört«, gestand Bodensteiner mit zitternder Stimme.

»Allmächd!«, entfuhr es Kathi.

»De-des tut mir auch leid. Ich hab d-da halt gern g'lauscht und es war nie was Schlimmes. Ich-ich bin kaa Perverser!«, stammelte er zu seiner Verteidigung. »U-und ich habs immer gleich g'löscht hinterher, ich hab da nix aufg'hoben. Als ich von dem Mord im Norikus g'lesen hab, hab ich g'wusst, das ist die Frau Kleine, von dem Foto in der Zeitung.« Er seufzte schwer. »Ich kenn sie, sie hat im Kindergottesdienst manchmal G'schichten vorg'lesen. Und ich hab sie g'sehn, am Donnerstagabend. Da ist sie zu uns kommen und hat g'fragt ob sie noch beichten kann. Eigentlich wollt ich schon abschließen.«

»Vergangenen Donnerstag?«, fragte Kathi.

»Ja, am 2. Januar.«

»Welche Uhrzeit?«

»Ungefähr um halber sechse.« Der Mesner schüttelte den Kopf. »Ich verkraft des ned, dass die tot ist. Ich kann seitdem nimmer schlafen, drum hab ich mich heut dem Herrn Pfarrer anvertraut. Ich trau mich ned ins Präsidium.«

»Dort reißt Ihnen keiner den Kopf ab«, beruhigte Kathi ihn.

»Ich auch nicht.«

»Wir wissen, warum Frau Kleine hat sterben müssen«, sagte der Pfarrer.

»Da ist alles drauf.« Bodensteiner holte einen Speicherstick aus seiner Manteltasche und gab ihn Kathi, die ihn an Stoll weiterreichte. Der steckte ihn in sein Padfone. Der Viren-Scan zeigte an, dass die Audio-Datei sauber war. Dann ließ er den Mitschnitt ablaufen.

»Im Namen des Vaters und des Sohnes und des Heiligen Geistes, Amen«, erklang eine gedämpfte Frauenstimme aus dem winzigen Lautsprecher.

»Im Namen des Vaters und des Sohnes und des Heiligen Geistes, Amen«, wiederholte der Pfarrer, dessen konservierte Stimme etwas blechern klang.

»Meine letzte Beichte ist schon über ein halbes Jahr her. Jetzt bekenne ich in Reue meine Sünden.«

»Sprich, Schwester in Gott.«

»Mein Partner hat Beweise unterschlagen und Geld genommen, viel Geld, zwei Millionen Euro! Ich hab... «

»Stopp!«, rief Kathi. Die Aufnahme hielt an.

»Heilige Scheiße! Ich hatte Recht!« Kaum ausgesprochen wurde Kathi bewusst, wo sie sich gerade befand: in einer Kirche. »'Tschuldigung.«

Schauer nickte mit gnädigem Blick, Absolution erteilt.

In Kathis Kopf begann es zu schwirren: Tüyüc, zwei Millionen Euro, BATC und Hoeks Worte ›Die werden sie sich wieder zurückholen‹. *Die haben da ihre Finger drin, hundert Pro! Pit stand ihnen im Weg und wurde zum Schweigen gebracht. Es gibt eine Verbindung zu den Fällen vom letzten Oktober. Ich wusste es! – Jetzt hab ichs auch noch mit einem geldgierigen Kollegen zu tun. Scheiße, Scheiße, Scheiße!* Die restlichen Fäkalausdrücke schluckte sie hinunter.

»Kaddi?«, fragte Stoll vorsichtig, weil sie etwas abwesend wirkte. »Soll ichs weiterlaufen lassen?«

Sie besann sich wieder. »Ja, bitte ab den zwei Millionen.«

Er nickte und tippte auf den Regler-Button.

» ... Geld genommen, viel Geld, zwei Millionen Euro! Ich habe nicht widersprochen, am Anfang wollten wir es beide. Sich endlich was Schönes leisten können, lang in Urlaub fahren, dort wo es schön warm ist. Ich weiß, es war falsch. Und jetzt wird er erpresst, ich weiß aber nicht von wem. Er meint, das wäre unwichtig und er wolle mich da nicht mit reinziehen. Ist mir auch egal. Ich hab ihm gesagt, dass er das Geld zurückgeben soll, auch wenn es ihm den Job kostet. Ich will es nicht mehr, es bringt nur Unglück. Und ich habe Angst!«

»Dann geben Sie es zurück«, hörten sie Pfarrer Schauer sagen. Er nickte, als er sich reden hörte.

»Ich weiß doch nicht wo es ist! Er hat gesagt, dass er das Richtige damit getan hat und dass es sicher ist, dort wo es ist.«

»Was wirst du tun, Schwester in Gott?«

»Ich gehe morgen zur Polizei und sag denen alles, auch wenn sie ihn verhaften und mich als Mitwisserin, es muss sein. Darum bin ich heute hergekommen, ich musste mir das von der Seele reden und bitte Gott um Vergebung, auch für meinen Partner.«

»Das ehrt dich, Schwester in Gott«, lobte Schauer, »aber Buße tun muss jeder für sich. Gott wird dir ein Bußwerk aufgeben. Sprich ein Gebet und überrede deinen Freund zur Beichte zu gehen.«

»Er ist nicht gläubig.«

»Dann musst *du* für ihn beten.«

»Das werde ich, Herr Pfarrer.«

Meine Güte! dachte Kathi. *Als wenns so einfach wäre. Das Bußetun-Geschwafel hat dir nicht geholfen, du bist tot! Du hättest gleich zu uns kommen sollen, anstatt zum Pfaffen zu rennen.* Sie seufzte. *Es Gottes Strafe zu nennen, wäre jetzt übertrieben. – Aber fehlt da nicht noch etwas, wo bleibt der Freispruch?*

Kathi lag richtig, für kurze Zeit war es still, dann schnaufte Schauer einmal und begann salbungsvoll mit der Absolution. »Gott, der barmherzige Vater, hat durch den Tod und die Auferstehung seines Sohnes die Welt mit sich versöhnt und uns den Heiligen Geist gesandt zur Vergebung der Sünden. Durch den Dienst der Kirche schenke er Dir Verzeihung und Frieden. So spreche ich Dich los von Deinen Sünden, Amen.«

»Amen«, sagte Jessica Kleine.

»Deine Sünden sind dir vergeben, gehe hin in Frieden. Gelobt sei Jesus Christus.«

»In Ewigkeit, Amen.«

Dann hörte man ein Rascheln, sich entfernende Schritte, das Öffnen und Schließen einer Tür.

Stoll stoppte die Aufnahme.

»Das war alles.« Bodensteiner atmete erleichtert auf.

»Ich kann mich gut daran erinnern«, sagte Schauer. »Ich bestätige dieses Gespräch. Ich weiß, dass ich damit gegen das Beichtgeheimnis verstoße. Ich mache es, um Ihnen bei der Aufklärung der Morde zu helfen. In diesem Fall wirds der Herrgott mir vergelten.«

Kathi nickte und sah zum Mesner, der wie eine verschreckte, graue Maus verschämt auf den Boden starrte. *Ein Beichtenspanner! Meine Güte, wenn die Leute das wüssten, lynchen würden sie ihn! Aber ich muss ihm dankbar sein, das ist der erste Lichtblick im Dunkel dieses Falles.* »Wie lange ging das mit dem Abhören schon?«

»Über zwei Jahre«, gestand Bodensteiner leise.

»Wo hatten sie das Aufnahmegerät versteckt?«

»Kommens mit«, sagte Bodensteiner. »Ich zeigs Ihnen«

»Befragung Ende«, diktierte Kathi und stand auf. »Den Stick nehmen wir als Beweisstück mit.«

»Der ist für Sie. Ich hab alles andere g'löscht.«

Kathi sah ihn ungläubig an.

»Das mein ich ehrlich!«

Schauer schob den Vorhang zur Seite und öffnete die gedämmte Holztür. Der Mesner folgte ihm schlurfenden Schrittes.

»Wie Quasimodo«, flüsterte Stoll Kathi zu.

Sie konnte sich das Grinsen gerade noch verkneifen und boxte ihn leicht in die Seite. »Stolli!«, zischte sie leise.

»'Tschuldigung.«

Im Beichtzimmer gab es nur drei Möbelstücke, zwei schlichte Holzstühle, je einer für den Pfarrer und den Beichtenden, getrennt durch ein etwa 1,50 Meter breites, mannshohes, vierteiliges Paravent aus dunklem, durchbrochenem Holz. Die grazilen, floralen Ornamente bildeten ein stimmen- und lichtdurchlässiges Muster und sorgten dennoch für genügend Sichtschutz.

»Dort hab ich ihn versteckt g'habt.« Bodensteiner zeigte auf eine der größeren Holzblüten in Kopfhöhe und holte eine kleine Schachtel aus seiner Manteltasche, die er mit zittrigen Fingern öffnete. Kathi und Stoll staunten nicht schlecht über das schwarze, unscheinbare Rechteck von der Größe eines 8er-Lego-Bausteins.

»Verregg!«, rief Stoll. »Ein Super-Mini-Audio-Recorder! Aus dem CIA-Shop?«

»Nix da, im Internet bschdelld!«

»CIA war a Scherzla.«

Kathi ärgerte sich. Hinz und Kunz konnten so ein Zeug mittlerweile kaufen, nicht nur Spione und Profikiller. »Das Ding wird konfisziert«, sagte sie streng. »Wo ist das Equipment dazu?«

Zurück in der Sakristei übergab der Mesner Kathi reumütig ein Tablet samt Tasche. »Da ist alles drin, auch der Adapter für den Rekorder.«

»Darum werden sich unsere Spezialisten kümmern. Das Tablet bekommen Sie wieder, das andere Zeug nicht.«

»Ist recht.«

»Was geschieht mit meinem Herrn Bodensteiner jetzt?«, wollte Schauer wissen.

»Naja, Frau Kleine ist tot und die anderen Betroffenen werden sich nicht mehr ausfindig machen lassen, um Sie anzuzeigen. Außer Sie tun das, Herr Pfarrer.«

Er schüttelte den Kopf. »Wenn er mir verspricht, dass er das in Zukunft unterlässt, verzichte ich darauf.«

»Ja, des mach ich, des schwör ich bei Gott!« Hilfesuchend sah Bodensteiner den Pfarrer an, der sanftmütig nickte. »Des alte Zeug hab ich alles gelöscht, ich schwörs!«

»Ich glaube Ihnen, ich weiß allerdings nicht, was das Kirchenrecht dazu sagt.«

»Das lassen Sie meine Sorge sein, Frau Starck.«

»Wie Sie meinen, Herr Pfarrer. Ihnen, Herr Bodensteiner, kann ich keine Absolution erteilen. Sie haben mit dem Abhören gegen Paragraf 201 StGB verstoßen. Das kann mit einer Freiheitsstrafe bis zu drei Jahren oder einer Geldstrafe geahndet werden.«

»Allmächd!«

»Ich mache die Gesetze nicht. Außerdem haben Sie die Aufnahme illegal gemacht, deshalb kann sie nicht als Beweismittel bei Gericht verwendet werden.«

»Aber sie hilft doch, die Morde aufzuklären.«

»Wenn Sie als Zeuge aussagen und den Inhalt des Gesprächs bestätigen, könnte der Staatsanwalt über das Beweisverwertungsverbot hinwegsehen. Aber damit würden Sie sich selbst der Straftat bezichtigen. So oder so, um eine Strafe kommen Sie nicht herum. Sie können die Aussage auch verweigern.«

»Des will ich aber ned, ich will Ihnen helfen.«

»Das rechne ich Ihnen hoch an, trotzdem rate ich Ihnen, sich einen Anwalt zu nehmen.«

»Gibts da keine mildernden Umstände?«, fragte Schauer.

»Der Staatsanwalt entscheidet, ob Anklage erhoben wird und legt das Strafmaß fest.« Kathi sah in die versteinerten Gesichter von Bodensteiner und Schauer. »Trotz allem, wir sind Ihnen sehr dankbar. Sobald die Stimme auf dem Band als die des Mordopfers eindeutig identifiziert ist, werden wir in dieser Richtung ermitteln, der Hinweis auf das Geld könnte entscheidend sein.«

»Uli Sauer muss bestätigen, dass die Stimme Jessica Kleine gehört«, sagte Kathi auf dem Weg zu den Autos.

»Heute noch?«, fragte Stoll.

»Nein, es reicht morgen früh.«

»Okay, ich bring das Lausch-Equipment zur Spusi und lass alles registrieren. Danach überspiel ich die Audio-Datei ins System.«

»Aber dann machst du auch Feierabend.«

»Ich hab noch bis halb sieben Dienst.«

»Okay, dann bis morgen. Ich fahr jetzt wieder heim.«

Nikolai wartete mit einem Becher heißem Chai Latte auf, als Kathi gegen dreiviertel fünf eintrudelte. »Ich dachte, du könntest etwas zum Aufwärmen gebrauchen.«

»Dankeschön.« Sie probierte vorsichtig. »Noch zu heiß. – Dann musst du erstmal ran.« Sie umarmte Nikolai.

»Eine meiner leichtesten Übungen.«

Kathi schmiegte sich eng an ihn.

»Was ist? Du bist so still.« Für Nikolai ein Zeichen, dass sie etwas beschäftigte.

»Ich hab nur nachgedacht, die Zeugenaussage heute könnte uns in den Mordfällen weiterbringen.«

»Das ist doch gut.« Dabei beließ Nikolai es. Kathi durfte keine Interna ausplaudern, aber sie konnte die Arbeit nicht immer im Büro lassen, er auch nicht. Dann hieß es: Erzähl, was du loswerden willst, aber es wird nicht weitergebohrt, sondern von der Sache abgelenkt. »Was hältst du von einem tollen Schaumbad später?«, schlug er vor.

»Das ist eine Spitzenidee.«

»Und danach eine Massage?«

Kathi küsste ihn. »Warum später?«

Dienstag, 7. Januar

»Das ist die Jessi«, sagte Uli mit belegter Stimme und lehnte sich zurück. »Da bin ich hundert Prozent sicher.«

Kathi hatte ihm ihren Stuhl überlassen, damit er sich die Aufnahme in Ruhe anhören konnte. Sie befürchtete, es könnte ihn umwerfen, wie am Freitag in der Wohnung.

»Aufzeichnung Frauenkirche, Jessica Kleine anhand der Stimme eindeutig identifiziert durch KOK Uli Sauer«, diktierte sie ihrem PC.

Uli seufzte schwer. »Das ist alles so unvorstellbar! Aber jetzt versteh ich, warum wir mit den Ermittlungen nimmer weitergekommen sind.«

»Glaubst du, der Pit hat Beweismittel zurückgehalten oder unterschlagen?«, fragte Andi.

Uli zuckte geistesabwesend mit den Schultern, es schien, als beschäftigte ihn genau das.

»Ich trommle die anderen zusammen«, sagte Kathi. »Wir treffen uns in dreißig Minuten in B-219.«

Kathi hatte den Konferenzraum, drei Zimmer von ihrem Büro entfernt, nicht nur aus Bequemlichkeit gewählt, sondern der besseren Ausstattung wegen. Der Digi-Screen war viermal so groß wie ihrer, ansteuerbar mit Voicecontrol, PC, Padfone und Tablet. Die Synchronisierung der Daten erfolgte in Echtzeit. Als alle, einschließlich Uli, Grünbaum und Ott, auf ihren Plätzen saßen, rief sie das Audiofile auf und ließ Jessica Kleines Beichte über die großen Lautsprecher abspielen. Rundum beschallt klang es auch für Kathi, die den Text mittlerweile fast auswendig kannte, ungewöhnlich. Im Raum herrschte eine andächtige Stille, beinahe wie in einer Kirche.

»In Ewigkeit, Amen«, verhallten Jessicas letzte Worte.

Kathi stoppte die Aufzeichnung. »Damit hätten wir ein Motiv. Das Band ist der Beweis, dass Rollner die Tüyüc-Millionen gefunden hatte. Und so, wie Frau Kleine sich ausdrückt, klingt es nach Bargeld, nicht nach Bitcoins.«

»Das sehe ich auch so«, pflichtete Grünbaum bei.

»Die Aussage, er habe das Richtige damit getan«, meinte Ott stirnrunzelnd, »was könnte das bedeuten?«

»Vielleicht hat er es BATC zurückgegeben«, sagte Andi.

»Meine Rede«, stimmte Kathi zu. »Danach wurde er ermordet, Frau Kleine als Mitwisserin. Diese Firma duldet keine Zeugen.«

»Ich glaub, des Geld kömmer abschreiben«, sagte Andi.

Uli kratzte sich am Kopf. »BATC soll Pit erpresst haben?«

»Mir fällt kein anderer ein«, sagte Kathi. »Die wussten garantiert, dass er die Ermittlungen in Sachen Tüyüc-Millionen leitete und waren an ihm dran. Vielleicht haben sie ihn abgehört und mitbekommen, dass er das Geld gefunden hatte. Sie schicken einen Kontaktmann, der ihn erpresst und bedroht, Pit gibt nach und rückt das Geld heraus. Das könnte am 2. Januar gewesen sein, als er mittags das Präsidium für zweieinhalb Stunden verlassen hatte. Er wird das Geld geholt und übergeben haben. Mit seinem Auto ist er nicht gefahren, das steht seit Donnerstagmorgen in unserem Parkhaus.«

»Der Treffpunkt könnte in der Nähe gewesen sein«, meinte Clausen.

»Nicht unbedingt, er könnte ein Taxi oder die U-Bahn genommen haben. Deshalb müssen wir alle Taxifahrten vom 2. Januar prüfen, die zur Mittagszeit von hier losgingen. Er könnte auch bis zum Plärrer gelaufen und von dort mit dem Taxi weitergefahren sein. Ich glaube eher, er ist mit der U-Bahn zum Hauptbahnhof gefahren, wo das Geld in einem Schließfach lag. Dort hat vielleicht auch die Übergabe stattgefunden.«

»Okay«, sagte Clausen. »Dann checken wir zunächst, wann er Donnerstagmittag das Präsidium verlassen hat und wohin er gegangen ist.«

»Die Aufnahmen in der U-Bahn Weißer Turm bitte mit einbeziehen.«

»Okay.«

»Eine Übergabe in der Öffentlichkeit?«, wandte Ott ein. »Das ist doch viel zu riskant, am Hauptbahnhof wird fast jeder Quadratmeter Kamera-überwacht.«

»Da gibts noch genug dunkle Ecken«, sagte Kathi. »Ihr müsst alle Fahrtrichtungen prüfen und alle Orte in der Umgebung, an denen man so etwas abwickeln könnte.«

»Boaahhh! Das wird ein Gefietzel«, meinte Stoll.

»Ich rekonstruiere mal weiter«, sagte Kathi. »Rollner übergibt das Geld und ruft Jessica an. Er sagt, er habe das Richtige damit getan und dass es sicher ist, dort wo es ist.«

»Warum hat er das so umschrieben?«, fragte Ott.

»Er wollte sie beruhigen, ohne deutlicher zu werden. Jessica sagte ja, sie wüsste nicht wer ihn erpresst hat. Vielleicht waren die Worte ausgemacht, weil er wusste, dass er abgehört wird. Jedenfalls hat er sich sicher gefühlt und ist nach Feierabend Kondome für den Lover kaufen gegangen.«

»Genau, das Wochenende stand bevor. Freitag bis Sonntag Rumble im Norikus-Sex-Jungle!«

Ott hüstelte, Grünbaum räusperte sich, die anderen sahen über Stolls Kommentar hinweg.

»Ich glaube auch, dass Rollner sich sicher fühlte«, meinte Clausen. »Auf den Aufnahmen vom Weißen Turm dreht er sich kein einziges Mal um. Wenn jemand bedroht wird, reagiert er anders.«

»Aber dann geschieht das Unerwartete«, sagte Kathi. »Am Brunnen wartet der Killer und tötet ihn. Er steckt ihm die Karte zu, die wieder rausfällt, als er ihn unter die Figur zieht – es muss so gewesen sein. Dann nimmt er ihm das Handy ab, fährt zum Norikus und wartet in der Wohnung auf Jessica Kleine.«

»Wie kam er in die Wohnung?«, fragte Grünbaum. »Ich dachte, am Bund fehlte kein Schlüssel.«

»Wir glauben, dass er einen Abdruck gemacht hat. Ein Profi schafft das in kürzester Zeit. Ich glaube, Killer und Kontaktmann sind ein und dieselbe Person.«

Grünbaum nickte. »Wie bei Hoek.«

»Vielleicht deshalb das Pfeilgift«, mutmaßte Kathi. »Es hat sich als zuverlässig erwiesen. Damit mordet sichs leise und es gibt keine Projektile, die auf die Waffe schließen könnten.«

»Das mit den Spielkarten ist garantiert seine Masche«, sagte Stoll. »Killer-Branding.«

Ott sah ihn skeptisch an. »Hinterlassen Profikiller seit neuestem ein Markenzeichen?«

»Psychopathen tun das«, betonte Kathi. »Wer weiß, vielleicht ist er beides. Ich glaube nach wie vor, dass die Karten ein Wink mit dem Zaunpfahl waren. Pit und Jessica haben zu hoch gepokert und Gier wird bestraft.«

»Ich lasse noch einmal nach Übereinstimmungen und Auffälligkeiten suchen«, sagte Angie.

»Hat das Tracking der privaten Handys schon etwas ergeben?«, fragte Grünbaum.

Angie schüttelte den Kopf. »Nein, bis jetzt wurden sie noch nicht geortet.«

»Was ist mit PC, Padfone und privatem Tablet?«

»Das haben die IT-Leute noch in der Mangel.«

»Bisher wissen wir, dass Pit über das Tablet seit Dezember immer wieder auf Seiten von Fernreise-Anbietern war«, sagte Clausen. »Mauritius, Seychellen, Bali, Bora-Bora, Hawaii.«

Kathi wandte sich zu Uli. »Hat Pit dir gegenüber irgendwann erwähnt, dass sie verreisen wollen?«

»Ja, sie wollten mal länger Urlaub machen.«

»Die IT versucht, ältere Chronikeinträge zu rekonstruieren«, sagte Clausen. »Unsere Anfrage bei der Sparkasse brachte auch nichts, es gab keine auffälligen Kontobewegungen.«

»Okay«, sagte Grünbaum mit Blick auf die Uhr. »Kann ich vom Rest eine kurze Zusammenfassung bekommen?«

»Soll ich?«, fragte Angie.

Kathi nickte.

»Zuerst der Weiße Turm: Die Spurensuche im Schnee gestaltet sich als Sisyphusarbeit, sagt die Spusi. Bis jetzt haben sie nichts Brauchbares gefunden. DNA, Haar- und Faserspuren in der Wohnung konnten, außer den Mordopfern, bis jetzt fünf Personen zugeordnet werden. Jonas und Martina Gebauer, Olaf und Sandra Bernhard und Uli Sauer.«

»Sie, Herr Sauer?«, fragte Ott.

»Ja, ich war mit Pit und Jessi gut befreundet und auf der Silvesterparty.«

»Ach so, okay. Machen Sie bitte weiter, Frau Knecht.«

»Offen ist noch die Speichelprobe der Lohmanns, das sind Rollners Nachbarn, die waren bis gestern in Urlaub. Wir fahren später zu ihnen. Die Gebauers waren zur Tatzeit bei ihrem Dart-Stammtisch und die Bernhards auf dem neunzigsten Geburtstag der Großmutter. Die männliche DNA auf dem Sexspielzeug ist die große Unbekannte.«

Ein schwerer Seufzer von Ott ließ Angie, eine verbale Reaktion von ihm erwartend, aufsehen. Sie blieb aus. Er nahm seine Brille ab, rieb sich die Augen und setzte sie wieder auf.

»Die Ü-Kamera am Norikus-Wehrhäuschen zeigt leider nur in Richtung Wöhrder See«, fuhr sie fort. »Die an der Tullnau-Kreuzung nimmt nur die Straßenbahnen und den Verkehr unmittelbar dort auf. Die Haltestelle wurde bis Mitternacht alle zwanzig Minuten fahrplanmäßig angefahren. Die wenigen Leute, die nach halb neun ausgestiegen sind, erkennt man in der Dunkelheit nicht. Nachdem es zu schneien begonnen hatte, war kaum jemand unterwegs. In der U-Bahn vom Weißen Turm bis Hauptbahnhof dasselbe Ergebnis, keine auffälligen Personen.«

»Vielleicht ist der Täter doch mit dem Auto gefahren und hat es woanders abgestellt«, meinte Ott.

»Möglich, aber dann weiter weg als im geprüften Umkreis von fünfhundert Metern.«

»Dehnen Sie den Radius aus«, sagte Grünbaum.

»Ob das etwas bringt?«, erwiderte Kathi skeptisch. »Zu Fuß ist man zu langsam und bei Schnee fällt eine Person leicht auf.«

Grünbaum schürzte die Lippen. »Stimmt auch wieder.«

»Was geben wir an die Medien raus?«

»Auf keinen Fall diese Beichte! Das würde einen Shitstorm auslösen! Darum soll sich erst einmal die Staatsanwaltschaft kümmern. Sollten die Pressefritzen später etwas spitz kriegen, sagen wir, dass wir sie aus ermittlungstechnischen Gründen zurückhalten mussten.«

»Entspricht sogar der Wahrheit«, meinte Kathi.

»Wer fährt zum Norikus?«, fragte Grünbaum.

»Clausen und Knecht.«

»Ich will, dass ein Spusi-Team mitkommt und alles noch einmal durchsucht, auf doppelte Böden, Geheimfächer in den Schränken, in der Kühlschranktür, in Matratzen, Polstern u.s.w., außerdem im Keller und in den Autos. Vielleicht gibt es doch eine Spur zu dem Geld.«

»Das Auto von Pit steht noch hier im Parkhaus«, sagte Uli.

»Umso besser, die Kiste wird zerlegt!«

Mittwoch, 8. Januar

In der Nacht waren die Daten von mobilO gekommen, einschließlich der Seriennummern von Pits und Jessicas Handys. Das Team nahm sich die Anruflisten und Chatverläufe der Handys und die des Festnetz-Apparates vor. Man fand gegenseitige Telefonate, welche mit Freunden, Verwandten, Behörden, Geschäften, Lieferservices und Pits Autowerkstatt. Die Chats enthielten Nettigkeiten, Terminvereinbarungen oder Informationen wie ›Komme etwas später‹. Eine Nachricht stammte von Uli Sauers privater Telefonnummer am 30. Dezember. Er fragte, ob er noch etwas für die Party besorgen soll. Nichts Verdächtiges.

»Gibts Hinweise auf Zweit-Handys?«, fragte Kathi.

»Nicht bei mobilO.«

»In der Wohnung hat die Spusi auch nichts gefunden.«

»Pits Tablet war auch sauber«, sagte Clausen. »Es gibt ein Adressbuch mit Telefonnummern, die stimmen überwiegend mit denen der mobilO-Listen überein.«

»Überwiegend?«

»Eine in den USA wurde längere Zeit nicht kontaktiert.«

»Das könnte Pits Stiefschwester sein«, sagte Kathi. »Bitte selektiert die Karteileichen, sobald wir hier fertig sind.«

»Moment mal«, sagte Clausen plötzlich und starrte auf den Monitor. »Pit hatte auf seinem Tablet den Browserverlauf nicht gelöscht. Da taucht immer wieder dieselbe Seite auf: Club BtoB.«

»Club BtoB?«, fragte Kathi.

»Bed-to-Bed, ein Sex-Datingportal.«

»Ach nee!«

»Bis zum 31.7.2024 war er dort unterwegs.«

»Das ist vielleicht eine Spur zum Lover. War Jessica auch dort angemeldet?«

»Laut IT gab es nur einen Account, sie könnten als Paar aufgetreten sein.«

»Gut möglich.«

»Der Account wurde Ende Juli leider gelöscht.«

»Es ist zum Haare raufen!« Kathi rutschte tief in den Sessel.

»Es gibt eine gute Nachricht«, verkündete Angie. »Seit 1. November letzten Jahres wurde Pit auf dem privaten Handy regelmäßig von derselben Prepaid-Nummer kontaktiert.«

Kathi kam wieder hoch. »Prepaid?«

»Ja, banale Chats und Anrufe, meistens donnerstags oder freitags.«

»Prepaid und kurz vorm Wochenende«, meinte Stoll. »Das könnte der Lover sein. Die meisten, die so ein Sex-Verhältnis anfangen, legen sich ein Prepaid-Handy zu.«

»Ich lese mal vor«, sagte Angie. »Gehts euch gut? – Verdammt gut, euch auch? – Natürlich, es war toll gestern. – Ja, der Hammer! – Sehen wir uns nächstes WE? – Klar, wie ausgemacht. – CU, Küsschen. – CU, zwei Küsschen.«

Kathi sah auf. »Hört sich an, als hätten sie sich am 31. Oktober erst kennengelernt.«

»31. Oktober, vielleicht auf ner Halloweenparty?«

»Das ist naheliegend. Danach begannen Anrufe und Chats, wie gesagt, meistens kurz vor dem Wochenende.«

»Da werdens was ausg'macht ham. Steht irgendwas Auffälliges drin?«

»Nein, Andi, nur unverfängliches Zeug: ›Bin um fünf da‹, ›Bring nen Roten mit‹, ›Freu mich auf euch‹ und so weiter. Ich glaube, die pikanteren Chats wird er gelöscht haben.«

»Oder sie hams nur mündlich besprochen.«

»Ich ruf da mal an.« Kathi wählte die Nummer von ihrem Festnetzapparat und stellte auf Lautsprecher.

Der gewünschte Teilnehmer ist derzeit nicht erreichbar«, teilte die Automatenstimme mit. »Bitte versuchen Sie es später noch einmal.«

»Hm.« Kathi legte auf. »Unser Lover wird das Handy seit den Morden nicht mehr einschalten. Was hat die Ortung der letzten Handy-Aktivität bei Pit und Jessi ergeben?«

»Bei Pit den Weißen Turm am 2.1., 20:05 Uhr«, las Angie aus dem Bericht der IT-Spezialisten vor. »Eine Nachricht an Frau Kleines Nummer ›Alles erledigt, ich fahr jetzt heim. Ruf mich morgen an, wenn du ausgeschlafen hast, Kuss‹. Danach verschwand das Handy von der Bildfläche. Frau Kleine verschickte am 2.1. um 22:24 Uhr von der Erler-Klinik ihre letzte Nachricht an Pit ›Bin froh, bis später, Kuss.‹ Die letzte Ortung ihres Handys ergab den 3.1., 6:51 Uhr in der Wohnung.«

»Das bedeutet, in beiden Fällen hat der Mörder die Handys ausgeschaltet«, meinte Kathi.

»Nicht nur das, er muss die SIM-Cards und Akkus entfernt haben. Das IMSI-Catching hat nicht funktioniert.«

»Verflucht!«

»Er brauchte nicht mal die PIN, um die GPS-Apps oder Ähnliches zu löschen.«

»Unsere IT-Genies sollen sich noch mal da dranmachen«, sagte Kathi. »Sie müssen was finden!«

Am Donnerstag trafen die Daten von den Verkehrsbetrieben und der öffentlichen Kameraüberwachung ein. Endlich konnten sie Pit Rollners Bewegungsprofil für den frühen Nachmittag am 2. Januar aufbereiten.

»Um 12:14 Uhr verließ er das Präsidium. Wie ihr seht, hat er keine Tasche bei sich«, kommentierte Clausen den parallel dazu laufenden Filmzusammenschnitt. »Er fuhr mit der U-Bahn ab Weißer Turm bis Hauptbahnhof. Dort stieg er um in die U2, Richtung Flughafen, und um 12:40 Uhr am Nordostbahnhof aus. Er nahm den Ausgang Mommsenstraße.«

»Mehr gibts nicht?«, fragte Kathi enttäuscht.

»Nein, sechs vor zwei rief er laut mobilO-Liste Jessica an.«

»Das kann nur der Ich-habe-das-Richtige-gemacht-Anruf gewesen sein.«

»Kurz danach taucht er am Nordostbahnhof wieder auf und stempelte sich um 14:40 Uhr hier wieder ein. In der Zwischenzeit kann er alles Mögliche gemacht haben.«

»Gibts Schließfächer am Nordostbahnhof?«, fragte Andi.

»Nein, aber eine öffentliche Toilette«, sagte Angie.

»Vielleicht hams dort die Geldübergabe g'macht.«

Clausen schüttelte den Kopf. »Nein, das glaube ich nicht. Die Toilette liegt am Nord-Ausgang. Rollner war nur am südlichen, an der Mommsenstraße.«

»Was issn da in der Nähe?«

»Ein paar Läden, ein Imbiss, Apotheke, Arztpraxen, eine Post- und eine Sparkassenfiliale und das Mercado.«

»Vom U-Bahnhof ist es nur ein Katzensprung zum Mercado«, sagte Kathi. »Da gibts Schließfächer. Bitte checkt das, in einem Einkaufszentrum ist die Lagerzeit meistens eingeschränkt.«

»Schon erledigt«, sagte Stoll. »Vierundzwanzig Stunden, aber in der Zeit hats keine Überschreitungen gegeben. Die haben eine top Videoüberwachung, aber wenn nix passiert ist, löschen sie alles nach vier Tagen.«

»Mist!«, fluchte Kathi. »Wo war Pit zwischen 12:40 und 14:00 Uhr?«

»Sollen wir die Ärzte checken, vielleicht hatte er doch einen Termin?«

»Glaube ich nicht, er hat was mit dem Geld gemacht und das muss gut gelaufen sein. Er verhält sich ganz normal, auf allen Bildern. Wenn einer sich verfolgt fühlt, würde er sich öfter umdrehen, oder? Pit scheint mir eher relaxt. Es schien ihn nicht zu stören, gefilmt zu werden.«

»Stimmt«, sagte Andi. »Vielleicht wars Absicht?«

»Du meinst, er wollte, dass wir das sehen?«

»Es könnt ja sein, dass er uns was dazu saang wollt, irgendwann die nächsten Daach. Er hat ja ned wissen können, dass ihn am selben Abend einer umleechd.«

Bis Freitag trafen etwa zwei Dutzend Hinweise zu den Mord-fällen aus der Bevölkerung ein, die zu Kathis Bedauern ins Leere führten. Auch das Liebespaar vom Weißen Turm mel-dete sich. Leider konnten sie keine Angaben zu anderen Per-sonen machen, beide sagten aus, sie wären zu sehr mit sich selbst beschäftigt gewesen. Die nochmalige Spurensuche im Norikus entpuppte sich als verlorene Liebesmüh, man fand nichts, weder in den Autos, noch in der Wohnung oder im Keller. Das Rot-Gelb-Grün-Verhältnis der Felder auf der Pinnwand stagnierte.

Wir treten auf der Stelle, dachte Kathi. *Ich glaube langsam, wir sehen den Wald vor lauter Bäumen nicht? Wir brauchen alle etwas Abstand, zum Glück ist Wochenende.*

HERZ-KÖNIG

Freitag, 10. Januar, 18:30 Uhr, Arena Nürnberg

»Guten Abend, meine sehr verehrten Damen und Herren. Ich heiße Sie herzlich willkommen zur Eröffnungsfeier des Superkulturjahres 2025«, verkündete Kultusminister Dr. Stolz nach einer modernen Fanfare und begrüßte die Bürgermeister von Nürnberg, Fürth, Erlangen, Bamberg und Ansbach. Stellvertretend für ihre Amtskollegen aus allen anderen teilnehmenden Städten der Metropolregion, bedankten sie sich in kurzen Reden für die Chance und die Bereitstellung der finanziellen Mittel. Ohne diese könnte das ehrgeizige und umfangreiche Projekt ›Wir sind Kulturhauptstadt Europas‹ nicht stattfinden.

Ehrengast und Schirmherr Ministerpräsident Dr. Florian C. Hofer rühmte den Eifer der Städte seit Beginn des Zuschlags und alles, was sie in Sachen Kunst und Kultur aus dem Boden gestampft hatten – facettenreich, wie der strahlende Brillant des Logos, das Plakate, Flyer und Programmkatalog zierte.

»Freuen wir uns alle auf ein gespicktes Programm bis zum 31. Dezember«, sagte er. »Ein paar Highlights: Die Blauen Nächte am 2. und 3. Mai, die Rosa Nacht am 12. Juli, der Wöhrder See in Flammen am 16. August und mein persönlicher Favorit im Oktober: Die Ausstellung ›Kogan meets Dürer‹, Zeichnungen und Illustrationen im Wandel der Zeit, natürlich im Dürer-Haus. Alles andere finden Sie im Veran-

staltungskalender. Legen wir los! Jetzt! Kultur satt, für alle!«
Unter tosendem Beifall trat er ab.

Kathi und Nikolai applaudierten auf ihren Logenplätzen mit
bester Sicht auf die drei versetzt angeordneten, runden Büh-
nen in der Mitte der Arena. Die Karten waren ein Weih-
nachtsgeschenk von Susan de Boer an alle leitenden Mitarbeiter und deren Partner gewesen. Sie saß mit ihrer Familie direkt vor ihnen. Für Kathi bot die lang ausverkaufte Veranstal-
tung eine willkommene Abwechslung. Sie blendete die Mord-
Ermittlungen aus und genoss den fetzigen Rock von Black
Heart Sheep aus Heroldsberg, das Kontrastprogramm der
jungen Erlanger Opernsängerin Liza Marek und die atembe-
raubende Tanz-Performance von Natraj zu den kunstvollen
Lichtinstallationen von BULB.

Gegen halb neun wurde es langsam dunkel im Saal, rote
Lichtpunkte wanderten, Laserpointern ähnlich, über die Büh-
nen. Zu Sphärenklängen tauchten nacheinander zwölf Figuren
auf, die sich als um die eigene Achse drehende Tänzer ent-
puppten. Wilden Derwischen gleich, brachten sie sich in Eks-
tase und fielen auf dem Boden zusammen. Über dem Dutzend
senkte sich ein riesiges, zeltähnliches Tuch herab und begann
sich nach wenigen Minuten wieder langsam zu heben. Durch
die 3D-Live-Einspielung wähnten sich die Arena-Besucher
auf dem Klarissenplatz vor dem Neuen Museum, so plastisch
und real wirkten die Bilder vom dort stattfindenden Outdoor-
Event: Bildhauer A. Rech zeigte mit beiden Daumen nach
oben, das Kommando für den Kranführer. Begleitet von Fan-
faren schwebte die wetterfeste Plane langsam nach oben und
enthüllte die begehbare Klangskulptur Wind, bestehend aus

einem Dutzend schwerer Beton-Poller, in denen bewegliche Segel aus poliertem Edelstahl steckten. Bei jedem Lufthauch erzeugten sie verschiedene Töne, die bunten Lichter des Bodenfeuerwerks reflektierten sich darin. Rech genoss sichtlich den Beifall des Publikums auf dem Platz.

Das offizielle Programm in der Arena endete gegen halb elf mit einem grandiosen Feuerwerk am Dutzendteich. Für Polit-Prominenz und Ehrengäste fand im Anschluss eine Cocktailparty statt. Susan de Boer lud ihre Mitarbeiter und deren Partner zu einem Umtrunk ins Congress-Hotel ein, ein schöner Ausklang eines wunderbaren Abends.

Samstag, 11. Januar, Mittagszeit
Kathi und Nikolai verstauten gerade die Einkäufe in Kühl- und Vorratsschrank, als Julian anrief. Er grinste ihnen auf Nikolais Handy entgegen.

»Hi, ihr zwei«,

»Hi«, begrüßten sie ihn unisono.

»Meine Family sitzt im Flieger. Ich fahre jetzt los und müsste so gegen sechs in Nürnberg sein.«

»Keinen Stress, Abendessen gibts erst um halb acht, du brauchst nicht zu rasen.«

»Wer hat hier das Geschwindigkeitsproblem, du oder ich?«

»Hatte«, betonte Nikolai. »Hatte! Ich habe keins mehr!«

»Stimmt«, sagte Kathi.

»Ist ja kein Wunder, wenn ständig die Polizei im Haus ist«, meinte Julian augenzwinkernd.

»Gleich gehst du ohne Essen ins Bett!«

»Ha ha ha, diese Drohung funktioniert nicht einmal bei meinen Kids, lass dir etwas anderes einfallen.«

»Fahr vorsichtig«, sagte Nikolai.

»Don't worry, die Straßen sind trocken. See you.«

»Bis später.«

Kaum hatte Nikolai aufgelegt, läutete Kathis Handy, der schrille Ton des Kriminaldauerdienstes.

Oh nein! Sie nahm das Gespräch an. »Hier Starck ... Hallo, Clausi ... Wie bitte? … Nein, das ist jetzt nicht wahr! Nicht schon wieder! Verdammte Scheiße! Sorry. Wo ist es passiert? … Auf dem Klarissenplatz!« Kathi hörte aufmerksam zu und nickte zwischendurch. »Mittendrin? O Gott! … Ja, ich komme hin, dauert etwa eine Viertelstunde, höchstens.« Sie legte auf, ihre betretene Miene sprach Bände.

»Was ist jetzt wieder?«, fragte Nikolai.

»Vor dem Neuen Museum wurde eine männliche Leiche gefunden, mit einem Giftpfeil im Hals.«

»Oh my god!«, seine Züge wirkten noch betretener als Kathis. »Wann ist das passiert?«

»Vor nicht mal einer Stunde.«

»Am helllichten Tag?«

»Ja. Tut mir leid, ich muss hinfahren.«

»Warum du schon wieder?«

»Es ist mein Fall!«

»Und Andi?«

»Der ist auch schon unterwegs.«

»Kann er das nicht allein machen?«

»Nein, das geht nicht, ich muss da hin.«

»Ich habe mir das Wochenende anders vorgestellt.«

»Ich auch.«

»Das ist das zweite Mal in dieser Woche!«

»Ich kann doch nichts dafür, bedank dich bei dem blöden Killer!«

»Was ist jetzt mit den Sachen, die wir eingekauft haben?«

»Vielleicht dauerts ja nicht so lange und ich schaffe es bis zum Abendessen. Und wenn es ne halbe Stunde später wird, ist es auch nicht schlimm, oder?«

Nikolai schmollte. »Der Tag ist im Arsch.«

Kathi seufzte. »Bitte versteh doch, ich kanns nun mal nicht ändern.« Sie schlüpfte in den Anorak und schnappte sich ihre Umhängetasche. »Ich melde mich, sobald ich mehr weiß, okay?«

»Okay«, knurrte Nikolai, der ihr in den Flur gefolgt war.

»Bitte nicht böse sein.« Kathi gab ihm zum Abschied einen Wangenkuss, den er nicht erwiderte. Das wunderte sie, so hatte er noch nie reagiert. Keine Zeit darüber zu diskutieren, sie musste los.

Während der Fahrt zum Neuen Museum wanderten Kathis Gedanken ständig zwischen der unbefriedigend endenden Diskussion mit Nikolai und dem Mordfall hin und her. Es war ihr erster Streit – nein, nur ein Knatsch, streiten ging anders. Die letzten zweieinhalb Monate waren sehr harmonisch verlaufen. Wenn Kathi nach einem langen Tag müde war, sparte sich Nikolai die Wie-war-dein-Tag-Frage. Er wollte nur wissen, ob es am Job lag. Wenn sie Ja sagte, beließ er es dabei. Er bohrte nicht nach Details, sondern nahm sie in den Arm, umgekehrt genauso. Sonst wurde über alles sofort gesprochen. Auch wenn sie sich nicht jeden Tag sehen konnten, es war schön zu wissen, es gibt den Einen, den man liebt, mit dem man über alles reden und dem man blind vertrauen kann. Oft dachte sie an etwas und er sprach es aus oder umgekehrt, Gedankenübertragung. Manchmal war es richtig magisch. Das sah man ihnen an. Julians Frau Gabby, die am 20. Dezember mit den Söhnen Leon und Ricky zum Besuch des Christkindlesmarkts nach Nürnberg gekommen war, hatte es offen ausgesprochen. »Ihr versteht euch blind, nicht wahr? – Das perfekte Paar.«

Das perfekte Paar, hm. Kathi hoffte, dass es auch in Zukunft so bleiben möge. Sie und Nikolai hatten bisher viel Zeit miteinander verbringen können, zu Hause, beim Sport, beim Shoppen, beim Ausgehen. Weihnachten war stressfrei verlaufen, mit leckerem Essen und in trauter Zweisamkeit, Julian war da mit Gabby und den Jungs bereits in Bonn. An Heiligabend, nach den obligatorischen Anrufen bei den Eltern via VisuTel, hatten sie nur Musik gehört, ausschließlich von Bands, die an Pfingsten bei Rock im Park auftreten würden. Die begehrten Dreitages-Tickets waren ihre Weihnachtsgeschenke gewesen. Silvester hatten sie mit dem Liebermann-Clan im großen Kreis in Königswinter gefeiert, Anna ausgenommen. Nikolais jüngste Schwester weilte wie immer mit ihren Freunden in Berlin am Brandenburger Tor.

Waren die letzten zweieinhalb Monate nur auf Bewährung, in denen sich zeigen sollte, ob es miteinander klappt? Ich hab nun mal keinen typischen Nine-to-five-Job. Mörder und Gewaltverbrecher kennen weder Wochenende, Feiertage oder

Urlaub. Bisher hatte er doch auch Verständnis für meine Spätdienste und die Überstunden. Nicht mal über den Bereitschaftsdienst am zweiten Weihnachtsfeiertag hat er gemeckert. Er muss auch Überstunden machen, von einem Abteilungsleiter erwartet man das. Warum regt er sich bei mir plötzlich so auf, wird es ihm zu viel?

Am fehlenden Verständnis des Partners für den Job waren schon Kathis Ehe und andere Beziehungen gescheitert, das wollte sie nie wieder erleben. Sie nahm sich vor, später auf jeden Fall mit Nikolai zu reden. Sie schob alles Private beiseite und konzentrierte sich auf die Arbeit.

Als sie am schneefreien Klarissenplatz eintraf, war dieser bereits mit rot-weißen Kunststoffgittern abgesperrt und über der Wind-Skulptur ein Schutzzelt errichtet worden.

Clausen erwartete Kathi an der Paravent-Gasse. »Hallo.«

»Hallo, wisst ihr schon wer es ist?«

»Ein Dr. Max Hildebrand.«

Kathi horchte auf. »Der Dr. Hildebrand, der gestern in der Arena war?«

»Weiß ich nicht, ich war nicht dort.«

»Aber ich, er ist Staatssekretär im Kultusministerium und war mit der Truppe des Ministerpräsidenten beim Kulturjahr-Opening. Wer hat ihn identifiziert?«

»Einer der Streifenbeamten, die als Erste hier waren. Sie haben in seiner Brieftasche nachgesehen, den Namen durchs System gejagt und gleich bei uns angerufen.«

»Wo ist die Brieftasche?«

»Schon eingetütet.«

»Und sein Handy?«

»Er hatte keins bei sich.«

Kathi seufzte. »War er offiziell hier oder privat?«

»Privat, nehmen wir an. Hildebrand wohnt hier, in einem Penthouse in Erlenstegen. In München hat er nur eine Dienstwohnung. Zu beiden sind Streifen unterwegs, um sie zu versiegeln. Seine Eltern leben nicht mehr, Geschwister hat er auch keine. Wir versuchen, andere Angehörige ausfindig zu machen.«

»Okay. – Wer hat ihn eigentlich entdeckt?«

»Der Dackel eines Besuchers aus München, Gerhard Dalmaier heißt der Mann.«

»Wie der Kaffee?«

»Nein, nur mit einem L und a-i-e. Ich habe ihn schon vernommen und dir das Protokoll zugeschickt. Seine Fotos auch, die hat er gemacht, bevor er den Toten entdeckte.«

»Danke. Hast du auch andere Besucher befragen können?«

»Ein paar, die in der Nähe standen. Aber von denen will keiner was bemerkt haben.«

»Okay.«

»Ein kleines Problem haben wir, irgendjemand hat das Wort Politiker aufgeschnappt und jetzt macht es die Runde.«

»Mist!« Kathis Blick zu den Absperrgittern bestätigte es, die Kollegen von der Streife hatten alle Hände voll zu tun, die neugierigen Besucher hinter die Schranken zu weisen.

Kathi sah schon die Schlagzeilen vor sich ›Mordserie in Nürnberg! Opfer Nummer drei! Pfeilgiftmörder hat erneut zugeschlagen! Kulturhauptstadt unter Schock!‹

»Ich schau mir jetzt den Tatort an.«

117

Clausen nickte. »Dann kümmere ich mich inzwischen um die Aufnahmen der Überwachungskameras.«

Kathi zog Schutzoverall und Latexhandschuhe an und betrat das Zelt. »Hallo, ihr zwei«, begrüßte sie Thomas und Sabine.

»Hi, Kathi, du auch hier?«

Sie lächelte gequält. »Es trifft immer dieselben. Der Clausi sagte, diesmal hat er den Pfeil nicht entfernt.«

»Richtig, er steckte im Hals, ein Stück unterhalb des rechten Ohres.« Sabine gab ihr das Plastiktütchen mit dem etwa fünf Zentimeter langen, grazilen Pfeil, der aussah wie eine Fertigspritze mit extralanger Kanüle und einem roten Puschel am hinteren Ende.

Kathi betrachtete ihn von allen Seiten. »Sieht aus wie eine Spezialanfertigung.«

»Der Inhalt entleert sich sofort nach dem Eindringen.«

»Wie wurde er abgeschossen, mit Druckluftpistole oder Blasrohr?«

»Ich nehme an mit ner Pistole, ein Blasrohr wäre hier zu auffällig.«

»Es gibt auch kurze Rohre.«

»Richtig und teleskopartige.«

»Wenn der Pfeil damit abgeschossen wurde, könnte DNA am Puschel sein?«

Sabine nickte. »Von Speichelresten an der Rohrinnenwand, wir checken das auf jeden Fall. War ein Fehler, das Ding stecken zu lassen. Er wird leichtsinnig.«

»Vielleicht fühlte er sich beobachtet und ist deswegen abgehauen.«

»Aber er hat sich die Zeit genommen, ihm den Herz-König in die Manteltasche zu stecken.«

»Aha, ein Herz-König!«, sagte Kathi. »Er mordet sich nach oben. Das Blatt passt irgendwie zu einem Politiker. Aber was um alles in der Welt hat Hildebrand mit Pit und den Tüyüc-Millionen zu tun? – Prio eins«, diktierte sie in ihre Smartwatch, »Kontakte und privates Umfeld von Hildebrand prüfen, Bewegungsprofil Auto, Aufnahmen der Ü-Kameras, Protokolle Clausen.«

Heute ließ sich der Todeszeitpunkt trotz der Minusgrade eingrenzen. Der Leichnam war noch nicht kalt und es gab Rechs Aussage, dass er heute kurz vor elf sein Werk zuletzt betreten hatte.

»Der Clausi meinte, Hildebrand wurde etwa zwischen zwölf und eins ermordet.«

»Ja, so in etwa«, sagte Thomas.

»Aber da muss doch jemand was beobachtet haben!«, wunderte sich Kathi. »Da sind bestimmt Dutzende von Leuten an der Skulptur vorbeigelaufen, daneben patrouillierte ein privater Wachdienst. Waren die alle blind oder hat es unser Killer sehr geschickt angestellt oder beides?«

»Wahrscheinlich das«, sagte Thomas.

»Der Mord an Hildebrand passt jedenfalls ins bisherige Schema. Ich frage mich, wie er mit dem an Pit und Jessica zusammenhängen könnte.«

»Vielleicht eine Verwechslung, oder er zur falschen Zeit am falschen Ort, ein Zufallsopfer. Oder es gibt einen zweiten Täter, der die Polizei verwirren will, einen Trittbrettfahrer. Giftpfeil und Spielkarte haben die Medien ja genug breitgetreten.«

»Ein Trittbrettfahrer? – Nee, Thomas, das hinkt. Das Gift kann man nicht an jeder Straßenecke kaufen.« Kathi kratzte sich am Kinn. »Stern sagte, das Gift bei Pit und Jessica stammt aus einer Quelle.«

»Es kommt aus Indonesien und ist 100 Prozent dasselbe wie das in den Phiolen in Hoeks Waffenkoffer. Wir haben es letzte Woche mit den Datenbankeinträgen vom Oktober verglichen.«

»Okay, warten wir den neuen Laborbericht und den DNA-Test vom Pfeil ab.« Damit überließ Kathi den Spurensuchern wieder das Feld.

Außerhalb des Paravents entdeckte sie Andi, den gerade ein Streifenbeamter durch die Absperrung ließ.

»Hi, Andi.«

»Hi, Kaddi. – Und, welches Blatt hat er?«

»Ach, du weißt schon Bescheid.«

»Ja, der Clausi ist mir vorhin übern Weg g'laufen.«

»Herz-König.«

»Aha, er steigert sich.«

Kathi entledigte sich der Schutzkleidung und stopfte sie in den Abfallbeutel im Bus der Spurensicherung. Endlich war sie das unförmige Ding los. Sie richtete ihren Schal und zog ihre warmen Handschuhe wieder an.

»Der Clausi hat g'sachd, dass von den Besuchern keiner was g'sehn hat.«

»Schon seltsam«, sagte Kathi. »Taghell, öffentlicher Platz und keiner schaut hin.« Sie ließ ihren Blick über die Zaungäste schweifen. *Er könnte noch hier sein und uns beobachten.*

Sie schritt die Absperrung ab und versuchte, in den Gesichtern zu lesen. Manche zeigten sich erschrocken, manche versteinert, andere sahen durch sie hindurch. Die schlauen unter ihnen ahnten, dass die Frau im jeansblauen Anorak zur Polizei gehören musste, weil sie innerhalb der Absperrung agieren durfte. *Vielleicht steht er im Museum auf der Wendeltreppe.* Kathi sah hinüber zur Glasfassade des Museums, konnte im Gegenlicht aber nichts erkennen. »Ich schau mir den Platz von oben an, kommst du mit?«

Im Neuen Museum herrschte, aufgrund des Kulturevents, mehr Betrieb als sonst am Samstagnachmittag. Kathi und Andi wiesen sich am Infostand als Kriminalbeamte aus und wurden von einer smarten Mitarbeiterin in Beschlag genommen.

»Guten Tag, Frau Kommissarin, Herr Kommissar. Mein Name ist Lea Bauer, PR-Team. Was darf ich für Sie tun?«

»Wir würden uns gern von der Treppe einen Überblick verschaffen.«

»Natürlich, ich begleite Sie durch die Eingangskontrolle.« Sie ging vor.

Auf dem Weg durch das Foyer sah Kathi sich um. Zuletzt war sie vor eineinhalb Jahren hier gewesen, zu einer Retrospektive über Andy Warhol. Seitdem hatte die moderne Kunst nichts Interessantes mehr für sie geboten.

Ganz oben auf der Wendeltreppe, einem lichtgrauen, schneckenförmigen Beton-Ungetüm, das ein Drittel der Empfangshalle einnahm, beobachteten zwei Teenager das Treiben draußen. Die Sicht auf den Klarissenplatz von hier war ausgezeichnet, aber bis auf das Schutzzelt und den Absperrungen fiel Kathi und Andi nichts Ungewöhnliches auf.

Kathi sah zur Decke. »Leider keine Kameras.«

»Die gibt es nur im Foyer und in der Sammlung«, erklärte Lea Bauer. »Die Aufnahmen der Außenkameras hat Ihr Kollege vorhin schon angefordert.«

»Ich hab noch keine bekommen.«

»Oh! Ich frage gleich in der Security nach, wo sie bleiben.« Sie entschwand nach unten.

»Vielleicht haben Besucher von hier nach draußen gefilmt oder fotografiert«, flüsterte Kathi Andi zu.

»Dann mach' mer einen neuen Aufruf in den Medien.«

Im Foyer stieß Lea Bauer wieder zu ihnen. »Die Aufnahmen hat die Security zu Ihnen ins Präsidium geschickt.«

»Vielen Dank«, sagte Kathi.

»Sollten Sie noch etwas benötigen, einfach anrufen.«

»Danke, das machen wir.«

»Eine Frage noch, können Sie sagen, wann das Schutzzelt wieder abgebaut wird? Nur für unsere Planung, es sind noch Events auf dem Platz geplant.«

»Das hängt davon ab, wie lange die Spurensicherung braucht. Ich denke bis Montag.«

»Oh! Okay, danke.«

Andis Padfone bimmelte.

»Servus, Clausi ... Ja, im Museum ... bis gleich.«

»Dann lasse ich Sie wieder ihre Arbeit tun«, sagte Lea Bauer und verabschiedete sich.

»Geh ruhig vor, Andi«, sagte Kathi am Ausgang. »Ich komme gleich nach.« Sie wollte im Warmen noch schnell ihr privates Handy auf Nachrichten checken. Bis jetzt hatte sie nicht an den Knatsch mit Nikolai denken müssen, plötzlich poppte er wieder auf. *Nichts gekommen,* dachte sie enttäuscht. *Sicher schmollt er noch. Ich ruf nicht an, du bist dran.* Sie seufzte. *Warum will er mich nicht verstehen? Konzentration, Kathi, Konzentration!* Sie steckte das Handy wieder ein und zog ihre Handschuhe an.

Entlang der Absperrungen herrschte reger Publikumsverkehr. Neu angekommene Besucher, verwundert über die verhüllte Skulptur, baten die Polizisten und die beiden Service-Kräfte des Museums um Auskunft. Kathi ging schnurstracks zum Zelt, vor dem Thomas und Sabine ein paar Plastikbeutel mit Beweismaterial in Trageboxen und die Kamera in den Alukoffer packten.

»Habt ihr noch was Brauchbares gefunden?«, fragte sie und blickte in enttäuschte Gesichter.

»Nur ein paar Wollfasern und Haare«, sagte Thomas. »Die könnten von dem Hund stammen, der angeschlagen hat.«

»Mehr nicht?«

Kopfschütteln.

»Fingerabdrücke?«

»Selten so einen picobello sauberen Tatort vorgefunden«, meinte Sabine sarkastisch.

»Wie das?«

»Rech hat am Vormittag alles eigenhändig auf Hochglanz gebracht, Clausen hat das rausgefunden.«

»Scheiße!«, entfuhr es Kathi. »Sorry. – Und seitdem soll keiner was angefasst haben? Kann ich gar nicht glauben, manche Leute betatschen doch alles!«

Sabine nickte. »Heute scheinbar nur mit Handschuhen.«

»Mist!« Kathi furchte verärgert die Augenbrauen. »Dann hoffe ich, dass die Aufnahmen der Überwachungskameras was zeigen.« Das Klingeln ihres Handys ließ sie zusammenfahren. *Oh, das ist bestimmt Niko!* Sichtlich nervös fischte sie es aus der Anoraktasche und hätte es beinahe fallen lassen. »Blöde Handschuhe«, fluchte sie leise und zog den rechten mit den Zähnen aus. Die Hektik war unbegründet, das Display zeigte Andis Nummer.

»Kaddi, ich bin grad im Hotel Viktoria gegenüber.«

»Was machst du dort?«

»Von denen kriegen wir auch Aufnahmen, die ham eigene Kameras. Der Doorman hat einen Streifenkollegen g'fragt, ob wir die wollen.«

»Super, immer her damit. Ich bin am Zelt und ...« Plötzlich hielt sie inne, weil Clausen mit den Armen wild fuchtelnd auf sie zueilte. »Warte mal kurz, Andi. Der Clausi will was.« Sie ging ihm entgegen und entdeckte, hinter den Absperrgittern stehend, den Grund seiner Aufgeregtheit: Einen Kameramann und einen Reporter des Bayerischen Fernsehens, beide in dicken, dunkelblauen Daunenanoraks mit Kapuze und dem Logo des Senders. »Mist!«

»Was issn los?«, fragte Andi, der das gehört hatte.

»Das Fernsehen ist da.«

»Scheissdregg!«, fluchte er durchs Telefon. »Bestimmt ham die Wind gekriegt wegen dem Hildebrand.«

»Hundert Pro.«

»Wenns um Politik geht, ist alles a weng bressant.«

»Ich will den Clausi mit denen nicht allein lassen.« Kathi lies laut Luft ab, sofort beschlug das Display ihres Handy. »Ich gebe ein kurzes Statement ab, damit sie beschäftigt sind und Ruhe geben. Wir treffen uns danach beim Zelt.« Sie legte auf und steckte das Telefon wieder ein. »Die Fernsehfritzen haben grade noch gefehlt«, grummelte sie vor sich hin, während sie in der Umhängetasche nach ihrem Kosmetikspiegel suchte. »Aber kneifen gilt nicht.«

Am Ehekarussell waren sie erst angerückt, als sie schon weg war. Da mussten sie sich mit den knappen Antworten der Streifenbeamten zufrieden geben. Ein kurzer Blick in den Spiegel bestätigte Kathis Kameratauglichkeit, keine rote Nase, keine Augenringe, keine verschmierte Mascara und die Frisur passte auch. *Naja, ein wenig Farbe auf den Lippen könnte nicht schaden.* Eine Sache von Sekunden. Danach ließ sie Spiegel und rosa Lipgloss wieder in der Tasche verschwinden, richtete Kragen und Schal und steuerte auf Clausen und die Fernsehleute zu.

»Hallo, zusammen, Starck, Kripo Nürnberg.«

»Hallo, Frau Starck, ich bin Michael Scholz.«

»Waren Sie nicht mal bei Franken TV?«

»Ja, bis Dezember.«

»Und im neuen Jahr gleich mit fulminantem Start.«

»Kann man so sagen. Übrigens, der Kollege an der Kamera heißt Toni Stöckl.«

Er unterbrach das Säubern des Kameraobjektivs. »Hallo.«

»Hallo.«

»Können Sie uns schon etwas über die Umstände zum Tod von Dr. Hildebrand sagen, Frau Starck?«, fragte Scholz.

Mist, jetzt macht der Name schon die Runde! »Okay, viel ist es nicht, die Spurensicherung ist noch bei der Arbeit.«

Clausen ließ Scholz und Stöckl durch die Absperrung, schloss sie wieder und blieb mit vor der Brust verschränkten Armen dort stehen. Ganz nach dem Motto ›Ihre Show, Frau Hauptkommissarin‹.

Kathi konzentrierte sich auf das, was sie sagen wollte. Im Fall eines prominenten Opfers war es ratsam, nur Fakten zu präsentieren, Boulevardpresse und Billig-TV würden ohnehin Verschwörungstheorien aufstellen. »Wo wollen Sie mich stehen haben?«

Scholz brauchte nicht lang zu überlegen. »Vielleicht mit dem Schutzzelt und dem Museum im Hintergrund.«

Kathi nickte und positionierte sich vor dem rot-weißen Absperrband. »Ist das okay so, Herr Scholz? Ich meine wegen der Sonne?«

»Perfekt, Frau Starck.«

Stöckl schulterte die Kamera. »Wir können.«

Scholz signalisierte ein Daumen-Hoch und zückte das Mikrofon. *Drei, zwo, eins,* zählte er in Gedanken herunter. »Grüß Gott, meine Damen und Herren. Unser schönes Nürnberg wurde heute erneut Schauplatz eines Gewaltverbrechens. Gegen ein Uhr mittags entdeckte ein Besucher in einer Kunst-Skulptur vor dem Neuen Museum eine männliche Leiche. Unseren Informationen zufolge, soll es sich bei dem Toten um Dr. Max Hildebrand, Staatssekretär im Kultusministerium, handeln. Er wohnte gestern Abend der Eröffnungsfeier des

Kulturjahres in der Arena bei. Bei uns ist Kriminalhaupt-kommissarin Starck, die aktuelle Informationen für uns hat.«

Stöckl schwenkte die Kamera zu Kathi.

»Wir bestätigen die Identität des Toten«, sagte sie.

»Warum war Dr. Hildebrand hier, offiziell oder privat?«

»Das ist nicht bekannt, ebenso wenig die Ursache und Hintergründe seines Todes.«

Damit gab sich Scholz nicht zufrieden. »Die Leute hier munkeln, beim Opfer steckte eine Spielkarte, wie bereits in den Fällen am Ehekarussell und im Norikus!«

»Die Kollegen der Spurensicherung sind noch am Tatort zugange. Sie verstehen sicher, dass ich zum jetzigen Zeitpunkt keine Aussage dazu machen kann. Über die genaue Todesursache wird nach der Obduktion des Leichnams Auskunft gegeben, wie immer. Mehr gibt es nicht zu sagen.«

Scholz respektierte Kathis strengen Blick. »Vielen Dank, Frau Starck.«

Stöckl schwenkte die Kamera für die Abmoderation zu Scholz. Danach verabschiedete man sich höflich und Clausen dirigierte die Fernsehleute wieder hinter die Absperrung.

Andi wartete am Zelt, aus dem Thomas gerade auftauchte.

»Wir sind so gut wie fertig«, sagte er.

»Okay, dann fahren wir ins Präsidium.«

»Unsere Fotos sind schon unterwegs.«

»Spitze, wir vergleichen sie dann gleich mit denen von Dalmaier.«

Nach einer kurzen Aufwärmphase im Büro, mit frischem, heißem Milchkaffee und Beine-Hochlegen, prüfte Kathi die Fotos. Sie entdeckte nichts Verdächtiges. *Hoffentlich bringen der DNA-Test vom Pfeil und die Gift-Analyse was.* Bevor sie sich zu Andi und Clausen setzte, die sich auf dem großen Monitor parallel die Kameraaufnahmen von Museum und Hotel ansahen, warf sie einen Blick auf ihr Handy. Nikolai hatte sich bis jetzt noch nicht gemeldet. *Dieser Sturkopf!* – *Okay, mach nur so weiter!* Sie schaltete es stumm. *Ich muss jetzt arbeiten.*

»Aus der erhöhten Perspektive sieht man wirklich gut«, kommentierte Clausen den Filmausschnitt, der das Innere der Wind-Skulptur zeigte, unabhängig von der Position der Klangsegel.

»Keine toten Winkel wie am Weißen Turm«, sagte Kathi.

»Glück für uns, die Versicherung und die Sponsoren der Installation haben eine Rundumbewachung verlangt.«

Bis kurz vor elf geschah nichts Bemerkenswertes auf dem Klarissenplatz, normales Kommen und Gehen von Besuchern. Dann zwängte sich ein bärtiger Mann im langen Pelzmantel durch die mittlere Drehtür des Museums.

»Das ist Rech«, sagte Kathi.

»Allmächd, der Grampus da?«

»Ja, Andi, der Grampus.« Kathi schmunzelte über den Vergleich. *Nikolai würde Väterchen Frost sagen.* Ertappt, wieder schweiften ihre Gedanken zu ihm. Wieder checkte sie ihr Handy, kein Anruf, keine Nachrichten. *Sturkopf hoch zwei!* – *Weiterarbeiten, Kathi, konzentriere dich auf die Bilder!*

Sie zeigten Rech, der gerade sein Werk betrat und wie er begann, die Edelstahlflächen der Segel mit Spezialreiniger und weichen Tüchern zu säubern.

»Ein Künstler mit Putzfimmel«, sagte Andi.

Nach der Reinigung verbrachte Rech einige Minuten mit dem Probe-Drehen der Segel. Die Besucher auf dem Platz warteten geduldig, bis der Künstler fertig und ins Museum verschwunden war, und fotografierten munter weiter. Weil nichts Auffälliges geschah, ließ Clausen die Aufzeichnungen ein Stück vorlaufen. Um 12:28:05 Uhr näherte sich ein großer Mann im eleganten Woll-Wintermantel der Skulptur. Er trug eine Sonnenbrille.

»Da!«, rief Kathi. »Das ist Hildebrand, er kommt aus Richtung Hotel Viktoria.«

Der Staatssekretär war gut zu erkennen, ganz im Gegensatz zu dem großen Mann mit Hut, ebenfalls im Wintermantel, der ihn keine zwei Minuten später ansteuerte. Ihn sah man leider nur von hinten.

»Ein schöner Rücken kann auch entzücken«, brummte sie.

»Ist er das?«, fragte Clausen.

»Möglich«, sagte Kathi. »Warten wir ab, was er macht.«

Während der Unterhaltung mit Hildebrand war der Fremde stets darauf bedacht, dass man ihn nur von hinten sah.

»Verregg!«, schimpfte Andi. »Der hat g'wusst wo die Kameras sind.«

Clausen nickte. »Wie beim Ehekarussell.«

Auf dem Klarissenplatz tummelten sich zu dieser Zeit etwa einhundert Menschen. Sie saßen auf den Steinquadern, umrundeten die Skulptur, manche blieben stehen und fotografierten. Keiner scherte sich um die beiden Männer, die inmitten der Klangsegel standen.

»Da!«, rief Kathi wieder. »Jetzt wird die Unterhaltung hitziger.«

Hildebrand drohte seinem Gegenüber mit dem Zeigefinger, sein Gesicht lief puterrot an. Ein Hoch auf die Technik, dass man das auch aus dieser Entfernung so gut erkennen konnte. Plötzlich drehte der Staatssekretär sich um, scheinbar wollte er die Skulptur in die andere Richtung verlassen. Der andere Mann machte eine Bewegung mit der rechten Hand, Hildebrand taumelte und fiel. Die mitlaufende Uhr zeigte 12:32:14.

Andi japste. »Jetzt hat er g'schossen!«

Clausen hielt die Aufnahme an.

»Seht ihr«, sagte Kathi. »Hildebrand bewegte sich seitlich, als der Pfeil ihn traf, deshalb steckte er im Hals unterm Ohr. Lass bitte weiterlaufen.«

Clausen tippte auf den Forward-Button.

Der Killer verstaute einen Gegenstand in der Innentasche seines Mantels.

»Da lässt er die Waffe verschwinden«, kommentierte Kathi das Bild.

»Und das muss die Spielkarte sein!« Clausen zeigte auf den Bildschirm. Man konnte sie zwar nicht deutlich sehen, aber der Mörder bückte sich und steckte Hildebrand etwas zu. Dann entfernte er sich, wieder nur in Rückenansicht, und verschwand in der schmalen, zur Luitpoldstraße führenden Gasse.

Andi lehnte sich zurück. »Der hat den Pfeil absichtlich stecken lassen.«

»Oder vergessen.«

»Ich fasse es nicht«, sagte Kathi kopfschüttelnd. »Kein Mensch hat hingesehen!«

»Ich glaub, von außen hat des keiner g'sehen.«

Zur Sicherheit ließen sie das Band noch einmal von vorn laufen. Die Leute Ignoranten zu nennen wäre unrecht, man konnte das Geschehen innerhalb der Skulptur nicht sehen, weil die Sonne sich in den Segeln spiegelte und blendete.

»Das stimmt mit Dalmaiers Aussage überein«, sagte Clausen. »Deshalb ist er zum Fotografieren näher rangegangen.« Die knapp fünf Minuten von der Tat bis zum Erscheinen des Münchners an der Skulptur ließ er etwas schneller laufen. An der Stelle, wo der Dackel neugierig an der Leine zog, stoppte er. »12:39 Uhr, da er den Toten gewittert.«

Kathi nickte. »Wir brauchen die Aufnahmen aller Besucher mit Kameras, Smartphones oder Tablets. Vielleicht ist der Killer auf irgendeiner Aufnahme doch von vorn zu sehen. Starten wir einen Aufruf in den Medien.«

»Für welchen Zeitraum?«

»Von gestern bis heute zwei Uhr.« Kathi überlegte »Von der Eröffnung gestern Abend gibts doch Aufnahmen von verschiedenen Fernsehsendern, die müssen wir uns auch ansehen. Ich ruf mal beim BR an, die können mir sicher sagen, welche Kollegen dort noch gedreht haben.«

Während Andi mit der IT telefonierte und die Freischaltung einer neuen E-Mail-Adresse für die Foto- und Filmaufnahmen beantragte, öffnete Clausen eine vierte Spalte auf der Pinnwand: Dr. Hildebrand. Zwei Schlagworte bei allen drei Opfern leuchteten in Neongrün: Spielkarte und Giftpfeil.

»Bube, Dame und jetzt der Herz-König. Die Karten sind bis jetzt das einzige Indiz, dass die Morde zusammenhängen, vielleicht auch das Gift. Wenn der Thomas und das Sternchen schnell sind, wissen wir es heute noch.«

»Aber wie passt der eifersüchtige Ex-Lover dazu?«, fragte Clausen.

»Keine Ahnung«, sagte Kathi. »Ich frage mich, wie Hildebrand in den Tüyüc-Millionen drinhängen könnte. Ein Staatssekretär des Kultusministeriums und Industriespionage in einem Rüstungsbetrieb, das passt nicht zusammen.«

»Vielleicht hatte er andere Connections zu BATC«, meinte Clausen. »Vielleicht war er ein Strohmann für einen anderen Deal.«

Andi kratzte sich am kahlen Haupt. »Ein Kultur-Heiner und Rüstung? Des bassd ned zamm, wie die Kaddi sachd.«

»Wer weiß, was der für nen Dreck am Stecken hatte«, verteidigte Clausen seine Theorie.

»Das klingt etwas an den Haaren herbeigezogen«, sagte Kathi. »Vielleicht will der Killer uns in die Irre führen, ein Ablenkungsmanöver. Wir brauchen mehr Informationen über Hildebrand, seinen Lebensstil, das berufliche und private Umfeld, ob es eine Verbindung zu Pit gibt, außerdem das Bewegungsprofil seines Autos.«

Clausen nickte. »Das fordere ich gleich an.«

»Auf den Bildern sieht es wie eine Verabredung aus«, sagte Kathi. »Aber, wenn es derselbe Killer ist, warum wartet er eine Woche?«

»Vielleicht hat er erst spät erfahren, dass Hildebrand mit drinsteckt oder er kam nicht früher an ihn ran.«

»Aber am Museum, am helllichten Daach?«, wunderte sich Andi. »Des ist doch a Risiko!«

»Nicht unbedingt, je mehr Leute da sind, desto weniger fällt es auf, kaum einer schaut hin. Das haben wir ja gesehen.«

»Der Hildebrand wird denkt ham, dass ihm bei so vielen Leuten nix passieren kann.«

»Falsch gedacht«, sagte Kathi. »Anders unser Killer, der konnte in der Menge schnell untertauchen.«

»Klopf, klopf.« Thomas grinste zur offenstehenden Tür herein. »Ich hab was Interessantes für euch.«

»Wir sind ganz Ohr«, sagte Kathi. »Komm rein.« Sie schob ihm einen der Besucherstühle hin.

»Danke.« Thomas setzte sich. »Es ist dasselbe Gift wie bei Rollner, Kleine, Panzer und Tüyüc.«

»Yesssss!« Kathi ballte eine Hand zur Faust. »Danke, dass es so schnell ging.«

»Gern geschehen. Ich hab noch ne gute Nachricht, am Pfeilpuschel ist DNA vom Täter.«

»Aber er hat doch mit einer Luftdruckpistole geschossen, wie kommt DNA an den Puschel?«

»Manche Jäger schlecken ihn ab, bevor sie in einlegen.«

Kathi verzog angewidert das Gesicht. »Bäh!«

»Wirklich?«, fragte Clausen.

»Ja, zum Beispiel wenn er verwurschtelt ist, dann fliegt er besser.«

Kathi schüttelte den Kopf. »Ich verstehe das nicht, wenn er den Pfeil abschleckt und ihn stecken lässt riskiert er, identifiziert zu werden. Entweder ist er ein Psycho, der geschnappt werden will, oder er wird leichtsinnig.«

»Es kommt noch besser«, sagte Thomas. »Wir haben die DNA mit der von Hoek aus der Datenbank verglichen.«

»Und?«

»100 Prozent Übereinstimmung.«

»Jetzt ohne Scheiß?« Kathi fiel die Kinnlade herunter. »Wie verdammt kommt die DNA eines toten Killers an diesen Pfeil?«

»Also gibts doch einen Hoek zwei Punkt null«, meinte Andi.

»Von den Toten wird er sicher nicht auferstanden sein, also wer ist der Neue?«

»Vielleicht Bruder oder Vater?«

»Bei der DNA von Verwandten kann es Abweichungen geben.« Kathi überlegte kurz. »Moooment! Außer bei eineiigen Zwillingen, die sind identisch!«

»Nein, das trifft nicht immer zu.« Thomas schüttelte vehement den Kopf und lenkte alle Blicke auf sich. »Punktmutationen bei Zygoten.« Angesichts dieses Fachchinesisch legte Kathi den Kopf schief, Clausen zog die Stirn kraus, wie Andi. Thomas' Erklärung folgte prompt. »Auch bei eineiigen Zwillingen beginnt sich, nach der ersten Teilung der befruchteten Eizelle, das Erbgut zu verändern, diese Unterschiede kann man feststellen.«

»Dann ran ans Werk!«

»Die Sabine ist schon drüber. Ich hoffe, das bisschen Material, das wir haben, reicht. Wenn wir Blut hätten …«

»Bitte, bitte, bitte gebt euer Bestes«, flehte Kathi mit gefalteten Händen. »Wie immer.«

»Das Ergebnis kriegt ihr heute aber nicht mehr«, musste Thomas sie enttäuschen. »Wir brauchen vier oder fünf Läufe im Sequenzer, um ganz sicher zu gehen. Morgen Mittag, frühestens.«

»Kommt ihr morgen rein?«, fragte Kathi.

»Sonntag? Nee, ganz sicher nicht! Brauchen wir auch nicht, ich lass mir das Ergebnis vom Laborrechner nach Hause schicken.«

»Mir und Andi bitte auch.«

»Geht in Ordnung«, sagte Thomas. »Montag holen wir uns Hoeks Waffenkoffer aus der Asservatenkammer. Da drin sind die Druckluftpistole, ein teleskopartiges Blasrohr, Pfeile, Phiolen mit Gift und Betäubungsmittel. Ich will mir das Zeug nochmal ansehen.«

Kathi nickte. »Gute Idee.«

»Dann mach ich mich wieder vom Acker«, verabschiedete sich Thomas. »Wenn ihr was braucht, ich bin noch bis sieben Uhr im Labor. Frohes Schaffen weiterhin.«

»Danke, euch auch.«

Als er draußen war, sah Kathi auf die Uhr, kurz nach fünf. *Bis sieben bleib ich garantiert nicht, ich hau um sechs hier ab.* »Ich jage mal die DNA durch die internationalen Datenbanken.«

Nach ein paar Minuten, in denen Kathi darüber nachdachte, was sie zu Nikolai sagen sollte, erschien das Ergebnis mit einem Pling auf dem Monitor. »Ha! Matching data found«, las sie vor. »One file available.«

Andi spitzte die Ohren. »Echt?«

»Nur eine?« fragte Clausen.

»Sie stammt von Hoeks Blasrohr, das er bei Panzer verwendet hatte. Hoek hat bisher nur diesen einen genetischen Fingerabdruck hinterlassen.« Kathi rieb sich die Schläfen. »Und jetzt noch ein Zwilling! Gott, es kann doch nicht sein, dass noch einer wie Hoek da draußen rumläuft!«

»Wenns wirklich noch einen gibt, vielleicht waren die damals schon zu zweit unterwegs.«

»Damit könntest du gar nicht so falsch liegen, Andi. Der eine schießt und der andere mischt sich unter die Ersthelfer, um den Pfeil wieder rauszuziehen, wie bei Panzer. Nur in seinem Fall wissen wir sicher, dass er mit einem geschossen hat. Bei Tüyüc hatte Hoek das Gift in die Infusionslösung gespritzt.«

»Ich will ja nicht unken«, meinte Clausen. »Scheinbar haben sie das Gift in größeren Mengen gekauft.«

»Ich bin wirklich gespannt auf die zweite DNA-Analyse«, sagte Kathi.

Ihr Telefon läutete. Sie schielte aufs Display, las den Namen Patrick Koschnik, seines Zeichens Pressesprecher des Polizeipräsidiums. »Was will der denn jetzt? – Starck … Hallo, Patrick, was gibts? … Pressekonferenz, heute noch? Kann das nicht bis Montag warten, dann haben wir mehr zu bieten … Wer, Knoll? Ich dachte der ist auf Bali! ... Aha, schon zurück. Und wann? … Viertel sieben? Das ist ja schon in einer Stunde, spinnt der! … Was, er ist auch dabei? … Okay, in 30 Minuten Briefing bei dir. Bis dann.«

Kathi knallte den Hörer auf. *Das wars mit ›ich hau um sechs hier ab‹. Scheiße!* »Um sechs ist Pressekonferenz, Knoll hat sie angesetzt.«

»Heute noch? – Mal wieder typisch«, knurrte Clausen. »Jetzt macht *er* Dampf wegen dem Parteiheini.«

»Zum Glück wissen wir schon, dass es dasselbe Gift ist und durch die Spielkarte haben wir die Verbindung zu den ersten beiden Morden, trotzdem, ein bisschen mager. Ich will genau wissen, ob wir es mit demselben Killer zu tun haben. Das mit der Hoek-DNA nervt mich tierisch! Ich hasse es wie die Pest, den Pressefritzen anhand von Indizien Auskunft geben zu müssen. Das produziert nur unnötige Fragen!«

Kathi atmete einmal tief durch und rief Nikolai an.

»Hallo, Kathi«, meldete er sich nüchtern.

»Hi, Niko. Sorry, es wird mit Sicherheit später bei mir. Um sechs ist eine Pressekonferenz.«

»Okay, nicht zu ändern. Bis dann.«

»Bis dann.« Als sie das sagte, hatte er schon aufgelegt. *Hm, so kurz angebunden war er noch nie. Er ist noch immer stinkig.* Nachzukarteln würde nichts bringen. Enttäuscht begann sie, die Unterlagen fürs Briefing zusammenzustellen.

Kurz nach halb sechs ließ Julian die Wohnungstür ins Schloss fallen. Ihn empfing laute Musik, Gothic Rock aus den 1980er Jahren, ›This Corrosion‹ von den Sisters of Mercy.

»Aha, Oldie-Tag!« Er stellte die Reisetasche ab und zog Jacke und Schuhe aus. »Ich bins, Leute!«, rief er laut in den Flur. »Wo seid ihr zwei Hübschen?«

Weil er keine Antwort erhielt, ging er in Richtung Wohnzimmer, woher die Musik kam. Er blieb im Türrahmen stehen. Nikolai, ihm den Rücken zugewandt, daddelte am Flipper was das Zeug hielt. Der ›Time Warp‹ war ein Geschenk von Alexander Ikonen gewesen, aus dem Nachlass seines Cousins Walter König. An dem über vierzig Jahre alten Gerät konnte man sich herrlich abreagieren.

»Hi, Niko!«, rief Julian laut. »Bin wieder da!«

Er schien ihn nicht zu hören, er drückte wie ein Besessener die Knöpfe. Am Ende des Spiels warf er eine Dollarmünze ein und schoss die Kugel mit dem Plunger wieder ab. Trotzdem spielte man kostenlos, die Münzenbox konnte jederzeit geleert werden. Das Einwerfen des Geldes gehörte einfach zum Old-School-Charakter des Flippers.

BING! BING! BING! Am Counter rauschten die Zahlen nach oben, 31.950, 32.000, 32.050 ... Nikolai schien voll in seinem Element zu sein.

Julian ging auf ihn zu. »Hi, Niko!«

Genau in diesem Moment war das Lied zu Ende, Nikolai zuckte zusammen und machte einen Fehlschuss. DRRIIING! schrillte es laut. Zornig schlug er mit der Faust auf das Gerät und löste so den Tilt-Mechanismus aus, Game over.

»Shit!« Er fuhr herum. »Musst du mich so erschrecken!«

»Sorry, war keine Absicht.«

»Wie spät ist es?«

»Gleich viertel vor sechs.«

»Wenigstens einer ist pünktlich«, brummte Nikolai, der seine schlechte Stimmung nicht verbergen konnte.

»Hallo, erstmal«, sagte Julian betont freundlich.

»Hallo«, brummte Nikolai.

»Hey, was ist los und wo ist Kathi?«

»Sie hatte einen Einsatz«, knurrte Nikolai angesäuert und ließ sich aufs Sofa plumpsen. Er legte sich eines der Kissen vor den Bauch und verschränkte die Arme. Pufferzone.

O-oh, Eiszeit!, dachte Julian. Hier herrschten Temperaturen weit unter dem Gefrierpunkt, kälter als draußen. Er setzte sich neben Nikolai. »Am Samstag? Was ist passiert?«

»Sie bekam mittags einen Anruf, dieser Spielkartenkiller hat schon wieder zugeschlagen. In einer Kunst-Installation vor dem Neuen Museum.«

»Holy crap!«

»Sie hat vorhin angerufen, dass es später wird. Der Polizeichef hat eine Pressekonferenz anberaumt.«

»So kurzfristig?«

»Diesmal hat es einen Politiker erwischt, sie haben es vorhin in den Nachrichten gebracht.«

»Einen Politiker!« Julian riss Augen und Mund gleichzeitig auf. »Double holy crap! Muss man den Mann kennen?«

»Nein, er ist Staatssekretär im Kultusministerium.«

»Also ein kleines Licht.«

»Scheinbar nicht, während des ganzen Kultur-Gedöns.«

Julian sah ihn von der Seite an. »Und deswegen bist du sauer auf Kathi?«

»Stinksauer!«, pampte Nikolai. »Sie musste schon letzten Samstag arbeiten, am Montag auch. Das zweite Wochenende in Folge ist im Arsch!«

»Come on! Morgen ist Sonntag, das ist auch noch ein Tag.«

»Und wenn sie da auch arbeiten muss?« Nikolai boxte mit beiden Fäusten seitlich ins Kissen. PUFF! »Mich kotzt das so an!«

»Du tust ihr unrecht, es ist ihr Job.«

»Sie ist doch nicht die Einzige bei der Kripo!« Das arme Kissen bekam zwei Schläge, PUFF! PUFF!

»Aber es ist *ihr* Fall.«

»Das hat sie auch gesagt.«

»Ich kann sie verstehen. Sie ist mit Leib und Seele Bulle, ich meine das nicht negativ. Sie hat Jagdinstinkt, das ist dasselbe, wenn du Positronen killst. Da kann dich auch keiner zurückhalten und sitzt bis Ultimo im Labor.«

»Hm, ich dachte bei uns wäre alles so easy.« Nikolai strich übers Kissen, um es wieder in Form zu bringen.

»Easy? Du lebst nicht im Wolkenkuckucksheim, sondern auf der Erde. Im Alltag ist nicht immer alles easy. Sieh mich an, wochenlang von Frau und den Kids getrennt!«

»Ihr kennt euch ja schon länger.«

»Ihr kennt euch ja schon länger«, äffte Julian ihn nach. »Als ob das einen Unterschied machen würde! Willst du, dass sie dir ständig auf der Pelle hockt wie Klammer-Claudia?«

»Nein.« Nikolai dachte mit Grauen an die Erlangerin, mit der er vor knapp vier Jahren kurze Zeit liiert war. Sie hatte ihn pro Tag mit dreißig und mehr Nachrichten bombardiert. »Sie war der absolute Kontrollfreak, ätzend.«

»Dann jammere nicht! Sei froh, dass du Kathi hast. Eine Beziehung gibts nicht für lau. Die muss man sich verdienen und wenn man will, geht alles.«

»Verdienen, hm.« Nikolai runzelte die Stirn. Er wusste gerade nicht, wohin er zuerst sehen sollte, zu Julian, aufs Kissen, den Fußboden oder an die Wand. Er landete bei seinem Freund.

»Mich brauchst du nicht wie ein Welpe anzusehen, der etwas ausgefressen hat. Spar dir das für Kathi auf, wenn du dich bei ihr entschuldigst!«

»Ich mich bei ihr?«

»What else! Liebst du sie?«

»Wie verrückt«, kam es wie aus der Pistole geschossen.

»Na also, dann musst du ihren Job akzeptieren, wie Kathi deinen.«

Nikolai kam ins Grübeln, plötzlich verstand er sich selbst nicht mehr. Er war eifersüchtig auf Kathis Job. *Du Vollidiot!*, schalt er sich. *Sie ist die Frau, die du liebst, mit der du dich blind verstehst und über alles reden kannst. Bei ihr weiß man immer woran man ist. Man sieht ihr an, wenn ihr etwas gegen den Strich geht. Sie sagt immer ihre Meinung, resolut, brüllt aber nicht herum. Das ist tausend Mal besser, als alles in sich hineinzufressen. Nur einmal hat sie etwas vor sich hingeschoben, die alte Sache in München. Sie musste den Mann, in den sie einmal verliebt war, aus Notwehr erschießen! Furchtbar! Das zu erzählen, war ihr verdammt schwer gefallen. Sie so verletzlich zu erleben, hat dir auch wehgetan. – Schwamm drüber, ich liebe dich, hast du gesagt. Dann habt ihr euch versprochen, immer ehrlich zueinander zu sein, nichts voreinander zu verheimlichen und offen über Ängste reden, auch wenn es schwer fällt. Sie sorgt sich um mich, wenn ich länger mit dem Auto unterwegs bin und mich nicht melde. Und sie hat sich garantiert nen Wolf gesucht für mein Geburtstagsgeschenk.* Nikolai sah hinüber zum Plattenregal, wo ›Live at Budokan‹ von Deep Purple mit dem Cover nach vorne auf einem Ehrenplatz stand. *Keine Ahnung wo sie die aufgetrieben hat, die ist total selten!* Er schloss die Augen und sah Kathi vor sich. *Sie sieht so süß aus, wenn sie die Augenbrauen so weit hochzieht, bis sie unter ihrem Pony verschwinden. Dann ihr herzerfrischendes Lachen, da schmilzt du doch regelrecht dahin! Und beim Frühstück schneidet sie Rauten ins gebutterte Brötchen, damit es Marmelade oder Honig besser aufnehmen kann.* Nikolai schmunzelte. *Und sie riecht und schmeckt gut, Pfirsich mit Meersalz, mmmhhh! – Sie hat im Job so viel um die Ohren und du machst ihr Vorwürfe, anstatt ihr dem Rücken zu stärken! Du hast dich heute voll danebn benommen, nicht mal ihren Kuss hast du erwidert. Und vorhin, als sie angerufen hat, hast du ihr nur Brocken hingeworfen. Un-ver-zeih-lich!*

»Ich will sie nicht verlieren«, beendete er schwer seufzend seinen Gedanken-Monolog.

Julian klopfte ihm auf die Schulter. »Das wirst du nicht, sie liebt dich nämlich auch wie verrückt. Denke an Gabbys Worte.«

Nikolai sah auf. »Du meinst das mit blind verstehen?«

»Und die Sache mit dem perfekten Paar. Außerdem ist sie das Beste gegen Unterzucker, deine Worte.«

»Stimmt.« Nikolai nestelte an seiner Brille. Seit er Kathi kannte, war seine Diabetes zur Nebensache geworden. »Was soll ich jetzt machen?«

»Ruf sie an, du hoffnungsloser Romantiker!«

Nikolai schob das Kissen weg und schnappte sich sein Handy vom Tisch. »Kathi anrufen.«

Nach dreimal Läuten hörte er nur »Hier ist die Voice-Box von Kathi Starck, bitte hinterlassen Sie eine Nachricht nach dem Piep. Danke.«

Er legte wieder auf. »Shit!«

»Probiers später nochmal.«

»Nein, ich schreibe ihr jetzt ne Message.« Auf die Box sprechen wollte er in Julians Gegenwart nicht, außerdem würde Kathi die Unsicherheit in seiner Stimme hören.

Als Nikolai auf Senden drückte, knurrte Julians Magen. »Ups, sorry.«

»Hast du Hunger?«

»Bis zum Abendessen halte ich es noch aus.«

»Abendessen, hm. Zum Kochen hab ich jetzt irgendwie keinen Bock mehr.«

»Was wolltest du denn machen?«

»Steaks vom Black Angus Rind, dry-aged, Ofenkartoffeln und einen Sour-Cream-Dip dazu.«

»Klingt fantastisch! – Was hältst du davon, ich helfe dir und für Kathi heben wir etwas auf. Die Kartoffeln kann man geschnippelt in die Pfanne hauen und das Steak für sie ist schnell gebraten. Wenn sie gegessen hat, verwöhnst du sie nach Strich und Faden.«

»Okay.«

»Nur ein Okay? – Versöhnungssex ist das Mindeste! Ich schließe mich ein, halte mir die Ohren zu oder höre laute Musik mit Kopfhörern.« Julian ging vorsorglich in Deckung. *Jetzt kommt bestimmt der Gleich-ziehst-du-ins-Hotel-Spruch.*

Er irrte sich, Nikolai legte sein Handy zurück auf den Tisch. »Hoffentlich nimmt sie meine Entschuldigung an.«

»Wann ist diese Pressekonferenz?«, fragte Julian.

»Um sechs.« Nikolai sah auf seine Armbanduhr. »Oh, die fängt gleich an! – News einschalten.« Binnen Sekunden bot sein 62-Zoll-Fernseher eine Auswahl von über zwanzig Nachrichtensendern, national und international. Er entschied sich für den BR.

Moderatorin Daniela Orthmann erschien bildfüllend. »Es bleibt weiterhin kalt mit Schneefällen. Eine Wetterbesserung ist erst ab Dienstag in Sicht, nach dem Vollmond. Soweit das Wetter. Meine Damen und Herren, im Anschluss nun unsere Sondersendung zum Mord an Dr. Hildebrand in Nürnberg.«

Die Kamera schwenkte zu Felix Kreutzer, am anderen Ende des geschwungenen Info-Desks. »Vielen Dank, Daniela. Guten Abend meine Damen und Herren, tragische Ereignisse überschatten die Kulturhauptstadt Nürnberg. Wie bereits in den 17-Uhr-Nachrichten berichtet, wurde heute Mittag Dr. Max Hildebrand, Staatssekretär im Kultusministerium, ermordet aufgefunden. Der beliebte Politiker lag in der Kunst-Installation Wind vor dem Neuen Museum, die am Abend zuvor enthüllt wurde. Zu den genauen Umständen seines Todes findet in wenigen Minuten eine Pressekonferenz statt. Vorher schalten wir kurz zu unserem Reporter Michael Scholz auf dem Klarissenplatz.«

»Guten Abend, meine Damen und Herren und guten Abend ins Studio«, begrüßte Scholz die Zuschauer. »Noch verhüllt das Schutzzelt der Spurensicherung den Tatort, die Klang-Skulptur Wind. Gestern Abend wurde hier gefeiert, heute herrscht, trotz der zahlreichen Menschen, eine bedrückende Stille.« Die Kamera schwenkte zur Glasfassade des Neuen Museums, in der sich Unmengen Tee- und Grablichter spiegelten. »Besucher aus der ganzen Welt, Gäste des Super-Kulturjahres, trauern zusammen mit den Nürnbergern.« Plötzlich fasste sich Scholz mit einer Hand an seinem Knopf im Ohr. »Entschuldigen Sie bitte, liebe Zuschauer. Wie ich höre, beginnt in wenigen Minuten die Pressekonferenz der SOKO.«

»Danke, Michael«, sagte Kreutzer, der noch einmal kurz im Bild zu sehen war, bevor man in den Presseraum des Polizeipräsidiums umschaltete.

Auf dem wandfüllenden Digi-Screen prangte das Logo des Polizeipräsidiums Mittelfranken und ›SOKO Pokerkarte‹. Davor, an einem Tisch mit fünf Sitzplätzen und einem Namensschild vor jedem Mikrofon, saßen Pressesprecher Patrick Koschnik, Kathi, Grünbaum und Dr. Bernd Knoll. Der Polizeidirektor, mit frischer Urlaubsbräune gesegnet, aber auch mit einem Schnupfen – eine Folge des Temperaturschocks zwischen Bali und der Noris – unterstrich mit seiner Anwesenheit die Brisanz des Falles. Er musste zeigen, dass man auch am Samstag nicht die Hände in den Schoß legte, sondern an einer raschen Aufklärung arbeitete. Vor dem breitschultrigen End-Fünfziger mit Doppelkinn und Bauch, Zeichen seiner langen Schreibtischtäterschaft, stand kein Glas Wasser, wie bei allen anderen, sondern eine Tasse dampfender Tee. Ein Stuhl war frei geblieben, Oberstaatsanwalt Lanz hatte man nicht erreichen können.

»Liebe Zuschauerinnen und Zuschauer, hier ist Lydia Nasic aus dem Polizeipräsidium Nürnberg. Es sind nur noch wenige Minuten bis zur Pressekonferenz zum Mord an Staatssekretär Dr. Max Hildebrand. Hinter mir im Bild sehen Sie Hauptkommissarin Starck, die leitende Ermittlungsbeamtin der SOKO Pokerkarte.« Die Kamera zeigte Kathi bildfüllend, während sie sich kurz mit Grünbaum unterhielt. »Ich sehe, die

Herrschaften der Kripo besprechen sich noch kurz«, kommentierte Nasic aus dem OFF. »Aber jetzt gehts los.«

»Guten Abend, meine Damen und Herren«, eröffnete Koschnik die Pressekonferenz. »Vielen Dank, dass Sie unserem kurzfristigen Aufruf gefolgt sind. Von Frau Starck erfahren Sie jetzt die ersten, gesicherten Informationen und Erkenntnisse zum Mord an Dr. Hildebrand.«

»Vielen Dank, Herr Koschnik.« Kathi nickte ihm kurz zu und warf einen Blick auf ihr Tablet mit den Notizen. »Meine Damen und Herren«, begann sie ans Publikum, etwa zwei Dutzend Journalisten, gerichtet, »heute Mittag, etwa um 12:35 Uhr, kam Dr. Max Hildebrand gewaltsam ums Leben. Der Tatort liegt inmitten der Skulptur Wind auf dem Klarissenplatz. Dr. Hildebrand starb durch einen Giftpfeil im Hals, der Atemlähmung und einen Herzstillstand verursachte. Die Einstichstelle am Hals ähnelt denen der beiden Mordopfer vom 2. und 3. Januar. Es wurde zweifelsfrei dasselbe Gift verwendet. Wir bestätigen auch den Fund einer Pokerkarte beim Ermordeten, einen Herz-König. Ob diese aus demselben Spiel stammt, wird noch geprüft. Neu an der heutigen Tat ist der verbliebene Pfeil. An ihm könnte sich DNA befinden, das wird noch untersucht.«

Kathis kurze Pause nutzte eine Journalistin in der zweiten Reihe. Sie gab ein Handzeichen, um eine Frage zu stellen.

»Lena Stocker, Nürnberger Nachrichten«, stellte sie sich vor. »Wieder Pfeilgift? Diese drei Morde erinnern an den MECH@TRON-Fall im Oktober, mit Industriespionage und Bestechung im Vorfeld. Der Fall ist noch nicht aufgeklärt. Steckt am Ende derselbe Auftraggeber dahinter?«

Auf diese Frage war Kathi vorbereitet und schmetterte sie ab. »Zum aktuellen Zeitpunkt können wir nicht sicher sagen, ob es einen direkten Zusammenhang der Fälle gibt. Unsere Ermittlungen gehen auch in diese Richtung.«

»Xander Hoek, der überführte Mörder, ist tot. Ahmt ihn jemand nach, abgesehen von den Spielkarten?«

»Das ist möglich, wir berücksichtigen das.«

Nickend gab sich Lena Stocker zufrieden.

Der direkt vor ihr sitzende Rudi Höfler meldete sich. »Wieder ein Profikiller?«

Kathi blieb cool. Sie ahnte, dass diese Frage von dem Bild-Reporter kommen würde. »Das ist reine Spekulation.«

»Der Ermordete vom Ehekarussell war ein Ermittler des Dezernats für Wirtschaftskriminalität«, sagte Höfler. »Er leitete die Untersuchungen im Fall der verschwundenen zwei Millionen Euro bei MECH@TRON. Hängt sein Tod damit zusammen? Hatte er womöglich Details aufgedeckt, die den Auftraggeber entlarven?«

Koschnik, Grünbaum und Knoll rollten mit den Augen.

Kathi ließ sich nicht beirren, obwohl sie sich über die Mutmaßungen des Boulevardblatt-Schreiberlings ärgerte. »Dafür gibt es bislang keine Beweise«, sagte sie nüchtern. »Den Fall der gewerbsmäßigen Verwertung von Betriebs-Geheimnissen bearbeiten die Kollegen vom Dezernat für Wirtschaftskriminalität.« Kathi benutzte absichtlich den juristischen Fachbegriff für den Verstoß gegen Paragraf 17 UWG. Das Wort Bestechungsfall schien ihr mittlerweile zu überstrapaziert. »Alle neuen Erkenntnisse daraus fließen in die Mordermittlungen mit ein.«

Koschnik wollte einem Reporter, der sich von weiter hinten meldete, das Wort erteilen, aber Höfler gab noch nicht auf.

»Ich habe noch eine Frage an Frau Starck, bitte.«

Ausnahmsweise, weil du ›bitte‹ gesagt hast. Kathi nickte.

»Die Pokerkarten, Herz-Bube, Herz-Dame und heute der Herz-König, das schreit irgendwie nach Serienkiller. Mordet er weiter bis zum Herz-Ass? Endet es womöglich in einem Royal Flush?«

Typisch Bild, damit du dein Revolverblatt mit reißerischen Schlagzeilen füttern kannst! »Wir pokern nicht, Herr Höfler«, formulierte sie spitz, »und stellen auch keine Mutmaßungen an. Wir legen Fakten dar.«

»Wie steckt Dr. Hildebrand mit drin?«

»Dr. Hildebrand kam erst vor wenigen Stunden zu Tode. Sein Umfeld und etwaige Verbindungen zu den ersten beiden Opfern werden noch geprüft. Bitte haben Sie Geduld, sobald uns sichere Erkenntnisse vorliegen, werden Sie es erfahren.«

Ein Mann hinter Höfler hob die Hand. Koschnik erteilte ihm Sprecherlaubnis.

»Mike Bertram, SZ«, stellte er sich vor. »Weiß man inzwischen wie das zweite Opfer, die Lebensgefährtin des Kommissars, involviert ist?«

»Dazu wollte ich gerade kommen«, sagte Kathi. »Gibt es noch Fragen zu Dr. Hildebrand?« Sie ließ ihren Blick über die Köpfe schweifen und wartete. Einige Journalisten machten sich noch Notizen, ihre Tablets und aufgeklappten Laptops beleuchteten ihre Gesichter bläulich-weiß. Der Großteil sah erwartungsvoll zu ihr. Sie konnte auch keine Handmeldungen entdecken. »Ich sehe, das ist nicht der Fall. – Zu Ihrer Frage,

Herr Bertram. Am 6. Januar erhielten wir den Mitschnitt eines vertraulichen Gesprächs von Frau K., das am Abend vor ihrem Tod stattfand.« Das Wort Beichte vermied sie, um nicht noch mehr Gründe für Spekulationen zu geben oder für Verwirrung zu sorgen, wie mit Grünbaum abgestimmt. »Die Aufnahme hat man uns zur Verfügung gestellt, um zur Aufklärung der Fälle beizutragen. Frau K. berichtet darin, dass ihr Lebensgefährte, das erste Mordopfer, Beweise unterschlagen und Geld gestohlen hat. Ob es sich dabei um die zwei Millionen aus dem MECH@TRON-Fall handelt, wissen wir nicht.«

Lautes Raunen ging durch die Menge, wie befürchtet, meldete sich Höfler als erster.

»Darf ich bitte zu Ende ausführen«, sagte Kathi mit strengem Blick und fuhr fort. »Die Aussage von Frau K. beweist den direkten Zusammenhang ihres Todes und des ihres Lebensgefährten. Weitere Informationen können wir Ihnen derzeit nicht geben.«

Schon schossen die nächsten Hände in die Höhe, Unruhe breitete sich aus, die Worte ›Nestbeschmutzer, gieriger Bulle, Unterschlagung, interne Ermittlungen‹ und Ähnliches fielen.

»Bitte meine Damen und Herren, nicht alle durcheinander«, drang Koschniks Bariton durch das Stimmengewirr, das augenblicklich verstummte. »Herr Bertram, es war Ihre Frage.«

»Danke, sie ist beantwortet. Der Kommissar hat zu Hause geplaudert und Pläne gemacht, was man mit dem Geld alles anstellen könnte. Der Eigentümer holt sich sein Geld zurück und lässt alle Mitwisser ausschalten wie im MECH@TRON-Fall. Das riecht nach Profikiller. Rache und Bestrafung als Motiv, ein zwei Millionen schweres Todesurteil?«

»Das sind Mutmaßungen«, sagte Kathi. »Das werde ich nicht kommentieren.«

»Wer ist denn dieser Eigentümer?«, meldete sich Höfler erneut zu Wort. »Das wurde nie erwähnt.«

»Das kann doch nur ein Konkurrent von MECH@TRON sein«, sagte Bertram.

»Ich habe eine andere Frage«, hörte man eine junge, männliche Stimme im Publikum sagen.

»Sie sind?«, fragte Koschnik in die Richtung, aus der er sie vermutete.

»'Tschuldigung. Hagen Dorn, Noris24-Web-News«, sagte der sommersprossige Rotschopf, der in der vorletzten Reihe aufstand. »Einer der Auftraggeber von MECH@TRON ist das Verteidigungsministerium. Hildebrand aber war Kulturstaatssekretär, wie passt das zusammen?«

»Gar nicht!«, rief ein Unbekannter. Weder Kathi noch Koschnik konnten ihn identifizieren.

»Rüstung und Politik hängen immer zusammen«, mischte sich Höfler ein. »Einem kleinen Licht wie ihn schaut man nicht so genau auf die Finger. Vielleicht hatte er Beziehungen in die Rüstungsindustrie, von denen keiner wusste. Er wurde zu gierig, wie die anderen, und deshalb hat man ihn aus dem Weg geräumt.«

»Bild-Verschwörungstheorie!«, rief Dorn von hinten.

Höfler verkniff sich eine Antwort, die Menge raunte.

»Bitte meine Damen und Herren, halten wir den Ball flach«, mahnte Koschnik. »Das führt doch zu nichts!«

»Wir wissen noch zu wenig über Dr. Hildebrand und dem Zusammenhang mit den ersten beiden Taten«, sagte Kathi.

»Wie vorhin erwähnt, sein Umfeld wird geprüft, bitte gedulden Sie sich.«

»Wir tun alles Erdenkliche, um die Morde aufzuklären«, griff ihr Grünbaum verbal unter die Arme. »Ich habe alle verfügbaren Leute darauf angesetzt.«

»Sie und die Bevölkerung können uns dabei unterstützen«, fuhr Kathi fort. »Gleich sehen Sie hinter mir die Aufnahmen der Überwachungskameras vor dem Neuen Museum.« Sie tippte das DS-Symbol auf dem Padfone, mit dem sie den Digi-Screen ansteuern konnte. »Dr. Hildebrand unterhält sich innerhalb der Skulptur mit dem mutmaßlichen Mörder.«

Die Aufnahmen von Museum und Hotel erschienen nacheinander zunächst als Totale, die zweite Einstellung zeigte die Nahaufnahme des Täters.

»Wir suchen diesen Mann, hier leider nur von hinten zu sehen. Es ist möglich, dass er auf dem Klarissenplatz auch von vorn gefilmt oder fotografiert wurde. Wir bitten alle Besucher, die sich heute zwischen 10:30 und 15:00 Uhr dort aufhielten, uns ihre Aufnahmen zur Verfügung zu stellen. Zu diesem Zweck wurde eigens eine E-Mailadresse eingerichtet: soko-pokerkarte-fotos@polizei-nbg.de, alles klein geschrieben. Sie sehen sie hinter mir eingeblendet. Als Ergänzung dazu, bitten wir die Besucher der gestrigen Eröffnungsfeier in der Arena um Mithilfe. Dr. Hildebrand war offiziell dort. Wer kann Angaben zu auffälligen Personen in seiner Nähe machen? Mit wem ging er oder fuhr er weg? Wir sind für alle sachdienlichen Hinweise dankbar. Diese bitte unter der bekannten, kostenlosen Hotline 0800 5553434.«

Koschnik übernahm wieder. »Vielen Dank, Frau Starck. Soweit die aktuellen Informationen zum Fall Dr. Hildebrand. Alles Weitere zu den Mordfällen finden Sie in unserem Presse- und Infoportal und im Live-Ticker. Das eben gezeigte Video und die Fotos werden auch in den meisten Nachrichtenkanälen zu sehen sein. Vielen Dank für Ihre Aufmerksamkeit.«

Das Kamerabild wechselte zu Nasic, die Telefonnummer und E-Mailadresse wiederholte. Nach der Abmoderation erschien Kreutzer wieder bildfüllend. »Vielen Dank, Lydia. Soweit die Sondersendung zum Tod von Dr. Hildebrand. Eine Zusammenfassung der Ereignisse senden wir in den Spätnachrichten um 22:15 Uhr. Dann, so hoffen wir, mit Statements von Ministerpräsident Dr. Hofer und Nürnbergs Oberbürgermeister Dr. Beyer.«

»War ja klar, dass die auch ihren Senf dazugeben werden«, sagte Nikolai. »Fernseher aus.«

Julian starrte auf den dunklen Schirm. »Ich bin gerade schwer beeindruckt, deine Süße weiß, wie man mit den Pressefritzen umgeht. Die richtigen Worte, ein direkter Blick und sie halten die Klappe.«

»Das ist ihr berühmter Blick, mit dem sie Bösewichte einschüchtert. Ich bin ja außen vor.« Nikolai grinste und fragte sich, ob Kathi seine Nachricht inzwischen gelesen hatte. Außerdem suchte er immer noch nach den richtigen Worten für die Entschuldigung.

Julian studierte Nikolais Mimik, schon während der Sendung hatte er ihn genau beobachtet: Ein Strahlen wie ein Honigkuchenpferd und glänzende Augen. *Da kann kaum einer verliebter sein*, dachte er. Ihm saß der Schalk im Nacken und er beschloss, seinen Freund ein wenig zu necken. »Diesen Blick muss sie mir unbedingt beibringen oder ich nehme sie gleich für einige Zeit mit ans MIT. Ich würde das zu gern bei meinen Studenten testen, damit die mal richtig spuren.«

Nikolai schenkte ihm nur einen geringschätzigen Blick von der Seite. »Das kannst du dir abschminken!«

»Dann wenigstens hier an der FH, für die nächsten drei Wochen, solange ich noch hier bin.«

»Ver-giss es!«

»Sieh es als wissenschaftliches Experiment!«

»Wenn hier jemand experimentiert, bin ich das, verstanden! Ich bin der Herr ihrer Sexteilchen.«

Kurz nach sieben Uhr kehrte Kathi in ihr Büro zurück. Andi, der alles online im Live-Streaming verfolgt hatte, zeigte Daumen nach oben.

»Gut hast es g'macht.«

Das freute sie. »Danke, warum bist du noch hier?«

»Na, ich wollt des anschaun.«

»Warum bist du nicht mit, es waren noch Plätze frei.«

»Kennst mich doch, mit den Pressefritzen steh ich auf Kriegsfuß. Dem Typen von der Bild hätt ich am liebsten des Maul g'stopft.«

Kathi schmunzelte. »Das hätte ich zu gern gesehen.«

Trotz des Lobs, auch von Grünbaum und Knoll, war sie nicht ganz zufrieden. Vor den Medienvertretern hatte sie noch die Coole mimen können, jetzt schweiften ihre Gedanken wieder zu Nikolai. Sie bekam ein flaues Gefühl in der Magengegend. *Er hat mich nicht mal geküsst, als ich mittags gegangen bin. Warum kann er nicht verstehen, dass ich gehen musste? Hätte ich was anderes sagen sollen? Vielleicht ...? Nein, du kannst nichts dafür!* Sie schob ihre Selbstzweifel beiseite. *Du wirfst die Flinte nicht ins Korn, eine Beziehung muss das aushalten. Du stehst das durch!*

Sie checkte ihr Handy und erwartete eigentlich nichts, dann las sie voller Freude seine Nachricht: ›Liebe Kathi, BITTE, BITTE, BITTE verzeih mir! Es tut mir sooooooo leid. Ich habe mich total beschissen benommen. Egal, wann du nach Hause kommst, aber bitte komm! BITTE, BITTE, BITTE! Ich liebe dich!!!‹ Am Ende eine Herz- und Küsschenflut aus dem SMAPP-Fundus. ›PS: Wir warten mit dem Essen‹.

›Hi, Niko, es wird doch nicht so spät‹, schrieb sie zurück. ›Bin so gut wie unterwegs. Ich liebe dich!!!‹ Natürlich toppte sie die Herz- und Küsschen-Symbole. Sie hätte anrufen können, aber nicht in Andis Gegenwart. Außerdem sollte Nikolai ruhig ein wenig schmoren.

DING-DING-DONG! läutete es an der Tür. Nikolai hätte beinahe die Schüssel mit der Sour-Cream fallen lassen, in die er gerade frische Kräuter rührte. »Glaubst du, das ist sie?«

Julian grinste. »Sieh nach.«

Nikolai drückte ihm die Schüssel in die Hand und rannte hinaus in den Flur.

»Yesssssss!«, rief er nach dem Blick auf den Monitor der Video-Gegensprechanlage. Er drückte den Öffner, riss die Wohnungstür auf und stürmte, zwei Stufen auf einmal nehmend, nach unten.

Julian schlenderte in aller Seelenruhe zur Tür, stellte seinen Fuß dazwischen und beobachtete die wilde Knutschszene auf dem Monitor. Er grinste. »Na, wer sagts denn.«

Nach wenigen Minuten tauchten die beiden Turteltäubchen eng umschlungen auf. »Du hast deinen Schlüssel und dein Handy vergessen«, mahnte Julian.

»Du bist doch da«, spielte es Nikolai herunter und schob sich mit Kathi an ihm vorbei.

»Hi, Kathi«, begrüßte Julian sie.

»Hi, Julian.«

»Hunger?«

Sie nickte. »Ich falle gleich Menschen an.«

Julian lachte. »Dann hau mal die Steaks in die Pfanne, Meisterkoch, sonst gibt es einen Doppelmord.«

Dank geglätteter Wogen schmeckte alles gleich noch einmal so gut. »An dir ist wirklich ein Meisterkoch verloren gegangen«, lobte Kathi und gab Nikolai einen Wangenkuss.

»Dankeschön.« Er lächelte. »Weil wir gerade bei den Komplimenten sind, du kommst super rüber im Fernsehen und hast spitzenmäßig gekontert.«

»Danke, aber ich bin froh, dass es vorbei ist.«

»Wir waren schwer beeindruckt.«

»Ich würde dich gern ans MIT mitnehmen«, sagte Julian.

Kathi zog die Stirn kraus. »Mich, warum?«

»Damit meine Studenten lernen, besser zuzuhören. Du brauchst sie nur so anzusehen, wie diesen Reporter.«

»Ich habe es ihm natürlich nicht erlaubt.« Nikolai legte den Arm um Kathi.

Julian seufzte. »Keine Lust auf ein wissenschaftliches Experiment?«

»Experiment? Das kannst du vergessen! Das darf nur Niko, er ist der Herr meiner Sexteilchen.«

»Das hat er vorhin auch gesagt.«

»Na, dann weißt du ja Bescheid, Herr Professor.«

»Willst du es dir nicht doch überlegen?«

»Nein.«

»Du bist aber ne harte Nuss. Ich zahle auch den Flug, wohnen kannst du bei uns.«

»Keine Chance«, sagten Kathi und Nikolai unisono.

Julian grinste zufrieden. Er tauchte ein Stück Kartoffel in die Sour Cream und schob sie genüsslich in den Mund. Er freute sich. *Die beiden gehören zusammen.*

Am Sonntagmorgen, es wurde gerade hell, spitzte Julian, aufgeschreckt durch ein klapperndes Geräusch, in den Flur. Er sah den nackten Nikolai in die Küche schleichen. Der Kühlschrank wurde geöffnet und wieder geschlossen. Nikolai tauchte mit einer Flasche Champagner und zwei Gläsern auf und verschwand wieder im Schlafzimmer.

Ah, Frühstück! Grinsend zog Julian sich wieder zurück und schloss die Tür.

»Wozu zwei Gläser«, fragte Kathi, sich lasziv auf dem Bett räkelnd. »Du brauchst doch keins.«

Nikolai öffnete gekonnt die Flasche. »Stimmt, eins hätte gereicht. Ich bin ja Profi.« Er füllte das Glas und reichte es Kathi, die es bis zur Hälfte leerte. Dann drehte sie sich auf den Rücken und präsentierte ihren Bauch. »Für den ersten Schluck nehme ich damit Vorlieb.« Nikolai goss Sekt in ihren Bauchnabel und schlürfte das kostbare Nass bis auf den letzten Tropfen heraus. »Nochmal Vorspeise oder schon das Hauptgericht?«

Kathi kicherte. »Das Hauptgericht.«

Nikolai leckte sich die Lippen, bevor er sich mit gierigem Blick Kathis Beine auf die Schulter legte und sich über ihren Schoß hermachte.

Später gingen sie, züchtig im Bademantel, in die Küche um etwas zu essen. Kathi entdeckte Julians Nachricht auf dem Kühlschrank-Display zuerst: ›Guten Morgen, ihr zwei Süßen. Ich habe schon gefrühstückt, bin joggen‹.

»Waren wir zu laut?«

»Nein, und wenn, Julian stört das nicht.« Nikolai öffnete die Kühlschranktür. »Was magst du?«

»Wie lange meinst du, ist er weg?«, fragte Kathi.

»Warum?«

»Da steht eine Dose Sprühsahne.«

Nikolai nahm sie raus. »Die ist noch zu, MHD 19. Januar.«

»Nö, MHD ist heute.« Mit gierigem Blick nahm Kathi ihm die Dose weg und schüttelte sie kräftig durch. Bevor er sich versah, hatte er einen Sahnetupfer auf der Nase. »Halt still«, sagte Kathi. »Ich will dich bemalen.« Sie nestelte an Nikolais Kordelgürtel und zog ihn auf. Weiter kam sie nicht, er schnappte sich die Dose wieder.

»Nee, du hältst still!«

»Dazu musst du mich erst kriegen.«

Kathi floh ins Schlafzimmer und warf sich rücklings aufs Bett. Dort entblößte sie sich und lockte Nikolai mit dem Zeigefinger. »Knusper, knusper, knäuschen, komm knusper an meinem Häuschen.«

Nikolai ließ sich nicht zweimal bitten. Er ließ den Bademantel an Ort und Stelle fallen und kroch, die Sahnedose kräftig schüttelnd, zu Kathi. Er setzte je einen Sahnetupfer auf Kathis Knospen und leckte sie genüsslich ab.

»Mmmhhh, bitte nochmal«, sagte sie.

Das ›Nochmal‹ ging dreimal, dann sprühte er Kringel um Kathis Busen. Das gefiel ihm so gut, dass er sie zu konzentrischen Kreisen ausweitete. Als Malfläche diente ihm Kathis Dekolleté, die Schultern und der Bauch. Als Krönung setzte er einen dicken Tupfer auf den Nabel. Zufrieden betrachtete er sein Werk. »Mmmhhh, ne Kirsche wäre jetzt die Krönung.«

»Oder ne Erdbeere«, sagte Kathi.

»Mmmhhh... ja! – Scheiß-Winter!«

Kathi unterdrückte ihr Lachen. Sie versuchte stillzuhalten, um die Muster nicht zu zerstören, denn ihre Körperwärme ließ die ersten Sahnekringel bereits wieder zerfließen. »In meinem Küchenschrank hätte ich ein Glas eingemachte Pfirsiche, von Mama aus Mallorca.«

»Wer braucht Pfirsiche aus Malle, mein Pfirsich bist du.«

Nikolai stellte die Sahnedose auf den Nachttisch und rieb sich zähnefletschend die Hände. »So du Sahneschnittchen, jetzt bist du fällig.«

Trotz Kleckerei blieb das schwarze Latexlaken im Schrank, Sahneflecken gingen aus einem weißen Stoffbettlaken bei der 60-Grad-Wäsche leicht heraus.

BOMBENSTIMMUNG

Montag, 13. Januar

Trotz Kulturevent blieb das Neue Museum geschlossen, wie jeden Montag, Putz- und Fegtag. Normalerweise traf man nur wenige Leute auf dem Klarissenplatz an. Bereits am Morgen pilgerten heute Dutzende zu der, vom Schutzzelt befreiten, Skulptur Wind, auch um dort Blumen und Kerzen für das Mordopfer abzulegen. Der Trauertourismus zeigte die üblichen Ausmaße, mit denen Rech ganz und gar nicht einverstanden war. Der Künstler echauffierte sich, sein Werk werde mit Wachs und gammelndem Grünzeug verschmutzt. Kaum ausgesprochen, wurde ihm Pietätlosigkeit vorgeworfen und man hielt dagegen, das Grünzeug wäre biologisch abbaubar und die Grab- und Teelichter kunststoffummantelt.

Das überzeugte Rech nicht. Er ließ einen der künstlerischen Direktoren des Kulturhauptstadt-Projektes antanzen. Nach einer kurzen, hitzigen Diskussion einigte man sich auf einen Kompromiss: Man bat die Besucher, nichts mehr zu Füßen der Skulptur oder an der Fassade des Museum abzulegen. Jeder, der seine Trauer zum Ausdruck bringen wollte, könnte sich ab Dienstag in ein, im Foyer ausgelegtes, Kondolenzbuch eintragen. Nachdem die Stadtreinigung Blumen und Kerzen entfernt hatte, legte Rech wie am Samstagmorgen persönlich mit seinen Mikrofasertüchern Hand an und polierte seine Skulptur auf Hochglanz.

Andi und Kathi saßen seit acht im Büro und starrten auf Touristenfotos und -filme, nebenan sichteten Angie, Clausen und Stoll die Fotos. Nach dem Aufruf in der Pressekonferenz hatte die SOKO Pokerkarte eine wahre Bilderflut erreicht. Dank Andis weiser Voraussicht, genügend Speicherplatz bei der IT anzufordern, gab es keinen Server-Overflow.

Seit Samstagabend hatten sich die Medien mit Meldungen regelrecht überschlagen. Bei einem Politiker als drittes Opfer, zeigte man mittlerweile bundesweit Interesse an der Mordserie. Drei Schlagzeilen prägten die Berichterstattung: ›Dunkler Schatten auf den Kulturevent! Wer ist der mysteriöse Kartenkiller?‹, ›Pfeilgift und Pokerkarten, ein gefährlicher Cocktail!‹, ›Bube, Dame, König – tot! Wer wird das Ass?‹. Sogar am Sonntag war Kathi zweimal von der Arbeit eingeholt worden. Das erste Mal am Nachmittag, als Thomas anrief und ihr bestätigte, dass Hoeks DNA und die des neuen Killers auf dem Pfeilpuschel zu 100 Prozent übereinstimmten, ein genetisches Wunder – demnach hatte Hoek einen Zwillingsbruder. Das zweite Mal abends, während der Fernsehnachrichten, wo man das eingedampfte Interview vom Samstag und Ausschnitte der Pressekonferenz gezeigt hatte.

Kathis Telefon läutete, sie erkannte Clausens Nummer auf dem Display. »Hallo, Clausi«, sagte sie ohne abzunehmen. »Der Andi hört mit.«

»Okay, die Mitschnitte vom Opening von BR und Franken-TV sind da.«

»Sehr gut.«

»Aus dem Umfeld des Kultusministers haben wir erfahren, dass Dr. Hildebrand nur während des offiziellen Teils in der Arena war. Er klagte über Kopfschmerzen und fuhr nach Hause. Sollen wir trotzdem alles ansehen?«

»Hm ... der offizielle Teil war gegen halb elf zu Ende«, erinnerte sich Kathi. »Achtet auf alle Personen in seiner Nähe. Wenn ihr da keinen findet, weitet die Suche aus.«

»Nur Männer ab 1,90?«

»Die und alle irgendwie auffälligen.«

»Okay, wird gemacht, Tschau.«

»Tschau.«

»Glaubst wirklich, der Killer war dort?«, meinte Andi.

»Lieber alles sichten. Ich hoffe, das Bewegungsprofil von Hildebrands Auto kommt bald.«

»Klopf, Klopf«, sagte Uli und spitzte zur Tür herein. »'Morgen mitnander.«

»'Morgen«, kam zweifach zurück.

»Ihr seid ja schon wieder schwer beschäftigt.«

»Zeitung gelesen?«, fragte Kathi.

»Logisch und die Nachrichten g'sehn, Samstagabend warst gut auf der PK.«

»Danke, es gibt noch was Neues.«

»Hoeks Zwillingsbruder?«, wunderte sich Uli nach Kathis Bericht. »Hat der die Leute aus Rache umgebracht?«

Kathi musste an Bertrams Frage in der Pressekonferenz denken. *Rache und Bestrafung als Motiv, ein zwei Millionen schweres Todesurteil.* »Das sollten wir mit berücksichtigen.«

»Aber warum Hildebrand, wie hängt er da drin?«

»Das wüssten wir alle gern.«

Wieder läutete Kathis Telefon.

»Hier gehts heute zu wie am Plärrer, sorry, Uli.«

»Dann störe ich ned länger, ade mitnander.«

»Ade.« Kathi nahm ab. »Kripo Nürnberg, Starck.«

»Servus, Kathi«, meldete sich Luise Bichler, eine Mitarbeiterin der Staatsanwaltschaft in München.

Kathi kannte sie von früher. »Servus, Lui, wie gehts?«

»Danke gut, und dir?«

»Gut, aber viel Arbeit.«

»Wem sagst du das. – Horch Kathi, weswegen ich anruf, der Durchsuchungsbefehl für die hiesige Wohnung von Dr. Hildebrand ist schon raus.«

»Ja, wir haben den am Samstag beantragt.«

»Nicht der von euch, das LKA hat auch einen beantragt.«

»Wie bitte?«

»Ich habs grad erst erfahren, drum wollt ichs dir gleich sagen. Tut mir leid.«

»Du kannst ja nichts dafür, danke trotzdem.«

»Gern geschehen. Ciao, Kathi.«

»Ciao, Lui.«

»Was issn jetzt schon wieder los?«, fragte Andi.

Kathi legte auf und brachte ihm die Neuigkeit schonend bei. Anschließend wollte sie Grünbaum anrufen. Das konnte sie sich sparen, ihr Telefon läutete erneut, der Chef bat sie in sein Büro.

◆

»Soso, *unsere* SOKO untersteht ab sofort dem LKA«, sagte Kathi spitz und sah kurz zu Ott, der neben ihr vor Grünbaums Schreibtisch saß und an die Wand stierte. »Wie lange wissen Sie das schon?«

»Ich habe es vorhin selbst erst erfahren und Sie gleich angerufen.« Grünbaum vermied, Kathi anzusehen.

Denen wird wegen Hildebrand der Arsch auf Grundeis gehen, dachte Kathi. »Es ist wegen dem Herrn Staatssekretär, oder?«

»Ja, das auch.«

»Trauen die uns nichts mehr zu? Die fischen in einem fremden Pool, und zwar in unserem!«

»Was soll ich machen? Mir sind die Hände gebunden.« Grünbaum hielt sie Kathi hin, um es zu unterstreichen.

»Es gibt nun mal die Schnittmenge Rollner-Kleine-Tüyüc«, versuchte Ott das Ganze zu rechtfertigen. »Nach der aktuellen Beweislage hängen die ersten beiden Morde mit den zwei Millionen zusammen. Außerdem, interne Ermittlungen aufgrund des unterschlagenen Geldes waren ohnehin vorhersehbar.«

»Für Sie und Ihr Team ändert sich nichts, Frau Starck«, versicherte Grünbaum. »Sie arbeiten weiter an den drei Fällen wie bisher und erhalten LKA-Unterstützung.«

»Man stülpt uns also einen Wasserkopf über.«

Grünbaum rümpfte die Nase ob dieser Bemerkung und tauschte Blicke mit Ott.

»Und, wer kommt von denen?«, wollte Kathi wissen.

Grünbaum sah auf den Bildschirm. »KHK Sandro Mayser und die KOK Niederreiter und Heinrich für die Mordfälle, die KOK Hasler und Weiss unterstützen Uli Sauers Team.«

Allmächd, der Mayser! Hilfe, mir bleibt auch nichts erspart! Ausgerechnet ihn müssen sie schicken! Das LKA ist schon das Grauen schlechthin. Die glauben, die Weisheit mit Löffeln gefressen zu haben und sind schlimmer als die vom BKA. Das sind zwar auch Klugscheißer, aber die haben wenigstens was in der Birne. »Mayser hat null Ahnung von Mordermittlungen.«

»Er wird alles leiten und koordinieren.«

»Das heißt, er steht über mir.« Ott und Grünbaum tauschten wieder nervöse Blicke, ihr Schweigen deutete Kathi als Zustimmung. »Das haben Sie sich ja fein ausgedacht! Das ist ja fast so, als ob Sie mir den Fall wegnehmen würden!«

»So ein Unsinn!«, widersprach Grünbaum. »Sie wissen doch wie so etwas läuft, das kommt von ganz oben.«

»Weil Hildebrand ein Spezl vom Ministerpräsidenten war, oder? Der macht Druck auf den Innenminister und der auf Knoll und der auf Sie beide.«

»Sie wissen doch wie das läuft«, versuchte sich Grünbaum rauszureden. »Uns sind die Hände gebunden«,

Er wiederholt sich. »Und die ganze Arbeit, die wir bis jetzt reingesteckt haben, die vielen Überstunden?«

»Das weiß ich zu schätzen, Frau Starck. Das alles war nicht umsonst. Aber ich erwarte, dass Sie mit den LKA-Kollegen zusammenarbeiten, genau wie mit Ihrem Team.«

»Die setzen sich ins gemachte Nest und ernten dann allein die Lorbeeren!«, moserte Kathi.

»Nein, das werden sie nicht, dafür sorge ich.«

»Ihr Wort in Gottes Ohr.«

Dieser Kommentar ärgerte Grünbaum. *Sie hat es nicht anders gewollt, jetzt lass ich mir mal den Oberboss raushängen.* »Ich erwarte Professionalität, Frau Starck. Sie sind doch ein Profi oder haben Sie ein Problem mit Kompetenzen?«

Am liebsten würde Kathi jetzt wie ein trotziges Kind mit dem Fuß aufstampfen, aber sie bemühte sich um Fassung und schluckte ihren Groll hinunter. Vielleicht wollte ihr Chef sie auf die Probe stellen, ob sie mit Fremden zusammenarbeiten konnte. Er wusste von ihrem früheren Problem, als sie alle paar Monate einen Partner verschliss. Mit Andi, Angie, Stoll und Clausen im Team klappte es seit drei Jahren bestens. Sie akzeptierten eine Frau als Vorgesetzte. *Und jetzt setzen sie mir wieder so einen Schnösel vor die Nase, wenn auch zeitlich begrenzt.* Sie seufzte. *Warum rege ich mich überhaupt auf, bringt doch eh nichts.* »Wann kommt denn der LKA-Marshal mit seiner Truppe?«

Sie kanns nicht lassen, dachte Grünbaum kopfschüttelnd. »Morgen, im Lauf des Vormittags, Besprechungsraum B-219 wird bis dahin als Großraumbüro eingerichtet sein.

Kathi blieb nur ein Tag, sich mental drauf einzustellen. Bevor sie ihr Team briefte, kühlte sie ihr erhitztes Gemüt mit einer eiskalten Coke aus dem Automaten ab. Es ist immer gut zu wissen, welche Flecken Gegenspieler, in diesem Fall könnte Mayser einer sein, auf ihren Westen haben. *Wozu hat man Connections.* Sie rief Jochen Tischner an, ihren ehemaligen Kollegen in München.

»Ich sags dir, der ist schlimmer wie früher«, sagte dieser in gepflegtem Oberbayerisch. »Mein Beileid.«

»Beileid?«

»Bei dem musst echt aufpassen, Kathi. Der fällt dir in den Rücken, wenn er sich einen Vorteil verspricht.«

»Warum ist er damals von der Sitte weg, weißt du das?«

»Es gab ein Gmauschl nach einer Razzia in einer Promi-Disco. Da habens einen Stadtrat mit einer Minderjährigen erwischt. Angeblich hat der Mayser sie laufen lassen. Sie hat in der Hektik leider ihr Luxushandtascherl vergessen. Eine Streifenkollegin hats später unterm Tisch gefunden. Drin war ein Lippenstift, dieselbe Farbe und Marke wie am Hemdkragen vom Stadtrat. Weißt Bescheid, oder?«

»Klar, und Mayser?«

»Der ist mit einer Verwarnung davonkommen.«

»Tssssss, Unsitten bei der Sitte.«

»So ungefähr. – Aber wieso fragst?«

»Morgen kommt er mit vier Leuten nach Nürnberg.«

»Da legst di nieder!«

»Wegen der Spielkartenmorde und der Industriespionage vom letzten Herbst, hast sicher schon darüber gelesen.«

»Logisch, und wie kommts ihr weiter?«

»Es ist ein Puzzle mit einer Million Teilen. – Was weißt du noch Neues über Mayser, und machs bitte kurz.«

Jochen grinste durchs Telefon. »Die Kathi, immer in Eile.«

»Kennst mich doch.«

»Hier nennen ihn viele nur SM, aber nur unter der Hand.«

»SM wie Sado-Maso?«

»Volltreffer!«

»Quält er Menschen?«

Jochen lachte. »Keine Ahnung, durchaus möglich. Des kimmt von seiner Zeit bei der Sitte. Da hat er mal einen Club hochgehen lassen, weils ein bisserl zvui peitscht ham. Da warst du nimmer in München. Er ist ja bekannt dafür, dass er bei Verhaftungen ned zimperlich ist.«

»Und privat?«

»Seit zweieinhalb Jahren ist er geschieden, die zwei Kinder leben bei der Ex.«

»Hat sie sich wegen seiner Affären getrennt?«

»Ich glaub schon, kennst doch den alten Schürzenjäger.«

Armer Sandro, mir kommen gleich die Tränen. »Dann ist jede Frau in Gefahr, die nicht bei drei auf dem Baum ist.«

Jochen lachte wieder. »Du warst schon immer schneller.«

»Du kennst mich halt.«

»Der Mayser ist ein Angeber, hat einen EQ wie ein Leberkäs-Semmerl ohne Senf, kommandiert gern rum und hat manchmal einen Ton drauf, wie aufm Exerzierplatz. Das lassens ihm aber durchgehen, weil er bisher nur Erfolge vorweisen hat können. Ich sags nochmal, pass auf, der geht über Leichen und würgt jedem eins rein, wenns ihm nützt.«

Nach dem Telefonat rief Kathi ihr Team zusammen. Sie wappneten sich für die LKA-Jungs und fassten alle bisherigen Erkenntnisse und Spurenauswertungen zusammen, auch im Hinblick auf die Pressekonferenz am Donnerstag.

Die Spalten auf der Pinnwand füllten sich, mit Antworten und neuen Fragen: ›Peter Rollner fand eine Spur zu den Tüyüc-Millionen und nahm das Geld. Geschah der Mord, um ihn mundtot zu machen? Jessica Kleine starb allem Anschein nach als Mitwisserin. Wer außer ihr wusste noch davon? In welchem Verhältnis steht Hildebrand zu dem Paar? Warum musste er sterben? Bisher keine Zusammenhänge erkennbar. Nachahmer-Theorie: Pfeilgift plus Spielkarte, Markenzeichen des Killers? Dreimal dasselbe Muster, Profiler einschalten? Hoek-Zwilling: Mordet der Killer im Auftrag von BATC oder übt er Rache? Warum wartet er zweieinhalb Monate?‹

»Es fand keine Geldübergabe statt«, sagte Clausen, der sich mit Angie und Stoll die Aufnahmen vom Klarissenplatz aus allen Perspektiven angesehen hatte.

»Vielleicht wars nur der Schlüssel für ein Schließfach«, meinte Andi.

»Nein, es wurde nichts übergeben, Hildebrand hielt immer etwa einen Meter Abstand zu dem anderen Mann.«

»Ist das Bewegungsprofil von Hildebrands Auto schon da?«

»Nein, Kathi.«

»Wie lange brauchen die denn dafür? Es ist Montag!«

»Übers Wochenende wird da keiner gearbeitet haben.«

»Okay, bitte dranbleiben.«

Keine halbe Stunde später platzte Thomas mit einer weiteren Hiobsbotschaft in Kathis Büro. »Gut, dass ihr sitzt, Hoeks Waffenkoffer ist nicht mehr in der Asservatenkammer!«

»Das ist jetzt nicht wahr!« Kathi ließ die Schultern hängen und gab jammernde, einer Maschinengewehrsalve ähnelnde, Laute von sich. »Habt ihr wirklich genau nachgesehen?«

»Natürlich!«

»Vielleicht steht er woanders.«

Thomas schüttelte den Kopf. »Wir haben zu dritt gesucht: Beweisstück Nummer 4589 Strich eins ist nicht auffindbar.«

»Wie kann das passieren? Verschwundene Asservaten, das gabs schon mal, 2009. Die Medien werden über uns herziehen und der Blätterwald wird rauschen, ans LKA will ich gar nicht erst denken.«

»LKA?«

»Morgen tanzen sie zu fünft hier an.«

»Mein Beileid!«

»Habt ihr die Mitarbeiter der Asservatenkammer befragt?«

»Ja, laut Liste wurde der Koffer am 19. Dezember offiziell entnommen. Und jetzt haltet euch fest: von Peter Rollner.«

Kathi glotzte ihn an. »Ach du Scheiße!«

»Er hat unterschrieben.«

»Was wollte er damit?«

»Das fragen wir uns auch.«

»Was sagt der Mitarbeiter, der am 19. Dienst hatte.«

»Der ist seit 1. Januar in Pension.«

»Ich glaubs nicht! Wie heißt der Mann?«

»Dörfler.«

»Der muss befragt werden!«

»Schon geschehen, er erinnert sich nicht mehr.«

»Jetzt sag bloß, auf den Kameras ist auch nichts drauf.«

»Die Aufnahmen werden nach zwei Wochen gelöscht.«

Kathi formte die Hände bedrohlich zu Fäusten. »Gebt mir bitte irgendwas Hartes zum Werfen.«

»Was sachd denn der Grünbaum?«, fragte Andi.

»Ha!« Thomas japste. »Der war kurz vorm Ausrasten. Er bringt es Knoll gerade schonend bei.«

Dienstag, 14. Januar

Heftiger Schneefall und der damit einhergehende Stau auf der A9 verzögerte die Ankunft von Mayser und seinen Mannen. Erst nach ein Uhr trafen sie im Präsidium ein. Zu dieser Zeit herrschte andächtige Stille auf dem Flur in Bau B im zweiten Stock. Ein Teil der Mitarbeiter war in der Mittagspause, der andere arbeitete wieder. Deshalb gab es keine Kollisionen mit Sandro Mayser, der sich mit seinem Gefolge, in persona Niederreiter, Heinrich, Hasler und Weiss, einen filmreifen Auftritt gönnte. Wie der Zenturio einer Prätorianer-Garde schritt er dem Quartett voran, das aus einem Model-Katalog entstammen könnte: jeder über 1,85 groß, Mitte bis Ende dreißig, sportlich-schlank, mit akkuratem Kurzhaarschnitt, leicht gebräuntem Teint, einheitlich uniformiert im schwarzen Anzug, weißem Hemd, schwarzer Krawatte und eleganten schwarzen Schnürschuhen. Scheinbar suchte sich Mayser seine Mitarbeiter nach diesen Kriterien aus. Er war ein Beau, Typ Latin Lover, 46, 1,88 groß, athletische Figur, kurzes, schwarzes, nach hinten gegeltes Haar, passend dazu Gettobräune. Er zog als Einziger keinen Alu-Trolley hinter sich her, ganz nach dem Motto ›Lass die anderen für dich arbeiten‹.

Men in Black 4.0 mit Alukoffer statt Standarte, dachte Kathi während des Einmarschs in B-219. *Zustände wie im alten Rom. Das kann ja heiter werden!*

Knoll, Grünbaum und Ott hatten in den, zum Großraumbüro umfunktionierten, Besprechungsraum gebeten. Für Maysers Team allein war er zu groß, aber Grünbaum wollte, dass Kathi und ihr Team die Arbeitsplätze vorübergehend hierher verlegten, der besseren Zusammenarbeit wegen. Kathis Begeisterung hielt sich in Grenzen.

Knoll empfing die Münchner salbungsvoll, wie Staatsgäste, was Kathi veranlasste, die Augen zu verdrehen. Sandro Mayser und seine vier Jungs stellten sich jedem selbst vor. Letztere machten einen ganz sympathischen Eindruck. Mayser hatte sich kaum verändert in den letzten zehn Jahren. Kathi erinnerte sich an ihre Münchner Zeit, da gab es hin und wieder Berührungspunkte zwischen Mordkommission und Sitte. Im Rotlicht-Milieu hatte Mayser aufgrund seiner optischen Erscheinung, eine Mischung aus leicht schmierigem Macho und Mafiosi, auch ohne Verkleidung verdeckt ermitteln können. Privat wickelte er mit *seinem* Charme die Leute um den Finger, Kathi nannte es anbiedern. Bei ihr war er immer auf Granit gestoßen. Damals nannte sie ihn insgeheim ›SB‹, für Sandro Banderas, nach dem bekannten Schauspieler und Latin Lover per se. *Naja dann, jetzt eben SM.* Sandro Mayser gehörte für sie in die Kategorie gutaussehendes Arschloch.

»Hallo, Kathi«, begrüßte er sie.

»Hallo, Sandro. Auf gute Zusammenarbeit«, sagte sie beim kräftigen Händeschütteln scheinheilig. *Naja, wenigstens zieht er nicht schlaff durch.*

»Richten Sie sich erst einmal ein«, sagte Knoll nach einer kurzen Rede und den ergänzenden Begrüßungsworten von Ott und Grünbaum. »Frau Starck holt sie dann ins Boot und erläutert Ihnen die Fakten.« Dabei nickte er Kathi zu.

Sie erwiderte. *Schwafel du nur, die haben nach meiner Pfeife zu tanzen.* »Einfach anrufen wenn Sie fertig sind, meine Herren. Die Durchwahl lautet 2424.«

Scheinbar hat sie sich wieder beruhigt, dachte Grünbaum zufrieden.

»Und, was halten wir von denen?«, fragte Andi, zurück im Büro.

Kathi setzte sich. »Warum fragst du?«

Er grinste. »Ich hab dich beobachtet.«

Sie grinste zurück. »Ich dich auch.«

»Lackaffen«, brachte Clausen es auf den Punkt.

»Hoch zehn«, meinte Angie.

»Schön, dass wir uns einig sind.«

»Hast schon einen Plan, wie wir vorgehen wollen?«, fragte Stoll.

»Wie Knoll sagte, sie ins Boot holen und die Fakten erläutern. Lassen wir ihnen Zeit, bis sie sich eingerichtet haben, dann geben wir ihnen einen Packen zu lesen.«

Mittwoch, 15. Januar

Während der ersten, gemeinsamen Besprechung mit den LKA-Kollegen erhielt Kathi eine E-Mail von den IT-Spezialisten.

Sie las allen vor. »Es geht um die Prepaid-Telefonnummer. Am 11. Januar wurde um 11:53 Uhr zum letzten Mal damit gechattet. Der andere Teilnehmer hat sich unter Pits Mobilfunknummer gemeldet. Der Inhalt ›Nicht vergessen, wir sehen uns Punkt halb eins‹.«

»Klingt nach einem Date«, meinte Clausen.

»Das Prepaid-Handy wurde zuletzt am Neuen Museum geortet.« Kathi sah in die Runde. »Leute! 11. Januar, kurz vor zwölf, Neues Museum! – Klingelts da nicht bei euch? Eine gute halbe Stunde später hat es Hildebrand erwischt!«

»Dann hat unser Killer Pits Handy wieder aktiviert.«

»Nein, Andi, das glaube ich nicht«, widersprach Angie. »Sonst hätte das Catching funktioniert. Ich glaube, er hat die SIM-Card in ein anderes Handy gesteckt. Wahrscheinlich in ein älteres Modell.«

Kathi nickte. »Klingt plausibel.«

»Das heißt, er hat Rollners Nummer benutzt, um mit Hildebrand in Kontakt zu treten«, sagte Mayser. »Warum?«

»Moment! Es kommt noch besser. Die Jungs in der IT haben das Tracking von Rollners Nummer weiterlaufen lassen. Am 3. Januar wurde viertel vor Acht die Prepaid-Nummer angerufen, nur ein paar kurze Gespräche, dazwischen wurde gechattet. Bis auf einen Satz wurden alle Inhalte gelöscht. Achtung, ich lese vor: Ich hab euch heimlich gefilmt bei euren perversen Spielchen, mit Ton.«

»Ach du Scheiße!«, rief Stoll. »Das war der Killer! Und er ist auch der Ex-Lover, wie sonst hätte er sie filmen können. Der hat das Zeug im Schlafzimmer installiert g'habt und ihn mit den Aufnahmen erpresst.«

Kathi lehnte sich zurück. »Wisst ihr was ich glaube, Hildebrand war der neue Lover von Pit und Jessica. Ihm gehört diese Prepaid-Nummer! Seit 1. November letzten Jahres wurde Pit auf seinem privaten Handy regelmäßig von dieser Nummer kontaktiert, Anrufe und Chats.«

Mayser tippte sich an die Stirn. »Hildebrand der Lover von Rollner und seiner Freundin? Du spinnst doch! Ich würde das nicht so laut sagen, das wär mir zu heiß.«

Kathi funkelte Mayser an. »Weil er Politiker ist? Der Mautbehörde ist Hildebrand scheinbar auch zu heiß, weil sie für das Bewegungsprofil seines Autos so lange brauchen. Der Herr Staatssekretär wird mit Samthandschuhen angefasst!«

»Bei Politikern ist es immer heikel«, meinte Stoll.

»Das ist mir wurscht, er ist tot!«, erwiderte Kathi. »Der beschwert sich nicht mehr!«

»Vielleicht hatte er was anderes zu verbergen und jetzt wird gemauschelt.«

»Das Profil frisieren? Mal den Teufel nicht an die Wand.«

»Ich bleibe dabei«, sagte Mayser. »Die Anrufe und Chats sind keine Beweise.«

»Schau dir doch die Liste von Rollners Handy an, ab 1. November regelmäßig!«

»Es werden keine Namen genannt, da kann Gott weiß wer angerufen haben.«

»Und wer bitteschön?« Kathi rollte mit den Augen. »Rollner wurde erpresst, wollte nicht zahlen und musste sterben, Jessica und Hildebrand als mögliche Mitwisser ebenso. Ihre Handys hat der Killer an sich genommen, weil es pikante Fotos drauf gab, wer weiß?«

»Oder als Trophäe«, sagte Angie.

Mayser kam ins Grübeln. »Der Killer soll der Ex-Lover und Hoek-Zwilling in einer Person sein? Komischer Zufall.«

»Ja, ich weiß«, brummte Kathi. »Langsam glaube ich, alles ist möglich. Ich hab noch ein Szenario: Der Ex-Lover arbeitet hier, bekommt Wind von Rollners Millionenfund und erpresst ihn. Rollner lässt sich nicht drauf ein. Der eifersüchtige Ex-Lover klaut Rollners Dienstausweis und fälscht seine Unterschrift, um Hoeks Waffenkoffer zu holen. Es kommt zu einem Treffen am Ehekarussell, zufällig oder vereinbart. Der Ex-Lover verlangt nochmal das Geld, Rollner weigert sich und wird erschossen.«

»Ohne das Versteck des Geldes zu verraten?«

»Er hat sicher geglaubt, Jessica wüsste es, hat sich aber geirrt. Er erschoss sie als unliebsame Zeugin und wandte sich an Hildebrand, in dem Glauben, er wüsste von dem Geld.«

»Und woher?«

»Manche quatschen im Bett, so geriet er in die Schusslinie. Hildebrand ist definitiv kein Zufallsopfer!«

»Aber warum ist Hildebrand rangegangen als er am 3. über Pits Nummer ang'rufen wurde?«, fragte Andi. »Er muss doch g'wusst ham, dass der Pit tot ist.«

»Aus Neugier.«

»Oder er wusste es vor dem Anruf noch nicht«, sagte Kathi. »In der Zeitung stand es erst am Samstag und online liest nicht jeder.«

Mayser runzelte die Stirn. »Eifersuchtsmorde mit Pfeilgift, das ist mal was Neues.«

»Das geht leise und es gibt keine Schmauchspuren. Vielleicht war es doch ein von BATC engagierter Profikiller, wie ich von Anfang an vermutete. Und dem war jedes Mittel Recht, um in Besitz von Hoeks Koffer zu kommen.«

»Ich fasse mal zusammen«, sagte Mayser. »Hildebrand war der Lover von Rollner und seiner Freundin, der Killer arbeitet hier, er ist der Ex-Lover und der Zwillingsbruder von Hoek in einer Person und steht auf der Lohnliste von BATC. Das klingt nach einem Drehbuch für den neuen Bond-Film, ›007 in der Noris‹ oder so ähnlich. Das ist alles Indizienscheiß, ich will hieb- und stichfeste Beweise!«

Wie du meinst, Monaco-007, meine Oma hat immer gesagt, die wahren Geschichten schreibt das Leben.

Donnerstag, 16. Januar, 14:00 Uhr
Koschnik hatte zur zweiten Pressekonferenz geladen, um über die neuesten Ergebnisse im Fall Hildebrand zu informieren. Außerdem wollte Knoll die Zusammenarbeit mit dem LKA präsentieren und so die Ermittlungspriorität der Mordfälle weiter unterstreichen, Chefsache. Er stellte sich erneut der Presse, immer noch erkältet. Oberstaatsanwalt Theo Lanz war heute mit von der Partie. Kathi saß neben ihm, drei Plätze von Mayser entfernt, so weit weg wie möglich. Es reichte schon, wenn sie ihn in B-219 ertragen musste. Delegieren und dirigieren beherrschte er meisterhaft, dazu kam seine Duftmarke. Der Nikotin-Junkie stand auf stinkende Zigarillos. Alle zwei Stunden trieb es ihn, wegen der eisigen Außentemperaturen, zur Raucherkabine. Am Vormittag war Kathi auf dem Weg zur Teeküche dort vorbeigekommen. Mayser erinnerte sie an Clint Eastwood als Joe im Oldie-Western ›Für eine Handvoll Dollar‹, die Fluppe im Mundwinkel und als Ode an die Moderne das Handy am Ohr. Zehn Minuten war er jedes Mal weg, mindestens. Auf einen normalen Arbeitstag hochgerechnet ergab das eine Stunde. Ob er die Fehlzeit wieder hereinholte, wusste

Kathi nicht, es war ihr auch egal. Sonst erlebte man ihn unablässig Kaugummi kauend, mit oder ohne Nikotin.

Der Presseraum war zum Bersten voll. Kathi schätzte die anwesenden Medienvertreter. Sie kam auf knapp fünfzig, doppelt so viele wie zur ersten Pressekonferenz am Samstag. Die vorhandenen Stühle reichten nicht aus. Über ein Dutzend musste auf dem Boden sitzen oder stehen. Bild-Reporter Höfler lauerte wieder in der ersten Reihe, sicher mit einem Stakkato an Fragen in petto. Sein Blick ähnelte dem eines Greifvogels, bevor dieser Schnabel und Klauen in seine Beute schlägt. Die Kamerateams von BR, Franken-TV und die der drei überregionaler Sender bereiteten sich professionell gelassen auf die Live-Übertragung vor.

Am Samstag noch davon verschont geblieben, mussten heute die Polizeivertreter ein Blitzlichtgewitter über sich ergehen lassen. Kathi sah bewusst nicht in die Kameras, sie nutzte die Zeit, um ihre Notizen auf dem Tablet noch einmal zu überfliegen. Mit einem Handzeichen forderte Koschnik sein Rederecht, allmählich kehrte Ruhe ein. Nach der knappen Begrüßung übergab er das Wort an Kathi.

»Als Ergänzung zu den Informationen von Samstagabend bestätige ich Ihnen, dass die bei Dr. Hildebrand gefundene Pokerkarte, der Herz-König, aus demselben Spiel stammt wie der Bube und die Dame aus den beiden ersten Fällen. Das und die Tötungsmethode mit Giftpfeil weisen auf denselben Täter hin. Am Pfeil, der bei Dr. Hildebrand sichergestellt werden konnte, wurde DNA nachgewiesen.« Kathi räusperte sich und trank einen Schluck Wasser, bevor sie das Highlight in Sachen Ermittlungen brachte. »Diese DNA stimmt zu 100 Prozent mit der von Xander Hoek ein, der Auftragskiller, der am 23. Oktober 2024 den Tod fand.«

Mit dem letzten Satz erzeugte sie bei allen Anwesenden höchste Aufmerksamkeit. In der Menge wurde getuschelt, Sätze wie »Hoek, der Auftragskiller im MECH@TRON-Fall?« oder »Wie ist das möglich?« fielen.

»Nein, Hoek ist nicht wieder auferstanden, wir waren anfangs ebenso überrascht wie Sie. Wir gehen davon aus, dass es sich um seinen eineiigen Zwillingsbruder handeln könnte.«

»Ein Zwillingsbruder?« und »Killer-Zwilling?«, murmelte man im Publikum.

»Eine Frage bitte«, meldete sich Höfler zu Wort.

Koschnik gab per Hand das Zeichen zum Sprechen.

»Der Zwillingsbruder eines Profikillers, das bringt neue Aspekte ins Spiel. Das heißt, der Eigentümer der zwei Millionen will sein Geld wiederhaben.«

»Das ziehen wir in Erwägung, Hoek hatte vor seinem Tod damit gedroht.«

»Bedeutet das, Dr. Hildebrand war in den Bestechungsfall verwickelt?«

»Die Nachforschungen im seinem Umfeld haben bisher keine Anhaltspunkte ergeben«, erklärte Kathi. »Gift und Spielkarten sind die einzigen Beweise, es gibt keine Täter-DNA bei den ersten Mordopfern. Wir wissen auch nicht, ob sich die drei Opfer kannten. Deshalb kann ein Zusammenhang der drei Taten nicht zweifelsfrei bewiesen werden. Die Ermittlungen laufen auf Hochtouren, seit Dienstag unterstützen uns Kollegen vom LKA. Kriminalhauptkommissar Mayser wird Ihnen nach meinen Ausführungen mehr dazu sagen. Zurück zu Hoek, beziehungsweise seinem Zwilling.«

Auf dem Digi-Screen wurden die bisher bekannten Fotos von Hoek eingeblendet: mit Vollglatze, als Späthippie mit Fusselbart und schulterlanger, sonnengebleichter Mähne, mit streng nach hinten gegeltem, schwarzem Haar, mit Oberlippenbärtchen und gnadenloser Seitenscheitelfrisur, zu guter Letzt die Aufnahme nach seinem Tod, als blondierter Igelkopf.

»Die Bilder hinter uns zeigen Hoek in verschiedenen Erscheinungen. Wie Sie erkennen können, hat er auffällige lange, dünne Ohrläppchen. Diese Besonderheit könnte auch sein Zwillingsbruder aufweisen. Die Bilder sind ein bis zwei Jahre alt, Hoek war etwa Mitte dreißig. Er stammte aus Utrecht in Holland, sein letzter Wohnsitz war unbekannt. Er stand in den Jahren 2021 bis 2024 im Zusammenhang mit neun unaufgeklärten Morden im Halbwelt-Milieu in Amsterdam, Frankfurt, Hamburg und Wien. Wir ziehen in Erwägung, dass die Brüder in der Vergangenheit zusammen agiert haben könnten. Wir wissen nichts über das Aussehen von Hoeks Zwillingsbruder, vermutlich sieht er ihm ähnlich. Allerdings könnte er sein Aussehen durch eine Gesichts-OP verändert haben, vielleicht auch die Ohren, und farbige Kontaktlinsen tragen. Hoeks Zwilling wird zunächst anhand dieser Bilder zur Fahndung ausgeschrieben. Durch den Mitschnitt einer Überwachungskamera wissen wir, dass er größer ist als Hoek, etwa 1,90. Er könnte aber auch Erhöhungen in den Schuhen getragen haben, zur Tarnung. Seine Statur ist als normal zu beschreiben. Soviel dazu.« Kathi warf einen Blick auf ihr Tablet, der letzte Punkt stand noch an. »Wir bedanken uns bei der Bevölkerung für die zahlreichen Fotos und Filme vom Klarissenplatz. Zu unserem Bedauern ist der mutmaßliche Täter nur von hinten zu sehen. Daher bitten wir Sie weiter um Bild- und Filmmaterial. Vielen Dank.«

Höfler meldete sich. »Hoek hat im Oktober alle Mitwisser ausgeschaltet und auch Sie, Frau Starck, waren in Gefahr. Könnte es sein, dass das erste Opfer, immerhin Kommissar vom Dezernat für Wirtschaftskriminalität, womöglich aus Rache ermordet wurde? Ich spreche von der Rache des Zwillingsbruders. Sind Sie und Ihre Kollegen gefährdet?«

»Wird für die Ermittler Personenschutz beantragt?«, fragte Lena Stocker gleich hinterher.

»Nein, das haben wir noch nicht in Erwägung gezogen«, antwortete Knoll. »Aktuell sehe ich keine Bedrohung.«

»So wie letztes Jahr?«, meinte Höfler. »In Kriegenbrunn ging es Spitz auf Knopf. Ist Ihnen das Leben Ihrer Leute nicht mehr wert?«

Der sorgt sich ja richtig um uns, dachte Kathi. *Oardli!*

»Lassen wir doch die Kirche bitte im Dorf!«, erwiderte Knoll verärgert. Er fühlte sich persönlich angegriffen. »Jeder in unserem Beruf ist einem gewissen Risiko ausgesetzt. Wenn er das nicht will, muss er sich einen anderen Job suchen.«

In der Menge rumorte es. Bevor das Ganze eskalierte, mischte sich Koschnik ein. Sachlich und souverän wie immer bat er um Ruhe. »Bitte, meine Damen und Herren, wir führen hier keine Grundsatzdiskussion in Sachen Risiko bei der Polizeiarbeit versus eigene Sicherheit. Jeder unserer Mitarbeiter ist gut ausgebildet, trainiert und handelt umsichtig, allein oder im Team. Kommen wir zurück zum Thema. Haben Sie noch

Fragen an Frau Starck?« Er hob den Kopf, ließ den Blick schweifen und sah in relativ zufriedene Gesichter. »Ich sehe das ist nicht der Fall. Vielen Dank für Ihre Ausführungen, Frau Starck. Damit übergebe ich an Hauptkommissar Mayser vom LKA Bayern.«

Kathi setzte sich aufrecht hin, stützte ihre Ellenbogen auf, verschränkte die Hände und wartete gespannt auf das, was der LKA-Sheriff von sich geben würde.

»Vielen Dank, Herr Koschnik.« Mayser rückte das Mikrofon zurecht. »Meine Mitarbeiter und ich sind in erster Linie wegen des Mordes an Dr. Hildebrand und der Serienähnlichkeit aller drei Fälle hier. Zwei meiner Leute unterstützen die Nürnberger Kollegen bei den Mordfällen, zwei das Wirtschaftsdezernat. Ich koordiniere die Teams.«

Das musste er sich jetzt raushängen lassen! Kathi würdigte ihn keines Blickes. Am Vormittag hatte sie ihn zurechtgestutzt, weil er den, mit Koschnik abgesprochenen, Text für ihre Presseerklärung kritisierte und geändert haben wollte. ›Ich lasse mir von dir keinen Maulkorb verpassen!‹. Sie hatte Mayser schon einige Male Grenzen aufzeigen müssen. Er wollte, dass Angie und Clausen die Arbeit unterbrachen, um eine Statistik für ihn zu erstellen, die er während der Pressekonferenz präsentieren wollte. Kathi hatte ihn an seine Lakaien verwiesen. Leiter der SOKO hin oder her, *sie* verteilte die Aufgaben an ihr Team. *Wenn er glaubt, er kann uns hier herumkommandieren und uns die Drecksarbeit reindrücken, hat er sich geschnitten!*

»War Dr. Hildebrand privat hier oder im Gefolge des Ministers?«, fragte Höfler.

»Sowohl als auch«, antwortete Mayser. »Am Freitagabend offiziell, beim Opening des Kulturevents in der Arena, bis etwa 22:25 Uhr. Danach, so nehmen wir an, ist er nach Hause gefahren. Dr. Hildebrands Hauptwohnsitz war Nürnberg, er verbrachte fast jedes Wochenende hier. Am 11. Januar hatte er keine offiziellen Termine.«

»Nur die Verabredung mit dem Killer«, sagte jemand laut im Publikum.

Kathi und Koschnik sahen gleichzeitig auf, konnten aber nicht erkennen, woher das kam.

Mayser ignorierte den Zwischenruf. »Am 11. Januar hat Dr. Hildebrand seinen Wagen um 12:16 Uhr im Parkhaus am Hauptbahnhof abgestellt. Danach ging er zu Fuß zum Klarissenplatz, direkt zur Wind-Skulptur. Die Auswertung der Fotos und Filmaufnahmen brachte bislang keine neuen Erkenntnisse, wie Frau Starck bereits sagte. Dr. Hildebrands Wohnung hier und seine Dienstwohnung in München wurden beide durchsucht. Bisher fand man keine Anhaltspunkte auf eine Verbindung zu den ersten beiden Opfern. Die Anrufe auf seinem Handy konnten zurückverfolgt werden, es handelte sich hauptsächlich um dienstliche Gespräche.«

Lena Stocker meldete sich. »Er hatte sicher ein privates Handy.«

»Bisher wurde keins gefunden.«

»Dann wurde es auch vom Täter entwendet, wie in den beiden ersten Fällen?«

»Diese Möglichkeit ziehen wir in Betracht.«

»Ist das LKA auch wegen der internen Ermittlungen hier?«, bohrte Höfler. »Schließlich hat ein Mitarbeiter des Wirtschaftsdezernats zwei Millionen aus dem MECH@TRON-Fall unterschlagen.«

Ein Raunen ging durch den Raum, Unruhe breitete sich aus. Kathi rollte mit den Augen. *Muss dieser Revolverblatt-Watchdog immer wieder aus der Reihe tanzen?*

Der Höfler will mal wieder provozieren, dachte Koschnik und räusperte sich laut. »Bleiben wir doch *bitte* beim Thema, Herr Höfler!« Er wartete bis Ruhe einkehrte. »Die internen Ermittlungen laufen parallel. Sie gestalten sich insofern schwierig, da der Hauptverdächtige nicht befragt werden kann, er ist tot. Sobald uns gesicherte Erkenntnisse vorliegen, informieren wir Sie über die Sachlage.«

Kathi fixierte Höfler regelrecht. *Na, reicht dir das, oder willst du wieder nachkarteln?* Der Bild-Reporter schien ihre Gedanken zu lesen.

Knoll musste noch etwas draufsetzen. »Für alle Fälle gilt: wir arbeiten mit Hochdruck an der Aufklärung.«

»Wann können wir mit einer Festnahme rechnen?«, drängelte Höfler. »Wann wird Anklage erhoben?«

Kathi rollte mit den Augen. *Er kanns nicht lassen!*

»Sobald wir einen Verdächtigen haben und die Beweise hieb- und stichfest sind«, konterte Lanz blitzschnell.

Koschnik nickte ihm über Kathis Kopf hinweg zu, eine stille Redeerlaubnis.

»Die Ermittlungen in allen drei Fällen laufen derzeit gegen unbekannt, von Hoeks Zwilling abgesehen«, erklärte der hagere Mittvierziger mit den hohen Wangenknochen und der spitzen Nase. Daher und wegen seiner geschliffenen Formulierungen bei Gericht, rührte sein Spitzname ›Die Lanze‹.

»Das heißt, Sie haben keinen Verdächtigen«, sagte Höfler.

»Keinen, nach der aktuellen Beweislage. Die Auswertungen der Spuren laufen noch, besonders im Fall Dr. Hildebrand – wie vorhin mehrfach erwähnt. Bitte gedulden Sie sich, Sie wollen doch Fakten hören und keine Mutmaßungen. Wir werden vorschnell keinen Verdacht äußern.«

»Vielen Dank, Frau Starck, Herr Lanz, Herr Mayser«, sagte Koschnik. »Sobald uns neue Erkenntnisse vorliegen, meine Damen und Herren, werden wir Sie umgehend informieren.« Am Ende wies er wie üblich auf das Presse- und Medienportal des Polizeipräsidiums hin und schloss mit: »Vielen Dank für Ihre Aufmerksamkeit.«

Kurz vor sechs, Kathi war allein im Büro und gerade im Begriff zu gehen, kreuzte Mayser auf. *Was will der denn?*

»Servus, Kathi«, sagte er freundlich.

»Servus.«

»Na, alles klar?«

»Ja, ich hab jetzt Feierabend. Was willst du?«

»Naja, erst einmal ein Kompliment machen, bin bisher ja nicht dazu gekommen.«

»Soso.«

»Gut schaust aus, wie früher.«

Nachtigall, ick hör dir drapsen. Kathi zog eine Augenbraue hoch. *Daher weht der Wind! Glaub ja nicht, dass ich vor dir auf die Knie falle.* »Danke«, sagte sie nüchtern.

»Ähm, ich«, druckste er herum, »ich fahr ja erst morgen nach München zurück und wollte fragen, ob du mit mir heute Abend ins K4 gehst. Da gibts ein Konzert von Silicon South.

Die sind echt gut. Und danach was trinken, hättest Lust?«

Er trat näher, zu nah für Kathis Geschmack. Sie ging einen sehr großen Schritt auf Abstand. *Er hat immer noch dieselbe, blöde Anmache drauf! Such dir eine andere Dumme, die du abfüllen und später auf dein Hotelzimmer abschleppen kannst.*

Bei seinem Dienstantritt bei der Münchner Sitte, hatte der Platzhirsch, damals noch verheiratet, als Erstes sein Revier abgesteckt. Kathi war gewappnet gewesen, sein Ruf als Schürzenjäger und seine Schwäche für hübsche Blondinen waren ihm vorausgeeilt. Er hatte sie angebaggert und sie ihn abblitzen lassen. Nur ein eingebildeter Macho wie er wagte es, noch einmal zu fragen. *Dumm geboren und nix dazugelernt.*

»Ich hab heute Abend Training«, sagte Kathi.

»Ach so. – Ähm, was trainierst du denn, schöne Frau?«

»Taekwondo.«

»Oh! Okay, dann vielleicht am Montag?«

Gott ist der hartnäckig! »Da geh ich zum Boxen.«

»Jetzt im Ernst?«

»Ja, im Ernst! Begreif es endlich, Sandro. Ich geh nirgends mit dir hin. Du bist nicht mein Typ! Daran hat sich in den letzten zehn Jahren nichts geändert. Und damit du Bescheid weißt und um Missverständnissen vorzubeugen, ich habe einen festen Freund. Punkt!«

»Ist ja gut«, sagte Mayser beschwichtigend. »Na dann, viel Spaß und schönen Abend noch.«

Freitag, 17. Januar

B-219 lag im Halbdunkel, nur von der Digi-Pinnwand beleuchtet. Die Jalousien an den Fenstern hatte Kathi komplett schließen lassen, damit man auf den zwei Dutzend neu eingetroffener Fotos vom Klarissenplatz die Details besser erkennen konnte. Das gesamte Team, abgesehen vom unentschuldigt fehlenden Mayser, erhoffte sich von den neuen Bildern wichtige Anhaltspunkte über den Pfeilgift-Killer. Vom Südwesten aus aufgenommen, sollte man ihn von vorn sehen, leider verdeckten die Segel der WIND-Skulptur sein Gesicht. Angie schob die Bilder in die virtuelle Ablage.

»Mist, Mist, Mist!« *Der Tag fängt ja gut an.* Kathi hatte sich bereits am Morgen über die reißerischen Schlagzeilen geärgert.

›Nürnberger Kripo im Zugzwang, LKA rückt an‹ oder ›Killer-Zwilling, jetzt jagt ihn das LKA!‹, ›LKA ermittelt, Dämpfer für Nürnberger Kripo?‹ hallte es durch den Blätterwald. In den Artikeln konnte man jetzt, zwei Wochen nach den ersten Mordfällen, Ungeduld erkennen. Dabei sollte jeder wissen, dass Spurenauswertung und Sichten von Beweismaterial trotz moderner, technischer Hilfsmittel eine gewisse Zeit in Anspruch nahmen. In Sachen Tüyüc-Millionen hatte man sich ebenfalls zum Boulevard-Stil hinreißen lassen: ›Rüstung, Politik, Schmiergeld-Sumpf!‹ oder ›Mysteriöser Kartenkiller: Geheimdienst als Auftraggeber?‹. Das erhöhte die Auflage.

Kathi dachte mit Grauen an die Reaktion der Medien, wenn man Informationen zur abgehörten Beichte oder zum verschwundenen Waffenkoffer bekanntgegeben hätte oder wenn

Hildebrand sich als Liebhaber eines Paares entpuppen sollte – ein GAU!

Clausen ließ die Jalousien wieder hochfahren. Auf halber Höhe angelangt, ging die Tür leise auf und wurde ebenso leise wieder geschlossen. Mayser, unrasiert, mit dunklen Ringen unter den Augen, kam hereingeschlichen. Ihn traf voll eine Breitseite Licht.

Er hielt sich die Hand vor die Augen und wandte sich ab. »'Morgen«, brummte er, steuerte seinen Schreibtisch an und setzte sich.

»Guten Morgen«, sagte Kathi betont freundlich, auch die anderen grüßten in einem normalen Ton.

Was ist denn mit dem los? Kathi sah auf die Uhr an der Pinnwand. *Gleich zehn.* Normalerweise trudelte Mayser zwischen acht und halb neun ein. Sie beobachtete ihn aus dem Augenwinkel. Er sah beschissen aus, milde ausgedrückt. *Entweder hat er nen Kater oder schlecht geschlafen oder mit dem Betthäschen hats nicht geklappt.* Sie grinste. *Hättest halt unter der Dusche selber Hand anlegen müssen.*

Mayser schaltete seinen PC an und tippte das Passwort ein. Während die Anwendungen geladen wurden, schob er einige Schriftstücke auf seinem Schreibtisch hin und her.

Abgelenkt durch das Geräusch, wandte Kathi sich zu ihm. »Suchst du was Bestimmtes?« Sie bekam keine Antwort. »Nur zur Info, Hasler und Weiss sind bei Uli und Renate.«

»Ist recht«, knurrte Mayser. »Wie gehts denn in der Abhör-Sache mit dem Mesner eigentlich weiter?«

Wieso kommt er jetzt damit?, dachte Kathi. »Der Fall wird von der Staatsanwaltschaft geprüft.«

»Wie lang dauert das denn noch?«, knurrte er ungeduldig.

»Mach jetzt bitte keinen Stress wegen der Lappalie.«

»Beichten abhören eine Lappalie? Das ist keine Lappalie, das ist pervers!«

»Pervers ist ein bisschen übertrieben, oder?«

»Heißt du etwa gut, dass ein Dritter Beichten mithört?«

»Nein, das tu ich nicht, aber die Aufnahme hat uns weitergeholfen. Der Zweck heiligt die Mittel.«

»Die Beichte ist ein heiliges Sakrament!«, zischte Mayser. Dieser Satz ließ die gesamte Runde aufsehen.

»Jetzt mach hier nicht auf Moralapostel!«, herrschte Kathi ihn an. »Passt überhaupt nicht zu dir.«

»Ach ja, du glaubst ja an nix!«

»Falsch, ich hab nur nichts mit der Kirche am Hut und bin auch nicht so bigott wie die meisten Katholen, lügen und herumhuren und dann zum Beichten rennen. Der Herrgott wirds schon richten, nach Vaterunser und Rosenkränze beten! Ich hasse diese Doppelmoral«

»Ha, ha, ha«, pampte Mayser.

Hab ich dich ertappt! Ich möchte nicht wissen, wie oft du früher wegen deiner Seitensprünge zu deinem Pfaffen gerannt bist. »Die katholische Kirche würde auch wieder den Ablasshandel einführen wenn sie könnte, wie im Mittelalter! Am besten gleich die Inquisition und die Hexenverbrennung!«

Andi und die Youngster mussten sich auf die Zähne beißen, um nicht laut loszugackern. Ihre Blicke sprachen Bände.

»Dann würde hier vielleicht Ordnung herrschen!«, konterte Mayser. »Bestes Beispiel ist der Waffenkoffer! Wie kann so ein wichtiges Beweisstück einfach verschwinden?«

»Weiß ich nicht!«, sagte Kathi. »Die Asservatenkammer liegt nicht in unserem Zuständigkeitsbereich, sondern in dem der Justiz. Laut Unterschrift hat ihn Kollege Rollner entnommen. Was er damit wollte, wissen wir nicht. Der Mitarbeiter, der ihn ausgehändigt hat, ist seit 1. Januar in Ruhestand. Die internen Ermittlungen laufen. Punkt!«

»Derselbe Saustall wie 2009!«, brüllte Mayser. »Damit hats eure Justiz sogar in die überregionale Presse geschafft. Frisierte Erfolgsstatistiken, besoffene Mitarbeiter im Dienst und verschwundene Asservaten! Ein Skandal!«

»Jetzt mach mal halblang, Sandro!«, bremste Kathi ihn. »Das ist lange her. Die Sachen sind aufgearbeitet und seitdem gabs nie wieder was. Außerdem, wer im Glashaus sitzt, werfe nicht den ersten Stein.«

»Hä? Wie bitte?«

»Darf ich dich an die V-Mann-Affäre von 2016 erinnern und an die Razzia in einigen LKA-Büros in München. *Unsere* Staatsanwaltschaft hat damals gegen sechs Beamte ermittelt, Strafvereitelung im Amt, Urkundenunterdrückung, Betrug, Falschaussagen. Soll ich weiter aufzählen?«

»Da war ich bei der Sitte«, meinte Mayser achselzuckend.

»Und ich war 2009 in Kempten. Also, was sollen die Vorwürfe? Außerdem: Hier wird nicht rumgebrüllt, wir sind nicht auf einem Kasernenhof!«

»Anders checkt ihrs doch nicht!«

»Lautstärke ist kein Argument«, konterte Kathi. »Du hast nur markige Sprüche drauf, sonst nur Scheiße im Hirn und Blei im Arsch!«

»Das hat ein Nachspiel!«, geiferte Mayser. »Das gibt eine Rasur vom Chef!« Er stürmte hinaus, Niederreiter und Heinrich steckten die Köpfe zusammen und tuschelten.

»Das ist kein Grund, um mit dem Arbeiten aufzuhören, meine Herren!«, zischte Kathi in deren Richtung.

»'Tschuldigung«, sagte Niederreiter.

»Ich muss mal raus hier, Leute. Wenn was ist, ich bin in meinem Büro.«

Kathi saß keine zehn Minuten an ihrem Schreibtisch, als Stoll und Andi mit Scholz vom BR hereingeschneit kamen.

»Was wollen Sie denn hier?«, fragte Kathi erstaunt.

»Sorry, Kaddi«, entschuldigte sich Stoll ganz außer Atem. »Des nehme ich auf meine Kappe, aber des musst du dir anhören!«

»Was denn?«

»Mayser hat gestern nach der Pressekonferenz ein paar nicht sehr nette Sachen über Sie fallen lassen«, sagte Scholz.

»Was hat er?«

»Die Kameras waren schon aus, aber der Ton lief noch. Ich habs erst gestern Abend beim Nachbearbeiten entdeckt.« Er holte sein Tablet aus der Tasche und spielte den Kommissaren die Aufnahme vor. Trotz des Stimmengewirrs im Hintergrund, konnte man Maysers Stimme deutlich verstehen. »Ich werde ab jetzt die Sache hier anders aufziehen, damit was geschieht. Der Chef will Erfolge sehen!«

»Dieser Großkotz!«, schimpfte Kathi.

»Das, was ich meine kommt erst«, warnte Scholz vor.

»Die Truppe hier ist doch ein lahmarschiger Verein«, hörten sie Mayser sagen, »und die Starck bringts auch nicht. Die ist doch psychisch labil, seit sie damals in München diesen Mörder erschossen hat.«

Kathi stockte der Atem, ihre Lippen bebten. »Psychisch labil? Der hat sie doch nicht alle! Außerdem war das Notwehr!«

Scholz hielt die Aufnahme an.

»Dieser hinterfotzige Bastard!« Kathi spürte ihren Blutdruck hochschnellen und wie das Adrenalin durch ihre Adern gepumpt wurde. Am liebsten hätte sie laut losgebrüllt. *Nicht hier vor deinen Leuten und schon gar nicht vor Scholz.* Sie versuchte sich zu beruhigen. *Durchatmen, tief durchatmen!*

»Kaddi, alles klar?«, fragte Andi vorsichtig.

Sie nickte. »Ja, ist da noch mehr von dieser gequirlten Scheiße?«

»Ja.« Scholz ließ die Aufnahme weiterlaufen.

»Ist doch typisch für alle Weiber«, hörten sie Mayser in einem abfälligen Ton sagen, »denen hängt so was ewig nach. Warum ist sie denn wieder hier in der Provinz? Mit der hält es doch keiner lang aus bei der Arbeit, verschleißt einen Kollegen nach dem anderen! Wenn ihr mich fragt, ist die auf dem Ego-Trip.«

»Ego-Trip, jetzt reichts! Dieser Arsch beleidigt mich und stellt uns als Nichtskönner hin! Was bildet der sich ein!«

»Und auch noch hintenrum, diese fiese Sau!«, sagte Andi.

»Darum bin ich gleich hergefahren«, sagte Scholz. »Das haben Sie nicht verdient.«

»Danke, das weiß ich wirklich zu schätzen.«

»Zu wem hat der Mayser des g'sachd?«, fragte Andi.

»Keine Ahnung, wir haben grad abgebaut, da standen viele Leute herum. Ich muss die Kollegen fragen.«

»Mist!« fluchte Kathi. »Und dann sein Auftritt wegen dieser Lappalie! So ein Psycho!« Andere bekämen jetzt einen cholerischen Anfall, aber das wäre verschwendete Energie. Sie beruhigte sich wieder, nach außen hin. Die Ruhe vor dem Sturm. *Du Aas willst mir eins reinwürgen? Nicht mit mir, Freundchen, nicht mit mir! Und wer die Rasur vom Chef kriegt, werden wir ja sehen!*

»Am liebsten würd ich dem so richtig eine neihaun«, sagte Andi. »Die Kaddi hat zwar ihren eigenen Stil, aber mit dem kommen mir gut zurecht, gell Stolli?«

»Aber Hundert pro!«

»Ich weiß, was Sie und Ihre Leute können, Frau Starck«, sagte Scholz. »Das dürfen Sie nicht auf sich sitzen lassen.«

»Werde ich auch nicht, Herr Scholz. Kommen Sie mit?«

»Wohin?«

»Zu unserem Chef?«

»Gern.«

»Andi?«

»Bin dabei.«

»Ich geb der Angie und dem Clausi Bescheid«, sagte Stoll.

»Okay.« Kathi wollte gerade aufstehen, als ihr Telefon läutete. Sie kannte die Nummer im Display. »O-Oh!«

»Grünbaum?«, fragte Andi.

Kathi nickte und nahm den Hörer ab. »Starck, hallo ... ja, bin schon unterwegs.«

»Sicher hockt der Mayser bei ihm und hat gepetzt.«

Andi behielt Recht. Mayser lümmelte in einem der Besucherstühle vor Grünbaums Schreibtisch, die Beine weit von sich
gestreckt.

Revier abstecken mit Beinerektion, dachte Kathi gehässig.
Fehlt nur noch, dass er sich an die Eier fasst.

»Was will der Presseheini?«, pflaumte Mayser Scholz an.

»Man sagt zuerst Grüß Gott«, erinnerte Kathi ihn mit abfäl-
ligem Blick und sagte, an Grünbaum gewandt: »Herr Scholz
hat etwas Wichtiges aufgedeckt.«

»Kann das nicht warten, ich habe Sie wegen der anderen
Sache hergebeten.«

»Es hat aber mit der anderen Sache zu tun.«

Während Grünbaum der Aufnahme lauschte, versteinerte
sich seine Miene. »Da fällt mir jetzt nichts mehr ein!« Er sah
Mayser durchdringend an, an dem das Ganze abzuprallen
schien, nach dem Motto ›Was kümmert mich mein Geschwätz
von gestern‹.

»Bitte warten Sie draußen, Herr Scholz«, sagte Kathi, die
die Situation schnell erkannte. Der Reporter gehorchte.

»Sie bitte auch, Herr Steppendorff«, sagte Grünbaum und
nachdem Andi die Tür geschlossen hatte: »Setzen Sie sich
bitte, Frau Starck.«

Widerwillig nahm Kathi auf dem anderen Stuhl Platz und
rückte demonstrativ ein Stück von Mayser weg.

»Sagen Sie mal, Herr Mayser, haben Sie sie noch alle?«,
wetterte Grünbaum los. »Sie Feigling, machen meine Leute in
Gegenwart der Presse hintenrum nieder und dann kommen
Sie angeschissen wegen so einer Lappalie!«

»Beichten abhören ist keine Lappalie.«

Er wiederholt sich, dachte Kathi genervt. »Durch die Aufnahme haben wir einen Hinweis auf das Geld erhalten und vielleicht auch auf das Motiv.«

»Genau so ist es!«, pflichtete Grünbaum ihr bei.

Kathi nickte zum Dank. »Schauer wird Bodensteiner nicht anzeigen, weil er alles gelöscht hat. Die Betroffenen könnte man nur durch einen öffentlichen Aufruf ausfindig machen. Aber das ist keine Garantie, dass sich alle melden, die in den letzten zwei Jahren in der Frauenkirche gebeichtet haben. Wer weiß, wie viele Leute das sind. Egal, ist nicht unsere Baustelle. Wir haben Wichtigeres zu tun. Bodensteiner hat alles für sich behalten und wenn er sich daran aufgegeilt und sich dabei einen runtergeholt hat, ist mir das auch wurscht. Lanz meint, es wäre eine besondere Art der Verletzung des Beichtgeheimnisses, da greift das Kirchenrecht. Ob Bodensteiner exkommuniziert werden kann, weiß ich nicht. Und wenn es der Kirche einige Schäfchen kostet, nicht unser Bier!«

»Die Betroffenen haben das Recht, es zu erfahren!«, knurrte Mayser.

»Wir warten, bis Lanz was unternimmt. Punkt, fertig, aus!«, bestimmte Grünbaum. »Und jetzt zu Ihnen Herr Mayser. Sie sind hier, um uns bei der Aufklärung der Morde zu unterstützen und nicht, um sich raushängen zu lassen, was Sie angeblich für Genies sind oder meine Leute zu beleidigen!«

»Ohne uns läuft hier doch gar nichts!«

Du großspuriger Arsch! Kathi saß die Faust locker. *Bringt mir einer bitte einen Sandsack, damit ich auf was richtig eindreschen kann.* Aber das ging auch mit Worten. »Du führst dich auf wie ein testosterongesteuerter Revier-Sheriff und glaubst, du kannst dir alles erlauben! Mir reichts!«

Wütend biss Mayser die Zähne zusammen, seine Gesichtsfarbe wechselte zu rot. Die Spannung im Raum stieg in Richtung Streit-Olymp.

Grünbaum hüstelte. *Jetzt wirft sie ihm gleich was an den Kopf, nicht nur verbal.* Er sah zu seinem schweren, gläsernen Briefbeschwerer mit der Nürnberger Burg in 3D, der neben der PC-Tastatur in Kathis Griffweite lag. *Nicht hinsehen, sonst tut sie's wirklich.*

»Das ist eine Beleidigung!«, zischte Mayser. »Das hat Konsequenzen! Dir häng ich ein Diszi an!«

Kathis Adrenalinspiegel stieg auf ein bedrohliches Level. »Beleidigung? Du nennst mich öffentlich psychisch labil! *Das ist eine Beleidigung, dafür könnte ich dich ...!«*

»Ruhe! Beide! Es reicht!« Grünbaum, dem jeder Versuch hier verbal abzurüsten zwecklos schien, schlug mit der Faust auf den Tisch. Die Platte erzitterte förmlich. »Wir haben hier drei Morde aufzuklären, da wird kein Kleinkrieg ausgetragen und auch keine Revierkämpfe! – Herr Mayser«, er hob warnend den Zeigefinger, »Sie werden nie wieder die Kompetenzen meiner Leute beschneiden oder hinter ihrem Rücken über sie herziehen! Haben Sie verstanden? Wir sitzen alle im selben Boot.«

»So kann ich nicht arbeiten, nicht mit so einer linken Bazille wie dem da!« Kathis schnoddriges Kopfnicken in Maysers Richtung sprach Bände.

Treffer! Er fuhr hoch. »Das nimmst du zurück!«

Kathi verschränkte die Arme vor der Brust. »Ich denke nicht dran!«

Herrgott, ist die wieder bockig heute! Ich muss was unternehmen, bevor den zwei Hitzköpfen die Sicherungen durchbrennen. »So, Herrschaften, wir machen jetzt eine Pause«, sagte Grünbaum, beide Hände auf die Tischplatte gestützt. »Herr Mayser, Sie gehen entweder ins Büro oder rauchen eine. Mir egal, kühlen Sie sich irgendwie ab.« Er sah auf seine Armbanduhr. »Jetzt ist es gleich elf, in einer Stunde will ich Sie hier wiedersehen. Ihren Chef brauchen Sie nicht anzurufen, das mache ich. – Frau Starck, Sie bleiben noch einen Moment.«

Erbost und ohne sich zu verabschieden, verließ Mayser das Büro.

»Keine Sorge, Frau Starck, ich stehe hinter Ihnen«, beruhigte Grünbaum sie. »Aber bitte, keine solchen Bemerkungen mehr.«

»Okay«, brummte sie gelangweilt.

»Sie kennen doch den Spruch ›Wir sind vom LKA, wir haben keinen Humor, von dem wir wüssten‹. Lassen Sie sich nicht provozieren, darauf wartet er nur.«

»Soll ich dasitzen und nicken? Wer weiß, zu wem Mayser das gesagt hat. Wenn Scholz nicht so eine ehrliche Haut wäre, hätten wir es nie erfahren.«

»Was haben Sie noch zu Mayser gesagt?«

»Dass er nur markige Sprüche drauf hat, sonst Scheiße im Hirn und Blei im Arsch!«

Grünbaum gluckste. »Im Ernst?«

»Weil er herumgebrüllt hat, hier wäre ein Saustall wegen Hoeks verschwundenem Koffer.«

Grünbaum seufzte schwer. »Sie gehen jetzt in Ihr Büro und überlegen sich eine Lösung. Ich rufe Maysers Chef an und informiere ihn. Wir sehen uns hier Punkt zwölf.«

Kathi wurde schon sehnsüchtig erwartet.

»Und?«, fragte Andi.

»Wir sollen uns abkühlen. High Noon müssen wir wieder bei Grünbaum antanzen, dann will er eine Lösung für das Problem hören.«

»Abkühlen? Naja, der Mayser hat des bidder nötig. Der ist mit rotem Kopf an uns vorbeig'rauscht, gell Herr Scholz?«

»Dunkelrot«, bestätigte der Reporter.

»Danke nochmal, dass Sie uns informiert haben«, sagte Kathi. »Vielleicht kriegen Sie raus, zu wem Mayser das gesagt hat.«

»Sie erfahren es als Erste, eine Kopie der Aufnahme hab ich Ihnen schon geschickt.«

»Ist schon runtergeladen und gesichert«, sagte Stoll.

»Okay, dann pack ichs wieder.« Scholz verstaute sein Tablet in der Tasche. »Wiederschaun, mitnander.«

»Wiederschaun.«

»Ich bring Sie runter«, bot Stoll ihm an und verließ mit ihm das Büro.

»Mayser ist nicht mehr in B-219 aufgetaucht«, sagte Angie.

»Der wird rauchen«, meinte Kathi. »Ersticken soll er!«

Angie, Andi und Clausen grinsten böse.

»Was machen wir jetzt, Kaddi?«, fragte Andi. »Bis Mittag ist es nimmer lang.«

»Mir fällt schon was ein.«

»*Uns* fällt was ein«, korrigierte er. »Wir lassen dich doch ned hängen.« Er streckte die Hand aus. »Los schlagt ein, alle für Kaddi!«

»Alle für Kaddi!«, wiederholten Angie und Clausen und stapelten ihre Hände auf die von Andi.

»Ihr seid lieb.« Gerührt legte Kathi auch ihre obendrauf. Dabei sah sie in die Gesichter ihrer Leute, ehrlich und offen. *Hab ich ein Glück.* Schon konnte sie wieder ein wenig lächeln.

Andi nickte zufrieden. »Wie lösen wir die Causa Mayser?«

»Indem wir die Mordfälle aufklären«, sagte Kathi.

Es klopfte an der Tür. Ohne ihr »Herein« abzuwarten, wurde sie geöffnet. Es war Stoll, jetzt mit Thomas im Schlepptau.

»Scheinbar darf ich heute den Butler vom Dienst spielen, kaum war Scholz draußen, läuft mir der Thomas übern Weg.«

»Ich hab euch gesucht«, erklärte der Kriminaltechniker.

»Hier war der Teufel los«, sagte Kathi.

»Ich warne euch schon mal vor, der Teufel wird gleich richtig los sein.«

»Solange er nicht Mayser heißt.«

»Aha, hat sich der Herr vom LKA etwas aufgespielt?«

»Kann man so sagen, ich muss dann wieder beim Chef antanzen, mit einer Lösung.«

»Ich glaube, das wird warten müssen.«

»Jetzt machst du's aber spannend«, sagte Kathi. »Setz dich, Thomas.«

»Danke.« Er nahm Platz und räusperte sich. »Was ich euch jetzt erzähle, weiß außer der Sabine, Stern und mir noch keiner.« Er blickte in die fünf Gesichter, die vor Neugier geradezu zersprangen. »Gestern Abend, bevor ich heim bin, habe ich die DNA aller drei Mordopfer durch den Sequenzer gejagt und mit den Spuren aller Tatorte abgeglichen. Heute früh hab ich beim Checken der Ergebnisse gedacht, ich spinne. Die männliche DNA auf dem Sexspielzeug und die Fingerabdrücke, die wir anfangs nicht zuordnen konnten, stammen eindeutig von Hildebrand!«

Unisono klappten fünf Kinnladen herunter.

»Keine Zweifel?«, fragte Kathi.

»Keine.«

»Allmächd! Dann gehörten ihm die XXL-Lümmeltüten! Ich hatte Recht, er war der neue Lover!«

»Ich auch!«, triumphierte Stoll. »Ein flotter Dreier mit einem gut bestückten Kerl! Und ihren früheren Lover hams wegen dem Hildebrand abserviert.«

Kathi nickte. »Und die Motive: Rache, Eifersucht, Gier. Hildebrand könnte von dem Geld gewusst haben. Wie ich schon sagte, manche quatschen gern im Bett. Oder, weil der Killer durch Pit nicht ans Geld gekommen ist, hat er Hildebrand wegen seiner Sex-Affäre erpresst. Er wusste davon, weil er Pit für BATC überwacht hat.«

»Aber ist *unser* Killer wirklich der Hoek-Zwilling?«, fragte Thomas und erntete ungläubige Blicke aller.

»Das hat doch der DNA-Test ergeben«, meinte Kathi.

»Aber so ein Genom-Phänomen wäre ein Zufall eins zu einer Million, untertrieben gesagt.«

»Dann ist es halt ein seltener Zufall.«

»Nein Andi, mittlerweile glaube ich, es gibt keinen Hoek-Zwilling. Ich hab mir alles nochmal durch den Kopf gehen lassen, Stern die Ergebnisse gezeigt und mit ihm gesprochen. Er ist auch nicht mehr so sicher.«

»Das versteh ich jetzt ned.«

»Ich glaube, ich weiß was du meinst, Thomas«, sagte Kathi. »Unser Killer könnte bei Hildebrand einen Giftpfeil verwendet haben, den Hoek schon mal benutzt hat. Er hat ihn wieder mit Gift aus der Phiole befüllt. Du hast ja gesagt, manche Jäger schlecken die Puschel ab, bevor sie den Pfeil einlegen, damit er besser fliegt. Ganz egal ob sie Blasrohr oder Pistole verwenden. Hoek hat das scheinbar gemacht.«

»Bingo!«

»Aber wie kam er an Hoeks Waffenkoffer?«, fragte Angie. »In die Asservatenkammer kommen nur Berechtigte.«

»Vielleicht hat Mayser doch recht mit der Schlamperei«, meinte Clausen. »BATC wollte den Koffer, aus welchem Grund auch immer. Einer aus dem Präsidium ist käuflich, der spaziert in die Asservaten-Kammer, fälscht Pits Unterschrift, den Rest kennen wir.«

Kathi nickte. »Der Mann an der Ausgabe stand kurz vor seiner Pension und hat nicht mehr so genau hingesehen. Vielleicht sollte man in Zukunft vor der Herausgabe eines Asservats einen Fingerprint- und Retina-Scan machen. – Oder Pit war es doch selber. BATC könnte ihn mit seiner Sex-Affäre erpresst haben. Am 19. Dezember holt er den Koffer und übergibt ihm den Kontaktmann. Pit glaubt die Sache wäre erledigt und feiert die Silvesterparty. Vielleicht wollte BATC ihn nur in Sicherheit wiegen, weil sie wussten, dass er das Geld hat. Am 2. Januar taucht der Kontaktmann wieder auf und droht ihm. Pit hat keine andere Wahl, fährt zum Nordostbahnhof und übergibt das Geld, irgendwo in der Nähe. Zu Jessica sagte er, hätte das Richtige getan. Er kann nur das damit gemeint haben. Er dachte, jetzt würden sie ihn endlich in Ruhe lassen. Nach Feierabend spaziert er seelenruhig zum Drogeriemarkt und kauft die Kondome. Auf dem Rückweg wartet der Killer am Ehekarussel und erschießt ihn.«

»Woher kannte er Hildebrand?«, fragte Thomas.

»Sicher durch die Observierung von Pit. Am 3. Januar stellt er den Kontakt über Pits Handy her und vereinbart das Treffen eine Woche später.«

»Warum wartet er eine Woche?«, fragte Angie.

»Vielleicht eine Order von BATC, vielleicht hat er ihn ebenfalls erpresst und wollte extra absahnen. Oder Hildebrand hat ihn hingehalten, weil er sich das Geld erst besorgen musste.«

»Gab es verdächtige Anrufe oder Nachrichten vor dem 1. November?«, fragte Thomas. »Ich will jetzt nicht in Rollners früherem Sexleben herumwühlen, wer weiß, wie lange das mit dem Lover vor Hildebrand ging.«

»Die IT-Leute haben nichts gefunden«, sagte Kathi. »Sie sind zwei Jahre zurückgegangen.«

»Vielleicht hams ihre Dates per E-Mail aus'gmacht und dann gleich wieder g'löscht«, meinte Andi.

»'Tschuldigung«, meldete sich Stoll zu Wort. »Ich will auch ned in seinem früheren Sexleben herumwühlen, aber wenn er und seine Freundin auf flotte Dreier g'standen sind, könnten sie sich in einem Swinger-Club getroffen ham.«

»Das ist es!«, rief Kathi. »Das muss es sein! Deshalb gibts keine Terminvereinbarungen. Da geht man zwanglos hin und in solchen Clubs gehts anonym zu. Stolli, du bist ein Genie!«

»Danke.«

»Natürlich sind sie nicht mit den eigenen Autos gefahren, die haben sie irgendwo unauffällig abgestellt und sich ein Taxi gerufen.«

»Macht es Sinn, allen Taxifahrten zu Swingerclubs in Nürnberg nachzugehen?«, fragte Angie.

»Schwierig«, meinte Stoll. »Die Taxler kriegen ein gscheites Trinkgeld und gut ists. Außerdem, weißt du, wie viele Etablissements es hier gibt? Zwei Dutzend langen da nicht, und ich rede nur von den offiziellen.«

»Da kennt sich einer aus«, feixte Thomas.

»Ich bin mal Streife g'fahrn«, stellte Stoll klar.

»Gut, dass wir dich jetzt bei uns haben«, lobte Kathi ihn. »Gehen wir von Folgendem aus: Am 31. Oktober lernen Pit und Jessica Hildebrand in einem Swingerclub kennen und seine Vorzüge zu schätzen.«

»Naja, der wirds ihnen g'scheit besorgt ham«, sagte Stoll.

»Sie sind sich mehr als sympathisch«, formulierte es Kathi um, »wollen ihre Dreier in Zukunft intimer genießen und laden ihn fürs Wochenende drauf in ihre Wohnung ein. Der Ex-Lover, den sie vielleicht auch aus so einem Club kannten, wird kurzerhand abserviert. Vielleicht war er am 31. auch in diesem Club und hat mitbekommen, dass sich was anbahnt.«

Stoll erklärte es bildhaft. »Eine Reise nach Jerusalem beim Gang-Bang, plötzlich darf er nimmer mitspielen.«

Der Stolli wieder! Kathi schmunzelte. »Vielleicht war er auch nur kurze Zeit ihr Lover. Ich spinne jetzt mal: BATC hat im Oktober begonnen, Pit zu observieren, als Leiter der SOKO Tüyüc. Sie finden dessen sexuelle Vorlieben heraus und setzen jemanden auf ihn an, genau in diesem Club. Pit und Jessica springen auf ihn an. Ihr wisst schon, der Reiz des Neuen.«

»Aber der Hildebrand sie noch mehr gereizt«, meinte Stoll.

»Wir brauchen die Bewegungsprofile von Pits und Jessicas Autos ab Juli 2024, vielleicht finden wir was.«

»Das übernehme ich«, sagte Angie. »Aber ob wir die heute noch kriegen?«

»Abarbeiten, sobald sie da sind. Clausi und Stolli, ihr helft mit. Noch was, bitte wegen Hildebrands Profil nachhaken und erweitern lassen, bis Juli letzten Jahres.«

»Alles klar, ich mach denen Dampf.«

Kathi sah auf die Uhr. »Oh, schon zehn vor zwölf! Ich muss zu Grünbaum. Gehst du mit, Thomas?«

»Hast ja schon wieder einen im Schlepptau«, bemerkte Mayser abfällig, als Kathi mit Thomas das Büro ihres Chefs betrat. »Traust dich wohl nicht allein her?«

Sie bedachte ihn nur mit einem kurzen, verächtlichen Blick von der Seite. »Wenn ich ein Mann wäre, würde ich sagen ›Geh mir nicht auf die Eier‹!«

Aha, der Teufel! Thomas verkniff sich ein Grinsen. Aufgrund Kathis Schilderung war er auf eine gereizte Tonlage eingestellt, nicht aber auf eine Stimmung kurz vorm Bersten.

Sie bewegen sich auf dünnem Eis, Frau Starck!, lag Grünbaum auf den Lippen, aber er durfte seine beste Mitarbeiterin nicht durch ein falsches Wort erzürnen. Er wusste, wozu Kathi imstande war und wollte sich heute nicht mehr ärgern. Die drei Fälle schlugen ihm ohnehin auf den Magen, fast zwei Kilo hatte er in den letzten zwei Wochen abgenommen.

Das war Kathi zum ersten Mal aufgefallen, als sie ihm vorhin gegenübersaß. Der passionierte Marathonläufer, mit keinem Gramm Fett zu viel am Körper, verfügte über wenig Reserven, Stress zu kompensieren. Die Falten auf seiner hohen Stirn und die um die Augen schienen auch tiefer als früher. *Wenn er die News von Thomas hört, kriegt er graue Haare.*

Mayser hielt sich mit einem weiteren Kommentar zurück und dachte: *Ich gebs auf, mit der Hyäne zu streiten, da ist eh Hopfen und Malz verloren.* Der Rüffel seines Chefs klang noch deutlich in den Ohren. »Das ist nicht nur unkollegiales Verhalten, Herr Mayser!«, hatte er am anderen Ende der Leitung losgewettert. »Das ist Mobbing! Ich dulde so etwas nicht. Noch so eine Aktion und Sie regeln in Zukunft den Verkehr!« Letzteres war nur eine Metapher, aber seine Karriere könnte er in die Tonne treten. Mayser seufzte und schwor, in Zukunft aufzupassen wo und zu wem er etwas sagen würde und wer in der Nähe herumstand. *Früher war alles einfacher. Ich glaub, ich bin zu alt für den Scheiß!*

Grünbaum strich über seinen klassisch geschnittenen, brünetten, seitengescheitelten Schopf, den er mit etwas Pomade in Form hielt, und rieb sich anschließend den Nacken. »Ist Herr Schneider *Ihre* Lösung des Problems, Frau Starck?«

»Das müssen wir verschieben, wir haben den Super-GAU. Hildebrand war der Liebhaber von Pit und Jessica.«

Grünbaums Gesichtszüge entgleisten filmreif, Mayser beendete abrupt das Bearbeiten seines Kaugummis mit den Schneidezähnen und schob ihn in die linke Backentasche.

Jetzt schaust wie a Aacherl wenns blitzt, hätte Oma gesagt.
Kathi freute sich, Mayser sprachlos zu erleben.

Thomas berichtete, mit allen Details.

»Fuck! Fuck! Fuck!«, wütete Grünbaum danach.

Angesichts der Tatsache, dass er selten fluchte, würde Kathi sich das dreimalige Nennen des F-Wortes heute rot im Kalender anstreichen. Sie sah schon die Schlagzeile vor sich. ›Sex-Skandal in der CPU! Ermordeter Hildebrand pflegte Verhältnis zu Bi-Paar!‹.

»Irrtum ausgeschlossen, Herr Schneider?«, fragte er zur Sicherheit.

»Definitiv ausgeschlossen.«

»Ich krieg das Kotzen!«, zischte Mayser.

»Die DNA reicht dir als Beweis, oder?«, sagte Kathi.

»Jaaaa«, knurrte er gedehnt.

Während Mayser seine Leute informierte, schloss Grünbaum sich mit Knoll und Ott kurz, um die weitere Vorgehensweise zu besprechen. Nach der Videokonferenz mit den LKA-Oberen, mussten Kathi und Mayser erneut bei Grünbaum antanzen.

»Das wird Kreise ziehen«, sagte sie mit vorgeschobener Unterlippe. »Schwarz und bi, das gibt einen Skandal.«

»Gibt es nicht«, erwiderte Grünbaum.

»Warum nicht?«

»Davon gelangt nichts an die Öffentlichkeit.«

»Wir lügen?« Kathis Nackenhaare stellten sich auf. »Sind wir jetzt schon so weit?«

»Order von oben«, knurrte Grünbaum.

»Das ging aber schnell. Wer von den Parteibonzen stand denn bei Knoll auf der Matte?«

»Das ist egal, wir werden den Anweisungen Folge leisten.«

»Die Partei hat wohl Angst, Wähler zu verlieren. Das könnte das Ende des Alleinherrschertums bedeuten oder sollte ich besser Diktatur sagen.«

»Vergiss nicht, wer dein Dienstherr ist«, sagte Mayser spitz, »und wer dich bezahlt.«

»Die Bürger mit ihren Steuern.«

»Klappe halten, beide!«, ging Grünbaum dazwischen.

Das saß, eingeschnappt lehnte Mayser sich zurück.

Kathi blieb aufrecht sitzen. »Und was werden wir sagen? Wie erklären wir den Zusammenhang zu den ersten Fällen?«

»Hildebrand war ein guter Freund des ermordeten Paares, so geriet er in die Schusslinie.«

»Schwarzes Lügenpack!«, brummte sie.

»So wird es an die Medien rausgegeben. Punkt!«

Kathi machte Punkt fünf Schluss. Sie könnte für Nichts garantieren, sollte Mayser ihr noch einmal über den Weg laufen. Sie fuhr zu Nikolai.

Er bemerkte ihre Verstimmung, nahm sie in den Arm und küsste sie. Während sie erzählte, machte er einen Tee. Normalerweise ließ sie ihre Fälle im Büro, heute nicht. Im Redeschwall rutschte ihr das Wort Ménage à trois heraus. Ohne Details zu verraten, ahnte Nikolai worum es ging.

»Keine Sorge, ich kann schweigen wie ein Grab«, sagte er am Ende und hob die Hand zum Schwur.

»Ich weiß.« Kathi warf ihm ein Küsschen zu, als sie den Tisch fürs Abendessen deckte. »Ich verstehe nicht, dass sich unsere Oberen von der CPU einen Maulkorb verpassen lassen, nur damit deren Image nicht besudelt wird.«

»Welches Image?«, fragte Nikolai und prüfte die Spagetti auf Bissfestigkeit. »Brauchen noch ein bisschen.« Er rührte einmal um und schaltete eine Stufe zurück. »CPU, für christlich-prüde Union.«

»Der Name passt.«

»Bei denen gibt es Heteros, Schwule, Lesben, Bi's und sicher auch ein paar Transen, wie in den anderen Parteien.«

»Das würde dieser erzkonservative Verein nie zugeben, ihre Westen sollen weiß bleiben.«

»Können schwarze Politiker weiße Westen haben?«

»Stimmt auch wieder. Sie könnten sich umtaufen in DMU, Doppelmoral-Union.«

»Der war gut«, sagte Nikolai. »Hildebrand war doch nur ein kleines Licht, wahrscheinlich interessiert keine alte Sau, dass er auf Männlein und Weiblein stand.«

Kathi musste grinsen. ›Sau‹ kam selten über Nikolais Lippen und wäre einen Kalendereintrag wert, wie Grünbaums dreimaliges Fuck. »Das war noch nicht alles, ich war heute jobtechnisch hart an der Grenze.« Sie seufzte schwer und erzählte von Maysers Mobbingversuch.

»Diese fiese Sau!«, sagte Nikolai hinterher und sichtlich betroffen.

Zweimal Sau an einem Tag, dachte Kathi. *Der Kalendereintrag ist fällig.*

»An deiner Stelle hätte ich dasselbe gesagt, aber Ego-Trip?«

»Das war damals in München, nach der Sache mit Rainer, als ich mich in die Ausbildung zur Oberkommissarin gestürzt habe. Ich wollte Karriere machen – ohne Männer, von denen hatte ich die Schnauze voll. Als ich wieder nach Nürnberg kam, wurde es besser, aber dann haben sie mir zwei Schnösel an die Seite gestellt.«

»Ach deswegen ›verschleißen‹.«

»Ich kann nicht mit Leuten zusammenarbeiten, die eine Frau als Vorgesetzte nicht akzeptieren. Mit dem Andi klappt es super, auch mit den Youngstern, die nehmen mich wie ich bin. Nur wegen diesem blöden Politiker setzen sie uns das LKA vor die Nase, dann noch einen wie Mayser. Macht uns hintenrum nieder und spielt sich auf!«

»Gekränkte Eitelkeit, Kater, Midlife Crisis, Samenkoller.« Nikolai grinste. »Oder alles zusammen.«

»Ich hab ihn nicht das erste Mal abblitzen lassen, vor zehn Jahren in München schon einmal.«

»Wie dumm ist dieser Typ?«

»Ich hätte heute nicht so ausrasten dürfen, aber ich war so wütend!«

»Lieber so, als alles in sich reinzufressen. Was hat dein Chef gesagt.«

»Dass Mayser sich abkühlen soll.«

Nikolai goss die Spagetti ab und kippte sie in eine vorgewärmte Glasschüssel. »Und euer Präses?«

»Ich glaube, er weiß es nicht. Heute Vormittag war er noch nicht da, sonst wäre Mayser gleich zu ihm gerannt.«

Nikolai schüttelte den Kopf. »Wie im Kindergarten.«

»Das kannst du laut sagen.«

»Was könnte dir schlimmstenfalls passieren?«

»Mayser hat gedroht, mir ein Diszi anzuhängen.«

»Wegen der linken Bazille?«

»Ja, aber auch wegen testosterongesteuerter Revier-Sheriff, der nur markige Sprüche draufhat, sonst Scheiße im Hirn und Blei im Arsch!«

Nikolai gluckste. »Das hast du wirklich gesagt!«

»Ja.«

»Cool Cat!«

»Wenn er mir blöd kommt, zeige ich ihn an, ›psychisch labil‹ ist eine Beleidigung!«

»Dem wird der Zahn schon noch gezogen, ich glaube an die ausgleichende Gerechtigkeit.« Nikolai sah Kathi tief in die Augen und küsste sie. »Hey, das wird schon wieder, lass dir von dem das Wochenende nicht verderben. ›Niemand ist den Frauen gegenüber aggressiver und herablassender als ein Mann, der seiner Männlichkeit nicht ganz sicher ist‹.«

»Gut gesagt.«

»Das ist von Simone de Beauvoir.« Nikolai schaltete den Herd ab, damit die Bolognese-Soße nicht überkochte und rieb den Parmesan in ein Schälchen.

»Spitzenfrau! Sie hat vollkommen Recht. In der zweiten Besprechung bei Grünbaum war Mayser wieder handzahm. Vielleicht hatte er vorher einen Anschiss von seinem Chef kassiert. Aber ich bin trotzdem vorsichtig, er könnte schauspielern. Wenn er mit dem Diszi Ernst macht, schiebe ich Dienst nach Vorschrift oder schmeiße den ganzen Kram hin!«

»Nein, das machst du nicht, keins von beiden.« Nikolai nahm Kathis Hände und drückte sie sanft. »Ich kenne dich, du bist Bulle mit Leib und Seele. Das meine ich positiv.« Er küsste sie. »Jetzt essen wir, trinken ein Glas Roten, dann geht es dir wieder gut. Morgen koche ich dir auch wieder was Schönes und übermorgen und über-übermorgen.

TAUWETTER

Montag 20. Januar
Gegen Mittag trudelten endlich die Bewegungsprofile von der Mautbehörde ein, einschließlich Hildebrands. Kathi hoffte, dass man nicht daran herumgefummelt hatte, weil es gar so lang dauerte, eine Woche! Jetzt galt es über 2.500 Datensätze auszuwerten, beginnend von Juli 2024 bis heute. Teamwork!

Kurz nach sieben machte sie Feierabend, sie konnte keine Zahlen mehr sehen und der Kopf rauchte. Sie fuhr auf direktem Weg zum Boxtraining, um sich abzureagieren – Nachwehen vom Freitag. Bevor sie in den Ring stieg, malträtierte sie Sandsack und Punchingball. Sie stellte sich ein Bild von Mayser drauf vor und drosch mit voller Wucht drauf ein, arbeitete ihre Namensliste ab. Schlag eins. *Monaco-Sturmbandführer mit Nero-Napoleon-Attitüden.* Schlag zwei. *Despotischer Zenturio mit Mafiosi-Charme.* Schlag drei. *Testosterongesteuerter Revier-Sheriff.* Schlag vier. *Fluppen-Joe.* Schlag fünf. *Wer den zum Freund hat, braucht keine Feinde mehr.* Es folgten die Schläge sechs, sieben, acht. Nach Schlag neun machte sie eine kurze Pause, jetzt ging es ihr besser.

Mayser hatte seine Schmährede nur im Beisein von Niederreiter und Heinrich abgelassen und Scholz den Mitschnitt wie versprochen gelöscht. Kathi behielt ihre Kopie, fürs Erste. *Sandro wird sich in Zukunft überlegen, was er wo zu wem sagt.*

Durch sein großspuriges Auftreten eckte er im Präsidium bei vielen Kollegen an. Wer konnte, ging ihm aus dem Weg. Warum er sich am Freitag ausgerechnet über die abgehörte Beichte und den verschwundenen Waffenkoffer so aufgeregt hatte, konnte Kathi sich nicht erklären. Wahrscheinlich lag es daran, weil er nach Nürnberg abgestellt worden war. Kathi ärgerte die Sache mit Hoeks Koffer auch, aber weder sie noch ihre Leute konnten etwas dafür. Aus welchem Grund Pit ihn entnommen hatte, würde sein Geheimnis bleiben. *Wo ist dieser verdammte Koffer? Hat ihn der Killer noch? Sind noch mehr Leute in die Sache involviert? Mordet er weiter? Wie viel von dem Gift ist überhaupt noch übrig?* Kathi schob diese Gedanken in ein Unterfach ihres Gehirns. Sie war hier, um sich den Kopf frei zu boxen und ihr Sparringspartner wartete bereits.

Dienstag, 21. Januar, B-219

»Wir haben uns auf die Fahrten am Wochenende und am Abend konzentriert«, begann Angie die Präsentation der Auswertung der Bewegungsprofile. »Ich beginne mit den neueren Einträgen, den interessanteren. Ab 16. November stand Hildebrands Auto fast jedes Wochenende auf dem Parkplatz an der Tullnau, keine fünf Minuten zu Fuß zum Norikus.«

»Da schau her, damits ned so auffällt!«, meinte Andi.

Kathi nickte. »Da besuchte er Pit und Jessica.«

»Wie es aussieht, waren die beiden nie bei ihm«, fuhr Angie fort, »zumindest nicht nach den Bewegungsprofilen. Taxi können wir ausschließen. Es gab nur einige Fahrten in die Nähe von Hildebrands Wohnhaus in Erlenstegen, alle unter der Woche und tagsüber.«

»Und vor dem 16. November?«

»Hildebrand parkte fast jeden Samstag am Reitclub in der Stadenstraße, mal spätnachmittags, mal abends.«

»Wo ist diese Stadenstraße?«, fragte Mayser.

»Im Gewerbegebiet Schafhof, Nürnberg Nordost.«

»Reiten am Abend?«

»Ja, die haben eine große Halle«, sagte Angie. »Wir haben dort angerufen um nachzufragen, ob er ein eigenes Pferd besaß, aber die sind erst ab eins da. Vielleicht können wir uns das sparen.«

»Warum?«, fragte Mayser.

»In seinem Haus wurde keine Reitkleidung gefunden, keine Tierarztrechnungen oder Daueraufträge für den Mitgliedsbeitrag oder die Stallmiete. In seiner Münchner Wohnung auch nicht.«

»Was haben wir denn überhaupt dort gefunden?«, brummte Mayser. »Gar nichts!«

»Jedenfalls nicht Kompromittierendes«, sagte Kathi. »Er war vorsichtig, um sein Image nicht zu besudeln.«

»Vielleicht war er nur Gast im Reitclub«, meinte Andi.

»Wir glauben weder noch«, sagte Angie. Sie machte eine Pause, in der sie neue Bilder für die Pinnwand auswählte. »Rollner und Kleine parkten ab 3. August abwechselnd an jedem zweiten Wochenende in der Steiglehnerstraße, das ist um die Ecke vom Reitclub. Die Firma heißt Pferdebox.«

»Pferdebox?«

»Die verkaufen alles, was das Reiterherz begehrt.«

Kathi blickte skeptisch drein. »Die beiden sind doch nicht geritten!«

»Abwarten.« Stoll setzte ein Ich-weiß-was-was-du-nicht-weißt-Gesicht auf. »Reiten kann man auch woanders.«

Angie zwinkerte ihm zu. »Genau, jetzt wirds interessant, keine hundert Meter davon entfernt ist das Papillon, ein Swinger-Club, Adresse Otto-Kraus-Straße 12.«

»Oh my god!« Kathi rutschte ein Stück vom Stuhl herunter.

»Am 31. Oktober waren beide Autos dort, das von Rollner an der Pferdebox und Hildebrands beim Reitclub«, berichtete Angie weiter, »von halb acht bis kurz vor zwei Uhr morgens und die Woche drauf, am 9. November, an diesem Tag zum letzten Mal.«

»Das ist der Beweis, sie kennen sich aus dem Papillon!«, rief Kathi. »Es muss so sein!«

»Laut Veranstaltungskalender gabs eine Halloween-Party.«

»Was hab ich g'sachd?« Stoll triumphierte. »Und das mit dem Reiten stimmt auch, irgendwie, im Swingerclub meine ich.«

Ein wahrer Meister in Sachen Doppeldeutigkeiten. Kathi überlegte. »Rollner erst ab 3. August, hm ... Kann sein, dass sie vorher in anderen Swinger-Clubs unterwegs waren. Vielleicht sind sie dort mit ihrem Ex-Lover verkehrt.«

Das verleitete sogar Mayser zu einem Grinsen. »Ver-kehrt, im wahrsten Sinne des Wortes.«

Ah, wir sind heute mal keine Spaßbremse! Kathi blickte in die schmunzelnden Gesichter des gesamten Teams, die LKA-

Jungs eingeschlossen, ganz nach dem Motto ›Wenn der Chef Spaß hat, dürfen wir das auch‹.

»Fragt sich bloß, woher der Ex-Lover den Hildebrand gekannt hat und seit wann«, meinte Andi.

»Vielleicht war er an Halloween auch mit im Papillon«, sagte Kathi. »Bei einem Gang-Bang oder etwas Ähnlichem lernen Pit und Jessica Hildebrand kennen und der Ex-Lover kriegt das spitz, tataaaa! – So, jetzt kommt BATC ins Spiel. Gehen wir mal davon aus, dass sie Pit seit dem Tüyüc-Fall beobachten und so von seinen sexuellen Vorlieben erfahren hatten. Als er das Geld findet, bekommen sie es zunächst nicht mit, bemerken aber eine Veränderung an ihm. Vielleicht verhielt er sich verdächtig. Sie erpressen ihn, er beißt aber nicht an. Dann suchen sie sich einen im Präsidium, den sie kaufen können. Der klaut den Koffer und bringt Pit, Jessica und Hildebrand um. Wie damals bei Hoek werden alle potentiellen Mitwisser ausgeschaltet.«

Mayser verzog widerwillig das Gesicht, die Beteiligung des US-Konzerns schien ihm noch immer nicht in den Kram zu passen. »Dann steckt also doch BATC mit drin?«

»Ich will das nicht ganz ausschließen«, sagte Kathi. »Wir haben folgende Konstellationen: Den Ex-Lover als Killer im Auftrag von BATC, den Insider, der dem Profikiller zuspielt oder den Insider, der im Auftrag von BATC als Killer agiert. Hab ich was vergessen?« Sie sah in die schweigende Runde, die schließlich mit einem einstimmigen Kopfschütteln antwortete. »Zurück zum Ex-Lover. Wir müssen wohl oder übel zum Papillon fahren, das Personal dort befragen, zu wem Pit und Jessica Kontakt hatten.«

Kathi graute davor, sie hasste Ermittlungen im Sexkommerz-Milieu, zu denen sie auch Table-Dance-Bars, Swinger- und Sauna-Clubs zählte. Auch wenn sich deren Besitzer vom Rotlicht-Milieu abgrenzten, seriöser wirkten sie in ihren Augen nicht.

»Ich glaub, das kömmer uns sparen«, meinte Stoll. »Die sind ziemlich verschwiegen, was ihre Gäste angeht.«

»Verschwiegenheit ist hier fehl am Platz«, zischte Mayser. »Es geht um Mord!«

»Dann fahr halt du hin, Sandro«, erwiderte Kathi. »War doch früher dein Revier.«

Mayser strafte sie mit einem verächtlichen Blick, den Kathi an sich abprallen ließ.

»Also gut«, knurrte er. »Ich machs.«

Na, geht doch, dachte Kathi. »Wann haben die auf?«

»Donnerstag bis Sonntag, ab elf Uhr«, sagte Stoll.

»Vormittag?«, fragte Kathi.

»Ja, da gibts einen frivolen Brunch, der geht bis drei. Dann fängt die After-Work-Party an und ab sieben Uhr läuft das normale Programm. Poppen am laufenden Band halt.«

Kathi musste sich ein Grinsen verkneifen.

»Wer fährt mit?«, fragte Mayser.

Stoll hob unverzüglich die Hand. »Ich, wenns genehm ist.«

Ha, jetzt will ers wissen! Kathi schmunzelte.

»Ey, ned dass ihr des falsch versteht«, verteidigte sich Stoll. »Ich will da ned zuschauen! Ich steh ned auf so was. Ich bevorzuge Hausmannskost.«

»Was verstehst du unter Hausmannskost?«, fragte Angie augenzwinkernd.

»Muss ich das beschreiben?«

Kathi schmunzelte. »Ich denke bei Hausmannskost an Sechs auf Kraut oder an Schäuferla mit Kloß und Soß.«

Donnerstag, 23. Januar

Kathi verbrachte die Mittagspause in ihrem Büro. Andi war beim Zahnarzt, ein schon länger geplanter Termin, Stoll und Mayser auf dem Weg zum Papillon. Kathi genoss es, bei dem strömenden Regen nicht nach draußen zu müssen. Seit Stunden goss es wie aus Eimern und der Blick aus dem Fenster, hinauf zu den dunkelgrauen Wolkenbergen sagte ihr, es würde nicht so bald aufhören. Die warmen zwölf Grad, die das Wandthermometer anzeigte, relativierten das Ganze kein bisschen. Seit zwei Tagen taute es, im selben rasenden Tempo, wie es Anfang Januar kalt geworden war. Der krasse Wetterumschwung mit Gewittern, sturzflutähnlichen Regengüssen und milden Temperaturen machte gerade dem letzten Häufchen Schnee den Garaus. Im Radio meldeten sie überlaufende Gullis und unter Wasser stehende Keller im Stadtgebiet. In Kathis Nachbarschaft gab es, wie immer bei Starkregen, Hochwasser in der Unterführung in Zabo, zum Glück ohne Schaden bei Menschen und Fahrzeugen.

Verrücktes Wetter, am Samstagnachmittag waren Kathi und Nikolai bei minus zwei Grad und herrlichem Sonnenschein um den Wöhrder See gejoggt. Gewappnet mit extra dicken Socken, warmen Handschuhen, Mütze und der bewährten Cold Creme im Gesicht, ging es durch das Winterwunderland. Danach hatten sie sich eine extra große, leckere Holzofenpizza Quadro Stagione von Cesaré am Norikus gegönnt.

Eine Pizza wäre jetzt auch nicht schlecht. Kathi biss in ihre Butterbreze. Mehr gab es heute nicht, am Abend wollte sie kochen, eine Überraschung für Nikolai. Er musste morgen zu einer Physiker-Konferenz nach Wuhan fliegen. In der chinesischen Universitäts- und Industriestadt fand das alljährliche Physikertreffen statt. Vier Tage dauerte es, so lange waren sie noch nie getrennt. Zum Glück gab es VisuTel und die siebenstündige Zeitverschiebung würden sie auch managen.

Kathi trank einen Schluck Kaffee und beobachtete den Regen, der in Schlieren die Fensterscheiben hinunter rann, ein deprimierender Anblick. Sie drehte sich zur Pinnwand und studierte zum x-ten Mal Fotos und Daten. Bald schwirrten vor ihrem inneren Auge Spielkarten aller Farben und Giftpfeile. Sie seufzte. *Wo ist dieser verdammte Koffer? Sind noch mehr Leute in die Sache involviert? Mordet der Killer weiter bis zum Ass?*

Gegen halb zwei kehrten Stoll und Mayser zurück.

»Und, wie wars?«, fragte Kathi.

»Dort schauts aus wie in einem Edelpuff«, berichtete Stoll. »Weiße Ledersofas, gedämpftes Licht, Riesenspiegel mit Barock-Rahmen, Kronleuchter und eine geile Bar. Charly, die Besitzerin, und ein paar der Bedienungen ham alle drei Opfer auf den Fotos erkannt.«

»Warum jetzt erst, lesen die keine Zeitung?«

»Scheinbar«, sagte Mayser achselzuckend. »Rollner und Kleine waren entweder mit anderen Paaren oder einzelnen Herren zusammen, aber nie mit denselben.«

Stoll grinste. »Sie ham sich durchg'vög... « Er hielt inne. *Nein, des kannst jetzt ned bringen.* »Sie ham halt a paar durchprobiert und dann ist an Halloween ihr *Superman* zum ersten Mal aufkreuzt.«

Kathi zog eine Augenbraue hoch. »Superman?«

»Hildebrand trug an diesem Abend ein auffälliges, knappes Superman-Kostüm«, erklärte Mayser. »Am 9. November waren die drei zum letzten Mal dort.«

Kathi nickte. »Danach haben sie sich nur noch privat getroffen. Okay, dann hätten wir das.«

Nach Feierabend fuhr Kathi zu Il Nuraghe in der Inneren Laufer Gasse. Dort gab es die beste, frische Pasta in der Stadt. Sie entschied sich für Tagliatelle und nahm auch ein großes Stück Parmesan mit. Obwohl sie Nikolai erst um sieben Uhr erwartete, bereitete sie die Soße gleich vor. In die kalte Schlagsahne kamen feingeschnittene Kräuter, ein Hauch Knoblauch und frischer Zitronenabrieb zum Durchziehen. Erst kurz vor sieben erhitzte sie alles auf mittlerer Stufe, die Soße durfte nicht kochen, und setzte das Nudelwasser auf. Die Tagliatelle brauchten nur fünf Minuten. Nikolai war pünktlich, Überraschung gelungen. An diesem Donnerstagabend gab es kein Taekwondo, sondern leckeres Essen und Matratzensport.

EIN JOKER UND EIN ASS IM ÄRMEL

Dienstag, 28. Januar

Kathi wickelte Haarsträhnen um einen Zeigefinger, das half beim Nachdenken. In ihrem, nur von der Digi-Pinnwand erhellten, Büro betrachtete sie Fotos und Daten. Nachdem die anderen sich in den Feierabend verabschiedet hatten, war sie hierher zurückgekehrt. Sie hoffte, sich besser konzentrieren zu können als in B-219. Nach Hause wollte sie nicht fahren, allein würde ihr die Decke auf den Kopf fallen. Außerdem gingen ihr Details zu den Fällen im Kopf herum, die galt es zu sortieren. Seit den Erkenntnissen durch die Bewegungsprofile waren sie kaum weiter gekommen. Sehr ärgerlich, außerdem saß ihnen Knoll im Nacken.

»Ich will endlich Erfolge sehen!«, hatte er am Vormittag im Gruppenmeeting gebrüllt. »Erfolge, Erfolge, Erfolge!«

Kathi konnte nicht sagen, wodurch er mehr unter Druck stand, durch die Medien und somit der Öffentlichkeit, durch das LKA oder den Innenminister. Bei Letzterem womöglich wegen der Kosten für die Abstellung von Mayser und seinen Leuten. Sie ließ von den Haaren ab und widmete sich der Pinnwand. *Warum kommen wir nicht weiter, sehen wir den Wald vor Bäumen nicht?*

Nach einer Weile verschwammen Fotos und Texte vor ihren Augen. Sie schloss sie und fand sich mit drei fremden Männern in einem von Zigarettenrauch verqualmten Raum an einem Pokertisch sitzend wieder, wie in ihrem Traum letzte Nacht. Sie verlor ein Spiel nach dem anderen. Plötzlich spuckte der Kartenmischer seinen Inhalt unkontrolliert aus. Wie aus einer unendlichen Quelle verstreute er Tausende von Karten über Tisch und Spieler. Ein Windstoß erfasste die Karten und wirbelte sie, einem Tornado gleich und mit lautem Dröhnen, in die Höhe. Die drei Fremden ergriffen die Flucht, Kathi saß fest, als würde sie am Stuhl kleben. Jeder Versuch loszukommen, scheiterte. Als sie aufwachte, hatte ihre Hand instinktiv nach Nikolai getastet, doch der war im tausende Kilometer entfernten China.

Auch jetzt wünschte sie sich, er wäre hier. Dann würde sie alles liegen und stehen lassen und zu ihm in die Wohnung fahren, ihn abknutschen, sich in den Arm nehmen lassen und dann auf ihm einschlafen. *Schlafen, das wärs! Stunden, Tage, Wochen, Monate, am besten ein langer Liebesurlaub fernab von Mord und Totschlag, von nervenden LKA-Typen, dem Boss und den nörgelnden Medien, weil sich in Sachen Mord-aufklärung nichts tut. Mörderisch guten Sex haben, anstatt dem Mörder nachzujagen. China, pfffffff! Noch weiter weg gings nicht!*
Wenigstens hatte das Telefonieren über VisuTel geklappt, zum letzten Mal Sonntagmittag, als Nikolai stolz von seinem Vortrag an der Uni berichtete. Kein Lampenfieber, trotz der zweihundert Zuhörer. Kathi wunderte das nicht, bei Ultra-leichtmetall-Legierungen, den effektivsten Testmethoden und der Positronen-Annihilation war Nikolai in seinem Element. Von wegen ›Ich werde schon nervös, wenn ich in der Firma

eine Präsentation für eine Handvoll Kollegen machen muss‹. Das war einmal. *Jeder wächst mit seinen Aufgaben.*

Kathi sah auf die Uhr an der Pinnwand, 19:47. *Nur noch ein Tag, morgen um diese Zeit ist er wieder daheim.* Voller Vorfreude lehnte sie sich zurück. *In Wuhan ist es jetzt mitten in der Nacht. Niko wird tief schlafen. Hm, schlafen ... das wäre so schön. Ganz eng an ihn gekuschelt, mmmhhhh.* Sie gähnte und rieb sich die Augen. »Ich sollte lieber nach Hause fahren.« Sie warf noch einen Blick zur Pinnwand und blieb an einem Foto in der rechten Spalte hängen. Es zeigte Pit und Jessica, lächelnd, chic gekleidet, sie im blauen Cocktailkleid, er im dunklen Anzug mit Krawatte. Sie saßen an einem Tisch mit grünem Tischtuch. Angie hatte es, als eines der neuesten, ausgewählt.

In den letzten Wochen hatte Kathi x-mal draufgesehen, erst jetzt fiel ihr die Männerhand am rechten Bildrand auf. Sie hielt Pokerkarten. Die Blattfarbe konnte man nicht erkennen, aber die blaue Rückseite und das Hersteller-Logo: ASS. Am unteren Bildrand lagen aufgedeckte Karten und Jetons. *Das ist ein Spieltisch! Die Aufnahme wurde in einem Casino gemacht, deshalb die elegante Kleidung! Aber Pit und Jessi haben keine Karten in der Hand, hm ... Vielleicht saßen sie nur für ein Erinnerungsfoto dort.*

Kathi holte sich das Foto auf ihren Monitor. »Memo«, diktierte sie. »Zeitpunkt der Aufnahme und Location klären.« Sie markierte die Hand und zoomte sie auf doppelte Größe. Sie war dunkel behaart, sehr gepflegt und am Gelenk prangte eine ältere Rolex, eine Daytona in Stahl und Gold. Darunter lugte eine Tätowierung hervor, ein Kopf mit einer schwarz-roten

Mütze. *Könnte ein Harlekin sein.* »Gott, bin ich doof, das ist ein Joker! Das Blatt gibts beim Wildcard-Poker! Ist diese Hand das fehlende Puzzleteil? – Datenbankabfrage: Mann, Tätowierung rechtes Handgelenk, Joker, Harlekin, Gaukler, Narrenkappe.«

›11 RESULTS‹ prangte nach wenigen Minuten auf dem Monitor. Kathi vergrößerte den Bildausschnitt und verglich ihn mit den Fotos aller registrierten Täter mit Joker-Tattoos. Keines davon passte.

»Mist! Wir müssen die Studios hier in der Gegend befragen, wer so ein Tattoo gestochen haben könnte.« Kathi rieb sich die Schläfen und sah sich das Foto noch einmal an. *Wer bist du?* Sie zoomte die Hände näher heran und betrachtete die Vergrößerung. *Könnte er der Ex-Lover sein, warum sonst hätten sie das Bild zerschnitten? Das ist es! Er ist der Killer, deshalb hat er ihnen die Karten zugesteckt! Das passt zur Symbolik. Sie haben zu hoch gepokert! Und er arbeitet hier, sonst wäre er nicht in die Asservatenkammer gekommen.*

Kathi lehnte sich zurück. Die dunklen Haare an der Hand stachen ihr ins Auge. *Wer hat dunkle Haare?* Sie ging alle Kollegen im Geiste durch. *Der Stolli, Uli, Sandro ... zu ihm würde die Rolex passen! Hat er sich über das Verschwinden von Hoeks Koffer und die abgehörte Beichte nur aufgeregt, um abzulenken? Spielt er ein perfides Spiel mit uns, diese linke Bazille? Der Mann, der Hildebrand vor dem neuen Museum erschossen hatte, war etwa 1,90. Die Kameraperspektive könnte täuschen, plus-minus zwei bis drei Zentimeter wären auch möglich. Wer von unseren Leuten ist so groß und dunkelhaarig? Der Stolli, Uli und Sandro! – Allmächd! Hör auf, deine Fantasie geht mit dir durch! Sandro war am 2. Januar gar nicht hier. Oder doch? Vielleicht kannte er Pit und verschweigt es.* Hinter Kathis Stirn begann es zu rattern. *Pit könnte auf der Lohnliste von BATC gestanden haben und hat den Koffer für sie geklaut. Irgendwie findet er eine Spur zu den zwei Millionen. Sandro bekommt Wind davon, erpresst ihn und bringt ihn um, weil er nicht zahlen will, danach Jessica und Hildebrand. Oder Sandro arbeitet für die Amis ... holy crap! Vielleicht gibts doch keinen abgelegten Lover, keine gekränkte Eitelkeit, keine Eifersucht und keine Rache als Motiv, sondern nur die pure Geldgier, wie bei Tüyüc letzten Oktober? Aber Sandro ein Dreifachmörder? Wie krieg ich raus, ob er ein Tattoo auf dem Handgelenk hat? Ich kann ihn ja schlecht fragen.* Kathi seufzte, die Augen fielen ihr zu.

Das Klopfen an der Tür ließ sie hochfahren. Es war die Putzfrau mit dem Staubsauger. *Mist, ich bin eingeschlafen!* Sie sah auf die Uhr. *Kurz vor neun, schon so spät!*

»Soll ich später wiederkommen?«, fragte die Frau in der blauen Kittelschürze.

»Nein, bleiben Sie.« Kathi schaltete alle Geräte ab und schloss die Unterlagen weg. »Ich mache Schluss für heute.«

Bevor sie zu Bett ging, schrieb sie Nikolai noch eine Nachricht. ›Hi, Niko. Ich wünsche dir nen guten Heimflug. Du fehlst mir totaaaaaaaaal! Bis morgen Abend, I love you!‹

Mittwoch, 29. Januar

»Guten Morgen, Freunde von Rock FM!«, tönte es aus dem Radiowecker. Schweißnass fuhr Kathi im Bett hoch. »Es ist 6:30 Uhr. An alle, die aufstehen müssen: Raus aus den Federn! Heute mit den Red Hot Chili Peppers und Give it away, yeeeeeaahhhhhh!«

Kathi seufzte erleichtert. *Ich liege in meinem Bett, Gott sei Dank! Es war nur ein blöder Traum!* Wie bereits in der Nacht davor, hatte sie in einem verqualmten Raum am Pokertisch gesessen, dieses Mal nur mit Sandro Mayser. Als der Kartenmischer seinen Inhalt über den Tisch verstreute, versuchte sie zu fliehen. Mayser drückte sie mit Gewalt in den Stuhl, fesselte sie mit Handschellen an die Armlehnen und rannte laut lachend weg. Der Tornado ergriff Kathi und zog sie samt Stuhl in einem Strudel bis ganz nach oben. Gewaltige Kräfte zerrten an ihr, sie kam sich vor wie in einer Zentrifuge. Plötzlich herrschte Stille. Kathi blickte in das schwarze Auge des Sturms und fiel zurück auf den Boden. *Ich habe definitiv zu viel gearbeitet in den letzten Tagen, jetzt wiederholen sich schon meine Träume!*

»Give it away, Give it away, Give it away now ...«, plärrte Anthony Kiedis.

»Schnauze!« Kathi drückte den Aus-Knopf am Wecker. *Nicht so früh und nicht heute, erstmal duschen.*

Während des Frühstücks, heute mit extra starkem Kaffee, las sie Nikolais Antwort auf ihre Nachricht. ›Dankeschön, meine Süße. Du fehlst mir auch totaaaaaaaaal! Abflug in Wuhan war pünktlich. Bis später. I love you to-hooo!‹. Die Fotos, die er mitgeschickt hatte, zeigten eine Pagode in einem herrlichen Park, den Jangtsekiang bei Sonnenuntergang und ihn selbst mit Alexander Ikonen.

Kathi wollte die Fotos im Ordner ›Wuhan‹ bei den anderen vom Wochenende speichern, versehentlich landeten sie eine Reihe darüber, bei ›Weihnachtsfeier_2024‹. Beim Markieren der Bilder stach ihr das letzte von der Kripo-Weihnachtsfeier am 20. Dezember ins Auge. Sie tippte es zum Vergrößern an und grinste über die skurrile Szene. Sie erinnerte sich noch gut, nach dem Essen hatten einige Männer ihre Jacketts ausgezogen und die Ärmel hochgekrempelt, weil es ihnen warm geworden war, und sich mit Tannenzweigen über den Ohren und Kussmund ablichten lassen. Instinktiv sah Kathi auf deren Arme, dann machte es KLICK!

»Ach du Scheiße!« Sie ließ alles stehen und liegen und packte ihre Sachen zusammen.

Auf dem Weg ins Präsidium rief sie Sabine an.

»Hi, Kathi, was gibts so früh am Morgen?«

»Bitte checke die drei Spielkarten nochmal auf DNA und Fingerabdrücke. Jag sie durch alle Datenbanken, auch die internen.«

»Warum das?«

»Weil ich auf einem der privaten Fotos von Rollner etwas entdeckt habe und einen Verdacht ausschließen will.«

»Wir haben alle drei genau untersucht.«

»Trotzdem, bitte nochmal, auch an den Ecken. Ich hab da ein ganz komisches Gefühl.«

»Die Kathi und ihre komischen Gefühle. Okay ich machs.«

»Danke, Sabine. Egal was dabei rauskommt, die Info bitte erstmal nur an mich.«

Nach etwa einer Stunde in Hochspannung erschien Sabine mit dem Ergebnis in Kathis Büro. »Du hattest den richtigen Riecher, Kathi. Seine DNA ist an der Herz-Dame.«

»Verdammt! Er saß vor unserer Nase und war deshalb immer einen Schritt voraus.«

»Und sein Motiv?«

»Gier! Was sonst? Es ist immer dasselbe!« Kathi schüttelte den Kopf. »Aber ausgerechnet er, ein Dreifachmörder? Ich kann das nicht glauben. Und die DNA ist sicher seine?«

»100 Prozent sicher«, sagte Sabine.

»Du musst mit zu Grünbaum.«

»Oki-doki.«

»Ich besorge den Haftbefehl.«

»Was issn los?«, fragte Andi.

»Hol bitte die Youngster, um Mayser kümmere ich mich.«

»Das ist heut vielleicht eine trübe Suppe!«, brummte Andi beim Abbiegen in die neblige Voltastraße.

»So sieht er uns nicht gleich kommen«, sagte Kathi.

Die Sichtweite betrug höchstens zwanzig Meter. Aber die Infrarotkamera an der, über dem Straßenzug schwebenden, Multirotor-Drohne sendete scharfe Live-Bilder an die Datenbrillen. Jeder im Team trug sie heute, auch Kathi, die sich an das verhasste Ding erst wieder gewöhnen musste.

»Dort ist es, Nummer fünfundsechzig.« Sie zeigte auf den dreistöckigen Altbau mit dem netzverhüllten Baugerüst und dem Schutt-Container davor.

Andi fand einen Parkplatz an der Ecke, nur drei Häuser weiter, eine ideale Ausgangslage für ihre Aktion.

Kathi gab Andi ihr privates Handy. »Nimm du es.«

»Was soll ich damit?«

»Niko kommt heute gegen viertel acht mit dem Flieger aus Frankfurt und wird mich sicher gleich anrufen. Nur für alle Fälle, wenn das hier länger dauern sollte.«

»Weiß er was von deinem verrückten Plan?«

»Nein.«

»Ich hab gedacht, ihr sagt euch alles.«

»Das tun wir, aber keine Internas zu einem Einsatz!« *Er würde sich nur fürchterlich aufregen und sagen ›Du bist wahnsinnig, das nennt man das Lamm zur Schlachtbank führen‹.* Kathi wollte Nikolai nicht beunruhigen. Natürlich hätte sie ihm eine Nachricht schicken können. *Und wenn er sie liest, macht er sich Sorgen und ich muss ständig an ihn denken. Das lenkt nur ab. Nee, nee, nee, ich muss mich konzentrieren. Es ist gut so, Arbeit ist Arbeit. Punkt!* Ein schlechtes Gewissen hatte Kathi trotzdem. *Vielleicht ist alles schon gelaufen wenn er landet, danach rufe ich ihn an und fahre zu ihm in die Wohnung.* »Wird schon schief gehen.«

Andi konnte Kathis geplanten Alleingang noch immer nicht gutheißen. »Ich hoffe, du weißt, was du machst.«

»Ich hab doch euch und außerdem die neue Weste an.«

»Wenn ned, hätte ich sie dir eigenhändig angezogen. Steht dir gut.«

»Danke, ich fühle mich wie Batgirl und unverwundbar.«

Die neue Schutzweste aus karbonverstärkter Kevlar-Faser, mit halblangen Ärmeln und extra hohem Kragen saß wie angegossen. Unter der Lederjacke fiel sie kaum auf, leider war so die integrierte Bodycam nutzlos. Die der anderen im Team sollten reichen.

»Zu dir bassd Catwoman besser.«

Niko würde cool Cat sagen. Kathi lächelte, dankbar für die Auflockerung in dieser angespannten Situation. »Dann fahre ich mal meine Krallen aus.« Sie sah auf ihre Smartwatch. »Punkt 17:30 – Kathi an Team, ich gehe jetzt los.« Sie prüfte das volle Magazin ihrer Pistole, sicherte sie und steckte sie ins Holster zurück. Fest entschlossen, den Joker zu stellen stieg sie aus.

Im diffusen, durch den Nebel gespenstisch wirkenden, gelben Licht der Straßenlampen ging sie, an den Hauswänden entlang, bis zur 65. *Na dann, auf in die Höhle des Löwen,* dachte sie beim Aufschieben der schweren Haustür. Die Angeln quietschten, mangels Schmiere, so laut wie die eines Burgtors. Sie schloss auch nicht mehr dicht. Der schlechte Zustand des Gebäudes außen, ausgeblichene Farbe und teilweise abgeplatzter Putz, ließ auf denselben innen schließen.

Kathi machte sich auf den typischen, muffigen Geruch älterer Gebäude gefasst; ebenso auf Graffiti-Geschmiere im Treppenhaus oder andere Spuren von mutwilliger Zerstörung. Aber hier, nichts davon. Sie vernahm den frischen Duft von Pfefferminze und Orange. Im vierfarbigen Terrazzoboden, schwarz, weiß, grau und rostrot, hatte man die Risse kunstvoll ausgebessert. Die etwas ausgetreten Stufen der alten

Holztreppe glänzten frisch gebohnert. Das Bohnerwachs war die Quelle des Orangen-Pfefferminzdufts. Die Stufen knarrten hin und wieder auf dem Weg nach oben.

Alles wirkte sehr gepflegt und neu. Violette Irisbordüren zierten die frisch gestrichenen, pastellgrünen Wände, auch die hellgrau lackierten Wohnungstüren schienen die Werkstatt erst kürzlich verlassen zu haben. Die farbigen Glaseinlagen in Tiffany-Technik sahen frisch verlötet aus, Jugendstil vom Feinsten. Die Deckenleuchten stammten aus derselben Zeit. Bei den neuen, isolierverglasten Fenstern zum Hinterhof zollte man mit Irismotiven der Belle Epoque in Violett und Grün. *Luxussanierung wie überall, wenn die Fassade fertig ist, schießen die Mieten richtig in die Höhe.*

Nur noch zwei Treppen. Kathi atmete einmal tief durch und wollte gerade zur Waffe im Holster greifen, als sie einen Stich am rechten Oberschenkel verspürte. Sie sah gerade noch den grünen Puschel, bevor ihr Körper ihr seine Kraft versagte. *Scheiße, ein Giftpfeil!* Ihre Knie gaben nach. Vergeblich suchte sie Halt an der Wand, doch die puddingweichen Beine zwangen sie zu Boden. Bald spürte sie ihre Finger nicht mehr. Sie wollte nach Hilfe rufen, aber ihr Mund fühlte sich pelzig an, schlimmer als nach einer Betäubung beim Zahnarzt. Dann wurde es schwarz um sie.

Er war nur in seinen Keller gegangen, um ein paar Flaschen Bier für einen gemütlichen Fernsehabend zu holen. Als er die Treppe hochkam, hatte er ein Geräusch im Erdgeschoss vernommen und Kathi auf der Treppe entdeckt. *Scheiße, die will*

zu mir! Dann sind die anderen und die *LKA-Sheriffs auch ned weit.* Er kombinierte blitzschnell. *Der Anruf von Ott vorhin – der wollt wissen ob ich daheim bin. Diese scheinheilige Drecksau! Ich brauch meine Knarre!* Seine Dienstwaffe lag unter Verschluss, in seinem Fach im Präsidium. In einem Spezialsafe in seiner Wohnung bewahrte er einen 357er Colt Phyton auf, aber dorthin konnte er nicht. Er war zurück in den Keller gerannt, um Hoeks Koffer aus dem Versteck im Werkzeugschrank zu holen.

Er stand zwischen erstem und zweitem Stock, als er auf Kathi schoss. Sie taumelte und fiel. Dann musste er schnell handeln, wegen der Nachbarn. Zuschauer konnte er nicht gebrauchen. Er trug Kathi in den Keller. Dort zog er sie bis auf die Unterwäsche aus und durchsuchte sie nach Wanzen. *Da schau her, zwischen den Titten.* Er riss das Ding herunter. *Die hat garantiert noch eine.* Um sicher zu gehen, zog er ihr auch den BH aus und sah zwischen den Beinen nach. Slip und Socken ließ er ihr. Lederjacke, Schutzweste, T-Shirt und Jeans waren auch sauber. Im Schaft des linken Stiefels wurde er noch einmal fündig. *Ha! Ihr glaubt wohl, eure Tricks kenn ich ned!* Bei Smartwatch und Padfone machte er sich nicht die Mühe nach Wanzen zu suchen, das erledigte er mit dem Hammer. Weil er so viel weibliche Nacktheit nicht ertrug, zog er Kathi das T-Shirt wieder an und fesselte sie mit Kabelbindern an den alten, mit Kunstleder gepolsterten Metallrohrstuhl.

Im Waschhaus, zwei Türen weiter, warf er die Wanzen in den Gulli und positionierte sich mit Kathis Waffe an der Kellertür im Erdgeschoss. Nichts tat sich. Er öffnete die Haustür einen Spalt und spitzte hinaus. Das Netz am Gerüst und der

Nebel behinderten die Sicht. Angespannt wartete er, doch es rührte sich nichts. *Die sind wieder g'fahren, weil des Signal aus dem Kanal kommt.* Er grinste schadenfroh, wartete noch ein paar Minuten und kehrte in seinen Keller zurück.

Hat er mir jetzt das Licht ausgeknipst?, fragte sich Kathi. *Das Zeug führt binnen Sekunden zu Lähmungen und zum Herzstillstand, hat das Sternchen gesagt. Aber die anderen bekamen den Pfeil in den Hals. Was passiert, wenn man am Oberschenkel getroffen wird? Es dauert länger, bis das Gift im Blut zu Lunge und Herz transportiert wird. Vielleicht bin ich gerade in dieser Phase, bald schnürt es mir die Luft ab und ich ersticke.* Sie rang instinktiv nach Luft, begann zu hyperventilieren und versuchte sich zu konzentrieren. Aber ihr sonst so scharfer Verstand arbeitete gerade sehr langsam. *Nein, ich bin nicht tot, ich lebe noch. – Aber wo bin ich?*

Sie versuchte die Augen zu öffnen, aber ihre Lider waren so schwer, es ging nur langsam. Auch in den Gliedern ließ das Taubheitsgefühl nur allmählich nach. Sie konnte sich kaum bewegen, irgendetwas hielt sie fest. Sie fuhr sich mit der Zunge über die Zähne und schluckte einige Male, um den widerlichen, bitteren Geschmack im Mund loszuwerden. Als sie den Kopf anhob, sah sie Lichtblitze, die zu hellen Flecken wurden. *Scheinwerfer oder Sonne? – Nein, ich bin nicht im Freien!* Das grelle Kunstlicht der altmodischen Neonröhre an der Decke tat in ihren Augen weh, als sie sie langsam öffnete. Nach ein paar Mal blinzeln gewöhnte sie sich daran. Erst jetzt bemerkte sie, dass sie die Datenbrille nicht mehr trug. Sie saß an Händen und Füßen mit Kabelbindern gefesselt auf einem alten Metallrohrstuhl mit hölzernen Armlehnen. *Das träume ich doch, oder? Nicht schon wieder!*

Sie verspürte Schmerzen. Bei jeder Bewegung schnitten die Kabelbinder ins Fleisch der Handgelenke. An den Fesseln war es, dank der Sportsocken, nicht so schlimm. Sonst trug sie nur ihr langärmeliges T-Shirt und den Slip. *Nein, ich träume nicht! Sonst würde es nicht wehtun. Er hat mich ausgezogen, wegen der Wanzen. Den BH auch! Er schreckt vor nichts zurück! Hoffentlich hat er mich nicht überall angetatscht oder Schlimmeres! O Gott!* So hilflos und der Gewalt eines Menschen ausgesetzt, hatte sie sich noch nie gefühlt, außerdem fror sie. Sie entdeckte die leicht gerötete Einstichstelle an der Außenseite ihres rechten Oberschenkels. *Es war kein Gift, er hat mich nur betäubt.*

Allmählich kehrte wieder Gefühl in ihre Finger zurück und sie fragte sich, wie lange sie bereits hier war. Sie hatte kein Zeitgefühl und suchte nach ihrer Smartwatch. Die lag zertrümmert auf einem alten, mit Farbflecken übersäten Campingtisch, eine Armlänge von ihr entfernt. Daneben entdeckte sie ihr zerstörtes Padfone, die Dienstpistole, das zweite Magazin, einen Hammer, eine große MAGLITE-Stabtaschenlampe und einen Alukoffer. *Das ist der von Hoek!* Ihre Boots standen unter dem Tisch, Lederjacke, Waffenholster, Schutzveste und Jeans hingen über einem zweiten Stuhl, obendrauf drapiert ihr BH. Die Datenbrille konnte sie nirgends entdecken. *Die muss ich auf der Treppe verloren haben, als ich umgekippt bin, sonst hätte er sie aufgesetzt. Das fehlt gerade noch!* Kathi sah sich weiter um: penibel eingeräumte Regale mit Kunststoffboxen, Kartons und Dosen, ein Werkzeugschrank, ein Hartschalen-

Reisekoffer, ein Surfbrett, Bier- und Mineralwasserkästen, ein schmales, vergittertes Fenster über einer alten Kommode und zu ihren Füßen: Waschbetonboden.

Ich bin in einem Keller, wahrscheinlich in seinem. Sie atmete noch einmal tief durch, um sich besser konzentrieren zu können. Die Luft roch abgestanden.

»Hallo, Uli«, sagte sie, als dieser in ihr Blickfeld trat.

»Hallo, Kaddi.«

»Ist das dein Keller?«

»Erraten.«

»So, so, *dein* Keller«, wiederholte sie für das Einsatzteam, das mithörte. »Mein Padfone und die Smartwatch hättest du nicht kaputt machen müssen, alle wissen, dass ich zu dir wollte.«

»Du brauchst das Zeug eh nimmer. Die anderen Wanzen hab ich auch g'funden und im Waschhaus in den Gulli g'worfen. Sie sind unterwegs zur Kläranlage. Ich kenn mich ja ned aus mit der Fließgeschwindigkeit im Abwasserkanal, aber ich schätze, die werden grad den Plärrer passieren. Vielleicht suchen die werten Kollegen dort.« Er grinste.

Kathi schüttelte sich, angewidert vom Gedanken, von Uli angefasst worden zu sein. *Hoffentlich hat er die Situation nicht ausgenutzt und ... Nicht dran denken! Wenn ich nur wüsste, wie spät es ist.* Sie sah hinüber zum Kellerfenster. Draußen war es dunkel, wie zu Beginn der Operation. *Allzu lange kann ich noch nicht hier sein, sonst wäre der Zugriff längst erfolgt.* Sie seufzte erleichtert und mit Genugtuung. *Die andere Wanze findest du nie.*

Mittwoch, später Vormittag

Als sich der Verdacht gegen Uli erhärtet hatte, war schnelles Handeln angesagt gewesen: Mayser und Grünbaum informieren und ein Meeting einberufen.

»Du willst zu ihm in die Wohnung?«, fragte Mayser.

»Ja, er hat heute frei, passt doch.«

»Und wenn er nicht da ist?«

»Das kann man mit nem Anruf prüfen. Ott soll das machen, er kann ihn bitten, morgen früher ins Büro zu kommen, eine Besprechung mit Knoll und deinem Team oder sowas in der Art. Irgendeine Ausrede wird ihm schon einfallen.«

Andi blickte skeptisch drein. »Du allein zum Uli? Du spinnst doch!«

»Vielleicht kann ich ihn zum Aufgeben bewegen, wenn nicht, greift ihr ein.«

»Und wenn er den Braten riecht? Der kann sich doch denken, dass wir dir folgen.«

»Haben Sie sich das wirklich gut überlegt?« Grünbaum schmeckte Kathis Plan auch nicht. Er wägte noch immer ab, ob er das Okay geben sollte. »Er könnte Sie abknallen.«

»Soweit wird es nicht kommen. Ihr hört mit und schreitet ein. Wie viele Leute sind wir? Andi, Angie, Stolli, Clausi, die acht vom SEK und bei dir, Sandro?«

Er strich über sein Dreitagebart-Kinn. »Ich überlege grad, ob ich alle vier mitnehmen soll.«

»Ist deine Entscheidung«, sagte Kathi. »Wir brauchen so viel Unterstützung wie möglich, aber nur so viel wie nötig. Zu viele Köpfe erhöhen das Risiko, dass etwas durchsickert.«

»Dann nehme ich Niederreiter und Heinrich mit, Hasler und Weiss sollen hier im Präsidium die Stellung halten.«

»Gute Idee.« Kathi sah Grünbaum eindringlich an.

»Also gut, meinen Segen haben Sie.« Er kannte seine Top-Kommissarin. Sie hatte Blut geleckt und wollte ihre Fangzähne ins Fleisch des Killers bohren. »Sie lassen sich das eh nicht ausreden. Knoll wird mir die Hölle heiß machen, aber ich regle das.«

»Dann gemmers an«, sagte Mayser.

»Damit das klar ist«, Grünbaum hob oberlehrerhaft den rechten Zeigefinger, »ich will, dass Frau Starck auf Schritt und Tritt verfolgt wird!«

»Das wird eins A klappen«, sagte Mayser. »Wir verpassen ihr unser neuestes Spielzeug.«

»GPS-Tracking?«, fragte Kathi.

»Wir verwanzen Smartwatch und Padfone, kleben dir eine auf den Oberkörper und eine steckst du in deinen Stiefel.«

»Aber da sucht er doch zuerst!«

»Er darf alle finden«, sagte Mayser selbstsicher, »und von mir aus ins Klo spülen. Wir verpassen dir eine ›unsichtbare‹.«

»Wollt ihr mir eine ins Fleisch schießen?« Mit Kathi ging gerade die Phantasie durch. *Hättest du wohl gern!*

»Wir haben was ganz Schickes, einen Nano-GPS-Tracker, mit dem man auch Gespräche mithören kann. Das Neueste auf dem Markt. Er steckt in einer Kapsel, nicht größer als die Fischöl-Dinger aus der Apotheke und genauso einfach zu schlucken. Der Tracker hat eine Sende- und Empfangsleistung bis zwanzig Kilometer und die Batterie funktioniert zwölf Stunden nach Aktivierung. Leider hat er auch einen Nachteil.«

»Wusst ichs doch!«, meinte Kathi. »Und welchen?«

»Durch die spezielle, schwer verdauliche Umhüllung bleibt die Kapsel zehn Stunden in deinem Körper. Du könntest eine Verstopfung kriegen.«

»Scheiß drauf!« *Dann nehme ich danach halt ein Abführmittel. Wenn alles glatt über die Bühne geht, ist es das wert.* »Das Risiko gehe ich ein, aber rausfischen aus der Kloschüssel tu ich es nicht! Egal was so ein Ding kostet!«

Mayser lachte. »Musst du nicht, es funktioniert nur einmal. Und keine Sorge, wir hören alles mit und behalten dein Signal die ganze Zeit über im Auge. Aber riskier nix und provozier ihn nicht.«

Da schau her, das ist ja ein ganz neuer Zug an ihm, wunderte sich Kathi. *Sein Chef wird ihm gehörig den Marsch geblasen haben.* Seit dem Super-Gau-Freitag hatte Mayser sich sehr zurückhaltend benommen. Die Zusammenarbeit war etwas anstrengend, aber möglich gewesen. *Hoffentlich hat er was draus gelernt. Vielleicht will er es jetzt mit seinem Technik-Schnickschnack wieder gutmachen. Auf eine Entschuldigung werde ich wohl warten müssen. Solange nehme ich die ›linke Bazille‹ und den Rest auch nicht zurück.*

Andi zweifelte noch. »Wir müssen höllisch aufpassen, er darf uns ned durch die Lappen gehen.«

»Deshalb wird nichts dem Zufall überlassen«, beruhigte ihn Mayser. »Jeder hat seine Aufgabe, jeder kennt seinen Posten. Abfahrt für ›Operation Joker‹ ist um siebzehnhundert!«

Zehn Minuten davor schluckte Kathi die Kapsel. Mayser aktivierte den Tracker und kontrollierte das Signal.

Jetzt fixierte Mayser den unaufhörlich blinkenden, roten Punkt, der Kathis Aufenthaltsort anzeige. Außerdem ein grünes Signal im selben Koordinatenfeld, der Standort von Ulis Audi vor dem Haus. Beide Signale kamen sauber an, seit über zehn Minuten von unveränderter Position, auf den Meter genau. Den GPS-Tracker an Ulis Wagen hatte Mayser vorhin selbst angebracht, bevor er in den silberfarbenen Truck mit der Aufschrift ›Five Stars Racing‹ zurückgekehrt war.

Die acht Meter lange, rollende Kommandozentrale stand an der Kreuzung Siemens- und Voltastraße. Mit den von außen nicht erkennbaren Blindfenstern, dank dezenter Antennen und im Dachspoiler integrierter Satellitenschüssel ging das Gefährt als Luxus-Wohnmobil durch. Die Innenausstattung ließ das Herz jedes Geheimdienstlers höher schlagen: Funk und Abhör-Equipment vom Feinsten, vier Arbeitsplätze mit ausziehbaren Tastaturtischen, daneben vier fest installierte und zwei, per Knopfdruck zusätzlich ausfahrbare Monitore. Mit einem der Joysticks steuerte Niederreiter die Drohne mit der Infrarot-Kamera. Deren Einsatz war bei innerstädtischen Aktionen seit Jahren Standard. Sie waren leiser und billiger als ein kamerabestückter Hubschrauber und benötigten nur einen Quadratmeter zum Landen.

Clausen verfolgte das Geschehen auf dem großen Monitor am hinteren Ende. Heinrich saß, jederzeit abfahrbereit, am Steuer und bezog seine Informationen über die Datenbrille. Die Bilder wurden außerdem live ins Präsidium zu Grünbaum übertragen. Er konnte die Aktion von seinem Schreibtisch aus verfolgen und falls nötig, mit neuen Befehlen eingreifen.

Andi saß im Auto vor der Kneipe und beobachtete Straße und Bürgersteig. Zwei Streifenwagen sperrten die Zufahrt zur Voltastraße vom Süden. Angie und Stoll warteten in einem Zivilfahrzeug direkt vor Ulis Haus, die SEK-Leute in ihrem Bus in der Hofeinfahrt schräg gegenüber. Drei Häuser weiter nördlich, in der Siemensstraße, blockierten zwei weitere Streifenwagen die Zufahrt zur Voltastraße aus nördlicher Richtung. Alle möglichen Fluchtwege waren abgeschnitten.

»Wie lange war ich weg?«, fragte Kathi.

»Knapp zehn Minuten«, antwortete Uli.

»Nur zehn Minuten?« *Gott sei Dank!* Sie rechnete nach. *Dann müsste es jetzt etwa viertel vor sechs sein.* Erleichtert atmete sie auf. Die Hülle der Kapsel war nicht einmal angedaut. Aber angesichts der Gänsehaut an ihren Beinen würde sie bald ein Eisblock sein. Uli zu bitten ihr die Jacke zu geben, konnte sie sich sparen. *Das Schwein will mich quälen!* Sie wurde den Gedanken nicht los, von ihm missbraucht worden zu sein. Auch wenn er sie nicht vergewaltigt hatte, mit den Fingern kann man auch widerliche Sachen mit einer bewusstlosen Frau anstellen. *Brrrrrrr!* Ein kalter Schauer durchlief ihren Körper. *Wie lange kann ich es hier noch aushalten, eine halbe Stunde, länger? Nein, länger darf das Ganze hier nicht dauern!*

Trotz dieser Widrigkeiten bereute Kathi nichts, auch wenn ihr Plan etwas anderes vorgesehen hatte. Sie lauschte, hörte aber keine verdächtigen Geräusche von draußen. Demnach hatte Sandro das Signal für den Zugriff noch nicht gegeben oder wieder zurückgenommen, als man ihre und Ulis Stimme registrierte. Ihre kurze Bewusstlosigkeit war ein Risiko gewesen. ›Wenn ihr einige Zeit nichts von mir hört, wartet noch‹, hatte sie zu Mayser gesagt. ›Kann sein, dass ich nicht laut reden kann.‹

Sandro hat nicht überreagiert, gut. Kathi fühlte sich relativ sicher. Durch den Tracker kannte man ihren Aufenthaltsort. Sie vertraute auf einen weiteren Joker, einen Ortungschip, der im Talon-Griff ihrer Dienstpistole steckte.

Kathi studierte Uli, die Ruhe in Person. »Du bist dir deiner Sache sicher, oder?«

»Logisch, alle verfolgen das Signal der Wanzen.«

»Und wenn sie ein zweites Team herschicken?«

»Das wird dauern, da bin ich längst weg. Im Waschhaus geht eine Tür in den Hinterhof. Von da komm ich auf die andere Seite.«

»In die Gabelsberger Straße?«

»Ja, du kennst dich gut aus.«

Mal sehen, ob ich ihm mehr entlocken kann.

»Wie bist du mir draufkommen?«, fragte Uli plötzlich. »Des tät mich schon interessiern.«

»Durch ein Foto von Pit und Jessi in einem Casino. Deine Hände waren am Bildrand zu sehen, mit Pokerkarten und dem Joker-Tattoo. Ich wusste nicht gleich wer es ist, aber auf einem der Fotos von der Weihnachtsfeier bist du ganz drauf. Von wegen nicht spielen, du hast mich angelogen und ich hab mich gefragt, warum.«

»Hast gute Augen«, meinte Uli anerkennend.

»Bist also ein Spieler.«

»Naja, ned direkt.«

»Was sollten die Karten bei Pit, Jessica und Hildebrand?«

»Da bist richtig gelegen.«

»Also bedeuteten sie ›Zu hoch gepokert‹.«

Uli nickte.

»Und dein Tattoo? Warum ein Joker?«

»Ach, des hab ich schon lang, fünfzehn Jahre. Im Leben braucht man immer einen Joker.«

»Dann wirds dich freuen zu hören, dass diese Operation unter dem Namen ›Joker‹ läuft.«

»Wie nett! Hat sich das der Mayser einfallen lassen?«

»Richtig.«

»Der Mayser vom Pseudo-FBI, Mister Besserwisser.«

Und du hältst dich für superschlau, dachte Kathi.

»Aber mein Tattoo kanns ned allein g'wesen sein, oder?«, fragte Uli.

»Ich hab die Spielkarten nochmal auf DNA prüfen lassen, auf der Herz-Dame war deine.«

»Hä, wie des? Ich hab doch Handschuh ang'habt.« Das schien Uli zu verunsichern. Er versuchte sich zu erinnern, wie das passiert sein könnte. *War da ein Loch drin?*

»Vielleicht hast du die Karte mit dem Mund gehalten, bevor du sie Jessi in den BH gesteckt hast.«

»Scheiße!«, fluchte Uli leise.

Das dachte ich mir. Kathi wäre am liebsten aufgesprungen und hätte Tschaka gerufen. »Jeder Mörder macht irgendwann einen Fehler. – Warum hast du Pit und Jessi umgebracht? Ihr wart doch gut befreundet.«

»Das war einmal. Ich kanns ned leiden wenn ich angelogen werd, außerdem ist der Pit immer protziger geworden.«

»Das sagst gerade du mit deiner Rolex.«

»Die ist uralt, beim Pit ist es nur noch um Geld gegangen. Kaufen, kaufen, kaufen, Klamotten, Schmuck, Fernseher, Stereoanlage, Möbel und alle zwei Jahre ein neues Auto.«

»Er verdiente ja nicht schlecht und du auch nicht.«

»Aber ich muss der Chris was zahlen, der alten Pritschn! Aussaugen tut die mich! Wegen der hab ich unser Haus verkaufen müssen, für das ich mir jeden Cent vom Mund abg'spart hab. Damit sich die Madam von ihrem Geld Klamotten und Schuh hat kaufen können. Warum sind wir wohl nie weit weg in Urlaub g'fahrn?«

»Wozu ein Haus? Eine Wohnung reicht auch, siehe Pit und Jessica.«

»Jeder kann machen was er will.«

»Wenn er sichs leisten kann. Schuster bleib bei deinen Leisten, hat meine Oma immer gesagt. Du wolltest mit dem Haus nur protzen.«

»Ein Mann muss seiner Frau was bieten können.«

»Die Chris wollte scheinbar was anderes geboten kriegen. Hat sie sich deshalb mit dem anderen Typen eingelassen?«

»Halts Maul!«, bellte Uli sie an. »Was weißt denn du!« Er ließ die zwei Schlösser von Hoeks Koffer hochschnappen.

Beim Anblick von Pfeilen, Phiolen und Blasrohr im grauen Schaumstoff zuckte Kathi zusammen. *Scheiße, jetzt hab ich ihn zu sehr provoziert! Ich muss ihn ablenken.* »Wie hast du den aus der Asservatenkammer geschmuggelt?«

»Ha! Das war total easy, in einem Karton mit Akten. Der Trottel an der Ausgabe hat nicht mal reing'schaut. Er hat mir erzählt wie er sich auf seine Pension freut.«

»Wie bist du an Pits Ausweis gekommen?«

»Ich hab meinen vorgezeigt und die Unterschrift g'fälscht.«

Ich hatte beinahe recht, dachte Kathi, sich an ihre Worte erinnernd: ›Der Ex-Lover arbeitet hier, bekommt Wind von Rollners Millionenfund und erpresst ihn, er fälscht seine Unterschrift, um Hoeks Waffenkoffer zu holen‹. *Beim Ex-Lover lag ich falsch, sonst nicht.*

»Seit man dort digital unterschreiben muss, schaut keiner mehr genau hin, Glück für mich«, sagte Uli. »Im Büro hab ich den Koffer in eine Plastiktüte g'steckt und in meinen Schrank g'stellt. Der Pit war grad ned da.«

»Und warum hast du ihn mitgenommen?«

»Keine Ahnung. Ich hab die Akten durchsucht, wegen einem Hinweis auf das Geld. Mich hat der Verdacht nimmer losgelassen, dass der Pit die zwei Mio doch g'funden haben könnte. Der Koffer stand zwischen den Kartons. Ich weiß nimmer, was mich geritten hat. Daheim hab ich die Pistole ausprobiert, mit einem leeren Pfeil. Ich wollte halt wissen wie die funktioniert.« Uli nahm einen gefüllten Pfeil mit rotem Puschel heraus und strich beinahe zärtlich darüber. »Aber dieses Gift, das ist ein geiles Zeug. Du schießt und hörst fast nix. Sssssssst! Dann zuckt der andere und kippt um, Exitus! Du wirst es erleben, ganz kurz, nach ein paar Sekunden ist es aus«, sagte er, es sichtlich genießend. »Ist schon eine Krux, wenn ein Kriminaler stirbt wie die Opfer des Killers.«

Blöder Arsch! Die Giftpfeile waren eine unberechenbare Größe in Kathis Plan. Jetzt, direkt damit konfrontiert, bekam sie Angst.

»Da hilft dir kein Taekwondo und kein Boxen. Hi! Hu! Ha!« Uli vollzog eine lächerliche Mischung aus Angriffs- und Abwehrpose, dann legte er den Pfeil in die Waffe und fixierte Kathi mit eingefrorenem Lächeln.

Dir wird das blöde Grinsen auch noch vergehen. Sie verdrängte ihre Angst und konzentrierte sich auf ihren Plan. *Es muss funktionieren, es muss, es muss, es muss!* »Lass mich nicht dumm sterben, Uli«, sagte sie kaltschnäuzig. »Erzähl mir, wie du die drei umgelegt hast.« *Mal sehen ob er drauf eingeht. Vielleicht hab ich ja Glück und kann ihn bei seiner Eitelkeit packen, wie Hoek damals. Heute hören auch andere zu.*

»Naja, bei einer alten Kollegin wie dir, kann ich schon eine Ausnahme machen.«

»Kathi, du bist Spitze!«, sagte Mayser im Truck und ballte vor Freude die Linke zur Faust.

Clausen spitzte die Ohren. *War das ein Kompliment? Sieh einer an, unser Marshal kann auch anders.*

»Achtung, an alle Player«, sagte Mayser ins Mikrofon. »Team Five Stars schneidet mit. Aufpassen, was er sagt, bis Kathi das Stichwort nennt. Das Kommando für den Zugriff gebe ich.«

»Ang'fangen hats in der Woche nach Nikolaus«, begann Uli. »Da hat Pit eine Bemerkung fallen lassen, dass er mit der Jessi einen langen Urlaub machen will, Hawaii, Bora-Bora, Südsee oder gleich ein Jahr frei nehmen.«

»Ein Sabbatical?«

»Ja. Woher er des Geld hat, hab ich ihn g'fragt, ob er im Lotto gewonnen hätte. Nein, hat er g'sagt, angeblich hams g'spart.«

»Das hast du ihm nicht geglaubt.«

Uli schüttelte den Kopf. »Ned bei seinem Lebensstil. Ich hab g'wusst, dass er lügt. Dann sind mir die zwei Mio vom Tüyüc eing'falln.«

»Hast du ihn drauf angesprochen?«

»Da noch ned, ich wollt erst nachprüfen, ob er Infos unterschlagen hat oder so. Ich hab mir die Akten ang'schaut, aber nix g'funden. Mir ist das Ganze spanisch vorkommen, weil wir in den Ermittlungen festgesteckt sind. Meine Überwachung in ihrem Schlafzimmer hat auch nix gebracht.«

»*Du* hattest es verwanzt!«

»Ja, und alles g'filmt.«

»Wann hast du das Zeug installiert?«

»Am 18. Dezember, da warens im Theater.«

»Wie bist du in die Wohnung gekommen?«

»Mit einem Nachschlüssel. Am Samstag davor, beim Plätzl backen, hab ich einen Abdruck g'macht. Ohne Codekarte stellt der Mister Minit keine Fragen.«

»Wo waren die Wanzen und die Kamera?«

»Eine am Fernseher, eine am Kleiderschrank und eine am Betthimmel, die Kamera in der Lampe überm Bett.«

»Mit der allerbesten Sicht auf die Spielwiese.«

»Ich hab halt dacht, im Bett quatschen viele.«

»Bist du so auf den Hildebrand gekommen?«, fragte Kathi.

»Ja, zuerst hab ich ned g'wusst, wer er war. Auf dem Film hat man ihn schlecht erkannt. Der Pit und die Jessi ham ihn nur Emm-Tschay g'nannt, ihren Superlover mit dem Sixpack und dem Riesenpimmel. Ich bin wirklich ned prüde, aber die drei hätten in einem Porno mitspielen können. Unter der Woche ham der Pit und die Jessi zwei- bis dreimal Sex g'habt, Missionar und Doggy. Am Wochenende war der Emm-Tschay da. Zuerst hams einen Porno g'schaut, dann das Sexspielzeug aus der Schublade geholt, Handschellen, Reitgerte und so. Gerammelt hams wie die Karniggel. Alle Löcher sind gestopft worden.«

So genau wollte ich es nicht wissen, dachte Kathi augenrollend. »Jeder nach seinem Gusto.«

»Perverse Arschficker.«

Und du hast zugesehen, fragt sich, wer hier der Perverse ist. Kathi beobachtete Ulis Mimik, die sie als angespannt-selbstsicher einstufte. *Ich möchte nicht wissen, wie oft du dir die Filmchen reingezogen hast.* »Das war Pits Schwachstelle, damit hast du ihn erpresst.«

»Am 2. Januar hab ich ihm g'sagt, ich wüsste, dass er die zwei Mio vom Tüyüc hat.«

»Aber das hast du nur vermutet.«

»Ja, ich wollt ihn provozieren. An seiner Reaktion hab ich bemerkt, dass er das Geld hat oder zumindest weiß wo's ist. Ich wollt die Hälfte, sonst würd ich seine Bettgeschichten ausplaudern. Er ist erschrocken, aber trotzdem ned drauf eingegangen. Mittags ist er außer Haus, ich konnte ihm nur schlecht nach. Ich weiß ned wo er g'wesen ist. Als er zurück war, hat er g'sagt ›An das Geld kommst du nicht mehr‹.«

Uli hat es nicht, sonst wäre ich nicht hier, dachte Kathi. *Verdammt, wo ist das Geld?*

»Wenn ich da schon g'wusst hätt, dass Hildebrand sein Lover ist, hätte ich ein besseres Druckmittel g'habt.«

»Was hast du nach dem Gespräch mit Pit gemacht?«

»Ich bin heimg'fahren und hab das schicke Teil hier g'holt«, er wedelte mit Hoeks Pistole vor Kathis Nase.

»Ich weiß, deine Kopfschmerzen.«

»Alle habens geglaubt.«

»Du wolltest ihn also nochmal zur Rede stellen. Und wenn er nicht drauf eingeht, ihn erschießen, damit er dich nicht verpfeifen kann. Natürlich nicht mit deiner eigenen Waffe.«

»Ich bin ja ned blöd.«

»Warum die von Hoek? Du hättest dir eine andere, nicht registrierte, besorgen können.«

»Ich hab das Ding ja eh g'habt, außerdem würde der Verdacht zuerst auf BATC fallen, die wieder einen Profikiller beauftragt ham.« Uli grinste breit. »Hat funktioniert.«

»Woher wusstest du, wann Pit Feierabend macht?«

»Des war g'schätzt. Er geht ja selten vor sieben Uhr, wenn die Jessi Nachtschicht hat. Ich bin um sechse mit der U-Bahn zum Weißen Turm g'fahrn.«

»Damit dein Auto nicht getrackt werden kann.«

»Genau, dann bin ich zu uns ins Parkhaus und hab zur Sicherheit nachg'schaut, ob sein Auto noch da ist.«

»Wo hast du auf ihn gewartet?«

»Auf der Bank vorm Haupteingang. Unter dem Baum ist es dunkel und kalt wars auch noch ned. Um halb acht ist er gemütlich rausspaziert kommen und ich bin ihm g'folgt. Als er in die Breite Gasse ist, war ich sicher, der kommt wieder, wegen seim Auto.«

Donnerstag, 2. Januar 2024, 19:54 Uhr, Ehekarussell
»Was willst du von mir?«, fragte Pit Rollner scharf, als Uli sich ihm in den Weg stellte.

»Das weißt du genau.«

»Ich hab doch gesagt, dass ich das Geld nicht mehr hab.«

»Lüg mich ned an!«, herrschte Uli ihn an. »Sags oder ich stell morgen die Filmchen aus eurem Schlafzimmer online, mit Bild und Ton, Eins-A-Qualität.«

»Dann machs halt.«

»Ist dir das ned peinlich?«

»Nein.«

»Dann kommt des mit eurem Emm-Tschay raus.«

»Ist mir scheißegal, privat kann jeder machen was er will. An das Geld kommst du jedenfalls nicht mehr ran!«

»Dann muss ich die Jessi fragen.«

»Die weiß nichts.«

»Vielleicht muss ich sie ein bisserl foltern. Ihr habts ja das passende Equipment in eurer Kommode. Einen Schlüssel für die Wohnung hab ich.«

»Wehe, wenn du's wagst!«, ging Rollner Uli harsch an.

»Von dir lass ich mir nix verbieten!«

Kathi sah Ulis Schilderung wie einen Film vor sich ablaufen. »Du warst in Rage und hast ihn erschossen.«

»Ich hab g'wusst, der zahlt ned. Darum hab ich nimmer diskutiert.«

»Ohne eine Spur zum Geld zu haben, verstehe ich nicht!«

»War ja noch die Jessi da.«

»Aber sie wusste es nicht.«

»Das wusste ich leider ned. Aber egal, die hätte alles ausgeplaudert, ned nur bei ihrem Pfaffen. Dann wär ich am Arsch g'wesen.«

Das bist du aber jetzt, Freundchen. »War der Platz unter dem Ehefelsen Absicht?«

»Eigentlich ned, es hat halt grad bassd. – Ihr habts euch ganz schön verarschen lassen. ›Eure Ehekarussell-Symbolik, bis der Tod euch scheidet‹, dass ich ned lach! Ha, ha, ha!« Kathi zu verhöhnen, machte ihm sichtlich Spaß.

»Glück für dich, dass kaum Leute unterwegs waren und dich die Überwachungskameras nicht erfasst haben.«

»Ich weiß doch wo die sind.«

»Warum lag die Spielkarte unter Pit?«

»Ich habs ihm in den Ärmel gesteckt g'habt. Die muss rausg'fallen sein, als ich ihn unter den Felsen g'schoben hab.«

»Dann bist du zum Norikus gefahren.«

»Richtig, mit der U-Bahn bis zum Hauptbahnhof und von dort weiter mit der Straßenbahn.«

Kathi erinnerte sich an das Gespräch mit Uli in Rollners Wohnung, als es darum ging, wie der Täter hergekommen sein könnte. *Die Straßenbahn war ein Wink mit dem Zaunpfahl.* Sie hatten es diskutiert und wieder verworfen, weil auf den Videos der VAG nichts zu erkennen war. *Shit!*

»Ich hab dir ja einen Tipp gegeben«, sagte Uli mit einem Ätsch-Ausdruck im Gesicht.

Kathi lächelte gequält. *Blöder Arsch!* »Dann bist du in die Wohnung und hast auf Jessica gewartet.«

»Vorher hab ich von Pits Handy die Nachricht geschickt.«

»Wann hast du das Abhör-Equipment wieder entfernt?«

»In der Nacht, war doch genug Zeit.«

Verdammt, und ich lasse ihn in der Wohnung auch noch herumlaufen! Ich dumme Kuh! Kathis Trost, er hatte alle zum Narren *gehalten. Dank des zurückgesetzten Passworts hatte er sich die Dateien auf Pits PC im Büro ansehen können, aber scheinbar nichts gefunden – so dumm war Pit nicht, dort etwas zu speichern. Aber als Insider war Uli über alles bestens informiert und immer einen Schritt voraus. Du musst dir keine Vorwürfe machen. Woher hättest du wissen sollen, dass ein Kollege, den du glaubst gut zu kennen, ein Mann mit zwei Gesichtern ist.*

»Ich hab mich später fast kaputtg'lacht, weil du mir meine Show abgekauft hast.« Uli imitierte sich selbst. »Ich hab ja ned wissen können, dass ... hu hu hu ... mir geht des so nach, zuerst der Pit und dann die Jessi, furchtbar!«

»Ist okay, war ganz gut gespielt.« Kathi würde ihm jetzt am liebsten an die Gurgel gehen.

»Gut gespielt? Das war Method Acting! Ich hab euch alle richtig verarscht.«

Kathi musste an sein Läuten, Klopfen und Rufen an der Wohnungstür denken, obwohl er wusste, dass Jessica tot war. *Du fiese Ratte!* »Hast du nachts in der Wohnung nach Hinweisen auf das Geld gesucht?«

»Ja, aber nix gefunden. Als es um zehne rum zum Schneien angefangen hat, hab ich dacht, ich spinn. Das verwischt am Ehekarussel alle Spuren. Besser hätte es ned kommen können. Bevor ich mich im Wohnzimmer zum Schlafen aufs Sofa gelegt hab, hab ich Pits Handy nach Namen und Nummern durchforscht und die vom Emm-Tschay g'funden.«

»Warum hast du ihn erst am Freitag angerufen?«

»Ich wollt erst mit der Jessi reden.«

3. Januar, 6:44 Uhr, Wohnung Rollner/Kleine

»Scheißwetter!«, fluchte Jessica und schloss die Wohnungstür auf, ging aber noch nicht hinein. Sie hängte ihre Handtasche an den Knauf, zog ihre Stiefel auf dem Abstreifer aus und machte einen großen Schritt in den Flur. Dann drehte sie sich um und klopfte die Stiefel über dem Abstreifer sorgfältig ab. »Dieser blöde Splitt!« Sie schulterte ihre Handtasche und trug die Stiefel zur Garderobe, um sie dort in die Abtropfschale zu stellen.

Sie schloss die Tür, sperrte aber nicht ab. »Schatz, bist du schon auf?«, fragte sie in Richtung Wohnzimmer, aus dem sie ein Geräusch vernahm. Sie stellte ihre Handtasche auf die Kommode und legte ihr Handy daneben.

»Ja«, hörte sie eine dumpfe Männerstimme sagen.

»Ich hab deine Nachricht gestern Abend gelesen«, sagte sie, während sie ihre Jacke auszog und an den Haken hängte. »Was hast du mit dem Geld gemacht?«

»Ich dachte, *du* weißt es«, sagte Uli, als er in den Flur trat und mit einer silbrig glänzenden Waffe auf Jessica zielte.

»Was machst du hier? Wo ist Pit? – Pit bist du da?«

»Nein, dein Pit ist ned da.«

»Wie kommst du hier rein?« Sie trat einen Schritt zurück.

»Ist doch wurscht. Wo ist das Geld?«

»Du hast Pit erpresst, oder? – Los sags!«

»Er ist zu gierig g'worden.«

»Wo ist Pit?«

»Wo ist das Geld?«

»Ich weiß es nicht, Herrgott! Er hats zurückgegeben.«

»Lüg ned!«

»Ich lüg nicht! Er hat gesagt, dass er das Richtige damit getan hat, aber ich weiß nicht was!« Jetzt erst entdeckte Jessica Ulis Latexhandschuhe und erstarrte zur Salzsäule. »H-hast d-du dem Pit was angetan?«

»Ich frag jetzt zum letzten Mal, wo ist das Geld?«

»Du kannst mich mal, Uli! Ich ruf jetzt die Polizei!«

»Die ist schon da.«

Mit einem Satz war Jessica an der Kommode, bekam ihr Handy aber nicht zu fassen, weil sie auf dem Parkettboden ausglitt und fiel. In panischer Angst versuchte sie, auf den Knien rutschend, nach dem Handy zu greifen. »Wenn du schießt, hört das hier jeder!«, warnte sie Uli.

Er kam näher. »Das hört keiner, wie bei Pit gestern.«

Die nackte Angst stand Jessica ins Gesicht geschrieben. »Du Mörd... !«

Der Giftpfeil bohrte sich in ihren Hals.

»Du hast den Pfeil entfernt und sie so hingelegt, wie ich sie später gefunden habe«, sagte Kathi.

»Ja, ein Künstler inszeniert sei Werk«, antwortete Uli in einem Anflug von Snobismus.

»Ich nenne das Größenwahn.«

Uli lachte verächtlich.

Du wirst schon sehen, wie weit du kommst, du mordendes Kollegenschwein! »Dann hast du die Herz-Dame Jessica in den BH gesteckt.«

»Richtig.«

»Du hättest die Karte nicht mit dem Mund halten sollen.«

Uli zuckte mit den Schultern. »Ist jetzt auch wurscht.«

»Du musstet die zwei Millionen abschreiben und wolltest trotzdem absahnen.«

»Richtig.«

»Und deshalb hast du Hildebrand kontaktiert.«

»Ja, aber das war ein bisserl verzwickt, ich hab ja nur seinen Spitznamen gekannt.«

3. Januar, 19:44 Uhr, Wohnung Uli Sauer

Er fragte sich seit Dezember, wer dieser Emm-Tschay auf den Filmen sein könnte. Im roten Dämmerlicht, bei dem die Sex-spielchen stattfanden, war er nicht gut zu erkennen.

»Emm-Tschay, Emm-Tschay«, murmelte er vor sich hin. »Das könnte eine Abkürzung sein ... Nein, das sind Initialen! Emm-Tschay ist Englisch für Emm und Jot!«

Er steckte die Sim-Karte aus Pits Handy in eines seiner aus-rangierten Modelle. Er hatte auch den Akku entnommen, da-mit man es nicht orten konnte. Schließlich fand er Emm-Tschays Telefonnummer bei den gespeicherten Kontakten unter dem Kürzel M-J.

›Hallo, M-J, wie gehts dir?‹, schrieb Uli im Messenger.

Keine fünf Minuten später kam die Antwort. ›Na, ihr zwei Hübschen, ihr könnt es wohl nicht mehr erwarten. Heute schon Lust auf heißen XXX?‹.

Uli freute sich. *Ha, es funktioniert!. Er kennt die Nummer. Heißer XXX ... tssss ... scheinbar hat ers nöödich.*

›Kennst uns doch‹, antwortete er mit einem zwinkernden Smiley am Ende.

›Ruf mich an, du hast Flatrate‹, schrieb M-J zurück.

Er weiß noch ned, dass sie tot sind. Liest er keine Zeitung?

»Hi, du«, meldete sich M-J nach einmal läuten.

»Hallo, Emm-Tschay«, sagte Uli.

»Wer sind Sie?«, fragte M-J, verwundert über die ihm unbekannte Stimme. »Woher haben Sie diese Nummer?«

»Schau doch mal auf NN-online, Mord Ehekarussell.«

Kurzes Schweigen, M-J legte auf.

Uli googelte das Kürzel M-J. Eines der Suchergebnisse führte ihn zu Dr. Max-Jonas Hildebrand, Staatssekretär im Kultusministerium. Auf dessen offizieller Webseite verglich er das Portraitfoto mit einem der besseren Rotlichtbilder mit dem Programm DigiTWIN. Hildebrand war Emm-Tschay, ohne Zweifel. Uli studierte die Vita des Politikers: Max Jonas Hildebrand, den seine Freunde nur M-J nennen, hat das Charity-Projekt ›Kunst für Kids‹ ins Leben gerufen, er ist Vorsitzender des Vereins Dürer 4.0. Außerdem engagiert sich der beliebte, promovierte Kunst-Historiker ehrenamtlich im Bereich der Museumspädagogik. Neben allen wichtigen Infos zur Person Hildebrand erfuhr Uli die nächsten, offiziellen Termine.

Nur wenige Minuten nach seinem Anruf läutete das alte Handy, M-J's Nummer.

»Hallo, Emm-Tschay, hast du deine Meinung geändert?«

»Ich habs gelesen, warst du das?«

»Bingo!«

»Du widerlicher Killer!«

»Wer ist hier widerlich? Wer hat den Pit und die Jessi in den Arsch gefickt?«

»Woher willst du ...?«

»Ich hab euch gefilmt, mit Ton natürlich.«

»Du perverse Sau!«

»Wer ist hier pervers? Soll ich dir Bilder schicken?«

»Ich zeig dich an!«, drohte Hildebrand. »Das Handy von Pit kann man zurückverfolgen.«

»Jetzt nimmer, ist deaktiviert. Ich bin ja ned blöd.«

»Was willst du von mir?«

»500.000 Euro.«

»Vergiss es!« Hildebrand legte auf.

Uli schrieb eine Nachricht. ›Willst du dich beim Poppen im Internet sehen? Dann kannst du deine Karriere vergessen‹.

Hildebrand rief sofort zurück. »Ich hab nicht so viel Geld!«

»Dann besorgs dir, du hast Zeit bis nächsten Samstag. Da bist eh in Nürnberg. Am Mittag treffen wir uns, wo sag ich dir noch. Und behalts für dich, du weißt warum.«

»Ich nehme an, Hildebrand hat das Museum als Treffpunkt vorgeschlagen«, sagte Kathi. »Einen öffentlicher Ort, zu seiner Sicherheit. Er kam natürlich ohne Geld und hat mit der Polizei gedroht. Weil er dich identifizieren könnte, musste er sterben.«

»Kaddi, du bist gut, genauso wars.«

»Warum hast du den Giftpfeil nicht entfernt? Das Handy hast du ihm abgenommen und die Karte zugesteckt.«

»Da waren plötzlich zu viele Leute.«

»Dein Glück war, dass du einen Pfeil verwendet hast, den Hoek schon mal mit dem Blasrohr abgeschossen hatte. Deshalb war seine DNA an dem Puschel.«

»Besser hats für mich gar ned laufen können. Ein Zwilling von Hoek, hahaha!« Er lachte laut und verächtlich. »Ich bin echt clever.«

»Wirklich clever, du nimmst eine Karte in den Mund. Du bist gierig, neidisch und ein perverser Spanner. Machst du das, weil deine Frau dir Hörner aufgesetzt hat?«

»Halts Maul!«, brüllte Uli mit puterrotem Gesicht und drückte den Lauf der Pistole an Kathis Wange.

Jetzt hat er gleich Schaum vorm Mund. Hoffentlich dreht Sandro nicht durch, wenn er das hört und es falsch interpretiert. Wenn Uli wirklich schießen wollte, hätte er es längst getan. Was hält ihn zurück? Da hast du dir ja was Schönes eingebrockt! Angesichts der Bedrohung spürte sie, wie ihre Hände zu schwitzen begannen. Andererseits musste sie gegen die unangenehmer werdende Kälte ankämpfen. Die schlotternden Beine ein wenig aneinander reiben täte jetzt gut, aber mit den Kabelbindern an den Knöcheln konnte sie sich kaum bewegen. Sie spielte mit ihren mittlerweile kalten Zehen und rutschte mit dem Po auf dem Stuhl hin und her. Das erzeugte seltsame, schmatzende Geräusche, weil ihre Haut am Kunstlederpolster klebte. Sie durfte noch nicht locker lassen, sie wollte für alle Zuhörer so viel wie möglich aus ihm herauslocken. Ein wenig musste sie noch durchhalten. *Cool bleiben,*

Kathi, du kannst das! Sie blies ihren Pony aus der Stirn, weil sie die Haare kitzelten. »Nur eine halbe Million, so billig wolltest du Hildebrand davonkommen lassen?«

»Besser als gar nix.«

»Tja, hat nicht funktioniert. Jetzt hast du gar nichts und kriegen werden sie dich auch.«

»Dass ich nicht lache! Ich hab ja meinen Joker.«

»Richtig, dein Fluchtweg durchs Waschhaus! Aber die Straße ist gesperrt, mit deinem Auto kommst du nicht weg.«

»Brauch ich ned, ich lauf vor zur U-Bahn.«

»Zur Frankenstraße! Richtig, der vordere Eingang beim Südpunkt.« *Ich hoffe, du hörst gut zu, Sandro. Jetzt weißt du, wo du deine Leute positionieren musst.*

»Dann heißts nicht ›¡hasta la vista, baby‹, wir sehen uns nimmer. Ich tauche unter.«

»Ich brauche keinen Joker«, sagte Kathi laut. »Ich habe ein Ass im Ärmel.« Das war das Codewort für den Zugriff.

RUMMMSSSS!

Die Kellertür flog mit lautem Knall auf. Vermummte, martialisch wirkende Gestalten in Schwarz, HMK-behelmt, gepanzert und modernen Rittern gleich, drangen in den Raum. Zwei postierten sich rechts, zwei links und zielten mit ihren Sturmgewehren auf den verwirrten Uli.

Kathi bog ihren Oberkörper instinktiv vor, aus der Schusslinie, soweit es die Fesseln ihr ermöglichten.

»Waffe fallen lassen!«, brüllte Mayser. Ausgerüstet mit Schutzweste, Waffengürtel und TI-Helm inklusive Headset, tauchte er mit zwei weiteren, sichernden SEK-Männern in der Tür auf.

Scheiße! Das zweite Team! Uli zielte mit Hoeks Pistole nur eine Handbreit entfernt auf Kathis Hals. *»Ihr* lasst die Waffen fallen, sonst seht ihr den vierten Mord live!«

Und gefilmt wird er auch, dachte Kathi angesichts Maysers Bodycam und den Kameras an den Helmen der SEK-ler.

»Sie kommen nicht weit, Herr Sauer!«, rief Mayser. »Das Gebäude ist umstellt, die Straße gesperrt!«

»Dann ist es auch schon wurscht.« Uli drückte ab.

Kathi kniff die Augen zusammen, sie hörte ihr Blut durch den Körper rauschen, ihre Schläfen pochten. Sie schloss mit ihrem Leben ab, das in Millisekunden dauernden Flashbacks an ihr vorbeiraste: Ihre unbekümmerte Kindheit, Urlaub mit Mama und Papa auf Mallorca, das Schwitzen beim Abi, ihr Auto für die Einser-Note, Ausbildung zur Kriminalkommissarin, ihr erster Umzug nach München, die Hochzeit mit Robert, den Umzug nach Kempten, die Scheidung, der zweite Umzug nach München, der Schuss in Notwehr auf Rainer, den Tod der Oma, den Umzug nach Nürnberg, der erste Kuss von Nikolai und die schöne Zeit, die sie seit letzten Oktober mit ihm erleben durfte. *Ich will nicht, dass es zu Ende ist. Niko ich liebe dich!*

Nichts geschah, kein Zischen, kein Stich, nur ein Klick.

»Scheiße!«, fluchte Uli. »Ladehemmung!«

Gottseidank! Kathi atmete tief durch.

»Nicht schießen!«, befahl Mayser.

Die SEK-Männer nickten stumm, sie verständigten sich mit den anderen Kollegen, kaum hörbar durch das Helm-Intercom. »Ich schieße das Licht aus, dann werfen wir eine Blendgranate.«

»Negativ, Gefährdung Schutzperson!«, stoppte Mayser sie.
Sie nickten. »Roger.«

»Waffe weg, Sauer und die Hände hoch«, rief Mayser laut.
»So, dass ich sie sehen kann!«

»Leck mich!« Uli drückte noch einmal ab, wieder nur ein Klick. Zornig warf er Hoeks Waffe weg und schnappte sich die MAGLITE und Kathis Dienstpistole vom Tisch, das zweite Magazin fiel herunter.

Der knallt mich am Ende mit meiner eigenen Waffe ab! Kathi begann mit dem Stuhl zu wippen. Sie kippte zur Seite, landete mit der linken Schulter auf den harten Betonboden und quetschte sich den kleinen Finger ein.

»Auaaaaa!«, stöhnte sie mit schmerzverzerrtem Gesicht. *Scheiße, tut das weh!*

Auch Uli warf sich zu Boden und rollte in Kathis Richtung. *Scheiße, jetzt kriegt er mich doch!* Trotz der Schmerzen versuchte sie, sich mitsamt Stuhl ruckelnd von ihm wegzubewegen.

»Mir ist es auch wurscht!«, knurrte Mayser. Er entdeckte den Lichtschalter rechts neben sich und schlug mit der Faust drauf. Es wurde stockdunkel, weil im Kellergang kein Licht brannte. Die SEK-ler brauchten keins, sie konnten dank der Infra-Visiere in ihren Helmen sehen.

Uli konnte ihre Position ausmachen, indem er die Quelle der roten Strahlen aus den Laservisieren der Sturmgewehre verfolgte, die am Boden entlang auf ihn zuwanderten. Aber die SEK-ler konnten nicht auf ihn schießen, ohne Kathi zu gefährden. Er kannte die Vorgehensweise beim Stürmen eines Gebäudes, aber die Anzahl der Männer draußen konnte er nur schätzen. *Wahrscheinlich zwei am Vorderausgang und zwei hinten. Egal, gleich ist Schluss mit ›Ich sehe was, was du nicht siehst‹.* Er blendete die Männer mit der MAGLITE, zielte mit Kathis Waffe in Richtung Visierquellen und schoss.

Der erste verfehlte sein Ziel. Der zweite traf einen SEK-ler am Helm. Mit einem dumpfen BONG! prallte er daran ab. Die teuren, kugelsicheren HMK-Modelle hatten schon viele Leben gerettet. Dann folgten schnell hintereinander Schüsse drei, vier und fünf.

»Aaaahhh!«, schrie Mayser und hielt sich den rechten Oberarm. »Scheiße, verdammte!«

Uli nutzte die vorübergehende Blindheit der SEK-Leute, rannte die beiden an der Tür stehenden um und floh in den Kellergang. Ihre Schüsse gingen ins Leere, Uli war bereits in der Dunkelheit verschwunden.

Die Geblendeten mussten sich erst wieder orientieren. Einer machte Licht und half Mayser. »Alles okay?«

»Ja, verdammt!«, schnauzte er ihn an. »Vier Leute und ihr lasst ihn entwischen, pennt ihr?«

»Wir haben nichts mehr gesehen!«, verteidigten sie sich. »Der Arsch hat uns mit ner Taschenlampe geblendet!«

»Scheiße, Scheiße, dreimal Scheiße! Und worauf wartet ihr jetzt?«, brüllte Mayser. »Hinterher! Ihr habt es doch vorhin gehört, er will übers Waschhaus in den Hof!«

»Und was ist mit Ihrem Arm?«

»Scheiß drauf! Abmarsch!« Sein Kasernenhofton wirkte, ohne aufzumucken verschwanden die SEK-Männer in den schmalen Kellergang.

Mayser rückte das Mikro seines Headsets zurecht. »Achtung, an alle! Sauer ist bewaffnet, mit der Pistole von Kollegin Starck. Weg ist bekannt, Zielgebiet abriegeln und Drohne zwo aktivieren. An Mannschaftsführer zwo: Alle Teams positionieren.« Dann schaltete er das Kellerlicht wieder ein und schnitt Kathis Fesseln mit seinem Leatherman durch.

»Danke.« Kathi rieb sich, noch auf dem Betonboden sitzend, Schulter, Hand- und Fußgelenke.

Sandro half ihr aufzustehen. »Tuts weh?«

Der kann ja richtig nett sein. »Geht schon. Mich frierts, ich hab mir die linke Schulter geprellt und den kleinen Finger eingequetscht.«

»Lass sehen.«

Kathi hielt die linke Hand hoch. Mayser betrachtete sie. »Der Finger wird dick, den soll sich der Sani anschauen.«

»Im Moment spür ich fast nichts, zum Glück bin ich Rechtshänderin.« Als sie ihre Hand zurückzog, entdeckte sie das Blut, das aus Maysers rechtem Ärmel sickerte. »Lass du dich lieber verarzten.«

»Später, zum Glück bin ich Linkshänder.« Er rang sich ein Lächeln ab. »So eine verdammte Kacke!« Sein Vorrat an Fäkalausdrücken beschränkte sich heute auf ein Wort in zwei Varianten. »Lassen diese Schlafmützen ihn einfach abhauen!«

»Wir kriegen ihn«, sagte Kathi, während sie sich wieder anzog, Jeans, Stiefel und die Schutzweste. »Er hat ja meine Knarre mit dem Chip.« Sie schloss die seitlichen Klettbänder der Weste und prüfte den Sitz.

»Und wenn er sie wegwirft?«

»Wird er nicht, er braucht die Waffe. Ich hab mitgezählt, er hat acht Mal geschossen. Und das Magazin war voll.«

»Dann sind noch zehn drin.«

Kathi stopfte ihren BH in die Seitentasche ihrer Lederjacke und klemmte sie unter den Arm. »Wo ist er jetzt?«

»Mayser an Bus-Team, habt ihr Sauer?« Er lauschte kurz. »Okay, in der Galvanistraße Richtung Osten, Team zwo und drei sind an ihm dran.«

Kathi hob Hoeks Waffe vom Boden auf, sicherte sie und steckte sie in ihren rückwärtigen Hosenbund.

»Was willst du mit dem Schrottteil?«

»Ich nehme sie mal mit.«

»Nimm lieber meine, die funktioniert wenigstens.«

Mayser gab ihr seine Heckler.

»Und du?«

»Ich hab noch ein paar im Bus und das Gewehr hier.«

Kathi steckte die Pistole ins Holster, nachdem sie es wieder angelegt hatte. Ein Extra-Magazin bekam sie auch.

»Danke. Hättest du ein Headset für mich? Meine Smart-Watch und das Padfone sind kaputt.« Sie zeigte auf den Tisch. »Die Brille muss ich im Treppenhaus verloren haben.«

»Die holen wir später, komm mit zum Bus.«

Frisch ausgestattet mit neuer Datenbrille, Headset und Ersatz-Padfone, einem Modell mit integrierter Wärmebildkamera, stieg Kathi zu Andi ins Auto.

»Gott sei Dank ist dir nix passiert!«, sagte er froh und erleichtert. »Der Uli ist ja der volle Spinner!«

»Du untertreibst.« Kathi legte ihre Lederjacke auf ihren Schoß.

»Willst sie ned anziehen?«

»Nein, mir ist warm genug.« Das stimmte nur zum Teil, in Wahrheit war sie ihr zu unbequem, wegen der geprellten Schulter. *Wenn ich ihm das erzähle und das vom Finger, lässt er mich garantiert nicht gehen.* Kathi konzentrierte sich und machte ihren Kopf frei von Allem, was ihr heute noch Unvorhersehbares widerfahren könnte, und ignorierte die Schmerzen.

Andi gab Kathi ihr privates Handy zurück. »Ich denk, deinen Niko kannst selber anrufen.«

»Danke.« Sie prüfte es auf neue Nachrichten. Es waren keine gekommen. Bevor sie es in der rechten Brusttasche der Schutzweste verstaute, sah sie noch kurz auf die Uhr, 18:21. *Er sitzt noch in Frankfurt am Flughafen.*

»Fahr los Andi, bringen wirs hinter uns.«

Er fuhr in einem eleganten Bogen aus der Parkbucht in die Galvanistraße, dann gab er Gas. Mit quietschenden Reifen ging es auf kürzestem Weg zum U-Bahnhof Frankenstraße. Obwohl sie durch den Chip in Kathis Waffe und die Kameradrohne genau wussten, wo Uli sich gerade aufhielt, durften sie den Abstand zu ihm nicht zu groß halten.

Teil eins von Ulis Fluchtplan war aufgegangen. Ein Glück, dass er neben Kathis Pistole die MAGLITE mitgenommen hatte. Die beste Waffe gegen Infrarotsichtgeräte, so sparte er Munition. Trotzdem ärgerte er sich über das heruntergefallene Magazin. Im Waschhaus hatte er seine Verfolger abschütteln können, indem er die Tür blockierte. Sie mussten außen herum, was ihm einen weiteren Vorteil verschaffte. Den am Hinterausgang positionierten SEK-Mann blendete er mit der Taschenlampe und knockte ihn damit regelrecht aus. Am Maschendrahtzaun, der die Anwesen Volta- und Gabelsberger Straße voneinander trennte, war sie ihm erneut eine große Hilfe. Er setzte sie als Hebel ein und bog den Zaun soweit hoch, dass er problemlos darunter durchschlüpfen konnte. Im Nachbarhof stieg er auf das erste, nicht abgesperrte Fahrrad und fuhr durch die Seitenstraßen bis zur Kreuzung Lothringer und Pillenreuther. Dort lag einer der Eingänge zur U-Bahn Frankenstraße.

Im Untergrund war er nicht einmal bis zur Rolltreppe, die zum Bahnsteig führte, gekommen. Das zweite SEK-Team evakuierte bereits.

»Verdammte Scheiße! Die Kaddi muss noch irgendwo eine Wanze g'habt haben. Die wissen wohin ich will!«

Die U-Bahn war ihm anfangs als geeignetes Fluchtfahrzeug erschienen, ungeachtet der Überwachungskameras der VAG. Alle fünf Minuten fuhren Züge in beide Richtungen. Einmal in der Menschenmenge untergetaucht, dazu die Dunkelheit, könnte er leicht verschwinden. Konfrontiert mit der neuen Situation, war ihm nur noch eine Möglichkeit geblieben.

Andi bog kurz vor der gesperrten Kreuzung Pillenreuther- und Frankenstraße scharf links ab und hielt neben einem der drei Rettungswagen am U-Bahnhof. Der flache, oberirdische Bau mit Bushaltestellen, Fahrkartenautomaten und Zeitungskiosk war, bis auf die Einsatzkräfte, verwaist. Wartende Fahrgäste und Passanten hatte man kurzerhand in zwei VAG-Busse verfrachtet und in Sicherheit gebracht. Der angrenzende Häuserblock war ebenfalls gesperrt und die Anwohner dazu aufgerufen worden, in ihren Häusern zu bleiben.

»Die sind wirklich auf Zack!« Kathi sah nochmal stumm zu Andi, dann stiegen sie aus. Zu ihrer Überraschung gab es weit und breit keine Gaffer. Mit Sicherheit standen einige Bewohner der Häuser hinter den Fenstern und beobachteten das Geschehen auf der Straße, wie immer bei solchen Aktionen.

Der hochgewachsene, drahtige SEK-Kommandoführer mit der Kennung POL BY MFR KF-300 trat zu ihnen. Er trug keine Sturmhaube unter dem Helm, was Kathi wunderte. Sie schätzte ihn auf etwa Mitte vierzig: Attraktiv, markantes Gesicht, breites Kinn, hohe Wangenknochen und ein hellwacher Blick aus stahlblauen Augen – ein Mann ›Marke erfahrener Haudegen‹.

»Guten Abend, Starck und Steppendorff, Kripo Nürnberg«, stellte sie sich und Andi vor.

»N'aamd, Richter!«, begrüßte er sie zackig. Der Polizeihauptkommissar gab ohne Umschweife den aktuellen Lagebericht ab. »Der Flüchtige hält sich im Verteilergeschoss auf. Die Aufzüge sind gesperrt, die Rolltreppen angehalten. Alle sechs Ausgänge werden von meinen Leuten gesichert. Er ist eingekesselt.«

»Sechs Ausgänge?«, fragte Kathi verwundert.

Richter nickte. »Haupteingang, zwei drüben beim Franken-Campus, einer beim Beck-Café und zwei an der Kreuzung Lothringer Straße stadteinwärts.« Während er sie aufzählte, zeigte er in die entsprechenden Richtungen, Kathi und Andi folgten seinem ausgestreckten Arm.

»Puhhh«, stöhnte Kathi. »Das wird kein Zuckerschlecken.«

»Ihr Joker kommt da nicht mehr heraus.« Richter zeigte nach oben auf die, in etwa zehn Meter Höhe, mitten über der Kreuzung Pillenreuther-/Frankenstraße schwebende, große Multirotor-Kamera-Drohne. »Wir haben alles im Blick und im Griff.«

Kathi und Andi sahen reflexartig zu dem leise surrenden, mit sechs Rotoren ausgestatteten Fluggerät. Das Geräusch des Motors konnte man nur hören, weil aufgrund der Sperrung kein Verkehr auf der Straße herrschte.

»Was ist mit den U-Bahngleisen?«, fragte Kathi.

»Werden auf jeder Seite von einem Zug blockiert. Stadtein- und auswärts stehen meine Leute und durch die Kameras der VAG haben wir den gesamten Bahnsteig im Blick.«

In diesem Moment wünschte sich Kathi einen Helm wie ihn die SEK-Männer trugen, mit ins Visier integrierter Daten-Anzeige, ähnlich ihrer Brille und umschaltbar auf Infrarot.

»Wo ist Sauer genau?«

»Mitten im Verteilergeschoss.«

»Und warum geschieht nichts? Der steht doch da wie auf einem Präsentierteller.«

»Er hat eine Geisel, einen Teenager, weiblich.«

Kathi stampfte wie ein trotziges Kind mit dem Fuß auf. »Verdammte Scheiße!«

»Wenn wir schießen riskieren wir, das Mädchen zu treffen. Er dreht sich ständig mit ihr.«

»Und was jetzt?«, fragte Andi.

In diesem Moment fuhr der Five-Stars-Truck vor. Mayser, der inzwischen einen Verband am Oberarm trug, stieg mit Clausen aus.

»Wo sind der Stolli und die Angie?«, wollte Kathi wissen.

»In Sauers Wohnung, sie haben die Handys aller drei Opfer sichergestellt«, sagte Clausen.

»Sehr gut.«

»Zwei Streifen sichern Haus und Hof«, sagte Mayser.

»Okay. Der Uli hat eine weibliche Geisel.«

»Wir habens gesehen, die VAG überträgt die Bilder der Ü-Kameras zu uns. Kommt rein und schaut es euch an.«

Kathi, Andi und Richter stiegen mit Mayser in den Truck. Niederreiter räumte seinen Platz für Kathi, damit sie sich einen Überblick verschaffen konnte.

Mitten im endlos scheinenden, weiß und grau gefliesten Verteilergeschoss stand Uli Sauer, den zierlichen Teenager fest im Griff. Er drückte ihr den Lauf von Kathis Pistole an die Schläfe. Die verweinten Augen und der verzweifelte, verstörte Blick zeigten Todesangst.

Plant der Spinner eine Hinrichtung vor laufenden Kameras und dann noch aus allen Perspektiven? Kathi dachte an die Body-Cams der SEK-Männer, an jedem Aufgang zwei, und an die Überwachungskameras der VAG. *Wäre er wirklich zum Äußersten bereit? Würde er das Mädchen töten? Wäre er so skrupellos? Dann ist er in der nächsten Sekunde auch tot, die durchsieben ihn. Zum Bahnsteig kann er nicht, dort wäre er gefangen. Er will nach oben, ins Freie, deshalb hat er sich das Mädchen geschnappt. Welcher der drei Ausgänge wäre am geeignetsten, der zum Café oder der zum Franken-*

Campus? Und von dort? Er kennt sich in der Gegend gut aus. Zum Haus kann er nicht mehr zurück. Er weiß, dass er dort erwartet wird. Was tun wir? Innerhalb von Sekunden wägte Kathi alle Möglichkeiten ab, wie sie das Mädchen retten könnte. »Ich gehe runter«, sagte sie entschlossen und erntete konsternierte Blicke.

»Spinnst jetzt total!«, schimpfte Andi.

»Das kannst du vergessen!«, zischte Mayser. »Der wollte dich vorhin schon umlegen.«

»Willst du runter mit deinem lädierten Arm?«, konterte sie schnippisch.

»Aber du mit deinem dicken Finger!«, kam postwendend zurück.

»Den brauche ich nicht zum Schießen. Wir können nicht länger warten, sonst macht er Ernst!«

Richter schien ihre Gedanken zu lesen. »Sie wollen einen Geiseltausch, Sie gegen das Mädchen.«

»Ja.« Kathi sah auf die Monitor-Uhr, 18:41, und schweifte mit ihren Gedanken kurz ab. *So, Niko sitzt im Flieger.*

»Einen Austausch?«, hakte Andi nach.

»Hast du sowas schon mal gemacht?«, fragte Mayser.

»Nein, aber mich wird er als Einzige akzeptieren.«

Richter nickte. »Und Sie können richtig reagieren, falls wir schießen müssen, das Mädchen nicht.«

Das schien auch Mayser sinnvoll. »Okay.«

»Der GPS-Tracker funktioniert noch?«, fragte Kathi.

Niederreiter zeigte zum roten, hektisch blinkenden Punkt auf dem Monitor. »Das sind Sie, Frau Starck.«

»Okay.« *Mein Puls geht grad auch so schnell.*

»Wir haben durch die Kameras der VAG alles im Blick«, sagte Mayser. »Und wenn er die ausschießt, bleiben immer noch die Body-Cams Ihrer Männer.«

Richter nickte. »KF-300 an U-Bahn-Team, ich komme jetzt mit KHK Starck runter. Haupteingang, stadtauswärts.«

»Roger, KF-300«, kam als mehrfache Antwort.

»Showtime!«, befahl Kathi.

»Tanzen wir Polonaise mit ihm«, sagte Richter. »Danach gibts Sekt und Kaviar.«

U-Bahnhof Frankenstraße, Verteilergeschoss

»Hallo, Uli, hier ist Kathi«, sagte sie ins Megafon. »Ich stehe links von dir, am Hauptausgang.«

Uli umklammerte das Mädchen fester und fuhr mit ihr herum. »Was willst du?«

»Ich komme jetzt aus der Deckung!« Kathi gab Richter das Megafon zurück und händigte ihm Maysers Heckler aus.

»Achtung, alle Teams in Position gehen!«, hörte sie Richter übers Headset sagen. »Sobald er schießt, gilt Feuer frei! Zielt auf die Gliedmaßen, finaler Schuss nur im Ausnahmefall!«

Die beiden Männer mit den Kennungen POL BY MFR 300/1 und 300/2, die sichernd neben ihm standen, gaben Kathi das OK-Zeichen.

Mit erhobenen Händen trat sie vor. »Ich bin unbewaffnet«, rief sie Uli zu und drehte sich langsam einmal komplett um die eigene Achse.

»Was du willst, hab ich g'fragt!«, schnauzte er sie an.

»Lass das Mädchen frei!«

»Vergiss es!«

»Nimm mich an ihrer Stelle, Uli. Sie hat dir nichts getan!«

Uli packte das Mädchen noch fester.

»Aua!«, beschwerte sie sich und sah Kathi aus verheulten Augen an. ›BITTE HILF MIR!‹ stand in ihrem Gesicht geschrieben.

»Bist du einverstanden, Uli?« Er zögerte, das schien seinen Plan durcheinander zu bringen. »Uli, bitte. Das ist eine Sache zwischen uns«, sagte Kathi mit einer beschwichtigenden Handgeste. »Okay?«

Er fixierte sie und fragte sich, was sie ausgeheckt haben könnte. Schließlich nickte er. »Okay.«

»Wie heißt du?«, fragte Kathi das Mädchen.

»Ste-teffi«, stammelte sie.

»Okay Steffi, ich heiße Kathi, ich bin von der Kripo. Ich kenne den Mann. Dir wird nichts geschehen, wenn du tust, was ich sage, okay?«

»Ok-kay.«

»Uli, du lässt sie los, sobald ich losgehe.«

»Jaaaaa, jetzt mach!«, raunzte er.

»Steffi, du gehst langsam auf mich zu, keine Hektik.«

Kathi machte den ersten Schritt, Uli ließ das Mädchen los.

Als sie sich auf halbem Weg trafen, nickte Kathi ihr ermutigend zu. »Gut machst du das, geh langsam weiter.«

Steffi hielt sich an Kathis Anweisung. Erst auf den letzten Metern erfasste sie Panik, sie rannte wie von der Tarantel gestochen in die Arme von Richter, der sie aus Ulis Schussfeld zog. Mit Müh und Not konnte er sie festhalten, weil sie so zappelte, bis sie registrierte, dass er ihr nur helfen wollte.

Andi, der inzwischen zu den SEK-Leuten gestoßen war, nahm den wie Espenlaub zitternden Teenager in Empfang und brachte ihn nach oben.

Kathi, nur noch zwei Mannlängen von Uli entfernt, hatte ihr bisheriges Tempo beibehalten und ging langsam weiter.

»Gehts vielleicht a bisserl schneller!«, drängelte Uli.

»Keine Hektik«, sagte sie ruhig und machte noch zwei Schritte. »Jetzt!«, brüllte sie und warf sich zu Boden. Sie stöhnte auf, ausgerechnet auf der linken Schulter landete sie. Ein höllischer Schmerz durchfuhr ihren ganzen Körper, sie hätte aufheulen können. Aber sie biss die Zähne zusammen und rollte sich von Uli weg, während die Rauchgranaten aus allen Richtungen zu ihm flogen.

»Du durchtriebenes Miststück!«, schrie er. Hustend schoss er mehrere Male durch den, sich rasend schnell ausbreitenden, Rauch in die Richtung, in der er Kathi wähnte. Postwendend kam das Gegenfeuer der SEK-Leute.

Scheißdreck verdammter! Uli warf sich auf den Boden. Die Projektile zischten aus allen Richtungen über ihn hinweg. *Die Penner sind ja überall! Scheiße, Scheiße, Scheiße!* Durch den Rauch konnte er nichts mehr erkennen, außerdem brannten seine Augen und es kratzte gewaltig im Hals. *Die machen mich alle!* Dabei hatte er noch eine Chance zur Flucht gesehen, als er sich das Mädchen schnappte. Wegen der Ohrhörer hatte sie den Aufruf zur Evakuierung des U-Bahnhofs nicht mitbekommen. Sie war seelenruhig mit der Rolltreppe vom Bahnsteig hochgefahren gekommen, Uli hatte den Überraschungsmoment genutzt und sie gepackt.

Im Gegensatz zu Uli, befanden sich die SEK-Leute in einer vorteilhafteren Lage: Sie konnten ihn durch die Spezial-Infra-Visiere in den Helmen gut sehen und atmeten reine Luft durch die Atemschutzmasken. Die Männer erwiderten das Feuer, bis Uli aus ihrem Blickfeld verschwand. Die Schüsse verhallten. Stille.

Kathi lag auf dem Rücken und hielt sich die linke Schulter. Jedes Mal wenn sie, gereizt durch den Rauch, husten musste, schmerzte sie noch mehr. *Scheiße tut das weh!* Der kleine Finger wurde auch immer dicker. *Warum muss bei mir immer alles so extrem sein?* Sie fühlte sich wie nach einem Knock-Out. Der letzte beim Boxen war schon eine ganze Weile her. *Was tut man, nachdem man zu Boden gegangen ist? Auf keinen Fall lange anzählen lassen, Schmerzen ignorieren und wieder aufstehen!* Vor ihrem inneren Auge sah sie sich im Ring liegen und wieder aufrappeln. Auf wackligen Beinen stehend, hörte sie das Klopfen ihres Herzens. Nach ein paar kurzen Atemstößen lockerte sie Glieder und Nacken. In den Fingern kribbelte es, sie ballte die Hände zu Fäusten und spürte, wie das Adrenalin durch ihren Körper pumpte. Sie scharrte mit den Füßen und fixierte ihren Gegner ... doch er verblasste.

Kathi setzte sich auf, alles um sie herum drehte sich. *Mist, zu schnell hochgekommen!* Sie wartete ein paar Sekunden und kniete sich hin. *Konzentrier dich, du schaffst das! Du willst pünktlich hier raus, Niko landet bald! – Gott, wenn er wüsste, was ich hier mache, würde er ausrasten!* Ihre Augen brannten vom Rauch. *Jetzt bloß nicht reiben, sonst wirds noch schlimmer.*

Sie holte das neue Padfone aus der linken Brusttasche und blinzelte aufs Display, konnte aber das Symbol für die Wärmebildkamera nicht entdecken. *Scheiße!*

»Starck an SEK, wo ist er?«, flüsterte sie ins Mikro. Sie durfte nicht zu laut reden, weil Uli sie sonst hören könnte.

»Etwa sechs Meter von Ihnen entfernt«, antwortete Richter. »Auf drei Uhr.«

»Knallt den Bastard endlich ab!«, mischte Mayser sich ein.

»Negativ!«, befahl Kathi. »Ich will, dass er aufgibt! Er soll für alles büßen!«

»Stur wie immer!«, knurrte er.

Endlich fand Kathi das Kamerasymbol und hielt das Padfone in die ihr genannte Richtung. *Geil, das funktioniert auch bei Rauch!* Sie konnte einen Mann in hockender Stellung erkennen: kein Helm, kein Sturmgewehr, keine Ausrüstung. Das war definitiv kein SEK-Mann, sondern Uli und er war bei Bewusstsein. *Haben sie ihn erwischt? Sieht nicht so aus. Worauf wartet er? Wahrscheinlich sieht er kaum was, er muss eine der Rauchgranaten direkt abbekommen haben. Hat er meine Pistole noch? Wie oft hat er geschossen?* Kathi hatte die letzten Male nicht mitgezählt.

Den Blick auf das Padfone in der linken Hand gerichtet, holte sie mit der rechten Hoeks Waffe aus ihrem rückwärtigen Hosenbund. Uli hatte sie, verdeckt durch die Schutzweste, nicht sehen können. *Das Scheißding funktioniert zwar nicht, aber im Rauch wird Uli den Unterschied zu einer anderen Waffe nicht erkennen. Und wenn doch? – Egal.* Sie legte den Sicherungshebel um, holte einmal tief Luft und konzentrierte sich auf ihre Körpermitte. Sie blendete den stechenden

Schmerz in der Schulter und den pochenden kleinen Finger aus – mentales Training, das jeder Taekwondo-Sportler beherrschte. Die Erinnerung an Rainer in München poppte kurz auf, das Duell vor neun Jahren, in dem es ebenfalls hieß ›Du oder ich‹. Seitdem hatte sie nie wieder auf jemanden schießen müssen. *Lass dich von den Dämonen der Vergangenheit nicht auf die Knie zwingen. Uli ist ein dreifacher Mörder, du schießt, wenn du musst! Du kannst das! Und wenn das Scheißding wieder Ladehemmung hat, eben die Jungs.*

»Gib auf Uli!«, rief sie ihm zu. »Du hast keine Chance, du kommst hier nicht raus!«

»Leck mich!« Er schnaubte wie ein wütender Stier, der auf den Torero losgehen will, seine Nasenflügel bebten. Sein ganzer, geronnener Hass entlud sich auf Kathi. »Von dir lass ich mich ned nochmal ficken! Ich geh ned in den Knast!« Uli schloss mit allem ab und schoss auf die Umrisse im Rauch.

Kathi kannte Ulis Position, dank des Wärmebildes auf dem Pad, sie wich den Geschossen aus. Haarscharf zischten sie an ihr vorbei und bohrten sich in die LED-Anzeigetafel neben dem Ostausgang. Richters Leute erwiderten prompt. Dann kam plötzlich nichts mehr aus Ulis Richtung, die SEK-Leute stellten das Feuer ein.

Entweder hat es ihn erwischt oder das Magazin ist leer. Kathi blieb regungslos in der Hocke. Im Display konnte sie erkennen, dass Uli sich von rechts kniend auf sie zuschob. *Hat er den siebten Sinn oder Röntgenaugen?* Sie warf einen letzten, tödlichen Blick auf ihn und legte das Pad weg. *Okay, du hattest deine Chance!* Sie zielte hochkonzentriert. *Lass mich jetzt bitte nicht im Stich.* Sie drückte ab.

Ssssssssst!

Der Pfeil zischte aus dem Lauf und traf Uli in den Hals.

Er verharrte kurz in einer Art Schockstarre, ließ Kathis Pistole fallen und brach schließlich zusammen.

»Ich hab ihn erwischt!«, rief Kathi laut.

»Dem Herrgott sei Dank!«, hörte sie Mayser übers Headset rufen. Einen tiefen, lauten Seufzer der Erleichterung schickte er auch noch hinterher.

Im sich langsam auflösenden Rauch rutschte Kathi auf den Knien zu Uli und stieß ihn mit Hoeks Waffe an. Keine Reaktion. Weit aufgerissene Augen glotzten sie an, auch sein Mund stand weit offen.

»Er ist tot«, sagte sie zu Richter, als er mit Team Eins zu ihr stieß.

»Alles klar bei Ihnen?«, fragte er.

»Ja, ich bin okay. Bis auf meine geprellte Schulter und den Wurstfinger.« Sie hielt ihn hoch, mittlerweile sah er wirklich aus wie eine extradicke Nürnberger Bratwurst.

»Sofort ab in den Sani!« Richter half ihr auf die Beine.

»Sind Ihre Leute alle okay?«

»Alle okay, danke der Nachfrage.«

Kathi nickte zufrieden. Team zwei und drei stießen zu ihnen und kümmerten sich um Ulis Leiche.

»Ich bringe Sie nach oben«, sagte Richter.

»Das mach ich«, bot Andi an, der gerade mit Mayser aufkreuzte.

»Dann packen wir mal zusammen.« Richter hob Kathis Waffe auf.

»Das ist meine«, sagte sie. »Das Magazin dürfte leer sein.«

Richter prüfte es. »Stimmt.«

»Du warst saucool«, lobte Mayser sie. »Und leichtsinnig.«

Gibs mir nur, Zuckerbrot und Peitsche! »Ich hatte viele Joker«, sagte sie an Richter und seine Männer gewandt. »Vielen Dank für die Polonaise, meine Herren.«

»Gern geschehen.«

»Aber nach Sekt und Kaviar steht mir der Sinn im Moment nicht.«

Richter nickte zuversichtlich. »Das holen wir nach.«

Auf der Laderampe des Rettungswagens sitzend, ließ Kathi sich von Notfallsanitäter Grohs Tropfen in die geröteten und leicht brennenden Augen träufeln.

»Wie spät ist es?«, fragte sie.

»Gleich sieben Uhr.«

Niko müsste bald landen, dachte Kathi voller Vorfreude. Sie öffnete die Klettbänder ihrer Schutzweste und stöhnte auf, als sie den linken Arm heben wollte, vorbei mit Schmerz ausblenden.

»Haben Sie sich da weh getan?«, fragte Grohs besorgt.

»Ja, ich war an einen Stuhl gefesselt, hab ihn zum Kippen gebracht und dabei den kleinen Finger gequetscht.«

»Allmächd, der schaut ja aus wie eine Bratwurst! – Aber den Kopf haben Sie sich nicht angeschlagen?«

»Nein.«

»War oder ist Ihnen schwindlig?«

»Nein.«

»Gut. Wird es besser mit den Augen?«

»Ja, brennt kaum noch.«

»Warten Sie, ich helfe Ihnen, das Ding loszuwerden.« Grohs half Kathi behutsam aus der Weste.

»Moment, ich brauche mein Handy.« Kathi holte ihres aus der Brusttasche und checkte es auf neue Nachrichten. Es waren keine gekommen.

Andi brachte Kathis Lederjacke. »Falls dir doch kalt wird.« Sie legte sie auf die Schutzweste. »Danke.«

»Weißt schon, was ist?«

»Nein, ich warte noch auf den Arzt.«

»Bin schon da«, sagte die hübsche Frau mit den sanften, dunklen, beruhigend wirkenden Augen. Dr. med J. Walther stand auf dem Aufnäher an ihrer dunkelblauen Jacke mit den neonroten und silbernen Reflektionsstreifen. Sie gab Kathi die Hand. »Guten Abend, Julia Walther.«

»Guten Abend, Katharina Starck.«

Dr. Walther zog Latexhandschuhe an und untersuchte Kathis kleinen Finger. Bereits bei der ersten Berührung zuckte sie zusammen. Es tat weh, aber der Schreck war größer.

»Wie ist das passiert?«

»Ich bin samt Stuhl umgekippt und drauf gefallen, auf Betonboden.« Dr. Walther sah sie ungläubig an. »Ich war gefesselt«, erklärte Kathi.

Die Ärztin nickte. »Ach so, okay. Der Finger ist gebrochen, wahrscheinlich mit Kapselriss. Das muss geröntgt werden.«

»Mist! – Und die Schulter?«

»Auch links?«

»Ja.«

Dr. Walther hob Kathis Arm leicht an, wieder jagte ein Stich durch ihren Oberkörper. *So muss sich ein Delinquent auf dem elektrischen Stuhl fühlen.* »Aua!«

»Entschuldigung, aber ich muss mir das genau ansehen.«

Mit zusammengebissenen Zähnen und geschlossenen Augen ertrug Kathi die Prozedur: Arm anheben, nach vorn, nach hinten, nach rechts und links, Schulter abtasten.

»Bewegen Sie den Arm bitte einmal selber.«

Kathi nickte, ohne Schmerzen schaffte sie es nur ein kleines Stück in alle Richtungen.

»Nicht ausgekugelt und nicht gebrochen, soweit ich das sehe«, sagte Dr. Walther. »Lieber auch röntgen lassen.«

»Pffffff!« Kathi hatte keinen Bock aufs Krankenhaus, sie würde sich jetzt am liebsten von Nikolai küssen lassen und in seinen Armen einschlafen. »Wenns unbedingt sein muss.«

»Sie bekommen jetzt etwas gegen die Schmerzen, dann fixieren wir das Ganze und packen Eis drauf.«

Grohs half Kathi in den Rettungswagen einzusteigen. Sie setzte sich auf die Bahre.

»Haben Sie Allergien oder vertragen bestimmte Medikamente nicht?«, fragte er.

»Nein.«

Dr. Walther kam durch die Seitentür.

»Wie viel?«, fragte Grohs.

»0,1 Fental«, sagte sie und legte nach der Hautdesinfektion einen intravenösen Zugang auf Kathis rechtem Handrücken. Grohs gab der Ärztin die Fertigspritze, die sie in die vorbereitete Kanüle steckte.

Kathi spürte das Medikament in ihre Vene kriechen, sie schloss kurz die Augen. Die Schmerzen ließen überraschend schnell nach, ihre Züge entspannten sich. »Ist das normal, dass mir ein wenig warm wird?«

»Ja, alles im grünen Bereich«, beruhigte Dr. Walther sie, während sie Puls und Blutdruck maß. »Wollen Sie sich hinlegen?«

»Nein, passt schon, es tut kaum noch weh.«

Geduldig ließ Kathi sich die Armschlinge anlegen, die zum Ruhigstellen der Schulter an den Körper fixiert wurde. Den kleinen Finger schiente Dr. Walther mit einem Tape an den Ringfinger und legte ein Cool-Pack drauf. »Bitte festhalten.«

»Okay.« Kathis Handy läutete, das Anruferbild ließ sie strahlen. »Hi, Niko.«

»Hi, Süße«, meldete er sich. »Bin schon da, wir sind ein paar Minuten früher gelandet.«

»Konntest es wohl nicht mehr erwarten.«

»Ich habe den Piloten bestochen, hehehe!«

»Du, ich bin grad nicht allein.«

»Bist du noch im Büro?«

»Nein, an der U-Bahn Frankenstraße.«

»Was machst du dort?«

»Wir hatten einen Einsatz, wir haben den Kartenkiller geschnappt.«

»Wirklich? Cool! Wie?«

»Erzähle ich dir später, ich werde gleich ins Südklinikum gefahren.«

»O Gott! Was ist passiert?«

»Nix Schlimmes, ne Schulterprellung.«

»Ich komme hin, bis gleich!«

»Niko?« Kathi sah aufs Display. »Jetzt hat er aufgelegt.«

Dr. Walther schmunzelte. »Den kleinen Finger haben Sie ihm unterschlagen.«

»Das erfährt er noch früh genug.«

»Na dann, fahren wir.«

»Soll ich mitkommen, Kaddi?«

»Nein, Andi. Ich melde mich bei dir.«

»Kannst auch noch spät anrufen, ich wart auf jeden Fall.«

Im Flughafenparkhaus hatte sich Nikolai an das Tempolimit gehalten und war Schritt gefahren. Draußen stieg er voll in die Eisen und lenkte seinen ›G‹ mit nahezu irrer Geschwindigkeit durch den abendlichen Straßenverkehr von Schoppershof, über Zabo bis zum Klinikum Süd. Ungeachtet dessen, er könnte geblitzt werden und riskieren, seinen Lappen zu verlieren.

»Scheiß auf Tempo und rote Ampeln, ich muss zu Kathi, sie braucht mich!«

Zum Glück herrschte nicht allzu viel Verkehr. Dank heißer Reifen, reduzierte Nikolai die im Navi angezeigte Fahrzeit von knapp 30 Minuten um ein Drittel.

Die eingesparte Zeit verplemperte er auf seinem Weg zur Anmeldung im Untergeschoss von Haus A, in dem sich die Notaufnahme des Südklinikums befand. Nach einmal im Kreis laufen, aufgrund sparsam ausgeschilderter Flure, erreichte er genervt den Empfang. Er zügelte seine Ungeduld und atmete einmal tief durch. Dann rückte er seine Brille zurecht und stellte sich breitbeinig vor die Glasscheibe.

»Guten Abend«, sagte er zu der jungen Krankenschwester namens Lyra Maniadakis.

»Guten Abend«, lächelte sie ihm freundlich entgegen.

»Mein Name ist Nikolai Liebermann, meine Freundin Katharina Starck ist vorhin eingeliefert worden. Sie erwartet mich.«

»Haben Sie ein Geburtsdatum?«

»30.8.1982.«

»Danke, einen Moment bitte.« Die Schwester wandte sich zum Bildschirm. »Ja hier, Starck, Katharina, 30.8.1982. Sie ist beim Röntgen.«

»Wo ist das?«

»Von hier aus den Gang runter, nach links, Raum U.R-3.«

Nikolai fand U.R-3, dank der riesigen Buchstaben an den Schiebetüren auf Anhieb. Etwas unsicher sah er in beide Richtungen des langen, menschenleeren Flurs. *Darf ich da einfach anklopfen? Nee, lieber warten.*

Er schrieb Julian eine Nachricht, wo er war und warum und dass er später nach Hause kommen würde. Kaum abgeschickt, wurde die Tür von U.R-3 langsam aufgeschoben. Ein Pfleger namens Oliver, mit blondem Rastafari-Dutt und Vollbart, trat heraus. Nikolai versuchte, einen Blick in den Raum zu erhaschen, konnte Kathi aber nicht entdecken.

Oliver musterte Nikolai von oben bis unten. »Sie müssen Herr Liebermann sein, die Beschreibung passt.«

Nikolai schmunzelte. »Ja, der bin ich.«

»Die Frau Kommissarin hat Sie schon angekündigt.«

»Wie geht es ihr?«

»Ganz gut, die Schulter ist nur geprellt, jetzt ist die Hand dran.«

»Hand?«

»Die linke, sie hat sich den kleinen Finger gequetscht.«

Das hat sie vorhin nicht erwähnt! »O Gott, nein!«

Oliver grinste. »Den brauchen wir zum Glück nicht. Dauert noch ein bisserl, Sie können dort drüben warten.« Er zeigte zu den, an der Wand befestigten, Klappstühlen schräg gegenüber.

»Okay, danke.« Nikolai zog seine Lederjacke aus. Durch die Rennerei war ihm etwas warm geworden.

Oliver verschwand wieder in U.R-3.

Nach etwa einer Viertelstunde öffnete sich die Tür erneut, Oliver begleitete Kathi hinaus. Im Handrücken steckte noch der IV-Zugang, außerdem zierte ein gelbes Armbändchen mit iQR-Code und ihrem Namen das Handgelenk. Den linken Arm trug sie in der Schlinge, der verletzte Finger lag frei. Er sah mittlerweile aus wie eine Bratwurst im Auberginen-Look.

»Oh nein!« Nikolai sprang auf. »Das sieht ja schlimm aus!«

»Er ist gebrochen.«

»Tut es sehr weh?«

»Im Moment nicht, ich hab ein Schmerzmittel bekommen. Schön, dass du da bist.«

»Hi, meine Süße.« Nikolai nahm Kathi sanft in den Arm und küsste sie. »Darauf habe ich mich schon die ganze Zeit gefreut.«

Kathi schniefte vor Rührung. »Ich mich auch.« Seine tiefe, sanfte Stimme hatte etwas Beruhigendes, das tat so gut.

Er sah sie mit sorgenvollem Blick an. »Hey, deine Augen sind ja ganz rot, hast du geweint?«

»Das kommt von den Rauchgranaten. Ich hab schon Tropfen bekommen.«

Nikolai strich zärtlich über ihre Wange. »Du Arme. Komm, setzen wir uns.« Er führte Kathi zu den Klappstühlen.

Oliver legte Kathis Jacke und die Schutzweste auf den freien Stuhl und gab ihr die Versichertenkarte zurück. »Warten Sie bitte hier.«

Kathi reichte Nikolai die Karte. »Steckst du sie bitte in meine Geldbörse, ist in der Lederjacke.«

Er griff zuerst in die rechte Seitentasche, in der er die Börse vermutete, weil sie etwas ausgebeult war. Stattdessen förderte er den BH ans Tageslicht. »O-oh, was ist denn das?«, meinte er augenzwinkernd.

Kathi lächelte peinlich berührt. »Erzähl ich dir gleich. Die Börse ist in der Innentasche.«

Nikolai steckte den BH wieder zurück und verstaute die Karte in Kathis Geldbörse.

»Wie war dein Flug?«, fragte sie.

»Ganz okay, Business-Class eben.«

»Ganz okay, Business-Class eben«, wiederholte Kathi schmunzelnd. »Man gönnt sich ja sonst nichts.«

»Das ist das Mindeste bei einem Vierzehn-Stunden-Flug. – Also ich höre.«

»Nee, erzähl was über China, ich brauche Ablenkung.«

»Nee, nee, nee – später. Erst die Sache mit dem BH und dem Einsatz. Wie kam das so plötzlich?«

»Holy crap!«, rief Nikolai, nachdem Kathi schwer seufzend geendet hatte. »Das war ja ein echtes Katz- und Mausspiel und dann noch ein Kollege! Und du hast ihn ... einfach so ... ähm, abgeknallt?«

»*Einfach so* war es nicht, er hat mir keine Wahl gelassen.«

»Was ist das für ein Gefühl? Ich meine ... ähm ... es war ja nicht das erste Mal.«

»Es ist ein Scheiß-Gefühl, aber ich habe kein schlechtes Gewissen, wenn du das meinst. Es hieß er oder ich.«

»Zum Glück hatte Hoeks Waffe wieder funktioniert. Du Verrückte, du!«

»Wenn nicht, hätten die vom SEK geschossen. – Und jetzt China, bitte.« Kathi schmiegte sich an Nikolai. »Lenk mich ab, erzähl was von Wuhan.«

»Okay, Wuhan hat über neun Millionen Einwohner, aber kein zusammenhängendes Siedlungsgebiet im herkömmlichen Sinn. Die Außenbezirke sind ländlich geprägt, es gibt ein Industriezentrum mit Produktionsbetrieben fast aller Branchen. In der City herrschen Wolkenkratzer vor, wie in jeder Millionenstadt. Manche drängen sich eng nebeneinander, andere stehen hinter schönen, alten Tempeln am Jangtse und am Han-Fluss. Es gibt viele Seen, auch auf dem Campus. Der ist riesig! – Warte, ich hab noch mehr Fotos gemacht.« Nikolai fischte sein Handy aus der Hosentasche und rief die Galerie auf. »Das ist die Gelbe-Kranich-Pagode und der Pavillon.«

»Sieht schön aus mit den Bäumen.«

»Im Frühling blüht dort alles, sagten die Kollegen. Dann ist der Park täglich voll.«

»Das glaube ich.«

»Hier, die Brücke über den Jangtse bei Nacht.«

»Wow!«

»Bevor ich es vergesse, schöne Grüße von Alex, er will mit Sonja im Frühsommer in Sachen Kultur nach Nürnberg kommen.«

»Oh, da freue ich mich schon. Wo werden sie wohnen?«

»In Kriegenbrunn, das Haus ist noch nicht verkauft.«

»Okay.«

Pfleger Oliver tauchte wieder auf. »Frau Starck, wir wären dann soweit.«

In Behandlungsraum U.532, im parallel liegenden Flur, wurde Kathi von Dr. Laufer erwartet. Kathi kannte ihn von der Einweisung. Nikolai durfte mitkommen.

»Das ist mein Freund, Dr. Liebermann«, stellte sie ihn vor.

Der Arzt gab ihm die Hand. »Laufer, Unfallchirurg. Was ist Ihr Fachgebiet?«

»Teilchen-Physik.«

Laufer sah auf. »Aha! Das haben wir auch nicht alle Tage.« Der Arzt zeigte den beiden die Röntgenaufnahmen. »Die Schulter ist nur stark geprellt, absolut harmlos. Aber wie Kollegin Walther richtig vermutete, hat der kleine Finger eine verschobene Fraktur, mittig, und die Gelenkkapsel einen Riss, Sehnen sind keine verletzt.«

Kathi schluckte. »Und das heißt?«

»Re-Positionierung und Schienung.«

»Mit OP?«

»Nein, das machen wir unter örtlicher Betäubung. Bitte legen Sie sich hin.« Laufer wies zur Liege. »Dr. Liebermann, Sie können solange auf dem Stuhl Platz nehmen.«

Oliver desinfizierte Kathis kleinem Finger großzügig. Laufer spritzte etwas in die Fingerwurzel. Den Piekser nahm Kathi ohne Reaktion hin. Während Laufer den Finger einrenkte, sah sie zu Nikolai, um sich abzulenken. Er litt im Geiste mit und biss die Zähne für sie zusammen. Das Ganze dauerte keine Minute.

»So, das hätten wir«, meinte Laufer zufrieden.

»Ich schau mal, ob die Schiene schon fertig ist.« Oliver verschwand nach draußen.

»Wie lange muss ich die tragen?«

»Vier bis sechs Wochen, bis Bruch und Gelenkkapsel geheilt sind. Das entscheidet Ihr Orthopäde.«

Kathi rechnete die Zeit vor. »Das heißt bis Anfang März?«

»Frühestens, sonst wird der Finger krumm. Es kann vorkommen, dass sich der Bruch noch einmal verschiebt, deshalb müssen Sie ihn zwischendurch röntgen lassen. Sobald die Schiene ab ist, schonend bewegen und mit Physiotherapie beginnen.«

»Dann darf ich solange keinen Sport machen.«

»Was machen Sie denn?«

»Boxen, Taekwondo, Laufen.«

»Boxen und Taekwondo sind gestrichen, mindestens ein halbes Jahr.«

»Pfffffff ... und Laufen?«

»Moderat, sobald die Schulter wieder in Ordnung ist.«

»Okay.«

»Was ist mit Trainieren auf dem Fahrradergometer im Liegen?«, fragte Nikolai.

»Das ist absolut okay.«

Pfleger Oliver kam mit einem zugedeckten Tablett zurück.

Dr. Laufer zog das grüne Tuch wie ein Zauberer weg.
»Voilà!« Er zeigte Kathi die royalblaue Schiene, ein Zweifingermodell für den kleinen und den Ringfinger zur Stabilisierung, mit integrierter Handfläche in luftiger Waben-Struktur, eine Art Exoskelett.

»Tolle Farbe.«

»Frisch aus dem 3D-Drucker«, sagte Dr. Laufer.

»Maßanfertigung?«, fragte Nikolai.

Kathi nickte. »Meine Hand wurde gescannt.«

»Cooles Teil, du kannst dich sogar kratzen.«

»Und damit duschen.«

Dr. Laufer legte die Schiene an und verschloss sie mit einem Klick in der Handfläche. »Heute und morgen nochmal Eis drauflegen, aber nicht andauernd, und immer ein Tuch dazwischen.«

»Okay, aber wird die Schiene nicht zu locker wenn die Schwellung zurückgeht?«

»Dann bekommen Sie eine neue.«

»Okay.«

Pfleger Oliver öffnete einen Schrank. »Größe M für die Bandage?«, fragte er, an den Arzt gewandt.

Mit geübtem Blick vermaß er Kathis Oberkörper. »Auf keinen Fall größer.«

Oliver packte die schwarze Schulter-Arm-Bandage aus und gab sie ihm zum Anlegen. Die Kombi-Orthese bestand aus einer gepolsterten Armtasche und Bändern, eins um den Hals, und eins für die Taille, um das Ganze an den Körper zu fixieren.

»Passt es so für Sie?«, fragte Laufer.

»Naja, ich muss mich erst dran gewöhnen.«

»Auf jeden Fall auch in der Nacht dranlassen«, sagte der Arzt, als er Kathi den IV-Zugang entfernte und ein dickes Pflaster draufklebte. »Wenn Sie sie zum Duschen abnehmen bitte aufpassen, keine ruckartigen Bewegungen machen.«

»Okay.«

»Haben Sie Schmerztabletten zu Hause?«

»Keine Ahnung, die brauche ich selten.«

»Augentropfen sollten sie heute und morgen auch noch einmal verwenden.«

»Die hab ich garantiert nicht, aber irgendeine Apotheke bei mir in der Nähe hat sicher Nachtdienst.«

Laufer öffnete eine Schublade des Arzneimittelschranks und nahm eine Sechster-Blisterpackung Tabletten heraus. Aus der darunter holte er vier Einzeldosen Augentropfen und gab alles Nikolai. »Das dürfte bis morgen reichen.«

»Danke.«

»Gegen die roten Augen helfen auch Umschläge mit Kamillentee.«

»Den hab ich zu Hause«, sagte Kathi. »Schreiben Sie mich krank?«

»Bis Ende der Woche, okay?«

»Okay.«

»Am Montag gehen Sie zum Orthopäden.«

»Mach ich. Können Sie ihm die Bilder zuschicken? Praxis Dr. Hahn, Zerzabelshofer Straße 25, die E-Mailadresse lautet: info@praxishahn.de, alles klein geschrieben.«

Nikolai schnallte Kathi auf dem Beifahrersitz an. Er sorgte auch dafür, dass der Gurt nicht zu sehr auf die verletzte Schulter drückte.

»Ich muss Andi noch Bescheid geben.« Kathi fischte ihr Handy aus der Jacke, bevor sie Nikolai auf die Rückbank legte und losfuhr. »Andi anrufen.«

»Hi, Kaddi«, meldete er sich. »Wie gehts dir?«

»Schulter geprellt, bandagiert, bleibt zirka zwei Wochen dran«, fasste sie kurz zusammen. »Der kleine Finger ist gebrochen und wurde geschient, dauert sechs Wochen.«

»Allmächd! So lang! Und wie lang bist krank g'schrieben.«

»Bis zum Freitag, am Montag muss ich zum Orthopäden, der entscheidet wie lange insgesamt.«

»Dann kommst du morgen gar ned zur Pressekonferenz? Um zwei fängt die an, Vorbesprechung ist um halb zwölf.«

»Doch, ich geh hin. Ich nehme mir ein Taxi.«

»Ach so ja, dein Auto steht ja noch im Parkhaus.«

»Da steht es gut, ich kann eh nicht fahren.«

»Nur zur Info, der Mayser hat nur einen Streifschuss.«

Kathi grinste. »Naja, Unkraut vergeht nicht.«

Andi kicherte durchs Telefon. »Da sagst was.«

»Ist er morgen auch dabei?«

»Ja, soweit ich weiß.«

»Okay.«

»Na dann, bis morgen im Büro. Gute Besserung.«

»Danke, Andi, bis morgen.«

»Ich fahre dich morgen ins Präsidium und hole dich wieder ab«, sagte Nikolai. »Ich muss nur zur Berichterstattung in die Firma, sonst hab ich frei, übermorgen auch. Jetzt bringe ich dich erstmal nach Hause.« Er überlegte kurz. »Nee, Quatsch, du kommst mit zu mir. Du kriegst ein Shirt und ne Boxershort.«

»Aber ich brauche für morgen frische Sachen.«

»Wir fahren am Vormittag schnell zu dir. Ich helfe dir beim Anziehen und bringe dich ins Präsidium. Anschließend fahre ich zu MECH@TRON und hole dich später wieder ab.«

»Das ist lieb.« Wenn Nikolai nicht fahren müsste, hätte sie ihm jetzt einen dicken Kuss gegeben. Aufgeschoben ist nicht aufgehoben.

»Fernseher aus«, befahl Julian, als er Geräusche im Flur hörte und sah nach. »Hallo, ihr zwei.«

»Hi, Julian«, sagte Kathi.

Nikolai stellte sein Gepäck ab. »Hi.«

»Und, was hast du Schlimmes?«, fragte Julian.

»Schulter geprellt, kleiner Finger gequetscht.«

»Voller Körpereinsatz, hm?«

»Immer.«

»Gratuliere, du hast den Kartenkiller geschnappt. Es kam vorhin kurz in den Nachrichten.«

»Danke.«

»Sie sagten, es war einer von euch.«

»Ja, leider.«

Nikolai half Kathi beim Schuhe ausziehen.

»Habt ihr Hunger?«, fragte Julian.

»Ich habe im Flieger etwas bekommen«, sagte Nikolai. »Du, Kathi?«

»Nein, aber ich habe Durst.«

»Was magst du? Saft, Saftschorle?«

»Saft.«

»Apfel, Traube, Orange?«, fragte Julian.

»Ist egal.«

»Kommt sofort!« Julian eilte in die Küche.

»Bitte ins Schlafzimmer!«, rief Kathi ihm nach.

Während Nikolai im Schrankzimmer seinen Koffer auspackte, rief Kathi, auf dem Bett sitzend, ihre Eltern in Peguera an und brachte ihnen ihre Kratzspuren schonend bei.

»Allmächd!«, rief Helga und starrte Kathi aus dem Display an. »Du machst Sachen!«

Franz, der seiner Frau über die Schulter sah, blieb ganz ruhig. »Es ist keine Schande, mit einem Krückstock aus einer Schlacht zurückzukommen, bildlich gesprochen.«

»Den brauch ich zum Glück nicht, Papa.«

»Zum Glück hast du deinen Niko.«

»Ja, Mama, das ist wirklich großes Glück.«

»Sag ihm schöne Grüße von uns.«

»Schöne Grüße von meinen Eltern!«, rief Kathi durch die offenstehende Tür.

Nikolai spitzte ins Schlafzimmer und antworte ebenso laut.

»Dankeschön, schöne Grüße zurück!«

»Daaanke!«, kam es aus laut dem Handy.

»Schon dich, Kathi«, sagte Helga. »Das wird schon wieder. Wenn wir Anfang Mai nach Nürnberg kommen, bist du wieder fit.«

»Wann genau ist das?«

»Am dritten Mai, die Blaue Nacht ist Pflicht! Außerdem wirds langsam Zeit, dass wir deinen Niko persönlich kennenlernen.«

Kathi lächelte. »Ja, wird langsam Zeit.«

»Gute Besserung«, schickte Franz noch hinterher. »Und jetzt leg dich hin!«

»Mach ich, hab euch lie-hieb.«

»Wir dich auch!«

Nikolai deponierte Tabletten und Augentropfen auf dem Nachttisch. Julian brachte ein Glas Traubensaft, das Kathi in einem Zug leerte, dann legte sie sich aufs Bett. Als Julian wieder draußen war, half Nikolai Kathi die Jeans auszuziehen. Er legte sie über den Stuhl und deckte Kathi zu.

»Hast du's bequem?«

»Ja, danke.«

»Sag, wenn du was brauchst. Ich lasse die Tür einen Spalt offen.«

»Okay, krieg ich noch nen Kuss?«

»Nein, du bekommst drei«, sagte er grinsend und küsste sie auf Stirn, Nase und Mund.

Kathi brauchte Nikolai an diesem Abend nicht mehr. Sie nahm noch eine von Laufers Schmerztabletten und schlief durch, bis zum nächsten Morgen.

Donnerstag, 30. Januar

Grünbaum hatte Kathi für die Pressekonferenz nicht eingeplant und von Koschnik einen Text vorbereiten lassen.

»Was tun Sie denn hier?«, fragte er, als sie unangemeldet in sein Büro spazierte.

»Ich habe den Fall gelöst und die Aktion zu Ende geführt, ich stelle mich selbst vor die Meute.«

»Sie sind dienstunfähig!«

»Zum Reden brauche ich weder Hände noch Arme.«

»Sie haben einen Kollegen erschossen!«

»Aber ich habe Null Schuldgefühle«, erwiderte sie kühl. Dieses Mal war es anders, nicht wie bei Rainer damals in München. Bei ihm war die Verbitterung über seinen Liebesverrat dazugekommen. Sie hatte zugelassen, dass ein Mörder sich an sie heranmachen konnte, um den Verdacht von sich abzulenken und es zu spät bemerkt. Darüber war sie hinweg. Nie wieder würde sie erlauben, dass sich so etwas in ihre Seele einbrannte.

»Es kann nicht schaden, bei Dr. Fichte vorbeizuschauen.«

»Ich brauche keinen Psycho-Doc«, lächelte Kathi milde. »Dafür habe ich Nikolai.«

Grünbaum schüttelte, ebenfalls milde lächelnd, den Kopf. »Sie machen ja eh, was Sie wollen. – Ach ja, bevor ich es vergesse, meine Gratulation. Das war gute Arbeit.«

»Danke.«

Ohne Schmink-Orgie machte sich Kathi für den Auftritt fertig, nur die Nase pudern und den Pony zurechtzupfen. Die Jacke ihres Hosenanzugs konnte sie sich wegen der Bandage nur über die Schultern legen. Man würde es ihr nachsehen. Mayser durfte heute neben ihr sitzen, geschniegelt und gestriegelt im schwarzen Anzug und auffällig handzahm.

Kathi beantwortete alle Fragen knapp und präzise, wie immer. Nur Ott ließ sich aus der Ruhe bringen, als Höfler nach ihren Ausführungen eine Frage direkt an ihn richtete.

»Der Killer war einer Ihrer Mitarbeiter, ein Insider. Dauerten die Ermittlungen deshalb so lange?«

Ott sah nervös auf das vor ihm liegende Tablet, als suchte er dort die Antwort. »Ähm ... in der Tat, dadurch wurden sie erschwert. Er verhielt sich geschickt und unauffällig. Dank des Scharfsinns von Frau Starck, ihrer Unnachgiebigkeit und Akribie konnte er schließlich entlarvt werden.«

»Vielen Dank, Herr Ott«, sagte sie. »Aber ohne mein Team und die schnelle Arbeit der Kriminaltechnik wäre mir das nicht gelungen.«

Lena Stocker meldete sich. »Frau Starck, Sie hatten sich dem Täter zunächst allein gestellt, um an ein Geständnis zu gelangen. Sie gingen das Risiko ein, getötet zu werden.«

»Mein Plan war, an seine Vernunft zu appellieren und ihn zum Aufgeben zu bewegen. Dank der perfekten Überwachung durch die LKA-Kollegen während der gesamten Aktion, der Unterstützung meines Teams und des SEK war das Risiko eingegrenzt. – Herr Mayser, wollen Sie dazu etwas sagen?«

Er nickte und rückte näher ans Mikrofon. Er erklärte die Funktion des GPS-Trackers und versicherte, dass das Team auch dank Chip-präparierter Waffen und Kameradrohnen immer wusste, wo sich die Zielpersonen aufhielten.

»Wir hatten die Situation voll unter Kontrolle«, sagte er am Ende, nach dem Motto ›Wir vom LKA sind die Besten‹.

MECH@TRON, Büro von Dr. Susan de Boer
»Walter wurde natürlich von allen vermisst«, sagte Nikolai am Ende seines Berichts.

Susan de Boer nickte. »Sie haben ihn brillant vertreten, wie ich von Professor Huang hörte.«

»Vielen Dank.«

»Er hat mir nach Ihrem Vortrag eine Nachricht geschickt. Er sagte auch, Ironworks wäre an einer Zusammenarbeit mit uns interessiert.«

»Aha!« Nikolai kannte natürlich den Namen von Chinas Nummer eins in Sachen Rüstungsproduktion. »Wären Sie bereit?«

»Ich überlege noch.« Ein Deal mit den Chinesen könnte viele Vorteile bringen: Erschließung neuer Märkte, Nutzung der Vertriebsnetze, Austausch von Knowhow und man ersparte der hauseigenen Rechtsabteilung Verfahren bei Verstößen gegen die Patent- und Markenrechte und bei Produktpiraterie. Außerdem könnte sie BATC eins auswischen, mit Macht und weltweiter Präsenz. Sie mit den eigenen Waffen zu schlagen, ohne vom rechten Weg abzukommen, lag in Susan de Boers Interesse. Das Thema BATC belastete sie nach wie vor. Bei Erhalt der Anzahlung im letzten Herbst hatte Tüyüc Hoek nur einen Speicherstick mit Appetithäppchen übergeben. Zu seiner eigenen Sicherheit waren die wichtigen Informationen auf dem zweiten gespeichert, den es erst nach der Zahlung des Restbetrages geben sollte. Statt der 17 Millionen, wie zunächst vereinbart, hatte Tüyüc 27 verlangt, sein Todesurteil. In Besitz der Daten hätte BATC das Rennen um die Rüstungsaufträge gewinnen können. Nochmal Glück gehabt.

Seit die Kripo den Stick nicht mehr als Beweismittel benötigte, lag er im Tresor. Mittlerweile war die Cyber-Security bei MECH@TRON um vier Köpfe erweitert worden. Noch ausgefuchstere Computer-Algorithmen und Verschlüsselungs-Raten sollten verhindern, dass Unbefugte weder von innen noch von außen auf sensible Daten zugreifen konnten. Nicht nur im Hinblick auf das RAPIS-Projekt. Seit Baubeginn des Prototyps der Mutter aller Kampfdrohnen letzten Oktober galt bei MECH@TRON höchste Geheimhaltungsstufe. RAPIS würde richtungsweisend für die Zukunft der Rüstungsindustrie werden und alles bisher Dagewesene in den Schatten stellen: Noch leichter, eine noch höhere Reichweite und preiswerter. Ein unkalkulierbares Risiko blieb die Käuflichkeit.

Eine Garantie, dass nicht doch Mitarbeiter als Schnüffler auf der Lohnliste von BATC oder eines anderen Konkurrenten standen, gab es nicht. Die beauftragte Detektei hatte bis jetzt nichts herausgefunden. Mitarbeiter zu beschnüffeln, wäre Susan de Boer früher nie in den Sinn gekommen, seit der Sache mit Tüyüc blieb ihr keine andere Wahl. *Ich lasse mir das Erbe meines Vaters nicht kaputt machen! Mit einem starken Partner an der Seite könnte ich das verhindern. Warum kein Joint Venture mit den Chinesen, die kopieren sowieso alles? Warum nicht mit einem potenten und solventen Unternehmen zusammenarbeiten, Formeln und Testmethoden teilen und weiterentwickeln?*

»Das käme auf die Art des Vertrages an«, sagte sie schließlich. »Konzentrieren wir uns auf den Launch von RAPIS.«

»Klar, das hat Prio eins.«

»Wie ist der Stand in Sachen Medi-Drohnen?«

»Ich denke noch zwei, drei Versuche, dann können wir in vierzehn Tagen in Produktion gehen.«

»Ausgezeichnet.«

»Bevor ich es vergesse, schöne Grüße von Alex.«

»Danke, auch fürs Herkommen heute.«

»War so ausgemacht.«

»Genießen Sie jetzt noch den Rest des Tages und das Wochenende. Und grüßen Sie Kathi von mir.«

»Das werde ich.«

»Wie geht es ihr, abgesehen davon, dass sie Sie vermisst hat?«, meinte de Boer augenzwinkernd.

»Nicht so gut.«

»Oh! Wie das?«

»Sie wurde gestern Abend bei einem Einsatz verletzt, die Schulter ist geprellt und der kleine Finger gebrochen.«

»Oh, nein!«, rief Susan sichtlich geschockt. »War das etwa die Sache am U-Bahnhof Frankenstraße?«

»Ja, genau.«

»Das lief gestern in den Spätnachrichten, aber sie nannten keine Namen. Zum Zeitunglesen bin ich heute noch nicht gekommen. Ist Kathi im Krankenhaus?«

»Nein, sie wohnt vorübergehend bei mir. Jetzt ist sie auf der Pressekonferenz.«

»Richten Sie ihr meine allerbesten Wünsche zur Genesung aus, sie kommen wirklich von Herzen.«

»Toller Service«, sagte Kathi als Nikolai sie nach der Konferenz noch einmal zu ihrer Wohnung fuhr. Er holte die Post aus dem Briefkasten und packte ein paar Sachen zum Anziehen und Kosmetika ein. Kathi gab ihrer Nachbarin Barbara Höhn Bescheid und vertraute ihr, wie immer wenn sie länger weg war, den zweiten Wohnungsschlüssel an.

Freitag, 31. Januar

Schön, wenn man einen so netten Freund hat, dachte Nikolai, als er in die Küche kam. Julian hatte Butler gespielt, bevor er am Morgen zur Uni gefahren war. Es wäre eine Schande, den reich gedeckten Tisch außer Acht zu lassen und im Bett zu frühstücken.

Nikolai machte zwei große Milchkaffees und holte Kathi.

»Wow!«, sagte sie.

»Julians Werk, der Kaffee ist von mir.«

Sie setzte sich und richtete die Schulterbandage. Manchmal bewegte sie den Arm instinktiv, bis die Schmerzen sie ermahnten, wie jetzt beim Versuch, mit den Stuhl näher an den Tisch zu rücken. Sie biss die Zähne zusammen. »Aua!«

Nikolai sprang auf und half ihr. »Dein Doc soll dich am Montag am besten gleich vier Wochen krankschreiben. Wenn man schon vollen Körpereinsatz gibt, ist das das Mindeste.«

Ja, was man nicht alles in Kauf nimmt, um einen flüchtigen Verbrecher zu stellen. Eine geprellte Schulter, ein gebrochener Finger und eine Verstopfung. Die dauerte zum Glück nur einen Tag. Gestern Abend war Kathi den GPS-Tracker auf natürlichem Weg wieder losgeworden.

Sie zupfte an der Bandage. »Mich nervt dieses Ding tierisch. Ich komme mir vor wie eine Schwerbehinderte.«

Ohne Nikolais Hilfe wäre sie aufgeschmissen: Vor dem Duschen Bandage abnehmen und danach wieder anlegen. Die Haut unter der Fingerschiene konnte sie allein trockentupfen oder mit Kaltluft föhnen. Nikolai sorgte auch dafür, dass immer ein Ice-Pack im Gefrierschrank parat lag, falls der kleine Finger wieder zu pochen begann. Kathi wollte nicht jedes Mal eine Schmerztablette schlucken.

Nikolai verwöhnte sie auch heute wieder nach Strich und Faden. Er schnitt ihr den Marmeladentoast in mundgerechte Stücke und las von seinem Tablet aus der NN vor. »Kartenkiller tot, Dreifachmörder stirbt bei Polizeieinsatz!«

»Mit Foto?«

»Ja.« Nikolai drehte das Tablet um, es zeigte eine unspektakuläre Szenerie mit drei vermummten SEK-Männern und deren Einsatzfahrzeug am U-Bahnhof.

»Da war ich schon auf dem Weg ins Krankenhaus. Zum Glück, sonst hätte mir die Meute noch im Sani das Mikro unter die Nase gehalten.«

»Wie üblich.« Nikolai nippte vom Kaffee. »Hey, hier steht etwas über dich!«

»Lass hören!«

»Hauptkommissarin Starck, Leiterin der SOKO Pokerkarte, führte den finalen Schuss in Notwehr aus – als Ironie des Ganzen mit einem Giftpfeil aus derselben Waffe, mit der der überführte Kartenkiller mordete. Starck hatte sie an sich genommen, nachdem dieser mit ihrer Dienstpistole geflüchtet war. Zuvor konnte sie ihm ein Geständnis entlocken. Wie bereits im Oktober, in einer ähnlichen, zunächst ausweglos erscheinenden Situation, war Starck an ihre Grenzen gegangen.«

»Naja, der letzte Satz klingt etwas übertrieben«, sagte Kathi. »Aber okay.«

Den Rest, mit den Einzelheiten zum Einsatz, überflog Nikolai nur, die kannte er von Kathi. »Hier steht noch etwas.« Er las wieder laut. »Die Schülerin steht noch unter Schock und wird psychologisch betreut. Starck und KHK Mayser vom LKA wurden während der Aktion verletzt, sie mussten im Krankenhaus ärztlich behandelt werden.«

»Steht was über Hildebrand drin?«

»Moment.« Nikolai überflog den Bericht. »Ah, hier am Ende: Dr. Max Hildebrand war nur ein Zufallsopfer. Wie erst jetzt bekannt wurde, war er mit dem ermordeten Paar sehr gut befreundet und so ins Fadenkreuz des Killers geraten. Aus ermittlungstaktischen Gründen musste diese Information bis heute zurückgehalten werden, so der Pressesprecher der Nürnberger Polizei. Weiterhin gibt es keine Spur über den Verbleib der zwei Millionen Euro. Es ist möglich, so die Vermutungen der Kripo, dass R., das erste Opfer, dieses Geheimnis mit ins Grab genommen hat. Das Dezernat für Wirtschaftskriminalität ermittelt in dieser Sache weiter.«

»Brisante Sachen werden einfach unter den Teppich gekehrt. Das ist die volle Wählerverarsche!« Kathi wurmte es noch immer, dass Knoll und LKA sich der Zensur von Hildebrands Partei beugten.

Nikolai legte das Tablet zur Seite und aß sein Müsli. Er mochte es am liebsten matschig, wenn die Getreideflocken mit der Milch vollgesogen waren.

Fast fertig, läutete es an der Tür. Er sprang auf und kehrte nach wenigen Minuten mit einem Blumenstrauß zurück. »Für dich.«

»Von dir?«

»Nein.«

»Gute Besserung und herzliche Grüße, Susan de Boer«, las Nikolai von der beiliegenden Karte ab. Er wickelte den Strauß aus, eine wunderschöne Komposition in Pastellfarben mit Knopfchrysanthemen, Muschelblumen, grünem Bambus, Eukalyptus und Lederfarn.

»Ist der schön! Das finde ich total nett. Ich ruf sie gleich an und bedanke mich.«

»Ich hole inzwischen die Vase.«

Während Kathi telefonierte, holte Nikolai den Sektkühler aus dem Wohnzimmer und den zweiten Strauß, den er draußen gelassen hatte. Im Gäste-WC befreite er die zwei Dutzend roten Rosen vom Papier und stellte sie in den, mit Wasser gefüllten, Kühler.

»Leider ist meine einzige Vase schon belegt«, sagte er in der Küchentür stehend. »Der von Frau de Boer muss ins leere Gurkenglas.«

Kathi legte das Handy weg und stand mit leuchtenden Augen auf. »Wow!« Mehr bekam sie vor Rührung nicht heraus.

»Yessss, diesen Blick wollte ich sehen!«, triumphierte Nikolai. Er stellte die Rosen auf den Tisch und schloss Kathi in die Arme.

Der Strauß von Susan de Boer kam später ins Gurkenglas, ein großes mit zwei Liter Inhalt. Davon fiel mindestens eines pro Monat an, für Kathis Salami-Burger, die inzwischen nicht nur Nikolai, sondern auch Julian zu schätzen wusste.

Kathi wurde von ihrem Orthopäden bis zum 10. Februar krankgeschrieben. Er riet, die Schulter zu schonen, aber nicht komplett still zu halten, damit die Muskulatur nicht zu sehr abbaute. Er zeigte ihr einige Übungen dem vorzubeugen. Bald kannte Kathi den Radius, in dem sie den Arm bewegen durfte. Als passionierte Seitenschläferin musste sie sich umgewöhnen, es ging nur auf dem Rücken liegend. Beim Versuch, sich zu drehen, wachte sie auf und konnte nicht gleich wieder einschlafen. Das fand sie nicht so toll. Vieles was Spaß machte, durfte sie nicht tun, vom Sex ganz zu schweigen. Schmerzen sind ein Lustkiller, sofern man nicht sadomasochistisch veranlagt ist.

Die Verträge mit Boxclub und Taekwondo-Studio hatte Kathi, dank des ärztlichen Attests, vorübergehend stilllegen können. An regelmäßigen Sport gewöhnt, trainierte sie zweimal am Tag auf Nikolais Fahrradergometer, ein- oder freihändig. Joggen traute sie sich noch nicht, so blieb nur Walken oder Spazierengehen. Einmal eine große Runde um den Block oder im nahegelegenen Luitpoldhain. Sie ging auch einkaufen in der Nähe, zum Bäcker oder zum Biomarkt – besser, als auf dem Sofa zu lümmeln, an die Decke zu starren oder fernzusehen. Bücherlesen war auch keine Lösung auf Dauer, schon gar nicht um drei Uhr nachmittags. Da übte Nikolais Terror-Nachbar Herr Schauer in der Wohnung darunter täglich mit seiner Tuba, immer wieder dasselbe alte Harry-Potter-Filmthema, rauf und runter. Kathi blieb nichts anderes übrig, als die drahtlosen Kopfhörer aufzusetzen und ihre Lieblingssongs zu hören, bunt gemischt und laut, ebenfalls rauf und runter.

Sie war schon eine Ewigkeit nicht mehr krank gewesen. Nicht einmal eine Erkältung hatte sie. *Wenn man krank ist, ist man schwach.* Kathi hasste Schwäche.

Das sah Nikolai anders. »Jede und jeder darf schwach sein, dafür muss man sich nicht schämen.«

An Kathis Einstellung änderten weder die liebgemeinten Worte, noch Blumensträuße etwas. Mittlerweile stand ein halbes Dutzend in Nikolais Wohnung. Mit der Bandage kam Kathi sich vor wie ein einarmiger Bandit, deshalb trug sie der Bequemlichkeit halber nur Sweatpants, auch wenn sie aus dem Haus ging. Die konnte sie alleine schnell an- und wieder ausziehen.

Nikolai gefiel der Schlabberlook. »Du siehst zum Anbeißen aus.« Er begutachtete die graumelierte Hose mit Sternenmuster, durch die sich Kathis Po deutlich abzeichnete. »Mmmhhh, sexy.« Er streichelte ihn und schob den anderen Arm um ihre Taille. Sie spürte seine Finger am Bund der Pants entlangfahren und schließlich darin verschwinden. Seine warme Hand streichelte ihre Hüften und wanderte zum Po, um ihn sanft zu kneten.

Kathi schmiegte sich eng an Nikolai, bis ein Stich in der Schulter sie zusammenzucken ließ. »Aua!« Sie löste sich.

»Oh, sorry! Alles okay?«, fragte Nikolai besorgt.

Sie seufzte. »Nicht mal richtig kuscheln können wir, ohne dass es weh tut. Das ist doppelte Strafe! Wenn schon kein Sex, dann wenigstens das! Scheiß-Job!«

Nikolai strich eine Strähne von Kathis Pony zur Seite, sah sie mit einem liebevollen Das-wird-schon-wieder-Blick an und küsste sie zärtlich auf die Stirn, die Nase und den Mund.

Eine nette Ablenkung bot Carolin Wolfs Besuch am Donnerstag-Nachmittag. Zu Kathis Überraschung hatte sich ihre Freundin aus dem Gymnasium Ende Oktober gemeldet – nach zwei Jahrzehnten Sendepause, bedingt durch Umzug, Studium, Arbeit und Familie. Carolin, Mutter von Zwillingssöhnen, die bereits studierten, und zum zweiten Mal verheiratet, war nach der Berichterstattung im Fall König auf Kathi aufmerksam geworden. Sie hatte kurzerhand im Präsidium angerufen. Die Agrarökonomin lebte erst seit einem Jahr wieder hier und führte den elterlichen Biogemüse-Anbaubetrieb in Almoshof. Seit Oktober trafen sie sich regelmäßig. Heute brachte sie frischen Streuselkuchen mit, Kathis Lieblingskuchen. Julian machte Cappuccino und ließ die beiden allein. Er musste seine Koffer packen.

Am Freitag endete das Wintersemester und damit seine Gastdozententätigkeit an der Uni. Am Nachmittag schmiss er eine Abschiedsfeier für seine Studenten und die Kollegen.

Am Abend lud er Kathi und Nikolai zum Essen ins ›Ka Gschmarri‹ ein, Nürnbergs bestem Schäuferla-Restaurant. Kathi wollte auf keinen Fall in Sweatpants mitgehen, also musste Nikolai ihr beim Anziehen der Jeans helfen. Als Oberteil wählte sie ein bequemes Shirt aus elastischer Spitze. Beim Essen brauchte sie nur Hilfe beim Zerteilen des riesigen Knödels, damit er sich richtig mit der leckeren Biersoße vollsaugen konnte. Das butterzarte Fleisch konnte sie mit der Gabel vom Knochen lösen, für die Kruste nahm sie die Finger. Darüber sahen die Jungs großzügig hinweg.

Zu Hause unterhielten sie sich bei Bostonians, leckeren Cocktails bestehend aus Gin, Wermut, Sweet & Sour Sirup, Orangensaft und Minzeblättchen. Mit vorgerückter Stunde bekamen die Themen einen Hauch von Sentimentalität. Nikolai und Julian erzählten von ihren Jungen- und Studentenstreichen, über ihren Doktorvater und Freund Walter König und brachten einen Toast auf ihn aus.

»Grüße in den Physikerhimmel«, sagte Nikolai nach einer halben Schweigeminute. »Du warst, und ich sage jetzt ein Wort, das Physiker selten benutzen: Wundervoll!«

Das rührte auch Kathi ein wenig zu Tränen, obwohl sie König nicht persönlich kannte. Sie musste den Mord an ihm aufklären, aber dadurch hatte sie Nikolai kennen- und lieben gelernt. Schön, dass aus einer Tragödie auch etwas Gutes resultieren konnte.

Am Samstag fuhr Julian nach Bonn. Am Sonntag flog er über London nach Boston, wo ihn Frau und Kinder in die Arme schlossen.

ROYAL FLUSH AM VALENTINSTAG

Freitag, 14. Februar

Kathi hängte ihre Lederjacke an die Garderobe, befreite sich vom Holster und verstaute die Dienstpistole im Safe. Seit zwei Tagen arbeitete sie wieder. Am Mittwoch hatte sie die Schulterbandage abnehmen dürfen und das Schießtraining mit Erfolg absolviert. Sichern, Entsichern und Nachladen klappten trotz Fingerschiene. Drei Wochen musste sie das Ding noch tragen. Wenigstens störte es beim Autofahren nicht. Das Hämatom an der Schulter, groß wie ein Blumenkohlkopf, verblasste allmählich. Sie konnte sich schmerzfrei bewegen, durfte aber noch keine schweren Sachen heben und tragen. Boxen und Taekwondo waren bis zum Frühsommer leider tabu. Also hieß es: Bei Nikolai trainieren, moderat wie vom Orthopäden empfohlen. Gestern Abend war sie zum ersten Mal bei der Physiotherapie gewesen. Danach fühlte sie sich etwas schlapp, aber heute könnte sie Bäume ausreißen.

Sie sah die Post durch, Werbeprospekte, ein Brief von der Stadt und ein weißer A6-Luftpolsterumschlag. Den Brief, eine Information zur nächsten Bürgerversammlung in Zabo, überflog sie im Stehen. Die Prospekte legte sie auf die Kommode. Beim Lesen des Absenders auf dem Lupo-Umschlag lief es ihr kalt den Rücken hinunter: P. Rollner. *Allmächd! Ein Brief von einem Toten!* Die Absenderadresse wunderte sie gleichermaßen: Jakobsplatz 5, 90402 Nürnberg.

Das ist die Anschrift vom Präsidium! Erlaubt sich da jemand einen Scherz mit mir? Sie holte einen Latexhandschuh aus der Tasche und streifte ihn rechts über. Sie strich über den Umschlag, versuchte mögliche Drähte oder Ähnliches zu ertasten, schwierig bei der Polsterung und mit nur einer Hand. Sie überlegte, ob sie den Umschlag ins Präsidium bringen sollte, um das Öffnen den Spezialisten zu überlassen. Dann verwarf sie diesen Gedanken wieder. *Wer sollte mir ne Briefbombe schicken oder Gift, wie Anthrax oder ...? Nein, das ist Quatsch!*

Kathi ging in die Küche und holte das Tapetenmesser aus der Schublade im Schrank neben der Spüle. Damit schnitt sie den Lupo-Umschlag oben vorsichtig auf. Nichts geschah. Beim Hineinspitzen entdeckte sie nur eine Codekarte und eine Micro-Memory-Card. Sie schüttete alles auf den Tisch, ein verdächtiges Pulver oder Ähnliches kam nicht mit heraus. Sie seufzte erleichtert. Die Codekarte stammte vom My Storage Lagerhaus an der Äußeren Bayreuther Straße. Kathi steckte die Memory-Card in ihr Tablet und ließ den Virenscan laufen. Die beiden Dateien, eine mit dem Namen ›Info‹ und ein Audiofile namens ›Kathi‹, waren sauber. Das Audiofile öffnete sie zuerst.

»Heute ist der 2. Januar 2025. Hallo, Kathi, hier ist Pit.«

Sie stoppte, die Stimme ihres toten Kollegen erzeugte eine Gänsehaut am ganzen Körper. *Oh my god! Am 2. Januar ist er ermordet worden! Aber warum krieg ich den Brief erst heute, ausgerechnet am Valentinstag? Wieder mal Schlamperei bei der Post oder Absicht?*

Sie ließ die Aufnahme weiterlaufen.

»Wenn du das hörst, bin ich untergetaucht. Ich weiß nicht, was in der Zwischenzeit alles passiert, ist auch egal ...«

Und was alles passiert ist!, dachte Kathi.

» ... die Codekarte von My Storage gehört zu einem, von Tüyüc gemieteten, Fach. Ich schicke sie dir, weil du die Einzige bist, der ich traue. Im Fach liegen die zwei Millionen. Ich weiß, dass du der Versuchung widerstehen kannst und sie ablieferst. Du wirst dich fragen, wie ich dran gekommen bin, reiner Zufall. Weil wir mit den Ermittlungen nicht mehr weitergekommen sind, habe ich Ende November alles, was wir bei Tüyüc konfisziert hatten, nochmal gecheckt; jedes Stück Papier dreimal umgedreht, die Dateien durchforstet und mir die Bewegungen auf seinem Bankkonto angesehen, auch die älteren. Dabei fiel mir eine Abbuchung vom Januar 2024 auf, 875 Euro, die Jahresmiete für einen Lagerraum bei My Storage in der Äußeren Bayreuther Straße. Ich hab mir gedacht, der hat ein Riesenhaus, wozu der Lagerraum? Dort könnte er etwas deponiert haben, von dem niemand wissen darf. Mir fiel sofort das Bestechungsgeld ein, aber von meinem Verdacht hab ich keinem was gesagt.

Ich war mir sicher, bei Tüyücs Zeug war keine Codekarte, die man zum Öffnen des Fachs braucht. Also hab ich seine Frau angerufen. Sie wusste von dem Lagerraum und meinte, dort wäre nur alter Kram und Sachen für den Flohmarkt. Sie wäre noch nicht dazu gekommen, es aufzulösen. Ich hab sie gefragt, ob sie was dagegen hätte, wenn ich mir die Sachen ansehe. Sie war einverstanden. Am 4. Dezember haben wir uns mittags dort getroffen. Der Lagerraum war nicht groß, vielleicht acht Quadratmeter. Drin standen ein Go-Kart und ein BMX-Rad aus den 1980er Jahren, vier Umzugskartons, zwei mit nostalgischem Blech-Spielzeug und Brettspielen. Die zwei anderen, mit Bilder- und Fachbüchern, habe ich mir genauer angesehen. Beim Auspacken hat Frau Tüyücs Handy geläutet, wegen des besseren Empfangs ist sie rausgegangen. Da fiel mir ein altes, dickes Physikbuch in die Hände. Ich hab nur aus Neugier reingesehen. Stell dir vor, im Umschlag war eine zweite Codekarte eingeklebt! Da haben bei mir die Alarmglocken geläutet. Das Geld für die Miete wurde in einem Betrag vom Konto abgebucht, eben diese 875 Euro, deshalb ist es Frau Tüyüc nicht aufgefallen. Sie wusste nichts vom zweiten Fach und demnach nichts von der Kohle.

Frag mich nicht, warum ich die Karte eingesteckt habe. Als Frau Tüyüc wieder zurückkam, habe ich behauptet, ich hätte nichts gefunden und hab mich für ihre Mühe bedankt. Ich bin zurück ins Präsidium, um nachzudenken. Das Ding in meiner Tasche hat mir keine Ruhe gelassen, darum bin ich nach Feierabend noch mal zu My Storage. Die Karte öffnete ein kleineres Fach in der Größe eines Umzugskartons. Drin stand ein Trolley. Der Zahlencode stand von Hand geschrieben auf der Karte. Tüyüc war entweder vergesslich oder leichtsinnig. Aber dann, ich sags dir ...«, Pit seufzte schwer, » ... den Anblick der vielen Geldbündel musste ich erstmal verdauen, nur Hundert- und Zweihundert-Euroscheine. Ich habs im Auto gezählt, es waren genau zwei Millionen. Das Geld von BATC, was sonst! Daheim hab ich den Trolley im Schrank im Arbeitszimmer versteckt und mich gefragt, was ich machen soll, abgeben oder behalten? Kein Mensch außer mir weiß davon. Das ist der Jackpot, hab ich zu mir gesagt. Das behältst du, damit kannst du in ein paar Jahren in den vorzeitigen Ruhestand gehen, vorher schöne Reisen machen und so.

Am nächsten Tag bin ich wieder zu My Storage und habe den Trolley wieder im Fach deponiert. Der Jessi hab ich es am Tag drauf erzählt. Da hat sie noch gesagt, behalte es, das ist unsere Zukunft. In der Woche nach Nikolaus stand ein Bericht über Reisen in die Südsee in der Zeitung. Ich hab im Büro blöderweise eine Bemerkung fallen lassen, dass ich mit Jessi nächstes Jahr dort vielleicht Urlaub machen würde – Hawaii, Bora-Bora oder Tahiti, jedenfalls ganz weit weg und mindestens drei Monate. Der Uli meinte: ›Du musst Geld haben! Hast im Lotto gewonnen?‹ Ich darauf: ›Man wird wohl träumen dürfen‹. Da muss er misstrauisch geworden sein, hat aber nichts weiter gesagt. Ich habe Tüyücs Kontoauszüge frisiert, die Abbuchung von My Storage gelöscht, hat keiner gemerkt.«

Pit machte eine kurze Pause, räusperte sich und erzählte weiter so stimmungsvoll wie bisher. Kathi glaubte, einem Hörbuch zu lauschen.

»Heute Vormittag hat Uli plötzlich von den zwei Millionen angefangen. Keine Ahnung, woher er das wissen konnte. Ich habs geleugnet, aber er glaubt mir nicht und erpresst mich. Ich muss das Geld loswerden, dann wird er aufgeben. Jessi sagte auch ›Wenn du es nicht mehr hast, brauchst du nicht mehr zu lügen‹. Sie redet mir ja schon seit Weihnachten ins Gewissen. Ich mache gerade Mittagspause und nehme dieses Gespräch auf. Ich komme grad von My Storage, hab den Zahlencode am Trolley geändert, er lautet jetzt 7-3-5-9. Meinen Rechner im Büro und das Pad hab ich bereinigt, damit Uli die Einträge nicht zurückverfolgen kann. Die richtigen Kontodaten von Tüyüc findest du in der Datei ›Info‹ auf der Speicherkarte. Bitte geh nicht so hart mit mir ins Gericht, auch wenn ich es verdient hab. Und halte die Jessi raus, die ist unschuldig. Wie vorhin gesagt, ich werde einige Zeit untertauchen. Wir sehen uns irgendwann wieder. Danke und liebe Grüße.« Danach folgte ein erleichternder Seufzer.

Kathi ließ die Aufnahme noch ein Stück weiterlaufen. *Hm, kein Wort über Hildebrand. Irgendwie verständlich, ist zu pikant. Aber das mit dem Geld musste er sich von der Seele reden, seltsame Moral.* Sie drückte auf Stopp und prüfte den Inhalt der Info-Datei mit den Originalen von Tüyücs Kontoauszügen. Nach einem Blick auf die Uhr – es war kurz nach fünf – beschloss sie, zu My Storage zu fahren. Sie steckte die Karten wieder in den Umschlag und zog den Handschuh mit den Zähnen aus.

Auf dem Weg zum Fahrstuhl überkam Kathi ein mulmiges Gefühl, kein Wunder mit dem ›Schlüssel‹ zu zwei Millionen in der Tasche. *Hoek hat gesagt, dass BATC sich das Geld zurückholen wird. Die wissen garantiert, wo ich wohne und beobachten mich, schon die ganze Zeit. Vielleicht haben sie es noch immer auf mich abgesehen, schließlich hab ich ihnen den Datenklau versaut. Denen traue ich alles zu.* Plötzlich zuckte sie zusammen, von unten im Treppenhaus drang ein Geräusch zu ihr hoch. Es hörte sich an wie die Fahrstuhltür. Kathi beugte sich über das Geländer und spähte hinunter ins Erdgeschoss. Sie konnte niemanden entdecken.

»Hallo?«, rief sie laut. Keine Antwort.

Sie drückte den Knopf am Aufzug und starrte auf das Display, das die Stockwerke anzeigte: 1 – 2 – 3 – 4. Die automatische Tür glitt mit einem Ping zur Seite.

Kathi trat einen Schritt zurück. Ihre Hand wanderte zu ihrer Waffe in der Umhängetasche. *Gut, dass ich sie eingesteckt habe.* Sie ließ wieder davon ab, anstelle eines bösen Buben stolzierte Fritz heraus, Barbaras rot getigerter Kater. Fritz, benannt nach der sextollen Zeichentrickfigur aus den 1960er Jahren, trug seinen Namen zu Recht. Im Sommer blieb der Freigänger oft den ganzen Tag weg, jetzt im Winter nur ein paar Stunden, aber nie über Nacht. Er bestand auf eine regelmäßige Morgen- und Abendmahlzeit und er liebte das Aufzugfahren. Wenn die Fahrt nicht in sein Stockwerk ging, drückten die Leute, die ihn kannten, den vierten für ihn. Fritz verfügte quasi über eine Truppe Liftboys und -girls.

Wie immer schnurrte er zur Begrüßung und strich um Kathis Beine. Dafür erwartete er Streicheleinheiten, die er umgehend erhielt.

»Hallo, Fritz, kommst wohl von der Tagschicht?«

Er sah auf. »Miauuuu.« Seiner zufriedenen Miene nach zu urteilen, bedeutete das wohl ›ja‹.

Kathi grinste. »Und wie viele Miezen hast du beglückt?«

»Miau, miau.«

»Zwei, aha!«

»Miauu-uuu-uuuhhhh!«

»Aha, drei! Du machst deinem Namen alle Ehre.«

Nach dem vierten »Miau« lief er schnurstracks in Richtung Barbaras Wohnung.

Kathi grinste und stieg in den Fahrstuhl. *Bei dem wuseln die Sex-Teilchen immer.* Während der Fahrt nach unten dachte sie an ihre vorübergehend stillgelegten. Mehr als Knutschen, Kuscheln und einer tollen Tantramassage von Nikolai war in den vergangenen zwei Wochen nicht drin gewesen, eine für ihre Verhältnisse lange Abstinenz. Umso mehr freute sie sich auf heute Abend. *Sex am Valentinstag, yesssss! Und sobald die blöde Schiene am Finger weg ist, gehts wieder richtig zur Sache. Herrliche Sauereien mit Honig, Sahne und Schokolade auf Nikos Latexlaken ... schwarz, glänzend, geil! Und einem Blow-Job bis zum spritzigen Finale, danach Champagner und ein Kuss von ihm. Mmmhhh ...*

Mit einem Lächeln auf den Lippen öffnete Kathi die Haustür. Mittlerweile war es stockdunkel geworden und neblig dazu, das gelbliche Licht der Straßenlaternen wirkte unheimlich. Kurz vor ihrem Auto beschlich sie erneut das mulmige Gefühl, beobachtet zu werden. BATC spukte wieder im Kopf herum. Kathi sah sich in alle Richtungen um, entdeckte nicht einmal einen Schatten. Sie versuchte, in den parkenden Autos in der Nähe etwas zu erkennen, *Fehlanzeige. Wenn, dann stehen sie weiter weg und mit nem Fetzen-Tele.*

Sie spähte ins Innere ihres BMW, entdeckte aber nichts Verdächtiges. Vorsichtig öffnete sie die Beifahrertür und holte die Taschenlampe aus dem Handschuhfach, um unter dem Wagen nachzusehen. Wenn jemand es auf sie abgesehen hatte, könnte etwas Explosives darunter angebracht sein. *Dann wäre das Geld auch futsch. – Kathi, lass es, da ist nichts! Herrgott, ich sehe schon Gespenster!*

Den Kopf noch unter dem Heck, hörte sie plötzlich Schritte näherkommen. Nur Sekunden später entdeckte sie ein Paar Männerfüße in schweren Biker-Boots auf der anderen Seite. *Oh shit!* Ihr Herz pochte bis zum Hals. Langsam und darauf bedacht, sich den Kopf nicht anzuschlagen, kam sie hoch.

»Ist was mit deinem Auto, Kathi?«, fragte eine junge Männerstimme, die sie gut kannte. »Kann ich helfen?«

»Hallo, Marco«, begrüßte sie Barbaras 16-jährigen Sohn mit einem Seufzer der Erleichterung. *Seit wann trägt der Stiefel, der läuft doch sonst nur in Turnschuhen rum?* »Ich dachte, ich wäre vorhin auf dem Bordstein aufgekommen. Ist aber alles okay.«

Er nickte. »Wie gehts denn deiner Hand?«

»Passt schon, die Schiene bleibt noch drei Wochen dran.«

»Okay, dann gute Besserung weiterhin.«

»Danke, Marco. Gruß an die Mama.«

»Richte ich aus, schönen Abend noch.«

»Danke, euch auch.«

Marco verdrückte sich in Richtung Haus.

Kathi stieg ins Auto und setzte sich vorsichtig, wegen eines möglichen Kontaktzünders unter dem Fahrersitz. Sie startete den Motor, fuhr ein Stück geradeaus und trat auf die Bremse, die funktionierte auch. Einen Zigarettenanzünder, an dem man herumfummeln könnte, gab es in ihrem Nichtraucherauto nicht. »Puuuuuuh!«

Im freitagabendlichen Berufsverkehr brauchte Kathi fast eine halbe Stunde zu My Storage. Parkplatz und Eingang lagen auf der Rückseite des Gebäudes. Von Neugier getrieben, nahm sie zwei Stufen auf einmal ins erste Obergeschoss. Dank guter Beschilderung fand sie das Schließfach auf Anhieb. Sie zog einen Latexhandschuh an, um die Fingerabdrücke von Pit, vielleicht auch die von Tüyüc, nicht zu verwischen. Mit Kribbeln in den Fingern steckte sie die Codekarte in den Schlitz, der sie mit leisem Surren aufnahm. Nach wenigen Sekunden öffnete sich die Metalltür mit einem leisen Klick.

Der Inhalt: besagter Alu-Trolley.

Kathi sah sich verstohlen um, kein Mensch weit und breit. Sie öffnete das Zahlenschloss, den Kofferdeckel aber nur einen Spalt. Geldbündel blitzten ihr entgegen. *Holy crap!* Näher kommende Schritte ließen sie innehalten, doch sie entfernten sich wieder. Sie überlegte, ob sie es wagen könnte, das Geld hier zu zählen. Kameras gab es keine, trotzdem entschied sie sich dagegen. Sie schloss den Trolley wieder und verriegelte das Lagerfach.

Auf dem gut ausgeleuchteten Parkplatz standen drei PKW ohne Insassen und der Lieferwagen einer Umzugsfirma, der gerade beladen wurde. Bemüht, gelassen zu wirken, kehrte Kathi zu ihrem Wagen zurück.

Sie wuchtete den Trolley in den Kofferraum, ein Kraftakt mit nur einer Hand. *Mit dem geschätzten Gewicht lag Uli damals richtig und mit dem Trolley auch.* Kathi stieg ein und sah auf die Uhr, viertel nach sechs. *Was mache ich jetzt? Es ist zu spät, um ins Präsidium zu fahren. Alle, die ich bräuchte, sind heute nicht mehr da.*

»Niko anrufen«, befahl sie dem Handy in der Halterung. Sie musste es fünfmal läuten lassen. *Vielleicht ist er gerade beim*

Staubsaugen. Er putzte seine Wohnung immer Freitag nach Feierabend, deshalb waren sie erst um halb acht verabredet.

»Hi, Kathi«, meldete er sich.

»Hi, du. Kann ich schon früher zu dir kommen?«

»Äh, ja, warum?«

»Ich muss dir was zeigen.«

»Was denn?«

»Nicht am Telefon. Wenn es dir jetzt nicht passt, dann später, wie ausgemacht. Andererseits könnte ich dir ein wenig helfen.«

»Nicht nötig.« Er machte eine Pause. »Ich bin ... ich muss erst … ich ... äh … ach egal, komm ruhig.«

»Okay, bis gleich.«

»Bis gleich.«

Kathi runzelte die Stirn. *Was ist denn mit dem los, warum druckst er so herum?* Dann kam es ihr. *Vielleicht bereitet er ja eine Überraschung zum Valentinstag vor. Warte, bis du meine siehst!* Diese Vorstellung entlockte ihr ein Grinsen.

In der Wilhelm-Spaeth-Straße bekam sie einen Parkplatz direkt vor der Nummer 66. Nikolai öffnete nach einmal Läuten. Heute nahm sie ausnahmsweise den Aufzug, sie hatte keine Lust den Trolley in den ersten Stock zu schleppen.

Nikolai wartete in der Tür. »Hi, Kathi.«

»Hi, Niko.«

Sie tauschten Küsschen.

»Komm rein.« Sein Blick fiel auf den Trolley. »Was schleppst du denn mit dir herum?«

»Das wirst du gleich erfa... « Kaum war die Tür hinter ihr zu, blieb Kathi plötzlich Luft und Spucke weg. Sie sah eine sehr junge, sehr große und sehr schlanke, dunkelhaarige Frau, nur mit Slip und BH bekleidet aus dem Bad huschen und ins Schlafzimmer verschwinden. »Das ist jetzt nicht wahr!«

Kathi krallte die Finger um den Griff des Trolley.

»Äh, was?«, fragte Nikolai.

Sie sah ihn giftig an. *Was los ist, frag nicht so blöd? Wer ist diese langbeinige Tussi? Du wagst es mich zu betrügen? Dann auch noch mit einer, die halb so alt ist wie du, höchstens! Du fieses Dreckschwein! Wer weiß, wie lange das schon geht? Holt sich irgendwelche Weiber in die Wohnung! Woher nimmt er sich überhaupt die Zeit, schiebt er seine Überstunden nur vor? Dieses Lügenmaul! War er vorhin deshalb so nervös? Warum ist sie noch hier? Wie blöd muss man sein? Lässt sich in flagranti erwischen! Vielleicht hat er gedacht, ich brauche länger oder wollte sie im Ankleidezimmer verstecken. Na warte, Freundchen!* Kathi war kurz vorm Platzen. *Ich bringe ihn um! Du Lügenmaul, dich mache ich kalt und die Tussi auch!* Sie spürte ihr Herz schneller schlagen und die Hitze in den Kopf steigen. Ihre Hände schwitzten, sie ließ den Griff des Trolleys los.

Sie hätte große Lust Nikolai einen Fausthieb zu verpassen, wie auf dem Lichtenstein-Bild im Flur vor dem Balkon: POW! SWEET DREAMS, BABY! *Schade, dass ich zurzeit nur eine Faust habe, aber reden kann ich noch!* Sie machte sich bereit, einen Schwall von Hasstiraden über Nikolai niedergehen zu lassen.

Die vermeintliche Nebenbuhlerin, jetzt in schwarzer Lederhose und engem Spitzenshirt, kam lässig aus dem Schlafzimmer geschlendert.

»Kathi schau, wer uns besucht«, sagte Nikolai, freudestrahlend und die Ruhe selbst. »Anna.«

»Anna?«

»Ja, Anna.« Sie grinste. »Ohne Karenina.«

Kathi kapierte noch immer nichts und zog die Stirn kraus. Nikolai deutete diese Geste richtig.

»Anna, meine Schwester – unser Nesthäkchen!«

Jetzt klingelte es bei Kathi. »Anna, klar!« *Scheiße!* Sie fuhr die Fangzähne wieder ein und rang sich ein Lächeln ab. »Hallo, Anna.«

»Hallo, Kathi, schön, dich endlich kennenzulernen.« Sie verteilte gleich drei Wangenküsschen.

»Und ich dich«, sagte Kathi erleichtert. *Nicht rot werden, jetzt bloß nicht rot werden!* »Ich hab dich mit der neuen Frisur nicht erkannt. Auf dem Foto im Wohnzimmer sind sie noch lang.«

Anna schüttelte ihren akkurat geschnittenen, kinnlangen Bob. »Von ganz lang auf kurz – cool, nicht?«

»Voll cool, steht dir gut.«

»Danke.«

Anna schnappte sich ihren Parka und schlüpfte hinein. »Sorry, dass ich unangemeldet hier auftauche, Bruderherz. Das nächste Mal rufe ich an.«

»Ich sagte doch, es ist okay.«

»Ich bin eigentlich auf dem Weg nach München zu einer Freundin«, erklärte sie Kathi. »Wir wollen zum Skifahren.

Unterwegs hörte ich im Radio, dass Krass:NO:jarsk heute Abend umsonst hier im Kulturzelt auf dem Volksfestplatz auftreten. Die wollte ich schon immer sehen. Ich dachte, ich schau mal vorbei, vielleicht ist mein großer Bruder ja zu Hause.«

»Du hast Glück, das Gästezimmer ist frei.«

»Dann darf ich hier übernachten?«, fragte sie liebäugelnd.

»Wo denn sonst!«

»Ist ja nur für heute.« Anna fiel Nikolai um den Hals und gab ihm ein Küsschen auf die Wange. »Daaaanke.«

»Krass:NO:jarsk?«, fragte Kathi. »Wer ist das?«

»Cooler Name, oder? Sie kommen aus Charkiw, du weißt schon, eine von Nürnbergs Partnerstädten.«

»Ach so.«

»Das Konzert beginnt um halb sieben, ich habe mich nur ein bisschen aufgehübscht und umgezogen.«

Ach deshalb ist sie vorhin halb nackt durch die Wohnung gerannt, dachte Kathi. *Hoffentlich hat Niko meinen Blick nicht falsch interpretiert.*

»Willst du nichts essen?«, fragte Nikolai.

»Nein danke, ich hab vorhin erst Mamas Salamibaguette verputzt.«

»Anna isst auch gern Salami.« Nikolai grinste. »Aber Kathis Salamiburger kennst du noch nicht.«

»Klingt spannend.«

»Schmecken lecker«, sagte Nikolai.

»Ich mache dir morgen einen.«

»Zum Frühstück?«

Kathi zwinkerte ihr zu. »Warum nicht?«

»Weiß Mama, dass du hier bist?«, fragte Nikolai.

»Noch nicht«, sagte Anna. »Ich rufe sie gleich an, aber erst Nana in München.« Sie entfernte sich einige Schritte.

»Magst du einen Tee, Kathi?«, fragte Nikolai.

»Gute Idee.«

»Chai?«

»Gern.« Kathi folgte Nikolai mit dem Trolley in die Küche.

»Was ist da eigentlich drin?«, fragte er.

»Später.«

»Ah, ich weiß, eine Überraschung zum Valentinstag!«

Kathi schmunzelte. »Kann man so sagen.«

Nikolai schaltete den Wasserkocher ein und hängte die Teebeutel in die Tassen. »Ähm, wegen vorhin ...«

Weiter kam er nicht, Anna tauchte in der Tür auf. »Schöne Grüße von Mama.«

»Danke«, sagte Nikolai. »Wie lange dauert das Konzert?«

»Ich denke zwei Stunden, maximal. Vielleicht finde ich ein paar Leute zum Quatschen danach. Bis spätestens um elf bin ich wieder zurück, ich will morgen nicht so spät los, wegen des Verkehrs.«

»Da sind wir noch auf.«

»Gut, dann brauche ich keinen Schlüssel. Ist mir eh lieber, dann kann ich ihn nicht verlieren. Ich will euch aber nicht stören.«

»Tust du nicht.«

»Warum kommt ihr nicht mit?«

»Was spielen Krass:NO:jarsk denn so?«, fragte Nikolai mit extra rollendem R.

»Ukrainischen Rave.«

»Oh!«, entschlüpfte es ihm mit halboffenem Mund.

Anna grinste. »Ist euch zu krass, oder?«

Nikolai und Kathi nickten nur.

»Naja, Geschmäcker sind verschieden.«

»Fährst du mit dem Auto?«, fragte Nikolai.

»Nein, dann kann ich nichts trinken, ich brauche meinen Führerschein. Ich hab schon zwei Punkte wegen zu schnellem Fahrens.«

Das scheint in der Familie zu liegen, dachte Kathi amüsiert. Wobei Nikolai sich inzwischen an Tempolimits hielt.

»Ich nehme den 36er Bus, ist doch nur ein Katzensprung.«

Kathi und Nikolai begleiteten Anna zur Tür. »Viel Spaß.«

»Danke, bis später.«

»Bis später.« Anna drehte sich auf dem Absatz um und stürmte die Treppe hinunter.

»Sorry«, sagte Nikolai, als er Kathi aus der Jacke half. »Ich hätte am Telefon sagen sollen, dass Anna da ist. Sie hat mich voll überrumpelt. Darum war ich so nervös. Du hast sicher Gott weiß was gedacht. Anna läuft zu Hause auch so herum.«

Kathi schmunzelte. »Ich gebe zu, ich war geschockt.«

»Es sah aus wie im Film, wenn einer beim Seitensprung erwischt wird.«

»Ich war kurz davor, auf dich loszugehen.«

Nikolai schluckte. »Jetzt ohne Scheiß?«

Kathi grinste selbstsicher. »Dann hättest du meine Rechte kennengelernt.«

»Puuh, hab ich ein Glück!« Er nahm Kathi in den Arm. »Hey, ich bin nicht so einer, ich liebe dich.« Kuss.

»Ich dich auch.« Kathi schmiegte sich an seine Brust.

»Darf ich jetzt meine Überraschung sehen?«, fragte er voller Erwartung.

»Erst einmal die nicht eingeplante.«

»Die nicht eingeplante?«

Zurück in der Küche öffnete Kathi den Trolley. »Schon mal so viel Kohle auf einem Haufen gesehen?«

»Holy crap!«, rief Nikolai. »Woher hast du das?«

»Rate mal.«

»Sind das Tüyücs Millionen?«

»Bingo!«

»Wo waren sie?«

Kathi erzählte Nikolai die Zusammenfassung von Pits Geständnis.

»Und das vergisst du gleich wieder«, schickte sie hinterher

»War irgendwas?«, meinte er augenzwinkernd.

»Ich würde das Geld gern zählen, wenn du nichts dagegen hast.« Kathi zog einen Handschuh an.

»Klar, soll ich dir nicht lieber helfen? Mit einer Hand ist das etwas umständlich.«

»Okay, aber zieh bitte Handschuhe an, wegen Pits und Tüyücs Fingerabdrücken.«

»Ich habe welche im Arzneischrank.«

Nikolai holte sie aus dem Bad und streifte sie über. Auf dem Boden kniend, nahm er ein Bündel nach dem anderen heraus und legte sie in den Trolleydeckel. Auf dem Tisch würde er sich leichter tun, aber so könnten Fremdspuren das Geld kontaminieren. Nikolai zählte, Kathi kontrollierte. Sie kamen auf zwei Millionen und das Geld war echt! Er packte es wieder ein. Erst nach dem Verschließen des Koffers, zogen sie die Handschuhe aus.

»Hast du ein gutes Versteck bis morgen?«, fragte Kathi. »Es ist schon zu spät, um ins Präsidium zu fahren.«

»Am besten, du stellst ihn ins Schrankzimmer, ganz hinten. Ich lasse die Rollläden herunter und die Zwischentür sperre ich auch ab. Den Schlüssel bekommst du.«

»Wir dürfen uns vor Anna nichts anmerken lassen«, sagte Kathi nach der Aktion. »Ist schon ein komisches Gefühl, auf zwei Millionen zu sitzen, die einem nicht gehören. Ich muss ständig dran denken, was man damit alles kaufen könnte. Haus, Auto, Boot, Diamanten oder eine Weltreise machen.«

Nikolai winkte ab. »Geld verdirbt den Charakter, hast es ja bei Tüyüc und deinem Kollegen gesehen.«

»Und wenn es ehrlich verdient wäre?«

Nikolai legte seine Arme um Kathi. »Wozu brauchen wir zwei Millionen, wir haben doch uns.«

Nach einem langen Kuss führte er sie ins Wohnzimmer. Dort standen drei Dutzend rote Rosen in einer neuen Vase auf dem Tisch, neben einer Flasche Champagner im Kühler und zwei Gläsern.

»Happy Valentine, meine Süße.«

Nach dem Anstoßen und einer weiteren Knutschorgie, holte Kathi Nikolais Geschenk aus ihrer Tasche. Eine längliche, glänzende, schwarze Schachtel.

»Oh! Pralinen?«

Kathi gluckste. »Nein!«

Nikolai schob die Hülle auf. »Oh yeah! Kamasutra-Lovecubes!« Erwartungsvoll nahm er einen der vier großen, schwarzen Holzwürfel mit den goldfarbenen Abbildungen des Liebesakts nach klassischem, indischem Vorbild heraus. »Yin und Yang haben wir schon oft gemacht.« Er drehte ihn. »Wippe und Klammer auch. Das noch nicht: Vulkanfieber, Upside Down, Pride Queen ... Das wird ja immer besser!«

Leider konnten sie heute nicht alle ausprobieren. Anna kam kurz nach elf nach Hause und berichtete begeistert von dem hammergeilen Konzert von Krass:NO:jarsk.

Am Samstag, nach dem Frühstück fuhr Anna nach München. Kathi rief sofort Grünbaum und Ott an. Sie wollte endlich das Geld loswerden. Ihr Chef machte den Vorschlag, sich mit Lanz um halb elf in Otts Büro zu treffen.

Kopfschüttelnd standen die Männer um den geöffneten Trolley und lauschten der Aufnahme.

»Jetzt wissen wir, wo er am 2. Januar in der Mittagspause war«, sagte Kathi. »Er ist vom Nordostbahnhof zu Fuß zu My Storage, hat den Code geändert und dann zur Post, um den Brief aufzugeben. Bevor er zurückgefahren ist, hat er Frau Kleine angerufen. Die Zeiten passen.«

Ott nickte. »Das Telefonat mit den geheimnisvollen Worten ›Ich habe das Richtige damit getan‹.«

Grünbaum rieb sich das Kinn. »Ich frage mich gerade, ob Hildebrand noch leben würde, wenn die Post den Brief nicht verschlampt hätte.«

Kathi nickte. »Das frage ich mich auch.«

In der Runde herrschte kurz Schweigen.

»Noch eine Info, Herr Ott«, sagte Kathi schließlich. »Sie werden sicher Fingerabdrücke von Geld und Karten nehmen lassen, ich habe sie nur mit Handschuhen angefasst. Auf dem Umschlag und am Koffer sind meine.«

»Okay, ich lasse das heute noch machen, danach wird das Geld weggeschlossen.«

»Sorgen *Sie* bitte dafür, dass es sicher ist«, betonte Kathi.

»Es kommt in den Safe in der Asservatenkammer.«

Kathi sah ihn schräg an. »Wer kennt die Kombination?«

»Knoll, der Leiter dort und ich«, antwortete Lanz.

»Okay.«

»Wenn Sie mir nicht trauen, Frau Starck, können Sie ja mitfahren wenn ich es einschließe.«

»Ich wollte es nur gesagt haben. Nicht, dass es verschwindet, wie Hoeks Koffer.«

»*Das* wird nicht passieren!«, zischte Lanz. »Außerdem, bis jetzt wissen nur wir davon.«

»Und mein Freund«, sagte Kathi. »Er kann schweigen.«

»Dann ists ja gut.«

»Ich fahre mit«, sagte Ott. »Vorher gebe ich Knoll Bescheid. Er soll entscheiden, was an die Presse geht.«

Am Montagmorgen überschlugen sich die Berichte in den Medien. ›Sensation! Tüyüc-Millionen aufgetaucht! Royal Flush am Valentinstag!‹ lautete die Schlagzeile im Ticker des BR. Obwohl Kathi und Nikolai Bescheid wussten, auch über

Rollners und Tüyücs sichergestellte Fingerabdrücke auf Geld und Koffer, sahen sie beim Frühstück ausnahmsweise fern.

»Die seit Oktober 2024 verschwundenen zwei Millionen Euro aus dem Industriespionagefall bei MECH@TRON in Nürnberg sind wieder aufgetaucht«, verlas der Nachrichtensprecher. »Sie wurden Hauptkommissarin Starck zugespielt, der leitenden Ermittlerin in den, damit im Zusammenhang stehenden, Mordfällen. Starck hatte kürzlich die Morde des Kartenkillers aufgeklärt, wir berichteten.«

»Royal Flush, passt«, meinte Nikolai. »Bei zwei Millionen kann man das ruhig sagen, auch ohne die Zehn und das Ass.«

Kathi erinnerte sich an Höflers Mutmaßungen während der Pressekonferenz nach Hildebrands Tod: ›Mordet er weiter bis zum Herz-Ass? Endet es womöglich in einem Royal Flush?‹ »Ich brauche kein Ass.« Sie beugte sich über den Tisch und küsste Nikolai. »Mein Ass bist du, mein Herz-Ass.«

Er nahm Kathis Hand. »Komm her.«

Sie ließ sich um den Tisch führen und setzte sich breitbeinig auf Nikolais Schoß, schon meldete sich sein bestes Stück.

»Mmmhhh!« Kathi spürte die Beule in seiner Hose und klimperte mit den Wimpern. »Wir könnten später zur Arbeit fahren oder blau machen.«

Mit diesem besonderen Glow im Gesicht, den jeder nach gutem Sex hat, fuhren sie zur Arbeit. Sie kamen etwas zu spät, angesichts ihrer Überstundenkonten sah man es beiden nach. Kathis Team wartete schon gespannt auf sie, um die ganze Geschichte aus ihrem Mund und in voller Länge zu hören.

Am späten Vormittag rief sogar Sandro aus München an und gratulierte zum Abschluss des Falles.

»Danke, diesmal war ich nur die Botin«, sagte sie.

»Zum Glück wars eine gute Nachricht.«

»Du würdest wohl gern sehen, wie man mich köpft.«

»Schmarrn!«, wehrte sich Mayser. »Das gilt nur für Götterboten.«

Kathi grinste. »War nur ein Scherz.«

»Jetzt könnt ihr die Akte Tüyüc endlich schließen.«

»Wurde auch Zeit.«

»Du hast dem Staat jetzt zweimal einen Haufen Geld gespart, weil Hoek und Sauer nicht eingefahren sind.«

»Stimmt, leider bekomme ich keine Belohnung oder ne Gehaltserhöhung.«

»Warts ab. – Wie gehts denn der Schulter und dem Finger?«

»Schulter ist wieder okay, der Finger ist noch geschient. Und deinem Arm?«

»Bestens, war doch nur ein Kratzer.«

Typisch Sandro. Er schiebt es mal wieder in die Kategorie ›Kann schon mal vorkommen‹. »Naja, dich bringt so leicht nichts um.«

»Das hättest du wohl gern!«

Kathi lachte. »Jetzt hast du damit angefangen.«

Uli hatte zu Lebzeiten einen Organspende-Ausweis besessen und war gesund gewesen. »Dann ist er noch für was nütze«, sagte seine Stiefschwester und einzige Angehörige. Geschockt und wütend verkaufte sie nach der Wohnungsauflösung sein gesamtes Hab und Gut und spendete das Geld einem Kinderheim. Die sterblichen Überreste von Peter Rollner und Jessica Kleine wurden auf Wunsch der Familien eingeäschert. Hildebrand fand seine letzte Ruhe neben seinen, 2019 bei einem Autounfall ums Leben gekommenen, Eltern auf dem Waldfriedhof in Schwaig.

Annabelle Tüyüc erhielt die zweite Codekarte von My Storage zurück. Nach dem Gesetz standen ihr die zwei Millionen zu, weil sie wirksam vom Geber an ihren Mann übereignet wurden, wie es im Amtsdeutsch hieß. Es spielte keine Rolle, dass er das Geld für die Beschaffung von Firmengeheimnissen erhalten hatte. Frau Tüyüc wollte das Blutgeld nicht. Lanz schlug vor, es in einen Fonds für Verbrechensopfer einzuzahlen. Damit war sie einverstanden. Jetzt konnte BATC es definitiv abschreiben. Eine weitere Genugtuung für Susan de Boer.

MAKE LOVE, NOT WAR!

Freitag, 25. April

Seit Nikolais Vortrag an der Universität in Wuhan standen namhafte deutsche und internationale Wissenschaftsmagazine bei MECH@TRON auf der Matte und wollten Interviews mit ihm. Das heutige Gespräch mit Jo Lange von SCIENCES, einer der führenden Fachzeitschriften, fand in Susan de Boers Büro in ihrer Gegenwart statt. Für die August-Ausgabe war zum bevorstehenden Launch von RAPIS auch ein Firmenportrait des erfolgreichen, inhabergeführten, mittelständischen Rüstungsunternehmens geplant.

»Frau de Boer, Sie beginnen in Kürze mit der Produktion der Medi-Drones«, sagte Lange. »Jetzt auch eine friedliche Nutzung Ihrer Technik?«

»Bei Epidemien benötigt man zuverlässige Transportmittel für Seren und Medikamente in schwer erreichbare Gegenden, dasselbe gilt auch für Krisengebiete.«

»Warum der Wandel? RAPIS, die Mutter aller Kampfdrohnen versus Impf-Bienen? Hightech-Waffen und humanitäre Hilfe aus ein- und demselben Betrieb?«

Susan de Boer schielte zu Nikolai und umgekehrt.

»Unter uns gesagt«, fuhr Lange unbekümmert fort. »Kommt das nicht einem Weste reinwaschen gleich, einer Imageverbesserung?«

Susan de Boers Blick verfinsterte sich. *Was bildet der Mann sich ein! Dem gebe ich gleich ein ›Weste reinwaschen‹ und eine Imageverbesserung!* »Wir geben dem Markt, was er verlangt«, antwortete sie kaltschnäuzig.

Lange bemerkte, dass er ins Fettnäpfchen getreten war und kramte in seinen grauen Zellen nach einer anderen Frage.

Nikolai kam ihm zuvor. »Um auf unser eigentliches Thema zurückzukommen, Herr Lange, die Medi-Drones sind eine Weiterentwicklung der Medi-Bots. Sie bestehen aus einem Spezial-Kunststoff und einer Alu-Legierung. Sie sind etwas größer und für den Außeneinsatz geeignet.«

Gut gemacht, Dr. Liebermann. Susan de Boer hätte ihn abknutschen können. »Sie kennen ja den Prototypen von der Messe im März.«

Lange nickte. »Natürlich.«

»Wir experimentieren bereits seit längerer Zeit mit diesen Kunststoffen«, fuhr Nikolai fort. »Sie weisen hervorragende Eigenschaften auf.«

»Sie nutzen das Beste von beiden Materialien.«

»Richtig erkannt. Ein weiterer Vorteil ist, die Medi-Drones können sehr schnell produziert werden. Bereits bei Beginn der Entwicklung der Nanobots lag uns viel daran, sie universell einsetzen zu können. Egal für welchen Zeck, es sind nur wenige Modifikationen erforderlich.«

»Dann gibt es demnächst quasi Impfungen per Bienen- ähm Drohnenstich«, sagte Lange.

»Gut gesagt«, lobte Susan. »Unser Partner hat spezielle Mikro-Injektoren entwickelt. Ein Pharmaunternehmen hier aus Nürnberg testet sie bereits mit Placebos.«

»Das hört sich vielversprechend an«, sagte Lange. »Das bringt neues Marktpotential und mehr Umsatz.«

»Das ist unser Ziel, wir sind ein gewinnorientiertes Unternehmen. Jeder neue Geschäftszweig sichert Arbeitsplätze.«

»Drucken sie auch ein Foto von dir ab?«, fragte Kathi, die Nikolais Bericht auf dem Bett liegend, gelauscht hatte.

»Na klar.«

»Dann wirst du berühmt.«

»Das bin ich schon«, sagte er augenzwinkernd. »Leider nur in Insiderkreisen.«

Sie grinste. »Besser als gar nichts.«

Er kniff sie in die Seite und küsste sie. »Ich will gar nicht berühmt sein, ständig diese Interviews. Vier reichen für dieses Jahr.«

»Nervige Journalisten, oder?«

»Du kennst sie besser als ich.«

Kathi schmiegte sich an ihn. »Wenn das mit dem Impfen via Medi-Drones funktioniert, könnte man den Menschen in den Krisengebieten Liebesteilchen injizieren, zuerst den IW-Terroristen, den despotischen Herrschern und ihren Militärs. Ach was sage ich, überall. Dann wäre Frieden auf der Welt.«

»Und ich arbeitslos.«

»Quatsch!«

»Wenn wir alle mit Liebesteilchen impfen, braucht man keine Waffen mehr. Es gibt keine Bösewichte mehr, keine Diebe, keine Mörder. Du wirst auch arbeitslos.«

Kathi zuckte mit den Schultern. »Dann lerne ich richtig kochen und wir eröffnen zusammen ein Restaurant.«

»Wie soll es heißen?«

»Mal überlegen, wie wärs mit ›Suniischka und Kathinka, russisch-fränkische Spezialitäten‹.«

»Gibt es auch Salami-Burger?«

»In allen Varianten.« Kathi schürzte die Lippen. »Oder wir machen nur noch Liebe.«

»Das ist überhaupt das Beste. Wir brauchen nicht mal eine Impfung, wir produzieren die Liebesteilchen selbst.«

»Und Sexteilchen.«

»Myriaden!«

»Ich hab noch ne Idee: Wir spenden Blut, dann kann diese Pharmafirma ein Serum daraus herstellen.«

»Gleich garantiere ich für nichts mehr«, warnte Nikolai.

»Warum?«

»Wuselalarm!« Nikolais grüne Augen blitzten gefährlich.

Kathi grinste breit und bohrte einen Zeigefinger in seine Brust. »Das ist gut, sehr gut sogar! Wenn es nicht so wäre, müsste ich dich von der Bettkante schubsen.«

»Bitte, bitte nicht!« Er zog sich die Decke bis zum Mund und biss hinein.

»Keine Angst, das wird nicht geschehen.« Kathi fasste durch die Decke an Nikolais bestes Stück. »Jedenfalls im Moment nicht.«

»Du Biest!« Nikolai wollte sich befreien. Vergeblich, Kathi lag auf ihm und seine Arme und Hände steckten unter der Decke. Er war unfähig, sich zu bewegen. »Hilfe, bei mir wuselt alles!«

Kathi zeigte sich gnädig und setzte sich auf. »Gute Nachrichten, Suniischka«, gurrte sie und sah ihn lasziv an.

»Welche?«, fragte Nikolai zum Schein, er kannte diesen Blick und die Tonlage.

»Meine Sexteilchen wuseln gerade auch ganz doll, zwei Millionen hoch zehn. Die reichen für den totalen Royal Flush!«

»Yesssss! Das wollte ich hören!« Nikolai befreite Arme und Hände und drehte sich mit Kathi um. Auf ihr liegend fischte er nach seinem Handy auf dem Nachttisch und sprach aufs schwarze Display. »Achtung, an alle da draußen: Bitte nicht stören bis Montagmorgen! We make love, not war!«

♥

ANHANG

DANKSAGUNG

Zuallererst danke ich Ihnen ganz herzlich, liebe Leserinnen und Leser, dass Sie sich für den Kauf dieses Buches entschieden haben. Ich danke meiner Familie und allen Freunden, die mich seit Jahren unterstützen, meiner Lektorin S. Weber für ihre konstruktive Kritik und ihre tolle Arbeit am Text, sowie Dr. J. Walther und Dr. M. Lukaschewski für die medizinische und rechtsmedizinische Beratung, bei Matthias und Roland für die Expertentipps in Sachen Polizeiarbeit und bei Johannes für den juristischen Rat.

ANMERKUNGEN

Die gesamte Handlung und die Namen aller Figuren in dieser Geschichte sind fiktiv. Übereinstimmungen mit lebenden oder verstorbenen Personen wären reiner Zufall und sind nicht beabsichtigt. Dieses Buch erhebt keinen Anspruch auf Faktizität, obwohl real existierende Behörden, Einrichtungen, Unternehmen und Handlungsorte genannt, sowie wahre Ereignisse und realistische Abläufe thematisiert wurden.

STECKBRIEF: KATHI STARCK

Kriminalhauptkommissarin

Alter: 42
Größe: 1,70 m
Figur: sportlich-schlank
Haare: blond
Augen: blau
Kennzeichen: spitze Zunge

Polizistin mit Leib und Seele!

Selbstbewusst und mutig; manchmal vorlaut, unbequem und stur; handhabt Vorschriften gern flexibel; clever und sexy, smart und urban; weltoffen und heimatverbunden; trendbewusst und bodenständig; eigenwillig, aber nicht eigenartig und keine Spur verschroben. Nichtsdestotrotz zitiert sie gern die klugen Sprüche ihrer Lieblingsoma und folgt deren Rat, anderen Leuten auf die Füße zu sehen ›Gepflegtes Schuhwerk ist eine Visitenkarte und weist auf den Charakter seines Trägers hin‹ – das stimmt fast immer. Sie sieht anderen auch immer direkt in die Augen, diesem Blick können die wenigsten widerstehen, nur besonders abgebrühte Bösewichte.

Als Ausgleich zum Job betreibt sie Taekwondo, boxt und joggt. Sie liebt lange Schaumbäder mit Rosen- und Lavendelduft in ihrer beheizbaren Badewanne – allein oder zusammen mit ihrem Schatz Nikolai: 1,94, ein Traummann mit dunklen Locken und grünen Augen. Er ist Doktor der Physik, Leiter der Entwicklungsabteilung beim Rüstungsunternehmen MECH@TRON, hochintelligent und ebenso sensibel. Mit seinem Hobby Kochen entspannt er sich von der Arbeit. Seine Diabetes hat er dank Mikro-Insulinpumpe im Griff und seine Aversion gegen rote Ampeln und Tempolimits Kathi zuliebe abgelegt. Bei Nikolai darf Kathi schwach sein, obwohl sie Schwäche hasst. Das gibt neue Energie für die Verbrecherjagd. Ein perfektes Paar.

Das Nürnberg von Morgen

Für alle Leserinnen und Leser, die POSITRONENFALLE, den ersten Kathi-Starck-Krimi, noch nicht kennen.

Wir schreiben das Jahr 2025. Seit Jahren ist Nürnberg Wirtschafts-Standort Nummer eins in Bayern und aus dem Schatten Münchens herausgetreten. Die Frankenmetropole findet man ganz oben auf der Wohnort-Beliebtheitsskala und bei der Gewerbeansiedlung – und das ohne Bussi-Gesellschaft und Bajuwarisierung. Moderne Glaspaläste stehen neben alten Fachwerkhäusern in friedlicher Koexistenz. Traditions-Unternehmen und Newcomer vieler Branchen: IT, Elektronik, Medizintechnik, Maschinenbau und Rüstung – um die wichtigsten zu nennen – teilen sich das Feld. Die Arbeitslosenzahlen sind auf dem niedrigsten Level seit 15 Jahren.

Boomtown Nürnberg! Kein Wunder, seit 2018 ist der gebürtige Nürnberger Florian C. Hofer bayerischer Ministerpräsident. Ihr Image als Heimat der Drei im Weckla, Lebkuchen und Albrecht Dürers hat sich die Stadt bewahrt. Christkindlesmarkt und Kaiserburg sind nach wie vor Touristenmagneten und die Pegnitz fließt gemächlich durch die Stadt. Die Nürnberger sind liebenswert wie eh und je, aber nicht mehr so bescheiden wie früher. »Hey, wir haben es den Münchnern gezeigt!« Leidenschaftlich pflegen sie ihren Dialekt und leiden mit ihrem Glubb, weil er wieder mal in der 2. Bundeliga spielt.

STAND DER TECHNIK 2025 – EINIGE HIGHLIGHTS

Maut

Seit Einführung der Mautpflicht auf allen Straßen lässt sich jeder PKW, LKW und jedes KRAD orten. Sobald man losfährt, sendet der Sensor-Chip in der Plakette an der Windschutzscheibe Daten zur Kontrollstelle der, dem Kraftfahrt-Bundesamt untergeordneten, Mautbehörde. Die mittels GPS erstellten Bewegungsprofile sind hilfreich bei Verkehrsdelikten und anderen Straftaten, aus Datenschutzgründen aber nur im Zugriff der Ermittlungsbehörden. Nach Antragstellung beim zuständigen Gericht haben diese, z. B. bei Kapitalverbrechen wie Mord, in kurzer Zeit Zugriff auf die Daten.

Städtische Kameraüberwachung

In den Zentren der Großstädte wird man etwa alle 15 Minuten von einer Kamera gefilmt. Big Brother is watching you, always!

Padfones

Sie sind eine Kombination aus Smartphone und Tablet: ultraflach, leicht, sechs Zoll groß, mit 24-Megapixel-Kamera, Spezialmikrofon und das Memofeld ist mittels I-Pen beschreibbar. Die dazugehörige Smartwatch, ebenfalls mit Mikrofon, sendet die Daten in Echtzeit ans Pad. Alle bei der Polizei im Einsatz befindlichen Geräte verfügen über VOICESELECT, eine Spracherkennungssoftware. Sie generiert aus den aufgezeichneten Zeugenaussagen sofort eine Textdatei und formatiert sie. Stressbedingte Veränderungen in der Stimme, z. B. sollte ein Zeuge gelogen haben, werden registriert, entsprechend farbig markiert und die Datei später mit dem diktierten Protokoll ausgedruckt. Die lästige Schreibarbeit fällt weg. VOICECOMPARE analysiert alle Texte und zeigt ähnliche Stellen, bei denen sich die Befragten möglicherweise abgesprochen hatten.

Datenbrillen

Dank Speziallinsen sind sie leicht und leistungsfähig und mit Padfone und Tablet synchronisierbar. Die Modelle für die Polizei verfügen über einem schnellen Internetzugang und Gesichtserkennung. In den Helmen der SEK-Männer sind sie ins Visier integriert.

Visualisierung

Auf leinwandgroßen, digitalen Pinnwänden haben die Ermittler alle Fakten und Beweise im Blick. Eine Software sortiert die Daten, vergleicht, markiert Übereinstimmungen und zieht Fallbeispiele heran. Eine Ampelmarkierung zeigt den aktuellen Stand: Rot steht für ›offen‹, gelb für ›in Arbeit‹ und grün für ›erledigt‹. Die Digi-Pinnwände sind mittels Voicecontrol, PC, Handy und Padfone ansteuerbar.

Spurensicherung und Pathologie

Neue Massenspektrometrie-Verfahren und Hochdruck-Flüssigkeits-Chromatografie erlauben eine exakte Auswertung von Spuren aller Art: Gifte, Betäubungsmittel, Drogen, Fasern, Stäube. Der Nachweis erfolgt im Idealfall innerhalb von Minuten. Ultraschnelle Nanopore-DNA-Sequenzer liefern Ergebnisse in weniger als einer Stunde. Die holografische 3D-Gesichtsprofilerkennung und Fingerprint-Scanner ermöglichen eine schnelle und sehr genaue Identifikation von Personen in den nationalen und internationalen Polizeidatenbanken.

Juristisches

Die Autorisierung von Wohnungs- und Hausdurchsuchungen, Entnahme von Speichelproben, Spezialeinsätzen usw. erfolgt unbürokratisch auf digitalem Weg binnen kurzer Zeit.

GLOSSAR

Aacherl	fränkisch für Eichhörnchen ›Jetzt schaust wie a Aacherl wenns blitzt‹ Bedeutet: sehr erschrocken dreinblicken
VAG	Verkehrs-Aktiengesellschaft Nürnberg
Zabo	Kürzel für den Stadtteil Zerzabelshof

DIE AUTORIN

LiLo Seidl arbeitete bis 2011 als Text-Administratorin. Seitdem widmet sie sich hauptberuflich der Schriftstellerei. Schon als Teenager schrieb sie eigene Fortsetzungen von Star Wars und TV-Krimiserien, Fanfiction sagt man heute. 1998 erlernte sie das Drehbuchschreiben und bekam das Handwerkszeug in Sachen Stoffentwicklung und Dramaturgie. In den darauffolgenden Jahren entstanden Drehbücher für vier Kurzfilme (einen produzierte sie selbst und führte auch Regie), außerdem für ein Musikvideo und eine Musikdokumentation. Ihr Roman-Debüt gab sie 2013 mit dem Historien-Epos „Das Vermächtnis von Südland". Die Liebes- und Lebensgeschichte „Schokomaus & Anwaltssüppchen" widmete sie allen selbstbewussten Frauen über vierzig, die in diesem Genre generell zu kurz und ganz ohne Millionär auskommen. Mit „Positronenfalle" fiel der Startschuss zur Krimi-Reihe mit der Nürnberger Kommissarin Kathi Starck. In „Royal Flush" ermittelt sie zum zweiten, aber nicht zum letzten Mal. In Band drei (erscheint im Herbst 2018) hat sie es mit kriminellen Machenschaften in Nürnbergs Pharmaindustrie zu tun. Im New-Adult-Drama „72" behandelt Lilo Seidl das brisante Thema „Warum radikalisieren sich Flüchtlinge und werden zu Attentätern?".

Lilo Seidl lebt in Nürnberg und ist Mitglied der Mörderischen Schwestern, dem größten, deutschen Netzwerk der Krimi- und Thriller-Autorinnen.

Mehr über Lilo finden Sie hier: www.liloseidl.de

Alles begann mit dem 1. Nürnberg-Krimi von morgen:

POSITRONENFALLE

Nürnberg, Oktober 2024
Dr. König liegt tot im Testlabor bei MECH@TRON, dem größten, deutschen Rüstungsunternehmen. Der Physiker arbeitete mit Positronen – Antimaterie, gezähmt, aber nicht ungefährlich. Ein tragischer Betriebsunfall? Mitnichten! Nürnbergs Top-Kommissarin Kathi Starck ermittelt: Der heimtückische Mord war eine Verdeckungstat für Industriespionage und Bestechung in Millionenhöhe. Nikolai Liebermann, Königs attraktiver Assistent, gerät in Verdacht. Ist sein Alibi wasserdicht? Kathi rotiert, ausgerechnet jetzt verschießt Amor seine Pfeile. Bald gibt es wieder zwei Tote, innerhalb weniger Stunden. Der Killer ist ein Profi, er mordet leise mit Pfeilgift und hat auch Kathi im Visier.

Keine Science Fiction, sondern Science Fakten!

Liebe, Mord und Wissenschaft - Spannend, sexy, anders!

POSITRONENFALLE
Ein Fall für Kathi Starck

344 Seiten, kartoniert
11,99 € [D]
ISBN: 9 783746 082677

(auch als E-Book erhältlich)

Vorschau auf den 3. Kathi-Starck-Krimi:

PILLENDREHER

Sommer 2025
Zwei Männer sterben nach der Einnahme von Migränepillen. Wie kamen sie an das Medikament von NyxPHarm, das aufgrund fataler Nebenwirkungen im Test durchfiel und eigentlich vernichtet werden sollte? Außerdem litten sie nicht an Migräne. Ein Drogendealer beißt durch einen Goldenen Schuss ins Gras, bei ihm wird eine Dose mit den Pillen gefunden. Die Analyse ergibt, diese wirken ähnlich wie Kokain und wurden illegal verkauft. Allem Anschein nach nahm das Pharma-Unternehmen den Tod von Menschen aus Geldgier billigend in Kauf. Die Firmenleitung weist jede Schuld von sich. Kurze Zeit später wird ein Mitarbeiter des Testlabors ermordet aufgefunden, die Spuren führen zur NyxPHarm-Chefin. Bald stapeln sich die Leichen. Kathi Starck ermittelt und deckt menschliche Abgründe in einer heilen Familienwelt auf.

PILLENDREHER

Erscheint im Herbst 2018

Von Lilo Seidl ist außerdem erschienen:

72 - Die Geschichte einer Radikalisierung

»Diese Schlampe hat alles kaputtgemacht!«
Nasris Traum von der großen Liebe platzt zum zweiten Mal. Verzweifelt und von seinen Freunden unverstanden, versucht er, sich das Leben zu nehmen. Er wird gerettet, bekommt aber eine zweite Chance: Ein IS-Anführer will ihn als Attentäter rekrutieren. Nasri ist der ideale Kandidat für eine Gehirnwäsche. Für seine perfiden Pläne streut der charismatische IS-Mann Salz in alle Wunden, auch in jene, die der Bürgerkrieg und die Flucht aus Syrien geschlagen haben. Und er lockt mit einem verlogenen Versprechen: »Jeden Märtyrer erwarten 72 Jungfrauen im Paradies!«
Nasri macht sich bereit, er will seinen Seelenqualen ein Ende setzen. Ein flammendes Inferno droht, schlimmer als Sodom und Gomorra! Doch seine Freunde geben ihn nicht auf, einer von ihnen stellt sich ihm in den Weg. Ist Liebe stärker als Hass?

72 – Eine ergreifende Geschichte von erschreckender Realität!

72

Die Geschichte einer Radikalisierung

284 Seiten, kartoniert
9,99 € [D]
ISBN 9 783746 059129

(auch als E-Book erhältlich)